**Susan Taubes**

# Klage um Julia

*und andere Geschichten*

Aus dem Englischen
von *Nadine Miller*

Mit einem Vorwort
von *Francesca Wade*

Friedenauer
Presse

## Vorwort

Im September 1969 kehrte Susan Taubes nach Budapest zurück, in die Stadt, in der sie bis zu ihrem elften Lebensjahr gelebt hatte. Als sie vor dem Haus ihrer Kindheit stand, inmitten der Hektik des spätnachmittäglichen Berufsverkehrs – die Veranda voller bunter Blumen, die Büsche noch mit Beeren behangen, das schmiedeeiserne Tor verschlossen – überkam Taubes ein Gefühl von »Schönheit und Trauer, unerträglich«. Sie schrieb in ihr Tagebuch: »Unerträglich, dass ich hier stehe wie eine andere, der der Zugang zum Haus verwehrt ist; unerträglich, wieder hier zu stehen nach dreißig Jahren körperlosen, entwurzelten Umherziehens.« Mit den geisterhaften Überresten ihres früheren Ichs konfrontiert, fühlte sich Taubes genötigt, sich abzuwenden: »Eine eingefrorene Erinnerung taut nun plötzlich auf zu einem lebendigen, rasenden, verschlingenden Monster der Zeit.«

Taubes' Erzählungen sind durchzogen von solchen Momenten des Desorientiertseins, ihre Figuren gefangen zwischen Vergangenheit und Gegenwart, Fantasie und Wirklichkeit, Traum und Wachen. Von Kindheit an hatte Taubes »die alltägliche Annahme, dass der Mensch ein Selbst, eine Seele oder irgendeine Art von Kern besitzt, mit dem er geboren wird und den er von der Wiege bis zur Bahre mit sich trägt«, infrage gestellt. Nachdem sie in den prägenden jungen Jahren ihres Lebens von einem Land ins andere – und von einer Sprache in eine andere – umgesiedelt war, kam sie zu der Überzeugung, dass eine Person kein einheitliches Gebilde ist, sondern eine »flüchtige, sich verändernde Vielfalt«. *Klage um Julia*, ein außergewöhnlicher Roman, den Taubes beschreibt »als die Verblüffung eines Engels oder einfach nur eines erhabenen Bewusstseins, das in einer Frau verkörpert ist«, führt diesen Gedanken zu einem düster-komischen Extrem. Sein körperloser Erzähler, eine Art »himmlischer Funke«, der von sich selbst die Vorstellung eines »sehr dünnen Herrn in Schwarz mit einem Gehstock« hat, dessen Schicksal jedoch mit dem einer Frau namens Julia Klopps von Geburt an verwoben ist, versucht Julias Lebensgeschichte zu erzählen, in dem vergeblichen Bemühen, ihre gemeinsame und doch gespaltene Identität zu begreifen. Trotz seines privilegierten Blickwinkels – manchmal ist er an Julias Seite oder wacht von oben über sie, manchmal schleicht er in ihrem Körperinneren herum oder ist an ihrer Stirn angebracht »wie eine Grubenlampe« – ist sein Verständnis mangelhaft, seine Fähigkeit, ihre persönliche Geschichte zu rekonstruieren, fragwürdig: Ein Arbeitstitel für diesen Roman war *Remembering Wrong* (Falsches Erinnern).

*Klage um Julia* beginnt mit einem Schmerzensschrei, wie der eines betrogenen Liebhabers: Julia ist verschwunden, und der Erzähler ist, beinahe wortwörtlich, auseinandergerissen. Der »fürstliche Parasit«, der ihre Röcke anprobiert, während er dahinschwindet, muss sich der Frage stellen, die seine Schilderung ihrer schwierigen Kindheit, Jugend und ihres Erwachsenendaseins bestimmt: »Was war ich ohne sie?« Anfänglich erinnert die voyeuristische Faszination des Erzählers für Julias Körper, seine anzügliche Besorgnis angesichts ihrer aufkeimenden Sexualität und seine gleichzeitige Vergötterung von Julia als Jungfrau und Braut an Vladimir Nabokovs Humbert Humbert oder an den räuberischen Verfolger in Anna Kavans *Eis*. Der Erzähler betrachtet Julia als seine »Gefangene«, seine »Schöpfung«; abwechselnd spielt er ihren Vater, Ehemann und Zuhälter, während sie schwer fassbar bleibt, Gegenstand seiner Faszination, Missbilligung, Verwirrung und in zunehmendem Maße seines Neides.

Doch im Verlauf der Erzählung, da ihre Beziehung zueinander klarer wird, verändert sich auch die Dynamik derselben. Indem sie ihn verlässt, hat sich Julia ganz kühl aus seinen Fängen befreit und seinen Kontrollversuchen ein Ende gesetzt. »Ich bilde mir ein, Julia sei meine Marionette«, gibt er reuig zu, »dabei ist sie es, die mich an der Nase herumführt.« In der gnostischen Tradition war der Schöpfer des Universums ein potenziell böswilliger Demiurg, der einen »göttlichen Funken« in den Menschen gefangen hielt. Julias fehlendes Verständnis ihres wahren spirituellen Wesens versperrt ihr den Weg zur Selbsterkenntnis und verdammt sie – ebenso wie den körperlosen Geist – zum elenden Materialismus der irdischen Sphäre. Seine verzweifelten Versuche, sie zu retten, spiegeln die moralische Dringlichkeit wider, die viele Denker der Generation Taubes' empfanden, nämlich die Heuchelei, den Konformismus und die Gewalttätigkeit der Nachkriegsjahre und der postnuklearen Welt zu überwinden und zu transzendieren. Doch wenn dieser Geist Julias ideales Ego darstellt – das vollkommene Ich, nach dem der Narzisst laut Freud strebt –, dann bedeutet seine Unfähigkeit, sie vor einem sinnlosen Leben bourgeoiser Frustration zu bewahren, ein vernichtendes Scheitern, das die oberflächliche Commedia dell'Arte des Romans unterminiert.

Wie Taubes' bahnbrechender Roman *Nach Amerika und zurück im Sarg* (Originaltitel: *Divorcing*) stellt auch *Klage um Julia* die willkürlichen Kräfte dar, die die Ausrichtung eines Lebens bestimmen. Die vorherrschende Spannung des Romans besteht in dem Konflikt zwischen dem, was der Erzähler sich für Julia vorstellt – dass »sie dazu geschaffen [war], einem Mann zu gehören, ihn zu schmücken wie ein Juwel« –, und Julias eigenen Wünschen. Auch in den anderen Geschichten, die neben der Julia-Erzählung in diesem Band erscheinen, werden oft Frauen geschildert, die verzweifelt die ihnen zugeschriebenen Rollen ablehnen und sich in radikaler Weise neu zu definieren versuchen. Julias Unzufriedenheit in ihrer Ehe mit einem Mann, der gern ihre Muttermilch nuckelt und sich selbst als »arbeitssüchtig« bezeichnet, taucht in ähnlicher Form in der Erzählung »Die Goldkette« wieder auf, in Rosalies streitbarem Wunsch, von einem anderen als ihrem unfähigen Ehemann geschwängert zu werden, und in dem »Osterbesuch« – ein Kleinod, dessen schmerzliche Intensität im Widerspruch zu seinem Schockeffekt steht; unerlaubt Liebende schaffen sich einen Freiraum, um ihre Liebe zueinander zu bekennen und ihre Fantasien auszuleben, die weit entfernt sind von der stumpfsinnigen Schufterei ihres Alltags. In seinem Essay *Jenseits des Lustprinzips* (1920) formulierte Sigmund Freud die Idee, dass unser Leben von den konkurrierenden Triebkräften des Eros und des Thanatos beherrscht wird. Ob sie nun davon fantasieren, bei lebendigem Leib gefressen zu werden, um sich mit dem Geliebten im Bauch eines Raubvogels zu vereinen, ob sie in ihrem Hochzeitskleid mehrfachen Kindesmord begehen oder dem Tod persönlich ein Eheversprechen geben, Taubes' Heldinnen veranschaulichen ihre eigene Überzeugung, die sie 1950 in einem Brief an ihren Ehemann zum Ausdruck brachte: dass die »menschlichen Leidenschaften abgründig dunkle Dinge sind«.

Wer das Buch *Nach Amerika und zurück im Sarg* gelesen hat, kennt den groben Umriss des Lebens von Susan Taubes, der sich fragmentarisch durch ihr Werk hindurchzieht. Sie wurde 1928 in Budapest geboren und zog 1939 mit ihrem Vater, Sandor Feldmann, dem Autor von an Freud orientierten Studien über Sexualpathologie, Manierismen und Nervenleiden, in die Vereinigten Staaten, während ihre Mutter mit ihrem neuen Mann in Ungarn zurückblieb. Verschiedene Geschichten Taubes' handeln von abwesenden Müttern und Vätern, die herrische Psychoanalytiker sind: Dr. Rombach, der die Kälte seiner Tochter als Teenager auf »einen Kompensationsmechanismus zur Überwindung [ihrer] starken ödipalen Bindung an [ihn]« zurückführt, oder Dr. Sigismund in »Schwan«, der seine Patienten einen nach dem anderen in eine Anstalt einweist, weil er befürchtet, sie könnten seine Tochter verführen. Eine Sprache finden und zu schreiben beginnen ist in diesen Geschichten oft mit dem schwierigen Übergang zum Erwachsenendasein verbunden: Marianna Rombach, die »ganze Stunden damit verbringen kann, einfach nur im Wörterbuch zu blättern«, helfen die Worte, in der Realität verankert zu bleiben, während Griselda Sigismunds unheimliche Fiktionen – niedergeschrieben auf Papierfetzen, die sie vom Rezeptblock ihres Vaters abreißt – die unheimlichen Ereignisse vorausahnen, die später eintreten.

Simone Weil, ein Vorbild von Taubes, schrieb: »Verwurzelt zu sein ist vielleicht das wichtigste und am wenigsten anerkannte Bedürfnis der menschlichen Seele.« Taubes erlebte ihre »fortwährende Entfremdung« von dem Heim und der Familie ihrer Kindheit – viele ihrer jüdischen Verwandten überlebten den Krieg nicht – als »Unterernährung oder Nervenkrankheit«. Als Kind schrieb sie epische Gedichte auf Ungarisch, und später meinte sie, dass sie sich in der englischen Sprache nie wirklich beheimatet gefühlt habe. Diese Entfremdung wurde zum Hauptanliegen in ihrem Leben und Werk. Sie zeigt sich in ihrem akademischen Interesse am Atheismus, insbesondere in Weils tiefer religiöser Erfahrung der Gottesferne, in ihrer Weigerung, sich auf organisierte Religion einzulassen (trotz des frommgläubigen Judentums ihres Mannes behielt sie ihr Misstrauen gegenüber »jeglichem Massenglauben und jeglicher Tradition« und zog es vor, ihren »eigenen Altar zu bauen«), sowie in ihren fiktiven Erkundungen von Schwebezuständen, in denen die Zeit aufgehoben ist und eine märchenhafte Logik herrscht. Taubes bezeichnete den Surrealismus als »den wirklich realistischen Roman dieser Generation«. So wie *Nach Amerika und zurück im Sarg* zwischen Alltagsszenen, biografischer Erfahrung und Traumbildern hin und her schweift, so wechseln auch ihre Kurzgeschichten mit Vorliebe das Register und enden oft in halluzinatorischer Fragmentierung, die den Leser ohne alle Fixpunkte treiben lässt.

Später behauptete Taubes, sie habe »sporadisch, heimlich und mit schlechtem Gewissen« zu schreiben begonnen. Ihr Vater »betrachtete das Schreiben als eine Krankheit«, ihr Mann, der Philosoph Jacob Taubes, »missbilligte es aus religiösen Gründen«. Sie heiratete Jacob Taubes, als sie einundzwanzig war, und verbrachte die folgenden zehn Jahre pendelnd zwischen Europa und Amerika, arbeitete an einer Doktorarbeit in Philosophie und zog zwei Kinder auf. Ihr erster, unveröffentlicht gebliebener Roman, *Downgoing* (»Abwärts«), basiert auf der kurzen Zeit ihrer Brautwerbung und schildert die angespannten Verhandlungen eines jungen Paares über die Stellung der Religion in ihrer Ehe. Außerdem verfasste sie zwei Anthologien indianischer und afrikanischer Mythen und Volksmärchen, die auf ihre Arbeit als Kuratorin der Bush Collection religiöser Artefakte an der Columbia University zurückgingen. 1961, als sie allein in New York lebte und ihre Ehe in die Brüche ging, schloss sich Taubes einem Kreis von Autorinnen an, geleitet von ihrer engen Freundin Susan Sontag, die sie aus ihrer Zeit in Boston kannte, und der kubanischen Dramatikerin (und Sontags Geliebten) María Irene Fornés. Sie trafen sich regelmäßig in ihren verschiedenen Wohnungen, um sich über ihre laufenden Projekte auszutauschen. Diese Frauen waren die ersten, die *Klage um Julia* zu lesen bekamen, und ihr Zuspruch bekräftigte Taubes in ihrem Entschluss, ihren Job aufzugeben (sie unterrichtete damals Vergleichende Mythologie und Religion am Barnard College), sich neu zu orientieren und die Bedingungen zu schaffen, die ihr endlich ermöglichen würden, sich dem Schreiben zu widmen. Als sie von einem Agenten gebeten wurde, eine biografische Notiz zu ihrem Manuskript zu verfassen, zählte Taubes ihr Studium am Bryn Mawr College, in Genf, Paris, Jerusalem und Harvard auf, ihre Essays zu Genet, Heidegger und Camus, ihre Dissertation mit dem Titel »Der mystische Atheismus der Simone Weil« und ihre vier Jahre als Fakultätsmitglied an der Columbia University. Der letzte Satz lautet: »Verließ New York und meinen Mann, um mit meinen Kindern in Paris zu leben. Und zu schreiben.« Ein handschriftliches Postskriptum fügt noch hinzu: »Wahrscheinlich besser, meine akademische Karriere nicht zu betonen. Wie dem auch sei, sie ist vorbei.«

Ab Herbst 1962 setzte Taubes die Überarbeitung des Romans in Paris fort, wo sie den größten Teil der nächsten zwei Jahre verbrachte. Intensiv beschäftigte sie sich mit dem New Wave Cinema, elektronischer Musik und ihrem unersättlichen Lesehunger. »In New York bin ich ein Dreck, eine Außenseiterin«, schrieb sie an Jacob, aber »hier kann man seine Exzentrik kreativ kultivieren.« Ihre Versuche, einen Verlag für *Klage um Julia* zu finden, scheiterten: Éditions de Minuit boten an, eine französische Übersetzung zu veröffentlichen, veranlasst durch eine Empfehlung von Samuel Beckett, der sie als »zweifellos authentisches Talent« bezeichnete, aber die amerikanischen Verleger misstrauten der Sache, und der einzige Verlag, der Interesse bekundete, machte prompt dicht. »Es scheint, dass der zwar undefinierte, aber implizierte mitteleuropäische Schauplatz den Herausgebern unbehaglich ist«, schrieb sie frustriert an einen Freund. Während der Sechzigerjahre entdeckte

Taubes ihr Interesse am Theater wieder, nahm Unterricht bei dem französischen Pantomimen Étienne Decroux und kollaborierte mit Joseph Chaikins avantgardistischem Open Theater. Sie beendete *Klage um Julia*, schrieb mehrere Kurzgeschichten und begann am Harvard Radcliffe Institute mit dem Roman *Nach Amerika und zurück im Sarg*, für den sie ein Stipendium erhielt, das speziell für Autorinnen gedacht war, deren Arbeit durch familiäre oder wirtschaftliche Zwänge behindert wurde. Unter ihren Bewerbungsunterlagen befindet sich ein Empfehlungsschreiben von Sontag, in dem sie Taubes als »eine äußerst begabte Schriftstellerin« bezeichnet und als »einen Menschen von außergewöhnlicher Tiefe und Ernsthaftigkeit ... sie hat dringend Ermutigung nötig«. Taubes wurde am 6. November 1969, wenige Tage nach der Veröffentlichung von *Nach Amerika und zurück im Sarg*, tot aufgefunden. Einige Jahre später analysierte Sontag die letzten Monate von Taubes' Leben in der Erzählung »Debriefing«, die von einer neurotischen Freundin handelt, die ihre Umgebung durch ihren Selbstmord schockiert und erzürnt. Ihr Name ist bezeichnenderweise Julia.

Obwohl *Nach Amerika und zurück im Sarg* Taubes' offenkundig persönlichstes Werk ist, spielte *Klage um Julia* eine entscheidende Rolle in ihrer Entwicklung zur Schriftstellerin. Es war für sie eine Vorbereitung, um über ihre Kindheit zu schreiben, und sie kam dadurch auf den Gedanken, die Möglichkeit eines Ich-Erzählers zu erwägen (eine Notiz aus dem Jahr 1965 spielt mit der Idee eines Buches mit dem Titel »The Real Life of Susan Taubes by Julia Brody« [Das wahre Leben der Susan Taubes von Julia Brody]). Die überschwängliche Anerkennung, die *Nach Amerika und zurück im Sarg* bei der Neuauflage im Jahr 2020 erhielt – positive Vergleiche mit den besten Arbeiten von Ingeborg Bachmann, Elizabeth Hardwick und Renata Adler; Zuschreibung des

Status einer Vorreiterin zeitgenössischer Autofiktion –, bezeugt, wie frisch ihr Schreiben heute noch wirkt. Diese Neuerscheinung fordert die Leser auf, tiefer in Taubes' groteske Welten einzutauchen, in denen nichts ganz so ist, wie es scheint: Doppelgänger schießen wie Pilze aus dem Boden, ausgestopfte Tierköpfe schauen zu, wie Väter Plastikzigarren rauchen, und unter dem Kristalllüster wartet der Tod, »ein scheuer und sanfter Liebhaber«, im Begriff seine Maske zu lüften und seine Braut aufzufressen.

*Francesca Wade*

# KLAGE UM JULIA

# PROLOG

Sie ist fort. Julia hat mich verlassen. Ich glaube, diesmal für immer. Sie ging in aller Stille fort, im Schutz der Nacht. Nur so konnte sie gehen, ohne verfolgt zu werden. Ich stelle mir vor, wie sie in die Nacht hinausgeht, wie eine Kerze verlischt, vielleicht geht sie unter. Ich werde nie wissen, wohin, ich werde nie wissen, wann. Dies war einmal Julias Zimmer. Sie hat Röcke im Schrank hängen lassen, die vielen Röcke, die ich ihr gekauft habe: ausgestellte, plissierte, solche mit gewelltem Saum. Einen nach dem anderen probiere ich sie an. Manchmal ziehe ich mehrere Röcke übereinander an. Verschiedenfarbige Röcke, getränkt von ihrem Duft, von ihren Geheimnissen, Röcke bestickt mit Blumen und Schmetterlingen und kleinen Fischen, die durch das Seegras flitzen. Ihre Röcke bändigen und besänftigen mich. Sooft ich die Fenster einschlagen oder das Haus anstecken will, rascheln ihre Röcke an meinen Beinen und flehen mich an, es nicht zu tun. Unter ihren sanft wogenden Röcken bin ich geborgen, klein, nackt und gewaltbereit.

Ich bin am Dahinschwinden, ich verforme mich. Meine Knochen werden weich, als würde ich in einem großen Kessel ausgekocht, dann werden sie plötzlich brüchig. Soll sie doch in dem Maße zunehmen, in dem ich abnehme. Wir werden die Rollen tauschen, ich werde sie nicht mehr beherrschen, sie nicht mehr in meinen Fangnetzen einspinnen und sie nicht mehr wie eine Marionette baumeln lassen. Nein, ich bin alt und verdorrt, und sie soll meine frische Braut sein, sie soll mich wärmen wie die zwanzig Jungfrauen, die sich um den alten König Salomon scharten, oder ich werde ihr kleines Kind sein, ich will mich an ihre Röcke klammern, besser noch, mich darunter verstecken. Ja. Sie wird mich unter ihren Röcken verbergen, es macht ihr nichts aus, sie wird es gar nicht bemerken, sie ist ja gutmütig. Sie wird mich umschließen, ich werde in ihr verströmt, aufgelöst, abgeschafft sein.

Nein. Sie hat sie mitgenommen, die Röcke, die Perlen, die Fransenschals, alles. Dies ist nicht mehr Julias Zimmer.

---

Wie bin ich nur an sie gekommen? Was hatten wir miteinander zu tun? Sie war mir ein ständig nagender Schmerz. Meine Schande und meine Verzweiflung. Ich wollte Julia loswerden. Aber was war ich denn ohne sie? Ich würde etwas für Julia tun, ich würde aus ihr etwas machen müssen. Julia zu Julia machen. Und ehe ich mich's versah, hatte ich schon alles auf Julia gesetzt.

---

Ich habe jahrelang an ihr gearbeitet, habe sie für eine Rolle ausgebildet, dann für eine andere. Die vielen Stunden, die wir Kleider anprobierten, mit verschiedenen Frisuren experimentierten. Manchmal frage ich mich, was wohl aus ihr geworden wäre, wenn ich sie sich selbst überlassen hätte. Ich versuche, mich daran zu erinnern, wie sie war, als ich sie traf, bevor ich sie ansprach, als sie noch Gott gehörte. Ach, jener gesegnete Zustand! Das Unglück unserer Begegnung, durch die ich mich ihres Daseins bemächtigte. Und doch waren all meine Mühen nur darauf ausgerichtet, sie für Gott vorzubereiten.

Warum wurde sie je mit mir verbunden – ach, elende Verderbtheit –, wenn nicht, damit ich sie zur Unschuld zurückführte?

---

Obwohl sie sich damit zufriedengab, von einem Augenblick zum nächsten zu leben, bangte ich ständig um ihr Seelenheil. Julia war das ganz egal. Während ihre Hände geschäftig Karotten schabten, Schuhbänder zuknüpften, die Wange oder den Schenkel des einen oder anderen streichelten, sang ihr Herz: Mein Reich komme sorglos auf den Strom der Zeit, oder: Alle Pein ist von gleichem Maße in des Herzens Kämmerlein.

Mir aber oblag die Sorge für ihre Seele. Wie soll sie am Tag des Jüngsten Gerichts gekleidet sein? Als Kind oder als Jungfrau? Falls als Geliebte, dann wessen? Tag des Jüngsten Gerichts! Wie süß der Klang dieser Worte. Oder zumindest klangen sie damals süß, als ich Julia für Gottes Wohnstatt herausputzte. Ich machte jeden Tag in Julias Leben zum Tag des Jüngsten Gerichts. Ich ließ sie vor Gottes Richtersitz treten wie andere Frauen vor den Spiegel treten. Eitelkeit war das.

---

Während der langen Phasen, in denen ich meine Arbeit aussetzte, gab ich sie auf, ließ sie los. Ich ließ sie ziehen. Ich folgte ihr, getrieben von der unmöglichen Leidenschaft, Julia so zu besitzen, wie sie vielleicht ohne mich war. Sie so wahrzunehmen, wie sie ist oder wirklich sein könnte, wäre sie nie von mir erblickt worden.

Julia soll in Gottes Händen liegen, sie soll ein Geschenk sein, so unentgeltlich wie eine Heuschrecke, mit so viel Daseinsberechtigung wie ein Grashalm. Doch was ist mit mir? Meine heimlichen Mühen? Meine hässlichen Intrigen? Wie soll ich ausgelöscht werden?

---

Keiner soll von mir wissen. Keiner soll ahnen, dass wir zusammenleben. Es soll ein Geheimnis bleiben zwischen Julia und mir, selbst Julia soll über unser Abkommen nicht unterrichtet sein.

Ich werde hinter Julia verborgen bleiben, unsichtbar wie der Künstler hinter seinem Werk, zumal meine Schöpfung nicht aus Holz oder Stein besteht, sondern aus einem lebendigen Wesen.

Ich werde unerkannt bleiben, damit allein Julia erkannt werde. Julia, die als kleines Kind zur Welt kam und den grünen Hang hinunterjagte. Julia, die den Mond anlachte, als sie sich mit ihrem Liebhaber im Gras niederlegte. Sie wird sich vor Gottes Richterthron zu verantworten haben, während ich mein Gesicht verhülle, metaphorisch gesprochen, denn ich habe ja gar kein Gesicht. Es ist Julias Gesicht, mit dem ich mich bedecke. Es ist Julias Gesicht, das angesichts des Todes entblößt werden wird, Julia soll es sein, die man kennt, an die man sich erinnert, die existieren soll. Bis ich sie vollständig und makellos hingestellt habe, bleibe ich ungesühnt.

Sie schläft, sie treibt dahin, sie ist abwesend. Sie ist gefangen. Von Vergangenheit und Zukunft zergliedert wird sie in den vielen Räumen der Zeit festgehalten. Ich werde andere benutzen, um sie zu erlösen, Menschen und Dinge, Liebhaber, Ehemann und Kinder. Davon hat sie sicher eine ganze Brut. Und weil so viel von ihr noch immer gefangen gehalten wird, werde ich dafür sorgen, dass sie noch mehr Liebhaber hat, um sie zu entdecken. Ich will sie öffnen lassen wie einen Fächer, aufdecken wie eine Spur, explodieren lassen wie einen Knallkörper. Auf keinen einzigen Teil von ihr werde ich verzichten. Ich werde nicht eher ruhen, bis sie so fest gebunden ist wie ein Pinselstrich an sein Pigment. Sobald ihr Bildnis vollendet ist, wird sie in die Leinwand eingehen.

---

Doch wie soll ich meine Rolle in dieser ernsten Farce auffassen? Soll ich vielleicht sagen, ich sei eine Art von Intelligenz? Zuweilen habe ich mir vorgestellt, ein himmlischer Funke zu sein. Ein gefallener Engel, wenn man so will; ohne jedoch auf weitere Einzelheiten einzugehen, woher gefallen, wie oder wieso, oder über die himmlische Heimat zu fabulieren, der ich ja noch angehören müsste. Denn wenn gefallen, so hat jener Sturz mein Erinnerungsvermögen völlig abgestumpft. Darum versuche ich, diesen mythologischen Sumpf zu umschiffen; also ein Funke, eine Mücke, ein herumgeisternder Gedankenfetzen, man nenne es wie man will, hineinversetzt – und jetzt suche ich nach der neutralsten Metapher –, obwohl es gelegentlich scheint, als sei dieses Bewusstsein gleich einem Nagel ins Fleisch getrieben worden, oder auch nur an der Stirn angebracht wie eine Grubenlampe, oder wie ein Samenkorn gepflanzt, um Wurzeln und Zweige zu treiben, ein Geschöpf innerhalb eines Geschöpfes, oder auf der Schulter hockend wie ein angeketteter Falke, nein, nicht das richtige Bild – belassen wir es darum bei hineinversetzt, hingestellt, stationiert in einem Körper, und ausgerechnet einem Frauenkörper, um den Skandal noch zu steigern; hohl und gähnend, eine dünne Trennwand aus lebender Membran, die mit der Wildnis in Verbindung steht, zu Mondgezeiten wieder ins Blutmeer getaucht. Meine Rolle wird im Laufe der Kämpfe zu Tage treten, indem ich ein Gegengewicht ausübe und die schmale Kante umklammere, während sie um mich herum tobt und schnappt und donnert wie ein wütiges Meer; indem ich bei klarem Verstand bleibe und jeden ertrotzten lichten Moment als gewonnene Schlacht werte. Ich werde die andere improvisieren, durch welche sie, die ewig Gleichbleibende, eben diese sein wird. Ich werde endlos variabel sein, werde gegensätzliche Rollen annehmen, und schließlich werde ich verschwinden und sie ihrem eigenen Schicksal überlassen, von dem nichts je bekannt werden wird.

---

Ich hatte das sonderbare Gefühl einer vollbrachten Leistung, wie ein japanischer Schauspieler, der seit frühester Kindheit dazu ausgebildet wurde, Frauenrollen zu spielen. Bei Julia habe ich mich immer wie ein Kinderschauspieler gefühlt, der eine weibliche Rolle spielt. War es, um anderen zu gefallen? Ich wollte natürlich einen Akt der Täuschung zuwege bringen. Aber nicht in erster Linie, um andere zu täuschen. Das war einfach eine Notwendigkeit. Ich musste eine Gestalt darstellen. Nein, ich wollte eine Frau spielen, es war mir ein Vergnügen. Meine Improvisationen waren am gewagtesten, wenn wir allein waren.

Der Umstand, dass Julia als Mädchen geboren wurde und dass ich ihrem Fleisch mein weibliches Phantom aufpfropfe, erfordert eine zusätzliche Raffinesse, da die Gefahr der Verwechslung größer ist. In meiner wollüstigen Faszination für die Sinnlichkeit der Frau hielt ich manchmal mitten im Akt der Vorspiegelung inne, um tatsächlich in die Julia aus Fleisch und Blut hineinzubeißen. In solchen Momenten scheint Julia von mir Besitz zu ergreifen, in mir auszubrechen. Aber ich bin mir nie ganz sicher, ob es Julia ist, die außer Kontrolle gerät, oder ob ich es bin. Kaum habe ich meine Illusion geschaffen, da will ich schon in der Realität schwelgen.

---

Manchmal verschwindet Julia ganz und gar. Ich zeige meine Fratze. Ja, was geschieht mit mir, hinter all den Julia-Masken? Ich wachse, fast als ob ich Form und Gestalt annähme. Ich spüre mein knochiges Gesäß, meine steifen Gelenke, den bitteren Geschmack in meinem Mund. In ihrem körperlichen Abbild wird Julia zu einem Halbschatten unzusammenhängender Empfindungen. Ich bin die Wirklichkeit und sie nur Schein. Julia ist eine Fälschung, die allein dem Publikum zuliebe entworfen wurde. Sie verlangten eine Show von uns. Ich lasse sie umherwirbeln wie eine Figur auf einer Spieldose. Eine sittsame Julia, eine verführerische Julia, eine mütterliche Julia. Es kommt der Moment des Ekels, in dem ich mich auf meine Spielpuppe stürze, und wenn ich lang genug auf ihr herumgetrampelt habe, gebe ich ihr einen Fußtritt, dass sie in die Ecke fliegt.

---

Wenn sie einfach nur ein Körper wäre und ich der Geist, wenn es doch nur so einfach wäre! Aber wir sind ein Gewirr aus verschiedenen Teilen, und zusammen ergeben wir nicht einmal eine Person. Irgendetwas fehlt. Oder vielleicht bin ich im Weg. Es sei denn, Julia ist daran schuld. Wiewohl ihr Mantel im Wind flattert, ist sie doch nie ganz wirklich gewesen. Aber ihr ist das egal. In meiner Wahrnehmung ist sie weniger eine Person als eine Ansammlung von Dingen, Orten und Jahreszeiten.

---

Wenn ich mich Julia einfach nur anschließen könnte, so wie sie ist in allem, was sie tut. Diese Julia und jene Julia sein. Julia hier, Julia dort. Julia jetzt, Julia damals. Es ist ganz einfach. Julia ist so einfach. Sie gibt sich heute Peter hin, so wie sie sich morgen Paul hingeben wird und wie sie sich gestern Bruno hingegeben hat. Sie ist einfach bei jedem Anlass eine andere Julia, oder vielleicht auch dieselbe Julia, was weiß ich, und Julia ist nachgiebig wie das Gras. Es mag zwar einfach sein, aber ist das nicht auch Wahnsinn? Könnte Julia ohne fremde Hilfe den Tag überstehen, ohne dass ich ihr alles einsagen, sie erinnern und für sie entscheiden müsste? Würde sie es überhaupt versuchen? Sich selbst überlassen, glaubt sie, sie sei auf Urlaub. Ich kann nicht einmal darauf vertrauen, dass sie ohne meinen Anstoß in der Früh aufsteht. Und selbst wenn sie es täte, wenn irgendein körperliches Bedürfnis oder die Verlockung eines Sonnentages sie schließlich veranlasste, ihr Bett zu verlassen, wüsste sie dann, was sie anfangen, wohin sie gehen sollte, oder würde sie die Stunden mit Nichtstun zubringen, mit ziellosem Umherwandern, auf nichts bedacht, von allem eingenommen, von Straßengeräuschen, von einem dumpfen Verlangen, von den Bodenfliesen im Bad, die sich zu verschiedenen Mustern anordnen. Oder schlimmer noch als nichts zu tun, irgendetwas Dummes unternehmen, mit irgendwem irgendwohin fahren, weil sie nicht Nein sagen kann. Oh, es ist schon eine fürchterliche Sache, Julia zu sein, sich Julia voll und ganz zu ergeben, etwas, vor dem ich mich selbst retten wollte, Julia retten, mich selbst retten, um Julia besser retten zu können.

Ich werde also davon ausgehen, dass wir zwei sind. Ich werde mich auf zwei beschränken, weil Julia unzählbar ist. Ich werde sie als eine Einheit betrachten. Denn ihr für jede Phase, jede Laune einen anderen Namen zu geben, sie zu einem Pantheon zu machen, hieße ja, ihr Dilemma zu lindern, wenn sie monströs wird.

---

Ich war es nicht, der ihr Haar über ihre Schultern wachsen ließ oder ihren Brüsten die richtige Form gab. Ich bin es nicht, der ihr die Stirn runzlig oder ihr Haar grau werden lässt oder ihr Herz zum Stillstand bringen wird. Wenn ihre Zeit gekommen ist, werde ich da sein, an ihrer Seite, aber ich werde respektvoll den Blick senken, ich werde nicht neugierig spähen. Vielleicht werden wir schnell miteinander untergehen, vereint im Ringen um den letzten Atemzug, ein Schrei, eine Not, mit der einigen Stimme des Fleisches schreiend, mit der wir auf die Welt gekommen sind. Doch wohin werde ich gehen? Julia wird es behaglich haben im Erdenstaub. Doch was wird aus mir? Sie werden mich nicht mit ihr gehen lassen, sie werden mich nicht einlassen.

Ich werde draußen vor der Wand einer Luftblase heulen. Ich werde mit meinen Fäusten auf ein Staubkorn eindreschen. Irgendwo anders. Nirgendwo. Außerhalb dieser Welt.

---

Wann hat es mit mir angefangen? Irgendwann muss es ja begonnen haben. Plötzlich befand ich mich mitten auf der Bühne. Nein, nicht in der Mitte. Ich wusste nicht, wo ich war. Sagen wir mal, mein Dilemma geht auf den Moment zurück, als ich anfing, in der ersten Person zu denken, das heißt, ernsthaft zu denken. Es begann als ein Experiment. Nehmen wir an, dass ich es bin, der spricht, schlug ich mir selbst vor, zerren wir den verborgenen Autor auf die Bühne, unfrisiert, in seinem Nachtgewand, und richten wir den Scheinwerfer auf ihn, wie er da blinzelt und stammelt und an seinem Bleistift kaut. Wir haben jetzt genug von den schneidigen, gestiefelten Schauspielern, den Königinnen, den Clowns, den historisch kostümierten Bühnenschönheiten. Wir werden ihm nicht gestatten, sich hinter seinen Geschöpfen zu verstecken, von nun an wird er sich selbst auf der Bühne zeigen müssen. Ich fordere dich heraus, ich befehle es dir, sagte ich, ohne darüber nachzudenken, auf wen sich die Pronomen Ich und Du beziehen, aber in der heimlichen Überzeugung, dass das Experiment sein Verderben, sein Ruin sein würde. Von nun an werde ich einfach sagen: mein Verderben. Ich werde es durchziehen, Ich zu sagen, um ein für alle Mal mit mir selbst fertig zu sein, das Ich loszuwerden.

---

Ich war dabei, als Julia geboren wurde, ich schwamm im opal-schimmernden Gallert ihres Auges. Was für einen Reim machte ich mir darauf? Nach dem endlosen nächtlichen Kampf, nach dem Blutbad, das heitere Krankenzimmer mit seinen tadellosen Wänden, Blumen, Grußkarten und dem roten, in Spitze gehüllten brüllenden Plagegeist. Ich drehte mein Gesicht zur Wand. Aber ich rekonstruiere aus Julias späterer Erfahrung. Der Augenblick ihrer

Empfängnis ist unvorstellbar. Nein, ich habe ihn mir vorgestellt, und bei dem Gedanken wurde mir übel. Wäre nur der Priester, der ihr am Totenbett die letzte Salbung erteilen wird, bei ihrer Empfängnis zugegen gewesen. Oder hätte Gott es nie zugelassen. Nicht auf diese Weise. Besser, sie hätte nie das Licht dieser Welt erblickt, kein Fischnetz hätte sie je empor gehievt. Sie hätte sich weiterhin durch die dunklen Gewässer geschlängelt, ungesehen, unerkannt, in ihrem eigenen Element, die Dunkelheit vor sich hertreibend, spurlos ihr Pfad, lautlos, ungewusst und unwissend, sich von der Fülle des Meeres nährend, bis sie im Laufe der Zeit das Gewässer mit ihrem eigenen Verfall bereichert hätte.

Aber jetzt ist sie draußen, sie hat das Tageslicht erblickt. Es gibt kein Zurück.

---

Sprich nur von Julia. Wie soll ich von Julia sprechen? Habe ich nicht gesagt, dass ich es leid bin, dass ich genug habe von all diesen komplexen Anomalien, den Ichs, den beseelten Körpern, der verkörperten Seele. Nachdem ich die Idee der Person aufgegeben hatte, sollte ich die Namen der Götter, der Monster, Menschenfresser ohne Zahl wiederentdecken, die von nun an das menschliche Gesicht wie eine Gummimaske tragen würden. Der aus gefräßigen Ahnen bestehende Totempfahl würde ihr wahres Abbild sein. Ich werde dich aus deinen diversen Elementen zusammensetzen, aus Streichhölzern, getropftem Kerzenwachs, den rostigen Innereien von Heizkesseln, aus Pech, Möwenfedern und Fischgräten, die sich im Wind verfärben.

---

Ihr Leben hätte so rein und umhegt sein sollen wie ein Märchen. Da mir dies misslang, kann ich etwa sagen, an welchem Punkt die Handlung zu schwanken begann, sich zu trüben und in verschiedene Richtungen auseinanderzutreiben, und die Geschichte bis zu diesem Punkt erzählen – wenn sie bloß dort geendet hätte ...

Ich versuche, sie mir vorzustellen. Julia, das Kind. Julia, die Frau. Wie hat sie diesen Sprung geschafft? Wo ist die Verbindung? Bin ich das Bindeglied? Ich? Habe ich sie damals verloren oder schon früher, in den Jahren, da wir zusammen auf dem Dachboden spielten und ich sie in Fabeln kleidete, habe ich das Kind Julia meinen Träumen geopfert? War sie da oder war ich allein auf dem Dachboden, allein wie ich es jetzt bin, immer allein?

Es hat nie eine Julia gegeben, nur die Erinnerung an sie. Nein, das werde ich nicht sagen. Ohne Julia hätte ich nicht weitergemacht. Julia, die aus dem Fenster hinaussah auf den grauenden Himmel. Sie schien mich überhaupt nicht zu bemerken, sie war in einer anderen Welt, in ihrer Welt der frischen Morgen. Das Geräusch ihrer Füße, wenn sie die Treppe hinunterlief, überzeugte mich, dass ich nichts war. Sie bindet sich ein Kopftuch um, und ich folge ihr hinaus in den nassen Morgen, folge ihr wie ein Kind, wie ein Liebhaber. Oder war auch das eine Fiktion?

---

Vergebens wende ich mich ihren verschiedenen Lebensphasen zu. Julia das Kind, das bereits die Spinne in sich barg. Dort, unbemerkt, hoch auf meinem Sitz zwischen ihren Augen oder im tiefsten Kern ihres Gehirns oder tiefer noch, in der geheimsten Kammer ihres Herzens, plagte ich mich heimlich ab, dort spann ich das Geflecht ihres Lebens. Ich oder ein anderes Ich. Mein Ahnen-, Großvater-Ich, alt, durchtrieben und bedrohlich. Da sie aber die Spinne nie gesehen hatte, argwöhnte sie etwas? Versuchte sie, sich die Spinne vorzustellen und sie mit den zartesten Beinchen zu versehen?

Ich werde es nie wissen. Ich war am Anfang nicht dabei. Das ist man nie, man muss es sich immer ausdenken. Deshalb muss es auch so viele unterschiedliche Berichte geben. Die Welt ruht auf dem Rücken einer Schildkröte. Das ergibt wenigstens einen Sinn. Oder sie wurde von einer einäugigen Eidechse ausgespien. Das ist noch besser.

---

Ihre Lebensgeschichte kann nicht erzählt werden. Sie würde es nicht zulassen. Ich auch nicht. Man stelle sich vor, Augustinus schriebe seine Bekenntnisse, wenn Gott ihn übergangen hätte. Wenn er den Moment der Gnade im Garten verpasst hätte, als Gott seine Seele so umwandelte, dass sich in einem einzigen Augenblick sein gesamtes Leben von seinem wahren Mittelpunkt, seinem wahren Anfang her neu entfaltete. Hätte dieses Leben auf dem Weg durch die Wüste sich selbst begreifen können? Hätte das Tappen im Dunkeln beschrieben werden können, bevor die Gottesgabe des Glaubens es rückwirkend rehabilitierte? Aber hätte er dann überhaupt ein Bekenntnis schreiben können? Es gäbe ja niemanden, dem er es hätte erzählen können, denn wer würde sich schon entblößen, seine geheimen Wunden offenbaren, es sei denn vor Gott, vom Gebet umhüllt? Und es gäbe auch keinen Erzähler, denn die Seele ist kein einheitliches Gefüge, es sei denn, das Abbild Gottes spiegelt sich in ihr.

Ich komme immer wieder auf die frühen Jahre zurück, als wäre der Schlüssel zu Julias Leben dort verborgen. Doch woher weiß ich, dass er mit ihren Spielsachen in den Truhen auf dem Dachboden vergraben ist und nicht bei den Toren des Klostergartens oder in den Zimmern, die sie als Ehefrau, Geliebte und Mutter bewohnte; oder wer weiß, ob der wahre Mittelpunkt ihres Lebens nicht in irgendeinem zukünftigen Ereignis verschlossen liegt, mit Menschen und Orten, die der Zukunft angehören, und allein die Zeit kann es offenbaren, und erst dann und nur dann kann ihre Lebensgeschichte erzählt werden.

In welcher Richtung auch immer der Mittelpunkt liegt, ich werde ihn unmöglich finden, wenn ich nicht weitergehe. Wenn ich ihn heute nicht finde, muss ich morgen wieder zurückgehen, und immer wieder zurückgehen, bis ich eines Tages vor der richtigen Tür stehe. Ständig vor- und zurückgehen, oder versuchen, stehen zu bleiben, denn jeder Schritt vorwärts vervielfältigt die Schritte, die hinter mir liegen und die ich werde zurückgehen müssen.

Ich, nicht Julia. Julia geht weiter, wohin der Weg sie auch führt, während ich Kreise ziehe. Sie ist nicht in meinem Netz gefangen. Sie ist anderswo. Sie läuft am Strand entlang oder durch die Felder oder die Straßen. Ich weiß nicht, wo. Sie ist nicht hier unten bei mir. Unten, wo sich nichts ändert. Ich nenne es unten, obwohl es auch dazwischen sein könnte, wenn es außerhalb der Welt liegt. Die Hölle ist nirgendwo. Ich werde es unten nennen, während Julia oben im Sonnenlicht spaziert. Ich sehe sie die Wiese überqueren, eine Kinderschar Hand in Hand hinter sich herziehend, sie ranken sich um sie wie eine Kette von Blumen, die sich öffnet und schließt. Das ist gelogen. Nein. Es könnte so sein. Ich weiß es nicht. Im Dunkeln versuche ich, mich an Julia zu erinnern.

# ERSTER TEIL

1.

Habe ich um Julia zu viel Aufhebens gemacht? Wie konnte ich sie so ernst nehmen? Haben ihre Röcke, ihre Anmut, ihre sanfte Art mich nicht verdrossen? All dies Getue nur um ein Mädchen! Doch wie hätte ich beurteilen sollen, ob sie leicht oder ernst zu nehmen ist, wusste ich doch nicht, für wie lange, auf welche Art und zu welchem Zweck wir beide so eng verbunden waren. Habe ich mich lächerlich gemacht, indem ich ein frivoles Kind verherrlichte? Habe ich den Zyniker gespielt, als es um Heil oder Verderben ging? Aber ich ritt beide Pferde, das tragische und das komische. Ich habe sie abwechselnd verehrt und verspottet.

Wird man mir meine Hingabe an Julia zum Vorwurf machen? Ich, der ich nichts war, bin in Gestalt dieses Kindes zu Tage gebracht worden. Fleisch und Gebein! Ich hüpfte wie ein Totenschatten, wenn das Trankopfer von Blut in den Graben gegossen wird. Zum Menschen gemacht, damit sich auf meiner Stirn Augen auftun konnten, Augen, die offen sind für meine Sinnlichkeit, und noch dazu zur Frau, um alles umso mehr ans Fleischliche zu fesseln.

Darum musste es Julia sein. Julia, mein Ein und Alles. Ist das ganz sicher? Gab es niemanden vor Julia? Ich muss gestehen, dass mir das Konzept der Reinkarnation nie zusagte. Mir ist der Vorzug der orientalischen Doktrin durchaus bewusst: Sie ist weniger riskant, es wird nicht alles auf einen Wurf gesetzt. Ich gebe zu, dass es eine weise und beruhigende Doktrin ist, stufenweise einen sanften Hang emporzusteigen, anstatt dieses einmaligen steilen Anstiegs. Voranschreiten, zurückgleiten, es macht kaum etwas aus. Der Absturz ist nicht bodenlos oder endgültig. Eine vorübergehende Zurückstufung vom Vogel zum Fisch, schlimmstenfalls bis auf die unterste Sprosse der Leiter, man hat eine Ewigkeit zur Verfügung, um die höchste Stufe zu erklimmen. Woher habe ich nur diese Leidenschaft für das Einmalige? Für das Jetzt oder Nie in alle Ewigkeit? Es mag an meiner heftigen Natur liegen, an meiner Ungeduld, es ein für alle Mal hinter mich zu bringen. Denn ich zweifelte nie daran, dass es jetzt war oder nie. Diese Julia oder keine.

Sollte ich mich jedoch irren und tatsächlich eine frühere Existenz durchlebt haben, von der keine Spur geblieben ist, so vermute ich stark, dass ich in einem blassen Gelehrten, höchstwahrscheinlich einem grübelnden Seminaristen schwelte. Vielleicht erlangte ich sogar als ketzerischer Mönch einige Bedeutung. Dieser Gedanke sagt mir zu: Ja, zu jener Zeit war ich ein großes und schreckliches Gespenst und trieb ganze Klöster zur Verzweiflung, in den Wahnsinn, zu Exzessen der Selbstgeißelung, zum Libertinismus und zum Glaubensabfall. Und jetzt ist für mich die Zeit gekommen, in der ich meine Schuld sühnen muss. Was wäre plausibler, als dass man mich in Julias Körper gesteckt hat, um das Fleisch zu schmähen und zu meiner eigenen Besserung? Was immer ich an Frömmigkeit besitze, verdanke ich Julia. So erklärte sich auch meine große Sorge um ihr Seelenheil, warum die Klosterschule die natürliche Lösung zu sein schien und auch meine strengen Ansichten über die Ehe. Wer kann es sagen? Man hat mir in dieser Angelegenheit keinerlei Weisung gegeben.

Eins scheint jedoch sicher zu sein: Ich war nie zuvor in dem Körper einer Frau, sonst käme es mir nicht so neu und seltsam vor. Vielleicht war ich im Wind, ein Fluginsekt, ein Krabbelkäfer. Höchstwahrscheinlich eine Spinne. Nein, eine Mücke. Keinesfalls in einem Tier von nennenswerter Größe im Verhältnis zum Menschen, so viel steht fest. Die großen Säugetiere beeindrucken mich, aber ich habe nie eine Verwandtschaft mit ihnen empfunden. Nein, ich war winzig, ein bloßer Tupfen.

Aber das hilft mir jetzt mit Julia nicht weiter, und es ist ja Julia, die mir auferlegt worden ist. Die ich mir selbst auferlegt habe, wer will schon behaupten, es sei anders gewesen, ja, ich selbst, ganz allein, ohne Billigung der höheren Instanz, habe mich in meine selbsternannte Rolle gestürzt. Ich stemmte mich gegen die Leere und sprang in Julia hinein. Ganz so war es nicht. Man muss ja die Zeit und die Schwerkraft mit einbeziehen. Zu Beginn dieser ersten Szene wird das Licht abgeblendet, der Vorhang hebt sich, während die Bühne noch in Dunkelheit gehüllt ist. Erst gegen Ende des ersten Aktes oder zu Beginn des zweiten dämmerte es mir mit einem gewissen Unbehagen, dass hier ein Theaterstück im Gange war.

## 2.

War ich mir ihrer Existenz überhaupt bewusst? Verblasste Fotos von Kindern, die im Sandkasten hocken, über eine

Schneewehe purzeln. Sie war dort unter den anderen. Ihre Anwesenheit muss mir peinlich gewesen sein, denn ich entsinne mich dunkel, dass ich versuchte, Julia zu ignorieren. Ich tat so, als kenne ich sie nicht. Wenn Julias Nase lief, machte ich mir nicht die Mühe, sie ihr abzuwischen. Ich schaute aus dem Fenster oder zum Himmel hinauf, wenn man von Julia sprach. Vielleicht hoffte ich, dass sie irgendwann verschwinden würde, wenn ich sie weiterhin nicht beachtete. Die Zeit verging, Julia blieb hartnäckig haften. Soll ich sagen, dass sie mich verführt hat? In mir Mitleid erregt hat? Oder dass ich mich durch ihre sture Anhänglichkeit geschmeichelt fühlte? Denn es kam die Zeit, da ich mich mit der Tatsache abfand, dass ich mit und durch Julia existierte, ihr auf seltsame Weise aufgepfropft war, sozusagen als ein Schmarotzer an Julia klebte.

Man wird sagen, dass ich versuchte, aus einer unangenehmen Situation das Beste zu machen und dabei zu weit gegangen bin. Zu der Zeit beanspruchte mich die Aufgabe, meinen neuen Verantwortungen gerecht zu werden, zu sehr, als dass ich die Absurdität meiner Situation hätte erkennen können. Ich wurde mit Julia zum Kind.

## 3.

Wie soll ich nur das Haus beschreiben, in dem wir unsere besten Jahre verbrachten? Von welchem Haus soll ich zuerst sprechen, vom dem, das ich für Julia baute, oder von dem anderen, dem Klopps-Haus, mit seinen seltsamen Bewohnern, die so unwahrscheinlich waren wie meine eigene Fabelwelt. Aber worauf zielt eine Beschreibung? Etwas von einer Tafel auf eine andere zu übertragen? Eine Substanz in eine andere zu verwandeln, so wie das Fleisch eines Kaninchens zum Fleisch einer Kobra wird? Oder gilt es, das

Erlebte zu ergreifen, ja, es bei den Ohren zu packen und gehörig zu ohrfeigen?

All meine Versuche, den Haushalt der Klopps als ein zusammenhängendes Bild zu rekonstruieren, mit seiner räumlichen Aufteilung, seinem Tagesablauf, der Anzahl und dem Status der Personen, die ihm angehörten, sind gescheitert. Es ist hier nicht unbedingt die Erinnerung, die versagt. Nein, ich erinnere mich genau, dass mein damaliges Erleben des Haushalts der Klopps aus Eindrücken bestand, die so wenig logischen Zusammenhang hatten wie ein Traum. Ich muss daher darauf bestehen, dass die verschiedenen Facetten und Winkel des Klopps'schen Haushalts keinen einheitlichen Gegenstand bildeten, sei es aufgrund meiner verzerrten oder partiellen Wahrnehmung zu jener Zeit oder weil sie tatsächlich lückenhaft und widersprüchlich waren. Ich will beide Möglichkeiten zulassen: Fehler in der Wahrnehmung sowie Mängel in der Beschaffenheit der Dinge. Ich brauche nur einige der Unstimmigkeiten zu nennen, die mir damals zu schaffen machten.

Vom Garten aus gesehen war das Haus der Klopps in seiner Form und Größe klar einzuordnen: ein Bau aus gräulichem Gestein, drei Stockwerke hoch, der Haupteingang in der Mitte. Das oberste Stockwerk oder das Dachgeschoss verengte sich durch die Dachschräge. Wenn wir jedoch im Inneren des Hauses waren, hatte ich immer den Eindruck, es bestünde aus mehreren Flügeln, die durch gewundene Gänge verbunden waren. Es gab ganze Abschnitte mit Zimmern, die wir nie betraten. Wie war das möglich?

Hatte Julia ein Kindermädchen? Vielleicht sogar mehrere? Die Inkompetenz des Kindermädchens war ein ständiges Gesprächsthema bei den Klopps. Kindermädchen wurden dauernd entlassen oder sie gingen von allein ohne Kündigung. Feststeht jedoch, dass Julia, nachdem sie von einem der Bediensteten, manchmal vom Dienstmädchen, manchmal von der alten Köchin, manchmal von dem arthritischen Butler, angekleidet worden war, den ganzen Tag über sich selbst überlassen war.

Die genaue Lage des Klopps'schen Wohnzimmers bleibt ein Rätsel. Ich erinnere mich genau, dass es sich auf derselben Etage wie Julias Schlafzimmer befand. Und doch musste ich oft eine breite, geschwungene Marmortreppe hinuntersteigen, um dorthin zu gelangen.

Ich sah die Klopps immer nur im Wohnzimmer. Aber hielten sich die Klopps immer im Wohnzimmer auf? Oder waren wir zeitweise allein dort? Schwer zu sagen. Es gab Momente, in denen ich glaubte, wir wären allein. Es war so still und ruhig. Wir stahlen gläserne Kirschen aus einer Kristallschale, eine glänzende Schwanzfeder von einem ausgestopften Fasan. Keiner schien auf uns achtzugeben. Aber vielleicht täusche ich mich. Vater und Mutter Klopps konnten stundenlang in starrer Haltung verharren wie Wachspuppen, ungerührt von Julias Getrappel, unempfindlich gegen die unangenehmen Geräusche, die Julia verursachte, zum Beispiel wenn sie mit einem Stock den Metallrost der Heizung entlangfuhr. In diesem Stupor von Lähmung schienen sie ebenso zum Stillleben der Einrichtung zu gehören wie die ausgestopften Köpfe der Elche, Grizzlybären, Nashörner sowie die vollständigen Exemplare kleinerer Wildtiere, die längs der Wand aufgehängt waren und den Kaminsims schmückten. Ich erinnere mich, wie Julia ebenso fasziniert auf den ausgestopften Polarfuchs auf dem Klavier starrte wie auf die wabbelige Masse der Mutter Klopps, die auf dem Diwan in den Polstern lag, wobei sie sich gleichermaßen davor fürchtete, den einen wie die andere zu berühren. Im Laufe der Zeit fürchtete sie sich mehr, Letztere zu berühren, da sie gelernt hatte, dass diese manchmal ganz unversehens zum Leben erwachen und blinzeln konnte. Mutter Klopps wirkte aufgedunsen.

Ihre natürliche schneckengraue Blässe wich bei ihren Asthmaanfällen in fortschreitenden Stadien des Erstickens einer rosa, violetten und blauen Färbung. Grauweißer Flaum bedeckte ihren großen Kopf und erstreckte sich, spärlicher werdend, über ihre Wangen, über ihre vielen Doppelkinne und über ihre wulstige Oberlippe. Sie hatte runde blaue Augen, einen runden Kopf, kleine runde Hände; aber das Rundeste an Mutter Klopps war ihr Lächeln. Wenn Mutter Klopps lächelte, bildeten ihre Lippen keinen Halbkreis, wie es bei den meisten Menschen der Fall ist, sondern sie wurden zu einem vollen Rund.

Vater Klopps' Kiefer war in einem unbeweglichen, straffen Grinsen erstarrt oder war es ein Ausdruck, der zwischen einem Grinsen und einem Knurren lag, obwohl er womöglich gar keine Gemütsbewegung ausdrückte: die Lippen von den Zähnen zurückgezogen, die Zigarre zwischen zwei Zahnreihen geklemmt, die sich nie voneinander trennten, was die teilweise Unverständlichkeit seiner Sprache erklärte. Vater Klopps saß immer in einem Ledersessel und umklammerte ein Whiskeyglas in seinem steifen, ausgestreckten Arm. Seine blassen, glasigen, hervortretenden Augen blinzelten kaum jemals. Wenn Julia hereinkam und ihn so dasitzen sah, war es schwer zu sagen, ob er tot oder lebendig war, vor allem, wenn ihm seine Plastik-Ersatzzigarre im Mund steckte.

Vater Klopps und Mutter Klopps ähnelten einander in ihrem Aussehen, obwohl Vater Klopps hart, knorrig und knotig, Mutter Klopps hingegen weich, glatt und wabbelig war. Ihre glasigen blauen Augen hatten dieselbe Form und denselben Farbton, der sich nicht sehr von dem des ausgestopften Polarfuchses unterschied, wobei ihre Augen gelegentlich blinzelten. Auch ihre Zähne ähnelten sich, nur dass Vater Klopps' Zähne eine Nuance brauner und länger waren und sein Grinsen in der Form eines Rechtecks erstarrt war, während Mutter Klopps' Lächeln die Form eines Kreises hatte.

Sie hätten tatsächlich Bruder und Schwester sein können. Vielleicht waren sie das auch.

Schon bevor sie sich dieser Unterscheidungsmerkmale bewusst wurde, fiel es Julia nicht schwer, sie zu unterscheiden. Nicht, dass sie je das Bedürfnis hatte, sie auseinanderzuhalten. Das hatte sie nicht. Sie hielt sie tatsächlich oft für ein und dieselbe Person, und auch, nachdem sie erkannt hatte, dass es sich um zwei Personen handelte, sah sie Vater Klopps immer als eine Kopie von Mutter Klopps oder Mutter Klopps als eine Kopie von Vater Klopps, ziemlich wahllos. Aber nach einer Weile dämmerte ihr natürlich ein Unterschied zwischen den beiden: Während Mutter Klopps stets auf dem Diwan lag, saß Vater Klopps immer aufrecht, wobei ihn der tiefe Ledersessel am Kamin größtenteils verdeckte. Schließlich entwickelte Julia, wie die meisten Mädchen, eine besondere Zuneigung zu ihrem Vater. Vater Klopps hatte eine liebenswerte Schwäche: Er war kitzlig. Wenn Julia ihn mit einer Feder am Kinn kitzelte, zuckte sein Mund, und er wurde von kleinen Krämpfen geschüttelt, die einem Kichern ähnelten. Ich vermute, dass Julia ihren knorrigen, knotigen, borstig behaarten, nach Talkumpuder und Tabak riechenden Papa wirklich gern hatte. Aber dies ist, wie bereits bemerkt, bei weiblichen Kindern ganz natürlich. Wäre es andersherum gewesen, wenn Vater Klopps weich, fett und wabbelig gewesen wäre und Mutter Klopps hart, knorrig und knotig, hätte Julia dann noch immer ihren Papa ihrer Mama vorgezogen, oder hätte sie ihre Mama, die in dem Fall tatsächlich eher Papa-artig, also hart, knorrig und knotig war, nicht lieber gehabt als ihren Papa, der eher Mama-artig war?

Solche Fragen beschäftigten mich damals.

4.

Am Anfang liebte ich sie nicht, lange Zeit nicht. Sie passte mir überhaupt nicht, diese zappelige, sommersprossige, daumenlutschende, bettnässende Julia. Sie war zu pummelig und zu schroff für meinen Geschmack; schon als kleines Ding lungerte sie um die Gesinderäume herum und hielt Ausschau nach den Liebhabern der Dienstmädchen. Und wie leichtfertig sie sich in der Gegenwart irgendeines männlichen Wesens aufführte! Ich schämte mich für Julia.

Meine Situation schien anfangs fast aussichtslos. Julia war unbedacht, leichtgläubig, launisch, pervers; sie neigte zu anhaltenden Kicheranfällen und zu Tränenvergießen. Mal war sie ausgelassen, mal lustlos, je nach Laune. Sie nahm von jedem Fremden Bonbons an und wäre ihm bis ans Ende der Welt gefolgt, wenn er sie nur gewollt hätte.

Julias Erscheinung war für mich eine ständige Quelle der Irritation. In ihrem unförmigen weißen Pelzmäntelchen, mit ihrer Pelzmütze, den pelzgefütterten Stiefeln und den weißen Leggings, noch ergänzt durch einen kleinen Pelzmuff, fand ich sie besonders lächerlich. Sie erinnerte mich an einen Eisbären. Und wie albern sie aussah mit dieser großen weißen Schleife, die man ihr seitlich ins Haar gesteckt hatte. Wie oft habe ich diese nicht abgerissen und in den Schlamm geworfen, oder in die Büsche.

War das Julia? Nein, ich werde sie die Klopps-Tochter nennen. Wann wurde Julia geboren? Soll ich mein uraltes Verbrechen bekennen? Seit Jahren war mir dieses unförmige, winselnde, jämmerliche Ding überallhin gefolgt. Eines Tages nahm ich die Klopps-Tochter, diesen Vorwurf an Gott, und stopfte sie in den Wäscheschacht, zusammen mit den schmutzigen Lätzchen, Söckchen und Unterhosen. An ihrer Stelle würde ich Julia erschaffen, aber vorerst nahm ich ihren Platz ein. Niemand hatte etwas bemerkt. Alle Veränderungen waren Verbesserungen. Eine Zeitlang glaubte ich fast, es sei mir gelungen, der vertrocknete Ast sei aufgeblüht. Nein, ich sah es nicht als meinen Erfolg an. Es war Julia. Es war ein Wunder. Julia war das wahre Kind. Das andere, die Klopps-Tochter, der Wechselbalg.

## 5.

Ihre Eltern waren eine Prüfung, und natürlich musste ich auch mit ihnen leben.

Wie die meisten Eltern hatten Vater Klopps und Mutter Klopps ein begeistertes Interesse für ihr Kind. Die Klopps sogar noch mehr als die meisten Eltern, da Julia das Kind ihres reifen Alters und ihr einziges Kind war. Da sie sich überdies im Ruhestand und im Rückzug von der Welt befanden und ihr sich verschlechternder Gesundheitszustand ihnen alle Tätigkeit untersagte, die sie mehr anstrengte als ein sporadisches, von vielen Ruhepausen unterbrochenes Gespräch, war das Thema Julia eigentlich ihre einzige Zerstreuung.

Haben sie ihr den Namen Julia gegeben? Die Frage beschäftigt mich, denn sie riefen sie nie Julia oder bei irgendeinem anderen Vornamen. Vater und Mutter Klopps nannten ihr Kind immer nur Baby Klopps. Nichts könnte natürlicher sein: Für sie war sie immer Baby Klopps und würde es für immer bleiben. Wenn sie von ihrem Kind sprachen, verfielen sie unweigerlich in ein leichtes Lispeln.

Mutter und Vater Klopps hatten die seltsame Angewohnheit, in Julias Gegenwart über Julias listige kleine Streiche zu sprechen, während sie Julia völlig ignorierten. Und ob Julia nun knickste, wie es sich gehörte, oder sich die Hose runterzog und ihre Zunge rausstreckte, wie es sich gar nicht gehörte, ob sie lachte oder weinte, wenn sie die allergewöhnlichsten Dinge sagte oder tat, immer hielten sie Julia für das niedlichste Ding auf der Welt.

Noch merkwürdiger war die Tatsache, dass sie zwar endlos über Julia diskutierten, aber nie auf die Idee kamen, mit Julia selbst zu sprechen. Und sogar, wenn es ganz natürlich und zwingend notwendig gewesen wäre, Julia direkt anzusprechen, weil Julia sich wieder einmal so völlig danebenbenahm, zogen sie es vor, sich zurückzulehnen und der kleinen Szene zuzusehen, als säßen sie in einer Theaterloge. Im schlimmsten Fall würde Mutter Klopps vielleicht an Vater Klopps gerichtet bemerken, Wäre es nicht schön, wenn Baby Klopps aufhören würde, so auf dem Klavier herumzuhämmern? Oder Vater Klopps bemerkte vielleicht an Mutter Klopps gewandt, Oje, Baby Klopps zertrümmert gerade unser letztes Stück Ming-Porzellan! Aber gewöhnlich riefen Mutter Klopps und Vater Klopps freudig aus, Sieh nur, wie Baby Klopps auf dem Teppich Pipi macht!

Glücklicherweise erschien immer dann, wenn Julia kurz davor war, aus dem Fenster zu springen oder die Kronleuchter von der Decke zu reißen, ein Diener auf der Bildfläche und griff ein wie ein Deus ex Machina, um die Katastrophe zu verhindern.

Die Klopps fanden stets den größten Gefallen an Julias kleinen Eigenheiten, wenn sie glaubten, sie spiegelten eine Familieneigenschaft wider. Ihre Wutanfälle waren ganz Tante Etta, so Vater Klopps. Ihre *pseudologia phantastica* war Onkel Gundolf *redivivus*, bemerkte Mutter Klopps voll Entzücken. Verfrüht übersteigerter Geschlechtsappetit, genau wie Großmutter Klopps, meinte Vater Klopps oft liebevoll. Und auch ein wenig hysterisch, wie Großmutter Fuchs, fügte Mutter Klopps hinzu. Ihren Eigensinn, da waren sich beide einig, hatte sie von Onkel Bobbie, der sich fünfundzwanzig Jahre lang weigerte, sein Bett zu verlassen, weil seine Mutter ihn kein Pferd reiten ließ.

Den Kloppsens bereiteten diese Beobachtungen ein wachsendes Vergnügen, es amüsierte sie, Züge von geliebten Verstorbenen in Baby Klopps zu entdecken. Allerdings nahm die Unterhaltung einen weniger freundlichen Ton an, sobald Mutter Klopps andeutete, dass Baby Klopps ihr Phlegma von Vater Klopps geerbt haben könnte, oder wenn Vater Klopps befand, dass Baby Klopps mit ihrem Bettnässen ganz ihrer Mutter nachkam. Solche Behauptungen stürzten sie in bitterste Auseinandersetzungen, wobei Baby Klopps in der Hitze der gegenseitigen Beschuldigungen bald vergessen war. Mutter Klopps' Augen quollen hervor, Vater Klopps' Adamsapfel hüpfte auf und nieder, und da Mutter Klopps schließlich einen Asthmaanfall erlitt, hatte Vater Klopps meist das letzte Wort: Aber Liebling, als ich dich kennenlernte, warst du doch Bettnässerin! Ich meine nicht die Blasenentzündung, die du einmal hattest, sondern, weißt du denn nicht mehr, damals auf unserer Hochzeitsreise –?

Die Klopps'sche Versessenheit auf Genealogie beschränkte sich nicht auf das Verhaltenssyndrom, sondern erfasste jedes Detail ihrer Physiognomie. Sie konnten sich nie einigen, ob ihre Nasenlöcher von Tante Heda oder von Onkel Gustav stammten, ob ihr Gesicht ganz allgemein mehr Klopps war als Fuchs oder mehr Fuchs als Klopps, wobei Vater Klopps behauptete, Baby Klopps ähnele eher ihm als Mutter Klopps, und Mutter Klopps befand, Baby Klopps sei ihr ähnlicher als Vater Klopps. Hätten sie sich nur auf die eine oder andere Variante geeinigt, hätten die Diskussionen vielleicht ein für alle Mal ein Ende gefunden.

Meiner Meinung nach ähnelte Julia weder dem einen noch dem anderen Elternteil. War sie möglicherweise ein Adoptivkind? Aber hätten sie das in all ihren Gesprächen nicht auch einmal erwähnt? Aber nein, sie sagten immer, als der Storch unseren kleinen Pandabären gebracht hat, oder, es ist jetzt fünf Jahre her, dass der Postbote uns unseren kleinen Wonneproppen brachte. Könnten diese Äußerungen als Beweis dafür gewertet werden, dass Julia adoptiert worden war? Streng genommen, nein. Viel wahrscheinlicher ist, dass sie nicht ihre Eltern, sondern ihre Großeltern waren. Und die Eltern? Aus dem Gedächtnis gelöscht, denn sie wurden nie erwähnt. Es kommt manchmal vor, dass eine Generation auf diese Weise verloren geht.

6.

Ich stand hilflos daneben, während das Dienstmädchen sie auf Anweisung der Eltern in einen gestärkten Petticoat hineinzwängte und ihr das rosa Taftkleid über den Kopf zog. Die Köchin war auch dabei, beide Frauen fummelten an den winzigen Schleifen auf den Puffärmeln herum und sagten ihr, sie solle stillhalten. Vielleicht sah Julia, wie ich die Stirn runzelte, als sie ihr die große rosa Schleife im Rücken banden. Sie griff hinter sich, um die Schleife zu berühren. Das Kindermädchen klatschte ihr auf die Hand.

Ich glaube, das war der Moment, in dem ich meinen ersten Anfall hatte. Mehrere Fensterscheiben wurden zertrümmert, ein Blumentopf ging zu Bruch, ein Tintenfass ergoss sich über Julias neues Kleid. Sie glaubten, sie sei vom Teufel besessen. Warum war ich so außer mir geraten? Der Augenblick, in dem mein Schützling mit den Wahrzeichen ihres Geschlechts bestückt wurde, sollte doch von Zeremonien begleitet sein, die so brutal und willkürlich waren wie der Akt der Investitur. Oder vielleicht war es einfach nur meine konstitutionelle Abneigung gegen die Farbe Rosa?

## 7.

Aber gab es mich denn überhaupt, von Julia gesondert, so voll entwickelt, wie ich es jetzt bin? War ich nicht in Julia vergraben, eine bloße Larve, die gerade begann, sich herauszuarbeiten? Gemütlich in Julia eingebettet, döste ich vor mich hin, wie ein Säugling am Hals seiner Mutter, während Julia mit ihrem Kind-Sein beschäftigt war. Denn ich entsinne mich einiger Augenblicke in Julias Sommertagen, als wären sie meine eigenen. Julias Vergnügen an ihrem eigenen Herzschlag, wenn sie den Hang hinabsauste, oder an einer Handvoll Wildbeeren. Mein und doch nicht mein. Wie kann ich mir sicher sein, denn ich habe nur ein Bündel verblichener Bilder, Ansichtskarten aus fernen Ländern, die ich immer wieder mische. Ich schmückte sie mit Federn, behängte sie mit knallbunten Perlen, wickelte sie in Löwenfelle, den Schätzen schwarzer Königreiche, die Julias Urgroßvater geplündert hatte.

Nur wenn ich die Vergangenheit ohne Rückgriff auf die Erinnerung besäße, so wie nur Gott sie besitzen kann, könnte ich Julia besitzen. Denn sie war für mich immer verloren, ihre Augenblicke in den Mühlen meiner alltäglichen Überarbeitungen zermahlen. Aber ich übertreibe. Habe ich denn keine Wegmarken gesetzt? Ja, doch, an einem entscheidenden Punkt habe ich die Vergangenheit kodifiziert, den Kanon ein für alle Mal festgelegt, eine endgültige Version. Je nach Bedarf erließ ich spezifische Bullen und Emendationen. So hatte ich teilweise Erfolg in meinem verzweifelten Bemühen, Julias Leben zu bergen. Aber es gelang mir nie, mich an meine eigenen Regeln zu halten. Ich muss ständig nachbohren, hinter dem Text herumstochern, ihn zerpflücken, den Blattrand mit abweichenden Lesarten beschmutzen. Noch einmal eine dieser Fiktionen zusammensetzen, meine Lebensgeschichten Julias. In der

Hoffnung, auf ein verborgenes Detail zu stoßen. Oder weil es meine einzige Möglichkeit ist, mit Julia zusammen zu sein. Oder um mich von Julia zu läutern. Um aus dem versiegelten Schrein ihrer Gegenwart ein weiteres Phantom heraufzubeschwören.

Ihre Kindheit also. Die Kindheit, die ich für sie erfunden habe, eines der vielen Kostüme, in die ich sie kleidete. Sollte es eine andere geben, so habe ich nur flüchtige Einblicke, ein gezogener Faden in meinem Tuch, ein andersfarbiges Garn, ein Flicken mit einem anderen Webmuster.

## 8.

Wir führten eine Art Kinderehe. Heimatlos wie ich war, schloss ich mich ihr an, bemächtigte ich mich all ihrer Stunden. War es nicht von Anfang an klar? Ich war ins Haus Klopps geschickt worden, um Julia zu retten. Eines Tages sind wir einfach durchgebrannt.

Wir versteckten uns in Schränken und hinter Vorhängen, wir spielten unter der Kellertreppe, aber man fand uns immer. Wir kauerten im hohen Gras, wo uns die Wespen zusetzten. Bis ich eines Tages die krumme Stiege zum Dachboden erklomm, an dem rostigen Türknauf drehte und mich in einem vergessenen Lagerraum befand. Über den Möbeln lag ein Staubschleier, der sich im blassen Morgenlicht weißlich wie Raureif ausnahm. Ich hielt den Atem an, bezaubert von der Stille, vom Staub, der das sichtbare Siegel der Stille war. War ich in einem Traum? Denn ich hatte das Gefühl, schon einmal hier gewesen zu sein. Oder Julia, eines der vielen Male, da sie sich auf ihrem Streifzug durchs Haus verirrt hatte. Bevor ich seine Schätze entdeckte, hatte ich das Gefühl, es habe immer schon mir gehört.

Ich richtete mich mit Julia, meinem Findelkind, meiner entführten Braut, auf dem Dachboden ein. Wir hatten hier all die Requisiten für Abenteuerspiele und fantastische Romanzen. General Klopps' antike Waffensammlung, seine Säbel, Dolche und Pistolen. Und grimmig aus ihrer Montage knurrend eine Galerie ausgestopfter Tiere, die Julias Urgroßvater Wilhelm Fuchs vor hundert Jahren im Dschungel des Amazonas und in den arktischen Wüsten erlegt hatte. Kisten voller Bücher, Enzyklopädien, Grammatiken, Lexika, Handbücher der Wissenschaft und der Theologie, die Bibliothek von Julias Großonkel Gundolf Klopps. Was konnte man sich noch wünschen? Ich konnte mir keinen vollkommeneren Ort vorstellen. Hoch über der Stadt, mit Blick auf den kleinen Wald und die grasbewachsenen Dünen, die zum Meer hin abfielen.

Oben in unserer Dachkammer probten wir die Klänge der Leidenschaft, Liebesszenen und Todesszenarien. Ich bezeichne dies als unsere romantische Periode. Ich tat so, als würden ihr andere die Kleider ausziehen, ich spielte die Rolle ihrer Zofen, kämmte ihr das Haar, schminkte ihr die Augen. Als ihre Vertraute, ihr Page und ihr Minister schloss ich ihr die Schnallen an den Schuhen und flüsterte ihr letzte Anweisungen ins Ohr.

War ich damals ihr Diener oder ihr Meister? War ich Elternteil, Liebhaber oder Freund? Alles. Meine Fantasie kannte keine Grenzen, wenn es darum ging, Julia zu beeindrucken und zu beglücken. Ich probierte jede Rolle aus, schlüpfte in die Gestalt ihrer illustren Vorfahren. Soldat, Abenteurer, Alchemist, ich stolzierte in Jagdstiefeln einher, in einem schwarzen Cape und schwang die Peitsche. Bei feierlichen Anlässen trug ich einen Kopfschmuck mit Federn, die dem heiligen Guacamaya-Vogel ausgerupft worden waren. Und Julia? Erschien sie auf dem Treppenabsatz, in verblichenem Samt oder Brokat? Ich war damals so in meine diversen Rollen vernarrt, dass ich nicht einmal ein klares Bild von Julias Physis besitze. Seltsam, dass mir der hohe, konische, mit Sternen übersäte Hut des imaginären Zauberers, der – wie ich mir vorstellte – buschige rote Schnauzbart des Generals Wilhelm Klopps und mein Bild des blassen, über Hieroglyphen brütenden Gundolf Klopps lebhafter im Gedächtnis geblieben sind als Julias Gesicht, ihr kindliches Geschrei, ihre zappeligen Hände.

Sie war schon längst aus ihrem kleinen weißen Eisbärenmäntelchen herausgewachsen. Ich entsinne mich, dass sie eine marineblaue Jacke mit glänzenden Knöpfen trug. Aber wenn ich versuche, mir ihre Gesichtszüge ins Gedächtnis zu rufen, sehe ich eine Märchenprinzessin mit großen Augen und goldenen Locken, die ihr bis zu den Füßen fallen.

Das waren unsere besten Jahre. Der verbotene Tenor unserer Beziehung verstärkte nur noch ihren Hauch von Heiligkeit. Ich musste ein Geheimnis bleiben, nicht aus Scham, sondern aus Vorsicht. Wie ein seltenes Juwel, das man nicht leichtsinnig vor den begehrlichen Augen der Welt zur Schau stellen darf, bevorzugte ich die Verborgenheit.

Ich bildete mir ein, Julia sei stolz auf mich. Hatte sie es nicht besser als viele andere? An langen Winternachmittagen las ich ihr Märchen, Legenden, Gedichtbände vor. Sie liebte Worte, ich fürchte, sie liebte sie auf Kosten der Sätze. Sie hielt mich mitten in einem Absatz an, um ein Wort anzustarren, wie ein Kind vor dem Schaufenster einer Konditorei. Wir verbrachten glückselige, selbstvergessene Stunden mit der Lektüre des Wörterbuchs. Was für eine Fundgrube von Visionen! Das Wort »archaisch« beschwor uralte Männer mit schütteren weißen Bärten herauf. Riesenhaft und hager stiegen sie aus grauen Knochenhaufen, ihre Bärte wehten wie Fackeln im Wind. Am meisten liebte sie weiche Worte: »Schatten« hatte einen weichen Klang, weich wie der Wind und die Flamme der Fackeln.

So verbrachten wir viele müßige Nachmittage über einem Wort, auf das unser Blick zufällig gefallen war. Ich liebte sie, ich verwöhnte sie. All meine Stunden gehörten ihr, Julia, meine einzige Liebe, mein einziger Schützling. Ich machte ihre Hausaufgaben für sie. Sie war die Beste in ihrer Klasse. Während andere Mädchen Papierpuppen ausschnitten, fertigte Julia Kopien chinesischer Kalligrafie an und kannte die Genealogie der nordischen Götter auswendig. Ich werde nie erfahren, ob sie meine Leidenschaft für Berichte von Missionaren über das Brauchtum der Wilden wirklich teilte oder ob sie mir nur gefällig zu sein versuchte. Sie beschwerte sich nicht. Ich war mir sicher, dass sie sich für privilegiert hielt, mit mir zusammen zu leben. Denn das brachte ich ihr bei. War ich tyrannisch? In meinem anfänglichen Eifer teilte ich alles mit Julia, meine kleinen Hobbys, meine Insektensammlung, meine Münzen, meine Vorliebe für geheimnisvolle Überlieferungen. Es war nur eine Phase. In späteren Jahren bereute ich das und lehrte sie vergessen.

## 9.

Warum nur musste Julia zur Schule gehen, wenn sie doch mich als Privatlehrer hatte? Von der Schulzeit sind mir lediglich das bedrückende, schwarz umrandete Zifferblatt der Uhr und das rostige Läuten der Glocke in Erinnerung geblieben. Wenn ich an die vergeudeten Jahre denke, die Julia die Schulbank drückte, werde ich immer noch zornig. War ich mit Julia dort? Ich glaube lieber, dass es Julias stoischer Ausdauer zu verdanken war, dass wir die Schuljahre überstanden haben.

Und was ist mit den Stunden, die ich ohne Julia verbracht habe? Graue, leere Stunden. Doch in gewisser Weise war es mir schon recht, Zeit für mich zu haben. Meinen eigenen Gedanken nachhängen zu können, ganz allein umherzuwandern, ein Schatten, der über die Schatten der kahlen Äste streift, oder davonzutreiben, gestreut im grauen Himmel.

Ich wartete nach der Schule auf dem alten Friedhof auf sie. Manchmal verspätete sich Julia, sie ging mit ihren Freundinnen in den Park. Das ärgerte mich. Oder sie kam Süßigkeiten kauend zu mir. Das machte mich wütend. Essen auf dem Friedhof ist eine Beleidigung der Toten. Ich zwang sie, die Süßigkeiten wegzuwerfen. Ich hatte den ganzen Tag auf sie gewartet, und als sie dann endlich kam, missfiel sie mir. Sie hatte etwas Verschmutztes und Verwelktes an sich. Vom Schultag abgestumpft. Tintenflecken an ihren Fingern. Ich rieb sie mit Schnee ab. Ich löste ihr die Zöpfe, riss den gestärkten Kragen ab, ließ ihren Mantel offen flattern und häufte Blätter über sie. Das war schon etwas besser.

Wir streiften durch die Wälder. Es war mir egal, ob der Schlamm an ihren Beinen hoch spritzte und der Wind in ihren Haaren tobte. Das war meine Julia! Ein hüpfendes Rehkitz. Eine Waldnymphe. Eine Schwester des durchnässten Erdbodens.

Auf dem Heimweg bedrückte mich der Gedanke an die Kommentare, die Julias zerzauste Erscheinung hervorrufen würde. Würden sie sie doch bestrafen, schlagen, hungern lassen! Aber sie machten nur dümmliche Bemerkungen. Ich musste strenge Eltern für Julia erfinden. Eine warzengesichtige Hexenmutter und einen schrecklichen Unhold von Vater, mit den Hauern eines wilden Ebers. Ich spielte abwechselnd die grausamen Eltern und die gütigen Feen, die ihr zu Hilfe kamen. Als ich dieser Spiele überdrüssig wurde, erfand ich andere Geschichten. Sie lebte bei einem alten Zauberer. Er zauberte ihr etwas vor. Sie würde so lange seine Gefangene bleiben, bis sie sein Geheimnis lüftete.

In späteren Jahren konstruierte ich Julias Beziehung zu ihren Eltern mit mehr Feingefühl. Ich ließ sogar Familienstolz und Frömmigkeit zu. Sie waren tot. Es bestand keine Gefahr mehr.

## 10.

Meine nächsten zehn Jahre mit Julia brachte ich hauptsächlich damit zu, über ihr Benehmen zu wachen: sie daran zu hindern, ihren Bauch vorzustrecken, ihren Kopf schief zu halten, ihre Nägel zu kauen, mit gespreizten Beinen dazusitzen, im falschen Moment laut zu lachen. Keine sehr schmeichelhafte Betätigung für einen Geist mit meinen Begabungen, doch schon eine nichtige Kleinigkeit kann den Willen fesseln, wenn diese so hartnäckigen Widerstand leistet, wie Julia es tat. Kein Wunder, dass ich etwas steif und öde geworden war, nahezu gouvernantenhaft, bis Julia endlich gelernt hatte, ihre Beine anständig übereinanderzuschlagen.

Ich war ihr Sklave, ihr Packesel. Was habe ich nicht alles für Julia getan? Ich unternahm mühsame Wanderungen, um sie fit zu halten. Aß Karotten, damit ihre Augen glänzten. Und obendrein war es eine undankbare Aufgabe. Julia begann, von mir fortzutreiben. Tagelang wartete ich vergeblich auf dem Friedhof auf sie. Wo war sie? Saß sie mit den Mädels in der Konditorei am Eck herum? Blätterte sie in der Umkleidekabine in Filmzeitschriften? Es sähe ihr ähnlich, wenn sie den ganzen Nachmittag auf dem Bolzplatz verbrächte, wo die älteren Jungs Fußball spielten. Allerdings könnte es auch sein, dass sie bloß stumpfsinnig die Straße entlangschlenderte und Blasen aus Spucke in die

Luft blies oder sich in der Nase bohrte – aber ehrlich gesagt gab es Dinge, die ich lieber nicht über Julia wissen wollte.

Ich gebe zu, dass ich vielleicht etwas prüde war, aber man wird mir zugestehen, dass es nicht leicht war, sich um Julia zu kümmern. Würde mein Zögling jemals erwachsen werden? Ich musste jeden Augenblick auf der Hut bleiben, sonst blamierte sie uns in aller Öffentlichkeit. Zum Beispiel, als wir vor dem Schuldirektor erscheinen mussten, ich bin mir sicher, dass sie ihm den Schnurrbart gestreichelt hätte, wäre ich nicht dazwischengegangen.

Nein, Julia, musste ich sie stets von Neuem ermahnen, dieser Mann ist nicht dein Papa, das ist Herr Kraut, der Schuldirektor. Du kannst ihn nicht Papsi nennen, du musst Herr Kraut sagen, weil er der Schuldirektor ist. Auch wenn seine Zähne aussehen wie die deines Papas und wenn sein glasiger Blick so ist wie der deines Papas, er ist trotzdem der Schuldirektor Herr Kraut. Sieh her, er hat einen Schnurrbart. Dein Papa hat keinen Schnurrbart, das weißt du. Sag also Herr Kraut (schlag die Augen nieder, dann fällt es dir leichter, nicht zu kichern). Du darfst seinen Schnurrbart nicht streicheln, er ist der Direktor, Julia, der Schuldirektor! Du darfst den Rektor nicht so anstarren oder ihm zuzwinkern. (Ich kauf dir nachher zehn Schokoriegel, wenn du jetzt bloß nicht lachst.) Du darfst in seinem Zimmer nichts anfassen. Nicht einmal den Briefbeschwerer-Affen auf seinem Schreibtisch. Gar nichts! Du darfst ihn auch nicht küssen, wenn er dir dein Zeugnis reicht, sondern nur knicksen, dich bedanken und dich wieder zu den anderen Kindern in die Reihe stellen.

Ein einziger unachtsamer Augenblick konnte sich als katastrophal erweisen. Während eines Gottesdienstes fiel mir einmal ein Detail an einem Gesims auf; ich versuchte, die lateinische Inschrift zu entziffern, als ich die konsternierten Blicke bemerkte, die auf uns gerichtet waren. Julia, wie ich zu meinem Entsetzen feststellte, hatte sich hingesetzt, während alle anderen in stillem Gebet dastanden, und was es noch schlimmer machte, sie hatte sich auf den Schoß der Moses-Statue zu unserer Rechten plumpsen lassen. Ihre Lehrerin zog sie prompt zurück in die Reihe, die Milde ihres Rucks erstaunte mich. Hätte ich die Macht besessen, ich hätte sie wahrscheinlich totgeschlagen.

Was für Kämpfe ich mit ihr hatte! Wir stritten uns endlos um Julias Essen. Julia kannte beim Essen keine Skrupel. Ihr schmeckte alles. Ich hatte mir extrem große Mühe gegeben, meine natürliche Zimperlichkeit gegenüber der Körperlichkeit zu überwinden. Das war nicht leicht. Sooft Julia sich das Knie aufschürfte, musste ich mich zusammenreißen, um beim Anblick von Blut und Eiter nicht die Flucht zu ergreifen. Es gab eine Zeit, in der mich schon der Speichelfluss zur Verzweiflung brachte. Der Geruch von Exkrementen bringt mich immer noch der Ohnmacht nahe. Menschlicher Exkremente, wohlgemerkt. Die Ausscheidungen von Tieren sind mir nicht unangenehm. Ich gestehe sogar, dass ich Pferdemist mag, diese harten, trockenen Klumpen, die an Erdklumpen erinnern, mit ihrem milden Geruch nach Heu. Alles Menschliche hat etwas Ekelhaftes an sich. Aber mit eiserner Disziplin lernte ich, meine Abscheu zu überwinden und Julias Körper zu akzeptieren. Auch wenn Julias Niesen oder das Schneiden ihrer Fußnägel mich noch immer störten, machte ich darum kein Aufheben.

Aber die Ernährung war eine gravierendere Angelegenheit. Was verlieh den Klopps und ihrer Dienerschaft ihren phlegmatischen Charakter und ihre aufgeblähte Erscheinung, wenn nicht die Nahrung, die sie zu sich nahmen? In Anbetracht der Kartoffelsuppen, der Kohlwickel und der Knödel war ich mir sicher, dass Julia sich zu einer Klopps entwickeln würde. Neben der Klopps'schen Küche gab es noch den Süßwarenladen, gegen den ich anzukämpfen hatte. Ein Schokoriegel passte nicht in mein Bild von Julia. Was für eine Diät würde ich ihr denn verschreiben? Wildvogeleier? Schnecken und Schmetterlinge? Sollte Käse auf Julias Speiseplan stehen?

Was haben wir nicht alles durchprobiert, um ein System von Lebensmitteltabus zu entwickeln! Es war bestimmt nicht leicht, mit mir zu leben, aber mit Julia war es auch schwierig. Am meisten verletzte mich, dass sie nach unseren ärgsten Krisen einfach aufstand und hinausging zum Spielen, als wäre nichts geschehen.

## 11.

Aber ich bin mir nicht einmal sicher, ob Julia mich wirklich verachtete, wenn sie so tat, als wäre ich nicht da. Ihrem damaligen Verhalten nach zu urteilen, könnte man annehmen, dass sie sich für den einzigen Menschen auf der Welt hielt. Sie war tatsächlich, um unsere alte Köchin Mathilde zu zitieren, so hoffnungslos »in sich selbst verstrickt«, dass sie in göttlicher Vergesslichkeit jede andere Existenz außer ihrer eigenen übersah, und sofern sie andere Personen und Dinge überhaupt wahrnahm, wurden diese zu einem Teil ihrer Selbst. Ihre trotzigsten wie auch ihre ergebensten Gesten waren von einer so blinden und überaus gleichgültigen Qualität, dass ich mich manchmal fragte, ob sie mich überhaupt hörte. Wie ich feststellte, befand sich die Dienerschaft in dem gleichen Dilemma. Aber für die Familie Klopps hatte Julias Solipsismus nichts Ungewöhnliches oder Beunruhigendes an sich. Ob sie es als eine weitere Klopps'sche Eigenart abtaten? Nein, ich vermute eher, dass sie niemals damit rechneten, Julia könne sich in ihr kleines Tête-à-Tête über Baby Klopps einmischen, und wenn sie in

Wort oder Tat auf ihre Bemerkungen reagiert hätte, wären sie wohl vor Schock gestorben.

Aber vielleicht spielte Julia ein Spiel mit mir; so dachte ich damals und zitterte davor, dass sie mich verraten könnte. Julia äußerte oft Sätze wie: »Gott ist in meinem Bauch«, wenn man ihr mit der Strafe Gottes drohte. Das ließ mich immer zusammenzucken. Eine Anspielung auf mich, den kleinen Schnipsel! Dabei befand ich mich gar nicht in ihrem Bauch mit der ganzen Sauerei von halbverdauten Knödeln, aber da sie die vermeintliche Allmacht nun einmal dort platzierte, gab ich ihr einen Tritt zu spüren, der ihr das Blut ins Gesicht schießen ließ.

Und all ihre seltsamen kleinen Mätzchen, ihre Zählspiele, das Sich-im-Kreis-Drehen, bis ihr schwindlig wurde, oder die Treppe hinunterhüpfen, in Einer-, Zweier- und Dreierschritten, und wieder hinauf und wieder hinunter, endlos – warum tat sie das, wenn nicht, um mich zu verwirren? Sie riss all ihren Puppen die Augen aus und versteckte sie in Streichholzschachteln. Warum?, fragte sie die alte Mathilde. Warum hast du das getan, du böses kleines Mädchen! Damit sie mich noch mehr lieben, sagte Julia mit ihrer Singsang-Stimme. Aber mit ihren Augen waren sie hübscher, behauptete Mathilde. Ich mag es nicht, wenn sie mich ansehen, murmelte Julia. Besonders im Dunkeln.

War das alles eine Art Gegenzauber, der gegen mich gerichtet war, oder war es eine weitere Klopps'sche Eigenart?

## 12.

Ohne mich wäre Julia niemals zu der liebenswürdigen, zu der schönen Julia geworden. Wie habe ich mich abgemüht, sie zu einer Lady, zu einem Traum, zu einer Erscheinung umzumodeln! Innerhalb weniger Jahre vollbrachte ich wahre Wunder der Verwandlung. Ich lehrte sie sogar Höflichkeit gegen ihre Eltern. Andere Leute bemerkten ihre Fortschritte. Am wichtigsten war jedoch, dass wir unser Bestes gaben, wenn wir allein waren. Gott schaut dich jetzt an, Julia, flüsterte ich ihr ins Ohr. Du bist allein vor Gott. Ich sprach zu Julia von Gott. Ich sagte ihr, Gott würde kommen und sie wie eine Rose pflücken.

Es war von jeher meine glücklichste Vorstellung, mich als Julias Schutzengel zu betrachten. Es sei denn, es wäre Julias gewesen und ich wäre in die Rolle geschlüpft. Julia glaubte an Engel, denn so wurde es ihr im Kindergottesdienst beigebracht, und ich achtete darauf, sie nicht mit meinem Zynismus anzustecken. Ich bot ihr meine Dienste an. War ich schamlos? Aber da war kein anderer Engel in der Nähe, dessen Platz ich an mich gerissen hätte. Warum sollte ich mich selbst bezichtigen und behaupten, ich hätte mich verstellt, wo ich doch in gutem Glauben handelte, ich, dieses nackte Ich, dieses armselige Pronomen, diese Nichtigkeit. Wenn ich meiner Berufung nur sicherer gewesen wäre. Ein bloßes Zunicken von Oben hätte aus mir einen besseren Geist gemacht. Hätte es Gott nur gefallen, meinen Posten zu besiegeln, alles wäre anders ausgegangen. Julia wäre zu Julia geworden, ich hätte nicht versucht, durch Julia zu leben. Nein, ich hätte mich damit begnügt, ein Engel zu sein, der im Himmel seinen gemütlichen Winkel hat, in den er zurückkehrt, seinen eigenen Heiligenschein, seine Flügel, Harfe und sein Engelsgewand, die auf ihn warteten, nachdem er seine Aufgabe mit Julia erfüllt hat. Und vielleicht ist es ja auch so, wie soll ich das wissen. Gottes Wege sind unergründlich. Ein Engel auf Probe, sagte ich mir, und Julia war meine Versuchung. Ich bin ihr erlegen. Ich fiel, wie alle Engel fallen, durch Wollust, Stolz, Neugier und Anmaßung, die Schöpfung Gottes nachahmen zu wollen. Sollte das so sein, befinde ich mich ja in guter Gesellschaft.

Aber ich war nicht ihr Engel. Das nehme ich zurück. Ich möchte gern glauben, dass es Engel gibt und dass einer über sie wacht und sie wirklich sieht, nicht so, wie ich sie sehe. Ich bin verwerflich. Wenn ich bei ihr blieb, dann war es um meines Lohnes willen. In der heimlichen Hoffnung, dass ich durch Julia Aufnahme in die Welt Gottes erlangen werde. Und all meine Dienstjahre? Kann ich denn annehmen, dass ich nicht gänzlich nutzlos gewesen bin, indem ich die einsamen Stunden eines Kindes belebte? Gut oder schlecht, ich war ihr treuer Begleiter. Ich habe sie unterhalten, habe mit ihr gespielt. Die falschen Spiele vielleicht, aber ich kannte keine anderen.

## 13.

Doch ich habe nicht die Wahrheit gesagt. Schon in diesem zarten Alter war ich Julia untreu.

Es gab neben Julia auch andere, die ich liebte, um derentwillen ich sie vernachlässigte, manchmal beinahe schon verschmähte. Ich kann mir meine Verliebtheit in ein Pferd, in einen Baum, in den Regen verzeihen, obwohl ich Julia einmal fast hätte umbringen wollen, weil sie kein Baum war. Aber meine Liebe zu Caroline beschämt mich noch immer.

Mehr als ein ganzes Jahr lang litt ich an Liebeskummer. Ich ließ niemals zu, dass Julia Verdacht schöpfte. Caroline war so alt wie Julia. Ich gestehe, dass ich versuchte, Julia nach ihrem Vorbild zu formen, Carolines Lachen nachzuahmen, ihre raschen Bewegungen, wie sie den Kopf plötzlich in den Nacken warf. Wie Caroline sein. Caroline, oder das Gegenteil von Caroline.

Caroline trug immer Weiß, und niemand konnte Weiß so tragen wie sie. Ich sehe sie oben auf einem Baum, wie sie mit den Beinen schlenkert und ruft: Nachmacher! Nachmacher!, während ich mich für Julia schämte, die in ihrem neuen weißen Faltenrock und weißen Strickhemd dastand, Caroline so ähnlich und ihr so ganz unähnlich.

Waren es ihre Augen, die mich bezauberten? Ihr Blick, der wie die Zunge einer Kobra hervorschnellte. Oder ihr Körper, geschmeidig wie der einer Katze. Wie sie klettern und springen konnte, um sich dann sanft anzuschleichen. Niemand konnte ihr etwas abschlagen. Ihr Haar fiel ihr in schimmernden, fast silbernen Strähnen über die Arme und den Rücken. Ich konnte meinen Blick nicht von Caroline abwenden. Ihre nackten Beine, so schlank und bräunlich und knochenglatt, ließen mich alles vergessen, Julia, mich selbst. Aber am meisten bewunderte ich ihren Wagemut. Ich folgte Caroline in waghalsige Abenteuer; kletterte über Stacheldrahtzäune, um einen Pfirsich zu klauen, aß wilde Pilze, stürzte mich im Dezember in den eisigen Teich.

Caroline war grausam und pervers. Sie stahl der Lehrerin den Geldbeutel und ließ andere dafür büßen. Sie räuberte Vogelnester aus, schnitt lebende Frösche in Stücke. Einmal hängte sie einen Wurf Welpen an den Schwänzen an einem Baum auf und sah ihnen beim Sterben zu. Caroline spionierte ihren Eltern hinterher; sie erpresste ihren Vater und seine Geliebte, versteckte den Schmuck ihrer Mutter. Gegen sie war Julia nichts als eine Maus! Diese dumme, langsame, redliche Julia. Es wunderte mich, dass Caroline sich dazu herabließ, mit ihr zu spielen. Ich verehrte Caroline, ich wurde ihr Sklave. Ich folgte ihr und ließ mich von ihr beleidigen und tyrannisieren. Ich beging für sie Diebstahl. Ich gab ihr Julias Lieblingspuppe und sah zu, wie sie ihr Arme und Beine ausriss. Ich träumte von dem Unmöglichen, Julia für Caroline zu verlassen. Mit Caroline vereint zu sein, war meine Vorstellung vom Paradies.

Die schlimmste Qual war für mich, als Caroline wochenlang an einem mysteriösen tropischen Fieber erkrankt war. Wenn sie nun stürbe, wie sollte ich es weiterhin mit Julia aushalten? Ich wollte mit Caroline sterben. Gleichzeitig erging ich mich in Fantasien, wie Caroline entstellt oder verkrüppelt aus ihrer Krankheit hervorging, was mir eine Art morbiden Trost verschaffte. Glücklicherweise erholte sich Caroline. Zu meiner Erleichterung stellte ich fest, dass der sechswöchige Krankenstand sie fast überhaupt nicht verändert hatte. Wenn überhaupt, wirkte sie eher etwas runder und gelassener. Am Ende jenes Jahres zog ihre Familie in eine andere Stadt. Und das war für uns ein Glück. Jetzt, ohne Caroline, musste ich nur noch gegen ihr Phantom ankämpfen.

Ich verfluchte Caroline und wetterte gegen sie. Wehe dem Mann, der Caroline zur Frau hat! Wehe dem Kind, das sie zur Mutter hat! Dennoch kehrt sie hin und wieder zurück, und der Klang ihres grausamen Gelächters lässt mich vor Sehnsucht und Scham fast vergehen.

## 14.

Die Kindheit ist in sich geschlossen. In den Jahren, die Julia und ich auf dem Dachboden verbrachten, schien uns keine andere Lebensform denkbar, weder für sie noch für mich. So seltsam unsere Verbindung auch manchmal erschien, ich stellte nie infrage, dass wir füreinander geschaffen waren. Und doch entsinne ich mich deutlich der Fantasien, in denen ich mir Julia in einem anderen Leben vorstellte, ein Leben mit einem anderen, in dem für mich kein Platz war.

Von unserem Turmzimmer aus erspähte ich den geschnitzten Bug und die orangen Segel des Schiffes, das den schwarzen Prinzen brachte, der sie fortführen würde.

Dunkle Gesellen bemannten die Ruder, deren klagende Gesänge vom Wind herübergeweht wurden. Alles geschah mit feierlicher Präzision. Kammerfrauen brachten ihr das Brautkleid aus feinstem Goldgewebe. Sie legte ihre Kleider aus und die Mägde wuschen und kleideten sie ein. Sie gaben ihr einen neuen Namen. Sie nahm nichts mit sich auf das Schiff. Verschleiert geleitete man sie in die heilige Stadt. Die Mutter des Prinzen unterwies sie. Mit der Zeit vergaß sie die Sprache, die sie als Kind gesprochen hatte. Ihr Tag bestand aus einer Reihe von zeremoniellen Handlungen, rituellen Waschungen und Opfergaben. Sie bereitete das Fleisch für ihren Mann zu und mischte ihm ein besonderes Getränk. Sein Gesicht war von einer ernsten Schönheit. Seine langen Finger waren sanft, wenn er sie streichelte. Sie liebte seine dunkle Haut. Sie zeichnete heilige Figuren in den Sand.

Ich hatte aber auch keuschere Träume für Julia. Gott rief sie zu sich. Ich sah, wie sie in ein Leichentuch gewickelt in die Krypta hinuntergeführt wurde. Dort lag sie auf dem steinernen Boden, während die Nonnen für sie beteten, und erwartete den Kuss des Todes.

Ist es möglich, dass ich von Anfang an den Gedanken in mir trug, Julia könnte mich verlassen? Oder sah ich mich selbst als den schwarzen Prinzen und den herrlichsten aller dunklen Engel Gottes? Höchstwahrscheinlich. Schwarz ist meine Farbe. Oder waren es ursprünglich Julias Fantasien, die ich allerdings erheblich überarbeitet haben muss, denn Julias Tagträume, wenn ich mich recht entsinne, hatten weder Stil noch Geschlossenheit. In Anbetracht unserer damaligen Intimität ist diese Möglichkeit nicht von der Hand zu weisen. Julia konnte nichts vor mir, dem eifersüchtigen Ehemann, verbergen. Ich hielt das damals nicht für Schnüffelei.

Das Tagträumen war eines von Julias Lastern. Wie viel Mühe ich darauf verwenden musste, ihr diese müßige, beschämende Angewohnheit auszutreiben! Vergeblich, fürchte ich. Ich weiß noch, wie wir in den ersten Jahren deswegen feilschten. Angenommen, ich erwischte Julia beim Verlassen des Hauses dabei, wie sie mit Freddy, dem Liebhaber des Dienstmädchens, auf einem Motorrad durch die Stadt raste, dann ließ ich ihr bis zur dritten Straßenlaterne Zeit, um damit aufzuhören, oder es würde eine Woche lang keine Nachspeise geben. Sie erbettelte sich immer ein bisschen mehr Zeit, nur bis zum Ende des Häuserblocks und so weiter. Wenn ich dann schließlich energisch wurde, blieb sie stehen und rührte sich wie ein störrischer Esel nicht vom Fleck. Ich übernahm die Führung. Ich bemühte mich, Julia mit Naturbeobachtungen und Bemerkungen zur Architektur zu unterhalten, versuchte, sie durch Verse zu erbauen. In letzter Verzweiflung verlegte ich mich darauf, die Zahlen auf den Nummernschildern geparkter Autos zusammenzurechnen. Ab zehntausend war dann Julia an der Reihe.

Julias Tagträume waren, soweit ich mich daran erinnern kann, ziemlich dümmlich. Von Zigeunern entführt zu werden. Oder ein Junge zu sein, damit sie mit dem Sohn des Gärtners angeln gehen konnte, und ähnlicher Blödsinn, wie sich Jugendbanden anzuschließen oder einem Zirkus, was ich entschieden missbilligte. Einige ihrer Fantasien waren ausgesprochen krankhaft, zum Beispiel war sie davon besessen, bei lebendigem Leibe gefressen zu werden. Insbesondere vor dem Einschlafen oder kurz nach dem Aufwachen, wenn ich nicht aufpasste, schwelgte Julia in Gedanken an Würmer, die sich durch ihre Leistengegend hindurch Pfade knabberten, an Wespen, die ihren Durst an ihren Adern stillten, und schließlich an einen gefräßigen Wolf, der ihre Knochen knackte. Sie stellte sich vor, als Fisch aufgespießt und aufgeschlitzt zu werden, aber vorstellen ist nicht das richtige Wort dafür. Julia spürte ganz genau, wie der Widerhaken ihr die Gurgel durchbohrte, wie die groben Finger der Köchin ihr die Eingeweide herausrissen, und das alles mit wollüstigem Schaudern. Eine Klopps'sche Eigenschaft? Allerdings kann ich nicht alle Verantwortung für Julias Fantasien von mir weisen. Ich habe ihr Vertrauen missbraucht, ich führte mich als Erpresser auf, als unersättlicher Blutsauger, ich stopfte mich mit ihren Geheimnissen voll und gab ihren unschuldigsten Empfindungen meinen kränklichen Anstrich. Julia war schon seltsam, das will ich nicht leugnen. Aber nicht so, wie ich sie konstruiert habe. Und vielleicht war sie gar nicht seltsam, nur eben von jemandem wie mir konstruiert worden.

## 15.

Um diese Zeit herum beschloss ich, aus dieser eigenwilligen, träumenden Julia etwas zu machen. Ich sah sie als Ballerina, als Gräfin, als Spionin. Aber vor allem wollte ich, dass Julia ein Kind Gottes werde. Obwohl ich manchmal vom Ehrgeiz gepackt wurde, begriff ich, dass es meine Aufgabe war, ihre Reinheit zu bewahren.

Insgeheim tröstete ich mich mit dem Gedanken, dass es nicht lange dauern würde. Wie für alle Lieblinge der Götter wartete auf Julia ein früher Tod. Würde es von allein geschehen, oder würde es mir obliegen, den Ausschlag zu geben? Rückblickend muss ich zugeben, dass ich durchaus mit dem Gedanken spielte, Julia zu beseitigen, seit dem ersten Mal, dass ich dieses runde, sommersprossige Gesicht im Spiegel erblickte, als sie ins Schlafzimmer ihrer Mutter stürmte, einen Schluck von deren teuerstem Eau de Cologne nahm und sich den Rest über den Kopf schüttete. Damals wollte ich sie dazu bringen, sich nachts bei starkem Schneefall auf einen Grabhügel auf dem alten Friedhof zu legen. Am Morgen würde der Schnee sie bedeckt haben. Aber in jenem Winter fiel kein Schnee.

Ich versuchte mehrmals, sie zu vergiften. Aprikosenkerne, so warnte die Köchin einmal, wirkten sicher tödlich, wenn man mehr als sechs Stück davon genoss. Ich ließ sie ein paar Dutzend essen. Ich erinnere mich, wie wir wochenlang die Kerne sammelten, im Keller versteckten und sie dann auf dem Zementboden mit einem Backstein knackten. Davon bekam sie nicht einmal Bauchschmerzen. Sie war sehr zäh. Ich deutete es damals als Urteil der Götter.

Welche Todesarten erträumte ich nicht für sie! Was für Erhängungen, Erstechungen, Klippenstürze! Ihr Tod musste eine Sühne sein, ihr Abstieg so schier, blind und plötzlich wie der atemlose Sturz eines peruanischen Kindes, das eine steinige Schlucht hinuntergeworfen wird, um den Berggeist zu besänftigen. Welcher Priester würde sie welchem Gotte opfern? Um welche Sünden zu tilgen?

Ich musste sie immer wieder herstellen, um sie erneut opfern zu können. Ich ließ sie ganz in Weiß in einem kleinen Sarg aufbahren, mit vier Kerzen an jeder Ecke, um sicherzugehen, dass sie makellos blieb. Und für jedes Mal, das ich sie erhängte, ertränkte, sie über eine Klippe stieß, tat ich tausendfache Buße. Ich hockte in der Asche, ich beichtete, ich sagte, ich wolle sterben, damit Julia leben könne. Ich willigte in Julia ein. Ich willigte ein zu sterben, damit Julia leben konnte. Julia, meine Inkarnation, meine Leidenschaft, meine Sühne.

Ich schmiedete keine langfristigen Pläne für Julia. Unser erster Stichtag war Julias zwölfter Geburtstag. Es war ein schöner Tag im Spätherbst, meiner Lieblingsjahreszeit. Wir spazierten auf den alten Friedhof und ruhten uns auf einem umgestürzten Grabstein aus. Ich sammelte Eicheln, Hülsen, Stücke toter Insekten. Trockene, brüchige Dinge. Damals hinterfragte ich nicht den unfehlbaren Instinkt, der mich alles, was irgendwie noch Leben in sich trug, aussondern ließ, einen Zweig, der noch saftig und elastisch war, eine Beere, deren Farbe mir anzeigte, dass der Verwesungsprozess noch im Gange war. Ich langte nach Dingen, die jenseits der Fäulnis waren. Schalen, aus denen die Zeit die Fäulnis herausgesaugt hatte, Dinge, die das Sterben hinter sich hatten. Leicht, trocken und zart wie ein dünnes Schneckenhaus oder eine leere Hülse in der Hand eines Kindes wollte ich werden. Ein großer Friede kam über mich. Es dunkelte. Zu Hause machten sie sich sicher Sorgen um sie. Die Dämmerung vertiefte sich zusehends. Julia stand mit gefalteten Händen da und zitterte in ihrem Partykleid. Der Friede machte mich großmütig. Ich gewährte ihr ein weiteres Jahr Aufschub.

16.

Das Kind läuft in verschiedene Richtungen davon. Da läuft das pummelige Mädel mit den Puffärmeln, das verhasste Kind, die Klopps-Tochter. Sie knickst vor den Gästen und murmelt einen Reim mit der Faust im Mund. Und da läuft das Hexenkind, hüpft die Treppe hinunter, um ihre Streichholzschachteln voller Puppenaugen unter der Veranda zu vergraben. Und noch ein anderes, gespenstisches, in Laub gekleidetes Wesen läuft barfuß davon und verschwindet im Wald. Es dauert Jahre, bis Julia als erwachsene Frau wiederauftaucht.

Wohin als nächstes? Zu Julias Hochzeit? Soll ich die dunkle Zwischenzeit überspringen und direkt zum Altar schreiten? Julia, die ihr erstes Kind stillt, meine liebliche, mütterliche Julia! Und die Jahre des Herumstolperns? Sollte ich ihr nicht eine bessere Jungmädchenzeit besorgen? Früher konnte ich das alles viel besser. Als Julia noch bei mir war, konnte ich ihr Leben im Handumdrehen umgestalten. War das Schummelei? Aber ich sah die Vergangenheit nicht als abgeschlossen an. Julias Jugend konnte immer wieder aufblühen, und sie konnte auch Schaden erleiden; ein Detail konnte vertieft, Linien ausradiert oder nachgezeichnet werden. Ihre Vergangenheit lag vor mir ausgebreitet wie eine riesige Leinwand, die ich ständig restaurierte und vervollkommnete. Das Detail von Julia mit ihrem Schutzengel bereicherte die Komposition, wie sie damals war. Und auch, wenn mir dieses Bild von Zärtlichkeit erst viel später in den Sinn kam, als Julia bereits Mutter geworden war, vielleicht während sie sich über die Wiege ihres Kindes beugte, würde ich es dennoch in ihre Kindheit stellen; dort wollte ich es haben; dort gehörte es hin.

Die Leinwand ihres Lebens. Eine weitere Metapher. Es konnte nur eine Leinwand geben. Von mehreren Händen bemalt, das gebe ich zu, aber dennoch eine einzige Leinwand. Die anderen waren Skizzen, grob und fehlerhaft. Doch welche war die echte? Waren sie alle echt?

Aber konnte ich mich denn in jedem Augenblick um die Komposition als Ganzes kümmern? Ob ein entzückendes Detail, das mich in der äußersten rechten Ecke faszinierte, zum Rest passte? Nein, denn das Leben ging weiter, wir veränderten uns, unser Stil veränderte sich. Ich könnte es ja später immer noch ausbessern. Trotzdem war ich beunruhigt. Ich glaubte nicht wirklich an meine kleinen Retuschen, obschon sie mich für den Moment trösteten. Ich wusste, dass das Auge Gottes alle Schichten mit einem einzigen Blick erfasst. Selbst ich konnte sie sehen. Zeitweise glitt ich in völlige Hoffnungslosigkeit ab, fluchte Gott, der Leinwand und mir selbst. Und ich hätte sie am liebsten in Stücke zerrissen, aber wie hätte ich Hand anlegen sollen an dieses unfassbare Gebilde, die Leinwand ihres Lebens? Ich hätte sie Gottes eigenen Händen entreißen müssen.

Die Leinwand war unantastbar. Ich könnte ihr den Rücken kehren, in Julias Hier und Jetzt eintauchen; bis der Moment vergeht oder aufgrund seiner eigenen Dichte explodiert, und wieder bin ich auf freiem Fuß. Ich brauche einen Rahmen, eine Komposition, ich kehre zur Leinwand zurück.

# ZWEITER TEIL

1.

Ich versuche, den Weg der dunklen Jahre nachzuvollziehen, der verlorenen Jahre, der Jahre, in denen Julia sich zur Frau wandelte. Ich meine die Frau, die sich unterhalb jener Frau verbarg, die ich ihr aufdrängte, die echte Julia oder in diesem Fall die nicht ganze echte Julia, aber Julia nichtsdestotrotz, denn es gab diese langen Phasen, in denen ich mich von ihr abwandte und mich mit Philosophie beschäftigte. Ich überließ Julia ihren dummen, harmlosen Lastern: Schaufensterbummeln, Schaumbädern, Warten auf die wahre Liebe, dem Blättern in endlosen Stapeln von Modezeitschriften.

2.

Unsere Beziehung veränderte sich mit dem Einsetzen von Julias Monatsblutung. Ich wusste natürlich, dass Julia ein

Mädchen war. Außerdem hatte ich reichlich Gelegenheit, mich mithilfe der vorzüglich bebilderten medizinischen Bände von Gundolf Klopps mit den Umständen des weiblichen Fortpflanzungszyklus vertraut zu machen. Erwähnenswert ist außerdem, dass Julia einige Monate vor Erreichen der Pubertät an einer Reihe von Aufklärungsvorträgen teilnahm, wenn auch etwas unregelmäßig, welche die Schule in Zusammenarbeit mit den örtlichen Kirchen jährlich zum Wohle pubertierender Mädchen veranstaltete und in denen wissenschaftliche Informationen zu diesem Thema auf heitere und vertrauenerweckende Weise vermittelt wurden. Ich wusste Bescheid und wusste doch nichts. Der Anblick von Blut machte es mir dann klar.

Ich versuche immer noch zu verstehen, wie das Kind zur Frau wurde, eine Verwandlung, die so rätselhaft und gewaltsam war, dass ich behaupten möchte, es handelt sich um zwei verschiedene Geschöpfe. Unsere Wege trennten sich. Unsere Gespräche nahmen einen heimlichen Ton an. Wir konnten nicht mehr am helllichten Tag zusammenleben. Plötzlich sehe ich sie in einem Zimmer mit blassen Organdy-Vorhängen, an die ich mich nicht erinnern kann; die Bettdecke, die Stuhlbezüge, der Behang der Frisierkommode, alles in demselben blassen Blumendruck gehalten. Julia begab sich zum Tanzkurs und ging zu Seidenstrümpfen über. Ich wollte in der Welt des Kindes verharren, den grünen Abhang hinunterrennen, nur weg von dem heranwachsenden Mädchen.

Es geschah über Nacht. Am Sonntagabend ging sie in ihrem weißen Flanell-Nachthemd zu Bett, und am Montagmorgen war sie kein Kind mehr.

Ich weiß noch, dass sie sich die ganze Nacht stöhnend im Bett wälzte. Ihr Schlaf war durchzogen von einem seltsamen Traumgewebe, in dem jedes Bild eine andere

Schattierung von Schmerz darstellte. Der Himmel war eine Schwellung. Der Baumstamm eine Wunde. Die Äpfel waren Blasen. Der Mond war ein Geschwür. Kopflose Puppen hingen an einem Ast, ihre elfenbeinernen Knie wiesen Blessuren von Lippenstift auf. Was war ihr Verbrechen? Julia tanzte mit den sieben Zwergen um den Baum herum. Der Baum, riefen sie, sei der Baum des Lebens. Sie sah es in roter Schrift auf einem Schild geschrieben. Sie drehte sich um und floh durch die verlassene Stadt. Die Abwasserkanäle flossen über. Barfuß watete sie durch die überfluteten Straßen und suchte nach einem Haus, das sie betreten konnte, aber vor jedem Hauseingang saß eine Hexe, immer dieselbe Hexe mit demselben schiefen Grinsen, die denselben Apfel in ihrer ausgestreckten Hand herumrollte. Dann gab es noch viele Hexen, die Würmer aus ihren Äpfeln pulten und mit ihren Zungen schnalzten. Aber sie wollten ihr alle nicht sagen, warum die Puppen hatten sterben müssen.

Und als sie zu dem Baum zurückkehrte, hing nur noch der Mond an dem Ast, von einem bedrohlichen Weiß. Sie schrie auf und floh. Der Mond drehte sich und flutschte in ihren Bauch. Er war schuppig wie ein Fisch. Und als sie nach draußen rannte, war es die Mittsommernacht. Der Mond fiel vom Himmel, weich und gesprenkelt wie eine Pflaume. Sie versuchte, ihn aufzufangen. Sie breitete ihren Rock aus, um ihn nicht mit der Hand zu zerquetschen, aber er zerplatzte an ihrem Schenkel.

An der Fensterscheibe waren Eisblumen zu sehen. Waren die Eisblumen Teil des Traums? Ich erinnere mich nur an den Moment, da sie vor dem Fenster stand und ich plötzlich begriff, dass sie sich veränderte. War es das Mondlicht auf dem Schnee, das auf sie fiel und ihrer Haut diese gespenstische Färbung verlieh? Alles an ihr war blasser geworden, ihre Haare, ihre Wange, ihre Augen; und in ihren Augen lag der Blick von jemand anderem.

Ich fürchtete mich. Es war ihre Blässe, nicht die Blässe des Todes oder der Geistererscheinungen, sondern ein Weiß, wie es nur Liebende kennen, ein fleischliches Weiß, das mich entsetzte, als ich ihr Haar über ihre entblößten Schultern fallen sah und die kleinen Härchen ihrer Augenbrauen auf dem Weiß ihrer Stirn, die Fremdheit ihres Blicks, der sich in etwas Unermesslichem und mir Fremdem verlor.

Der Tag brach gerade an. Julia stand am Fenster und umklammerte ihr beschmutztes Nachthemd. Als sich die Sonne zwischen den Zweigen zeigte, kroch sie wieder ins Bett und zog sich das Betttuch übers Gesicht. So blieb sie liegen, regungslos wie eine Leiche und kaum atmend, während ich Ave Marias und Fetzen von Kinderreimen über sie hinweg zeterte.

Warum war ich so hilflos? Warum versuchte ich nicht, Julia zu verstecken, als ich Schritte auf der Treppe hörte? Es war die deutsche Hauslehrerin, Fräulein Prunzel, die Julia zum Frühstück abholen kam. Ich erinnere mich an ein Handgemenge, als Fräulein Prunzel begann, an dem Betttuch zu zerren, nachdem sie Julia durch stimmlichen Befehl keine Antwort entlocken konnte. Julia verlor ihren Griff. Das Laken flog weg. Julia schrie, sie langte verzweifelt nach der Steppdecke, dem Bettüberwurf, nach irgendetwas, um sich zu bedecken. Fräulein Prunzel riss ihr mit einem triumphierenden Schnauben das untere Laken weg. Julia versuchte, unter die Matratze zu kriechen, aber Fräulein Prunzel zerrte sie darunter hervor. Just in diesem Moment erschien das Dienstmädchen, gefolgt von der Köchin und der Frau des Gärtners, und die ganze Welt, dachte ich, und alle standen herum und stierten sie offenen Mundes an. Ich dachte, das ist das Ende. Julia stirbt vor Scham und ich mit ihr. Sie versuchte, sich zu einer Kugel zusammenzurollen. Die Köchin gab ihr einen kräftigen Klaps auf den

Hintern und schleppte sie aus dem Zimmer. Die Szene im Badezimmer kommt mir wieder in den Sinn. Julia zappelte noch immer, während die Köchin fluchte. Sie schlug mit den Fäusten nach der Köchin, die Köchin zerrte ihre Arme nach hinten; sie war drauf und dran zuzubeißen, aber stattdessen drückte sie ihr Gesicht gegen den fetten Arm der Köchin, wo sie plötzlich Trost fand. Sie hörte auf zu weinen und ließ es zu, dass die Köchin sie wusch und einwickelte.

Sie kam zu spät zur Schule. Ich schämte mich so sehr für Julias Benehmen, dass ich gar nicht daran dachte, ein Entschuldigungsschreiben zu fälschen. Ich weiß nicht mehr, wie der Rest des Morgens verging. Plötzlich war mir schlecht. Als Julia aus der Schule kam, wollte ich nicht mit ihr zusammen sein. Ich schickte sie ins Kino.

Vierzehn Tage oder länger lief ich herum wie in Trance. Ich war mir sicher, dass Julia sterben würde. Ich stellte sie mir auf ihrem Totenbett vor, nicht so wie ich sie zuletzt gesehen hatte, mit seltsam verlängertem Gesicht, lang gewordenen Armen und Beinen und auch Fingern, ihr Haar länger und strähniger, während unter ihrem Baumwollhemdchen zwei leicht spitz zulaufende Brüste zum Vorschein gekommen waren, die zitterten, wenn sie sich bewegte; sondern in dem Kinderbildnis, das sich mir eingeprägt hatte, im Partykleid vom Vorjahr, das sie auch im Jahr davor schon getragen hatte, mit einer breiten Schleife um ihre Mitte. Da lag sie nun in weißen Söckchen und schwarzen Lackschuhen, puppenhaft, ihre kleinen festen Hände auf der flachen Brust gefaltet.

In späteren Jahren wurden Julias Mondphasen zu einer Quelle des Staunens und der Faszination. Aber damals war ich einfach nur erschlagen. Es war, als wäre mein Todesurteil unterzeichnet worden. Das Kind, so lästig und widerspenstig es manchmal auch sein mochte, war immer noch meinesgleichen. Aber eine menstruierende Maid?

Es war mir ein Graus, wenn Julia in diesem Zustand auf die Straße und zur Schule ging. Ich wollte sie an einem abgelegenen Ort eingesperrt wissen, hinter zugezogenen Jalousien, Talismane an den Wänden, Frauen an ihrer Seite, die ihr im Dunkeln Frauengeheimnisse zuflüsterten. Was hatte sie im Geometrieunterricht verloren? Was hatte ich mit ihr zu tun?

Ich litt moralische Qualen, heimgesucht von den Gespenstern jener ungeborenen Kinder, deren Ansätze sich voller Hoffnung Monat für Monat in ihrem Schoß entwickelten, nur um dann von sterilen Kompressen aufgesogen und kurzerhand in der Toilette fortgespült zu werden. Julia wurde zu einer Erzeugerin von Blutkindern, zu einer üppigen, vor Samen überquellenden Blüte, die danach schreit, befruchtet zu werden.

Ich führte geheime Rituale durch. Auf dem alten Friedhof errichtete ich einen Hügel, der ungefähr die Form einer Frau hatte. Hierhin begab ich mich einmal im Monat, wenn Julias Krämpfe sich einstellten, um ein Grabzeichen für das ungeborene Kind zu setzen: zwei Zweige, die ich mit Julias Haar zu einem Kreuz zusammengebunden hatte. Ich ließ Julia Opfergaben darbringen, Blumen, Fetzen von Schleifen, Süßigkeiten.

Die Erdfrauen erwachten zum Leben. Es war Julia, den Bauch vollgesteckt mit Kreuzen und Grasbüscheln, die unter ihren Achseln hervorsprossen.

Obwohl das Kind in einem leichenweißen Sarg aufgebahrt wurde, ist sie dennoch im Tode unstet, sie streift umher und steht in Hauseingängen. Manchmal sehe ich sie im Schneidersitz auf einem Grabstein sitzen und an einem Grashalm kauen. Ihre Züge verändern sich. Noch immer in ihrem Partykleid, erscheint sie als Kröte, als Maus, als Zwergenkind, ihr kleines verkniffenes Gesicht vorgealtert.

Noch heute dringt ihr Blick durch die Schichten des verrottenden Laubs und erfüllt mich mit urplötzlichem Abscheu.

3.

Kann ich klare Begrenzungen definieren, wie in den Lehrbüchern der Geschichte? Das Ende einer Ära. Die Zeit des Übergangs. Ein Kapitel aus dem finsteren Mittelalter. Da ist eine Lücke, eine undurchsichtige Zeitspanne. Ich habe versucht, sie zu füllen, mit einigen Fragmenten, mit verschiedenen Begebenheiten aus Julias Leben. Ich bin mir nicht sicher, was da hingehört. War es ein Abschnitt von sieben Jahren? Fünf? Oder noch weniger? Manchmal fällt der Großteil von Julias Leben in diese seltsame Übergangszeit, Teile ihrer Kindheit, ihre gesamte Jugend, selbst Phasen ihrer Ehe lösen sich plötzlich aus ihrem Zusammenhang und wirbeln herum wie lose Blätter. Ich verliere mich in dieser Lücke. Meine derzeitigen Streifzüge ohne Julia führen mich dorthin zurück.

Ich habe sie die dunklen Jahre genannt, die verlorenen Jahre, die Jahre meiner Entfremdung von Julia. Lange Zeit vergaß ich ihre Existenz, als wäre sie eine halbfertige Skizze, die ich in einer Schublade abgelegt hatte. Ich war von anderen Projekten in Beschlag genommen. Ich gab sie auf. Vielleicht nicht vollständig. Hin und wieder spielte ich mit der Idee von Julia. Manchmal flüchtete ich mich in die Rolle von Julia. Julia, die vor dem Fenster ihr Haar kämmt. Julia, die keusche Novizin, die in der Nacht, bevor sie den Schleier nimmt, vergewaltigt wird. Julia, die Verführerin, die in einem jungen Mönch die Fleischeslust entfacht. Aber ich hörte auf, an Julia zu glauben.

Gab es eine Julia? Ich bin umgeben von den Götzen, zu deren Füßen ich sie opferte, zu deren Vergnügen ich ihre Jugend verdarb, sie in die Ehe verkaufte. Phantome eher, doch wie kann ich ihnen fluchen, wie kann ich sie nicht verehren, wurden sie doch von ihrem Blut genährt. Kann ich Julia durch diese Phantome sühnen? Ich will sie zurückhaben. Jeder Augenblick der dunklen Jahre Julias ist jetzt kostbar für mich. Es sind die verlorenen Teile, die Teile Julias, die irgendwo in der Tiefe der Zeit treiben oder verwesen, die ich zurückhaben will.

Wie war sie gekleidet? Aber wir haben so viele Phasen durchgemacht. Ophelia. Die Heilige Theresa. Isabella. Die Herzogin von Moskau. Ich entsinne mich noch einer demütigenden Begebenheit: Ihre Lieblingslehrerin kritisierte einmal recht streng ihr Kleid und ihr Make-up. Es war ein Etuikleid aus schwarzem Satin mit roten Besätzen, das hinten ziemlich tief ausgeschnitten war. War das Julia, aufgemacht wie ein kleiner Vamp? Und diese lächerlichen Strass-Ohrringe, die wie Kronleuchter aussahen, kaufte sie die hinter meinem Rücken? Ich kann mich nicht erinnern, dass sie eine Freundin gehabt hätte, nachdem Caroline weggezogen war. Was machte sie nur nach der Schule? Den ganzen Tag lang im Sommer?

Aber Julia war so oft abwesend. Sie ging einfach fort. Ich war mir nie sicher, für wie lange, denn sie ging ohne Abmeldung, und manchmal bemerkte ich es erst Stunden später oder in dem Moment, als sie sich gerade zurückschlich. Sie konnte für einen Nachmittag oder ein paar Tage fort sein. Am Anfang erschien es mir ganz natürlich, genau das, was ich von Julia erwarten konnte. Denn ich nahm an, sie sei bei Gott, wenn sie nicht bei mir war. Ihre Abwesenheiten waren wie Reisen in andere Welten. Wenn sie zurückkehrte, schien sie keinerlei Erinnerung daran zu haben, wo sie gewesen war, nur das Gefühl der Glückseligkeit klang noch nach.

Manchmal erwischte ich sie, wie sie gerade aus einem kleinen Haufen Perlen auftauchte oder sich im Duft von frisch gemähtem Gras auflöste. Ich wusste nicht, was ich von Julias Fähigkeit halten sollte, buchstäblich in den Dingen aufzugehen. War es ein gesegneter Zustand oder grobe Sinnlichkeit? War sie eine Mystikerin? Ich versuchte, in ihr ein Interesse für die Werke des Dionysios Areopagites zu wecken, vergeblich. Ich fürchte, ich verwöhnte Julia dadurch, dass ich ihre Hausaufgaben für sie erledigte. Jetzt brüstete sie sich ihres undisziplinierten Geistes. Wie unverschämt sie geworden war! Pantheismus war ihr zu akademisch. Epikur lullte sie in den Schlaf. Ich gab es auf, einen philosophischen Rahmen für ihre Launen finden zu wollen. War sie vielleicht eine Illuministin? Oder einfach nur verrückt? Ich befürchtete, dass sich Julia eines Tages gänzlich in der Farbe Blau auflösen würde.

Wenn Julia für länger als drei Tage fortblieb, wurde ich ängstlich, argwöhnisch und trübsinnig. Konnte ich mir denn sicher sein, dass sie bei Gott war? Konnte ich mir überhaupt irgendeiner Sache sicher sein? Eine Woche ohne Julia brachte mich fast um den Verstand. Ich spreche nicht gern von Julias Abwesenheiten. Wenn ich allein bin, will ich mich verstecken. Aber ich muss für Julia einspringen, muss ihr Gesicht aufsetzen, ihre Stimme hervorbringen. Plötzlich stehe ich entblößt da. Julia hat sich in eine fromme Illusion aufgelöst. Es gab nie jemanden, der Julias Lächeln trug, die Maske des Fleisches. Die Nächte sind am schlimmsten. Es ist, als hätte sie beim Fortgehen jede Tür verriegelt, die zum Schlaf führt. Ich zerre all die bunten Verkleidungen aus der Truhe hervor. Ich schraube Parfümflaschen auf oder deklamiere laut die Texte von Tragödien, um die lange Nacht zu überstehen.

Warum bin ich angekettet, während sie frei umherschwirrt? Es erscheint völlig verkehrt. Ich sollte es sein, der fortgeht, um geheimnisvolle Aufträge auszuführen. Immerhin ist es ihr Haus, ich bin hier nur zu Gast. Warum kann ich mich nicht wie Julia in Rauch auflösen oder im Nichts? Warum gelingt mir das nicht einmal für eine Minute, wenn ich es will? Es steht mir frei, durch die vielen verschiedenen Zimmer zu streifen, mein Gefängnis ist geräumig. Ich kann auch auf die Straße hinausgehen, aber ich bin deshalb trotzdem nicht wirklich fortgegangen. Ich beneide Julia, die die Freiheit hat, fortzugehen und mir sämtliche Aufgaben zu überlassen. Ihr Gefangener, ihr Sklave, ihr Arbeitstier. Und angenommen, ich tue es nicht, angenommen, ich wollte den Schein nicht mehr wahren? Soll das Haus doch verkommen, und wenn sie an die Tür klopfen, mache ich einfach nicht auf. Oder ich gröle mit meiner rauen Stimme, Sie ist nicht da, sie wohnt nicht mehr hier, schert euch zum Teufel!

Wenn sie zurückkommt, ist es wie das Erwachen aus einem Albtraum. Meine Beschwerden verflüchtigen sich. Ich schäme mich all der eingeübten Vorwürfe, die ich mir geschworen hatte, ihr an den Kopf zu werfen.

Nimm mich mit, Julia, flehe ich sie an, nimm mich mit, wo immer du hingehst. Ich möchte fort sein mit dir, mit dir verloren sein, mit dir abwesend sein.

Ihre Reisen wurden immer abenteuerlicher. Einmal erwischte ich sie in einer Laube, als sie sich vor dem Sohn des Gärtners auszog. Der Akt des Entkleidens schien sich über Stunden hinzuziehen. Der Junge stand da mit dem Kopf in den Zweigen und starrte sie gebannt an. Ich erinnere mich an nackte Körper, die sich berührten. Sie ging oft dorthin. Manchmal erwischte ich sie in seinem Haar, seine Augen wild wie die einer Gazelle, oder kaum erfasst in einem flüchtigen Eindruck, das Bild verwaschen und blendend weiß wie auf einem überbelichteten Film, sein Gesicht gegen ihren Schenkel gepresst, oder war es vielleicht ihre Brust, ich konnte es nicht klar erkennen. Sie redeten niemals miteinander. Ihre Umarmung hatte etwas Träges, Traumhaftes an sich, sie unterschied sich nicht von der Art und Weise, wie Julia in einer Glasperle versank. Ich konnte das nicht verstehen. Ich versuchte, es abzutun, von der Hand zu weisen. Es war völlig absurd, er war ein Jahr jünger als Julia und auch ein paar Zentimeter kleiner. Gewiss, als Kind war es eines von Julias Lieblingsvergnügen gewesen, ihm beim Pinkeln zuzusehen. Aber das war schon lange her. Betrog mich Julia? Denn wenn sie den Jungen im Garten erblickte, sah sie ihn kaum an. Sie grüßten sich nicht immer. Eines Tages, als er zufällig das Gras in der Nähe unserer Bank besprengte, betrachtete ich ihn eingehend. Seine Haut hatte nichts von dem verschleierten Liebreiz, den ich von Julias Treffen mit ihm in Erinnerung hatte, sie war eher fettig. Wohlgeformte Züge, südländisch. Aber seinem Gesichtsausdruck fehlte es an Noblesse. Ich forderte Julia auf, ihn nach der Uhrzeit zu fragen. Er kam näher, rieb sich die Nase, zuckte mit den Schultern; er hatte keine Uhr. Seine Aussprache war schlampig. Auch fand ich seine Augen stumpf. Was in aller Welt sah sie in ihm?

Ich glaube, ich habe den Zauber des Gärtnerssohnes für Julia gebrochen. Ihre Rendezvous wurden seltener. Es gab andere. Aber Julia war verschlossener geworden. Die Hinweise wurden immer spärlicher und verwirrender, ein Geruch, eine Schnitzerei über dem Türsturz, vereinzelte Töne einer Melodie. Manchmal schienen sie dazu angelegt, um mich aus der Bahn zu werfen. Es gab Teile, die ich in keiner Weise mit bekannten Personen oder Orten in Verbindung bringen konnte. Die Taillengegend eines Mannes mit nacktem Oberkörper, eine verschwommene Hand, anscheinend damit beschäftigt, die Gürtelschnalle zu öffnen; eine silberne Schnalle in Form eines gehörnten Büffels fiel mir ins Auge, ein Bild, das explosiven Schrecken auslöste. Machte er sich daran, sie zu vergewaltigen? Wollte er sie mit dem Gürtel auspeitschen?

Ich verbrachte Wochen auf der Suche nach dem Besitzer der Schnalle mit dem gehörnten Büffelkopf. Wo immer wir gerade waren, in der Schule oder auf der Straße, warf ich verstohlene Blicke auf jede vorbeilaufende männliche Taille. Ich entwickelte eine Abneigung gegen zugeknöpfte Jacken und Mäntel, sie schienen wie geschaffen dafür, meine Absichten zu vereiteln. All meine Bemühungen blieben erfolglos. Der einzige Gürtel mit einer Schnalle in Form eines gehörnten Büffels, den ich im Laufe meiner eingehenden Suche entdeckte, kam nicht infrage. Sein Besitzer war ein fünfjähriger Junge. Ein hübsches Kind, das gebe ich zu. Aber so pervers war Julia nicht.

Das Bild des nackten männlichen Torsos, des länglichen Nabels, der Büffel-Schnalle, verfolgte mich weiterhin. Ich erinnerte mich vage, dass vor Monaten, als Julia vom Strand nach Hause kam, Männer auf der Straße arbeiteten, Wanderarbeiter. Ich glaube, sie waren nackt bis zur Hüfte, obwohl ich damals nicht darauf geachtet habe und schon gar nicht auf ihre Gürtel. Ich erinnere mich, dass mir in jenem Moment gerade recht düstere Gedanken über den Verfall des Klopps'schen Vermögens durch den Kopf gingen, über die Entwertung von Julias Treuhandfonds durch Inflation und darüber, wie sich dies auf unsere Zukunft auswirken könnte. Der Anblick der Arbeiter erregte in mir den Gedanken an die Möglichkeit, dass Julia oder vielmehr ich selbst zu harter Arbeit herangezogen werden könnte. Ein Gedanke, den ich zutiefst deprimierend fand. Aber natürlich ist der Zusammenhang zwischen der Schnalle und den Straßenarbeitern reine Spekulation. Und andere Bilder waren noch verblüffender. Was tat Julia zum Beispiel mit dem alten Professor Grubbe, dem Klavierlehrer? Er war zwar sympathisch, zart wie ein Luftgeist, mit dem Gesicht eines Spechts, aber er war weit über siebzig und hatte Enkelkinder, die fast so alt waren wie Julia. Dennoch traf ich sie hinter einem Busch nackt mit ihm an. Der alte Grubbe war dabei, ihren Bauch mit wilden Küssen zu bedecken, während Julia ihn zu necken schien. Ich erinnere mich nicht an die Worte, nur an ihr lachendes Gemurmel, als ob sie sagte: »Aber, aber, Heinrich!«

4.

Julia ging schon auf die vierzehn zu. Was sollte aus ihr werden? Ich war natürlich nicht an einer Berufskarriere interessiert. Mein Blick war auf Höheres gerichtet. Ihre Person, ihr Image, ihr Schicksal.

Ich wünschte mir für Julia eine Existenz. Dass sie wirklich so existent sein sollte wie ein Baum. Darin lag keine Schwierigkeit. Julia hatte keine beruflichen Ambitionen, die so vielen vornehmen Frauen zum Verderben gereicht hatten. Dafür hatte sie natürlich mich. Erfindungsreich, von rücksichtslosem Ehrgeiz, wenn ich mir etwas in den Kopf gesetzt habe. Unter meiner Anleitung hätte sie eine große Schauspielerin werden können; eine Malerin, Tänzerin, Konzertpianistin. Ich hätte sie der strengsten Disziplin unterworfen. Eine Schriftstellerin. Gab es jemals eine fruchtbarere Ideenquelle als mich? Großartige Geschichten hätten wir erfunden, Geschichten von Liebe und Ehebruch! Aber warum sollte ich mich auf die Künste beschränken? Sie hätte Entdeckerin werden können, Löwenbändigerin oder Gründerin einer neuen religiösen Sekte. Nichts war unmöglich, wenn ich sie unterstützte. Aber dann wäre es ja nicht sie. Es wäre geschummelt, Betrug an der Welt, und was mir mehr zu schaffen machte: Ich würde mich selbst um Julia betrügen. Denn dies war womöglich meine einzige Chance, in einer Frau zu sein.

Ich gebe zu, dass ich zuweilen mit einigen dieser Möglichkeiten spielte. Der Tanz war eine große Verlockung. Ich träumte von Julia, zu reiner Bewegung verklärt. Ich sah sie in wachsender Verzückung hochspringen und herumwirbeln und in einem Moment der Ekstase ihren letzten Sprung tun und verlöschen, wie eine Flamme, die den Holzscheit verschlingt, von dem sie sich nährt. Und obwohl Julia nicht tanzte, entzündeten meine Träume einer tanzenden Julia ihren Körper so sehr, dass sie zuweilen einer Ohnmacht nahekam. Wie doch die Träume das Fleisch missbrauchen! Ein aktives Leben wäre sicher gesünder gewesen.

Ich bereue meine Entscheidung noch immer. Aber damals glaubte ich, nicht das Recht zu haben. Ich fürchtete, ich würde zu rücksichtslos mit ihr umgehen. Und dann wären da noch all die anderen, der Ballettmeister, der Choreograf, der Agent, das Publikum. Ich wäre nicht mehr ihr alleiniger Meister gewesen. Ich hatte Angst davor, sie an diese anderen zu verlieren.

Praktische Erwägungen zwangen mich schließlich dazu, jeden Beruf, der eine anhaltende Anstrengung erforderte, für Julia auszuschließen. Meine Weggefährtin war, leider Gottes, einer beschwerlichen Reise einfach nicht gewachsen. Viele Menschen haben beklagt, dass ein Drittel ihres Lebens im Schlaf vergeht. Ich musste mich mit der bitteren Tatsache abfinden, dass neben diesem verlorenen Drittel die größere Hälfte von Julias Wachstunden von den Turbulenzen ihres monatlichen Zyklus eingenommen wurde. Eine Woche prämenstrueller Depression, eine ebenso lange Zeit der Krämpfe, Erschöpfung und allgemeinen Verstimmung. Dazu kam noch der Tag ihres Eisprungs, an dem sie gewöhnlich zu zerstreut und zappelig war, um sich auf irgendetwas zu konzentrieren. Angesichts ihrer konstitutionellen Schwäche habe ich Julia nicht ermutigt, einen Beruf zu ergreifen.

War ich zu ängstlich? Zweifelte ich an ihrer Begabung? Wahrscheinlich war ich enttäuscht, dass Julia ein Mädchen war, oder besser gesagt, dass sie kein Junge war, denn was wusste ich schon, was ein Mädchen ist? Wenn ich mich recht entsinne, war Julias Geschlecht für mich zu dieser Zeit eine Quelle der Verblüffung, die oft an Erschrecken grenzte. Zum einen ziehe ich es vor, wenn Dinge offen erkennbar sind. Wo war denn nun das Wahrzeichen ihres Geschlechts? Julia war wie ein Handschuh mit eingekrempeltem Daumen, ein zerknitterter Beutel. Lediglich ein Behältnis, eine Rinne, ein Schwamm, der alles aufsog; alles, womit sie in Berührung kam, schien sie zu schwängern. Sie konnte nicht einmal ihr eigenes Wasser lassen, ohne dabei ihren Busch zu benässen. Ihre Handlungen konnten nur als erlittene Zustände gedeutet werden. Würde ich sie nicht komplett ins Passiv umschreiben müssen?

Aber genug zu diesem traurigen Thema der Möse. Das fehlende Glied reichte aus, um mich zu verstimmen, ganz abgesehen von den Albträumen, die ich in Julias Höhlung hineinprojizierte. Ich fragte mich, wie ich jemals davon träumen konnte, Julia würde eine ernsthafte Aufgabe in Angriff nehmen. Womit denn? Wenn ich die jungen Männer beobachtete, wie sie mit leuchtenden Augen Seefahrten planten oder satirische Verse verfassten, konnte ich beinahe sehen, wie sie ihre frechen Rüssel schwenkten und Sperma-artige Gischt aus ihrer Mundöffnung verspritzen. Ich stellte mir vor, dass sie zum Schreiben ihr Glied in das

Tintenfass tauchten, es zum Taktschlagen benutzten, ganze Städte mit seiner Spitze zu Fall brachten; dass es nicht der Daumen oder die aufrechte Haltung, nicht einmal die zusätzlichen Gehirnwindungen waren, die ursächlich hinter allen menschlichen Leistungen stehen, sondern ganz allein das männliche Auslaufrohr.

Wehmütig beäugte ich jede Hündin, die einen Schwanz zum Wedeln hatte, und beneidete die Elefantenkuh um ihren Rüssel. Obwohl ich vermute, dass meine Einschätzung von Julias Geschlecht sehr von gewissen Werken der Psychologie beeinflusst war, die ich in Gundolf Klopps' Bibliothek gefunden hatte, schien ihre damalige Formlosigkeit diese Werke nur zu bestätigen.

Julia erblühte erst spät. Bis zum Zeitpunkt ihrer Vermählung hatte ich tatsächlich große Zweifel daran, ob sie eine Frau war. Man könnte meinen, dass das fehlende Anhängsel meine Zweifel beigelegt hätte, aber es bewies lediglich, dass sie kein Mann war. Der allmonatliche Blutsturz also? Die Schwellung ihrer Brüste? Aber zu jener Zeit erschienen mir diese Dinge eher wie beängstigende Störungen und bösartige Wucherungen als wie die Embleme ihres Geschlechts. Was war sie? Eine Anomalie? Ich glaubte nicht, dass irgendetwas Wohlgeformtes aus ihr hervorgehen könnte.

Sie ins Kloster stecken! Das schien die perfekte Lösung zu sein. Obwohl Julia kaum eine Neigung zum Weltverzicht bewies, fühlte sie sich von Natur aus zu den sinnlicheren Aspekten des Rituals hingezogen. Die Vorstellung, in der strengen Pracht einer mittelalterlichen Abtei zu hausen, gefiel mir natürlich besonders gut. Aber würde ich es zulassen, dass man ihr die Locken schor? Könnte ich ruhig zusehen, wie ihr ungeliebter Leib sich im Laufe der Jahre in seiner dunklen Klausur verfärbte? Und was war mit ihren Monatsblutungen? Eine menstruierende Frau in einem

Kloster hat etwas geradezu Obszönes. Nein, sie musste heiraten, Ehefrau, Geliebte und Mutter sein.

Aber das waren ja die Kriegsjahre. Die Besten waren auf dem Schlachtfeld, man konnte nichts tun außer warten.

Oh, die Kriegsjahre waren hart! Ich musste zusehen, wie sie ihre Jugend verschmachtete in jenem alten, verfallenden Haus, in dem nur noch der alte Herr Klopps, vom Schlag gelähmt und zur Idiotie verkommen, im Rollstuhl festgeschnallt im Wohnzimmer saß, betreut von der Köchin und einem tattrigen, von Arthritis geplagten Butler, die letzten, die von der Dienerschaft übrig geblieben waren. Der Tod würde sie der Reihe nach abberufen, bis Julia ganz allein im Haus war, ihre besten Jahre bereits hinter sich, ein Schatten, der unter den Schatten der Toten umherstrich. Am Ende würde sie der Wahnsinn einholen.

Sie musste also heiraten. Aber welche Heiratschancen hatte sie? Zu der Zeit war die Zahl der heiratsfähigen Frauen weitaus höher als die Zahl der heiratsfähigen Männer. Der Statistik der Volkszählung nach zu schließen, war jede vierte Frau zum Jungfernstand verdammt. Ich schätzte die Zahl der heiratsfähigen Frauen in unserer Stadt auf vierzigtausend und errechnete somit eine Mindestzahl von zehntausend künftigen alten Jungfern. Zwölftausend kämen der tatsächlichen Zahl näher, da mehr Männer als Frauen den ledigen Stand wählen. Zwölftausend alte Jungfern in einer einzigen Stadt, eine Heerschar! Und Julia sollte zu ihnen zählen!

Ich bemühte mich, der Aussicht auf Ehelosigkeit einen munteren Anstrich zu verleihen. War ich nicht selbst auch so etwas wie eine alte Jungfer oder besser gesagt ein Junggeselle? Die Tröstungen, ja, die Vorteile des zölibatären Lebens waren für mich ganz offensichtlich. Man denke nur an die noch ungelesenen Bände der Bibliothek des Gundolf

Klopps auf dem Dachboden! Ein ganzes Leben in Frieden, Muße und ungestörter Einsamkeit, befreit von häuslichen Pflichten, allein der Pflege des Geistes gewidmet. Ja, ich hätte mich damit zufriedengegeben, in meiner Insektensammlung herumzupusseln, ich könnte mich mühelos damit beschäftigen, mittelalterliches Pahlavi zu lernen, neue phonetische Systeme zu erfinden. Vielleicht würde ich mich sogar mit der Malerei befassen. Aber was ist mit Julia? Könnte ich es ertragen, sie dahinwelken zu sehen, während die Jahre vergehen und ihr Körper nie seine Frucht hervorbringt? Nein, lieber wäre es mir, ihren frühen Tod zu erleben.

Vielleicht hätte ich unter den gegebenen Umständen das Leben einer alleinstehenden mater familias in Betracht ziehen sollen, die außerehelich geborene Kinder aufzieht. Wenn es um mich ginge, würde ich genau diese Rolle wählen: eine Respekt einflößende Matriarchin, eine Bienenkönigin. Doch ich bin ja etwas exzentrisch. Das war nicht Julias Art. Sie war dazu geschaffen, einem Mann zu gehören, ihn zu schmücken wie ein Juwel.

Eine schwere Tristesse hing in den Kriegsjahren über unserem Leben. Julia schlich trübselig herum. Ich wurde griesgrämig. Warum hatte sie denn keinen Ehrgeiz im Leben? War sie nicht ein garstiges Kind gewesen? Hatte sie in ihrem ganzen Leben auch nur einem Menschen einen Augenblick lang Freude bereitet? Ein eitles, herzloses Madel. Sie hatte am Todestage ihrer Mutter nicht einmal eine Träne für sie übrig. Ihr einziger Gedanke war, wie sie wohl in einem schwarzen Hut mit Schleier aussehen würde. Und als sie vor dem Leichnam ihrer Mutter fast ohnmächtig wurde, geschah dies nicht aus Trauer, sondern vor Abscheu.

Könnte Julia es jemals wiedergutmachen, eine so schlechte Tochter gewesen zu sein? Warum überhaupt versuchen, in Julia Tugend zu erwecken? Ich schwor mir, sie ihrer Natur getreu zu belassen. Aber was wäre, wenn das Böse ihre Bestimmung und ihr Teil nicht die Gnade, sondern die Hölle war? Einige Monate gab ich mich der Vorstellung einer dunklen Julia hin. Oder waren es Julias eigene trübe Abgründe, die in mir aufstiegen? Eine fahle Flamme loderte auf und zischte: Soll sie doch den alten Mann vergiften! Das Haus in Brand stecken! War Julia zu einem großen Verbrechen fähig? War ich bereit, mit ihr unterzugehen? Die Vorstellung einer vierzehnjährigen Julia, die unter den verkohlten Trümmern des Klopps-Hauses begraben liegt, lässt mein Herz noch immer stocken.

Abgesehen vom Schatten des Krieges gab es noch andere Umstände, die mir die Stimmung trübten. Das Gelände rings um das Haus der Klopps wurde allmählich zugebaut. Als Julia zwölf Jahre alt wurde, stand das alte Herrenhaus nicht mehr allein auf dem Hügel, sondern war von Apartmenthäusern flankiert, und innerhalb weniger Jahre war die unberührte Landschaft, die sich von unserer Haustür bis zum Meer hinunter erstreckte, von Ferienhäusern und Hotels verschandelt. Verschwunden waren die Wälder, die Schauplätze unserer ehemaligen Legenden, und auch der alte Friedhof, auf dem ich Julia, das Kind, und Julias ungeborene Kinder begraben hatte, war nicht mehr. Selbst das Klopps'sche Wohnhaus war in Gefahr. Nach dem Tod von Herrn Klopps während des Krieges traten Vetter Oswald und Vetter Felix auf den Plan, die, wie ich zu meiner Bestürzung erfuhr, in Ermangelung eines Testaments zu Treuhandverwaltern von Julias Besitz ernannt worden waren. Vetter Oswald vertrat die Ansicht, das so günstig gelegene Haus solle modernisiert und schließlich an Sommergäste vermietet werden. Er beabsichtigte außerdem, zur Finanzierung der geplanten Renovierungsarbeiten auf Julias Treuhandfonds zurückzugreifen. Vetter Felix dagegen war der Meinung, dass das Haus angesichts des hohen

Immobilienwerts des Grundstücks zum Verkauf angeboten und der Erlös vorzugsweise in Rüstungsaktien investiert werden sollte. Es war kaum zu erwarten, dass Julia in ihrem zarten Alter ihren Vettern die Stirn bieten konnte. Mehr noch: Angewiesen auf deren Wohlwollen musste sie ihre feuchten Blicke und die nicht gänzlich brüderlichen Umarmungen widerstandslos über sich ergehen lassen. Da Vetter Oswald und Vetter Felix sich aber nicht einig werden konnten, wurde das Haus weder verkauft noch renoviert, sondern verfiel einfach im Laufe der Jahre. Von Zeit zu Zeit kehrten die Vettern zu dem Haus zurück und schickten Bauunternehmer, entweder um das Grundstück zu begutachten oder um die Kosten für einen Umbau in ein Hotel zu schätzen. Und obwohl nichts dabei herauskam, verbrachte ich Julias gesamte Jugendjahre in ständiger Besorgnis, aus unserem Schloss vertrieben zu werden.

## 5.

Von Julias vierzehntem Lebensjahr an bis zu ihrer Heirat führte ich eine Art Notizbuch. Vielleicht um die einsamen Stunden zu füllen, wenn Julia fort war. Oder um mit mir selbst in Kontakt zu bleiben, wenn Julia mich zu überwältigen drohte. Es enthielt Betrachtungen zu meiner Lektüre, Entwürfe einer neuen Erkenntnistheorie, persönliche Gedanken über das Dasein. Einiges davon war ziemlich morbid. Womöglich enthielt es auch Perlen der Einsicht. Es ging verloren, als das Haus der Klopps abbrannte. Ich wollte es nicht zu Julias Sachen packen, als sie auszog, um Peter Brodys Frau zu werden. Am Tag vor der Hochzeit schrieb ich: Dies wird mein letzter Eintrag sein. Sie wird mich nicht mitnehmen, da, wo sie hingeht. Ich werde zwischen diesen Seiten zurückbleiben, flach und trocken wie ein gepresstes Blatt.

Beim letzten unserer alljährlichen Besuche im Klopps-Haus fand ich Gelegenheit, wieder in dem Notizbuch zu lesen, und es überraschte mich ebenso sehr durch seine Aussparungen wie durch seinen Inhalt. Nichts stand darin über meine Hoffnungen für und Ängste um Julia. Keinerlei Erwähnung von Ereignissen, die in ihrem Leben eine so große Bedeutung einnahmen. Wie konnte ich den Verlust ihrer Jungfräulichkeit so stillschweigend übergehen? Mein Eintrag für jene Woche besteht aus Kommentaren zu Schopenhauer. War ich so sehr in meine metaphysischen Studien vertieft, dass ich einfach zu meinen Büchern zurückkehrte, als sei nichts geschehen? Eine unangenehme Unterbrechung vielleicht, ein unnütz vergeudeter Abend?

Oder war es fromme Hochachtung, die mir jegliche Erwähnung ihrer Person untersagte? Ich neige zu dieser Annahme, denn das Fehlen von Julia in meinen Aufzeichnungen und die Tatsache, dass sie in der einzigen Bezugnahme ganz am Ende nicht namentlich erwähnt wird, kann nur daher rühren, dass sie mir so heilig war. Obwohl ich keine Hemmungen hatte, über die Anatomie der Engel zu spekulieren, blieb Julia mein einziges Tabu. Ich hielt es für ein Sakrileg, sie wie ein profanes Objekt zu betrachten, ihre täglichen Gewohnheiten zu notieren, ihre Motive zu erforschen. Genauso unpassend, wie eine Fliege zu beobachten, die während der Kommunion die Hostie umschwirrt. Ich muss hinzufügen, dass ich für derlei Pietätlosigkeit besonders empfänglich bin, doch ich würde einem solchen Lapsus niemals die Würde und Beständigkeit des geschriebenen Wortes zubilligen.

Die Ehrfurcht, die ich vor Julia verspürte, entbehrte jegliches Gefühl von Zärtlichkeit oder Achtung für sie. Tatsächlich stand sie in keiner Beziehung zu irgendwelchen Charaktereigenschaften oder zu ihrer Erscheinung, es sei denn, es handelte sich um die rohe Gegebenheit ihres Geschlechts. Ich war zu einem Eindringling in ihrem Leben geworden.

Es muss in den Jahren passiert sein, als sie anfing, Seidenstrümpfe zu tragen. Ich entsinne mich, dass ich mich instinktiv abwandte, wenn sie diese am Abend herunterrollte. Die Strümpfe und der Strumpfgürtel, die über der Sessellehne hingen, versetzten mir beim Aufwachen immer einen Schock, als befände ich mich im Zimmer einer Fremden. Ich weiß nicht mehr, zu welcher Stunde oder an welchem Tag das Zimmer, das ich so lange bewohnt hatte, sich unmerklich in einen Schrein verwandelte. Meine Anwesenheit dort war so skandalös, ich weigerte mich, es zu glauben. Ich war damals zu sehr von Schamgefühl erfüllt, als dass ich diesen Verstoß gegen den Anstand hinterfragt oder versucht hätte, ihn zu rechtfertigen.

Und doch war ich dort, eingeschlossen im Allerheiligsten, wo der Hohepriester jeden Moment eintreten konnte, um ein feierliches Ritual durchzuführen. Ich durfte hier nicht entdeckt werden! In meiner Panik flitzte ich von einer Ecke in die andere, wie eine Maus in der Falle. Ich versteckte mich in den Falten des Altartuchs und wartete auf den Beginn der Zeremonie.

## 6

Julia wurde fünfzehn. Fünfzehn und noch immer nicht verlobt! Wie lange würde sie in diesem Larvenstadium verharren? Ich konnte es kaum erwarten, sie entschleiert zu erleben, sie in ihrem Geschlecht bestätigt zu sehen. Woher würde die Erlösung kommen? Die Schulbuben? Ein rüpelhaftes Pack pickelgesichtiger Schnösel! Sie kratzten ihren Namen in die Wände der öffentlichen Pissoirs, machten obszöne Lutschgeräusche und bellten, wenn sie vorüberging. Ich setzte all meine Hoffnung auf einen unbekannten Soldaten, der auf einem fernen Schlachtfeld kämpfte. Für ihn hielt ich Julia keusch.

Ich werde nicht behaupten, dass wir uns in großer Versuchung befanden. Dennoch hatte ich genügend Grund zu der Befürchtung, Julia könne mit einem Mann außerhalb ihrer Gesellschaftsklasse eine Dummheit begehen. Obwohl sie für gewöhnlich etwas scheu war, legte Julia im Umgang mit jedwedem Lieferanten, Klempner oder Straßenfeger eine erschreckende Lockerheit und Vertraulichkeit an den Tag. Vielleicht dachte sie, das zählt nicht. Aber ich vermutete dahinter ein Familienmerkmal. Zwar hatten die Klopps die Promiskuität der Großmutter Fuchs nie eingehender erörtert, als dass sie bemerkten, sie habe verfrüht einen übersteigerten Geschlechtsappetit bewiesen, aber ich erinnere mich an pikante Geschichten von einer gewissen Cousine Prudella, die dreimal durch verschiedene Butler ins Kindbett gebracht wurde, ganz zu schweigen von unserer Tante Etta, die sich, obwohl sie ihr Leben lang unverheiratet blieb, mit so manchem Stallknecht sowie mit seinem Pferd tröstete. Solche abweichenden Neigungen mögen das Privileg einer verkommenden Oberschicht sein. Aber für Julia versprach ich mir mehr. Wozu war ich denn schließlich da, wenn nicht, um sie vor einem Klopps'schen Schicksal zu bewahren. So verdoppelte ich meine Wachsamkeit, wo es sich um Hausangestellte, Straßenarbeiter, ausländische Arbeitskräfte handelte und, ich gebe es zu, auch um gebrechliche alte Männer und Jungs in noch zartem Knabenalter. Diese Aufgabe verlieh mir zumindest das Gefühl einer sinnvollen Beschäftigung. Doch die Tage schleppten sich dahin, und obwohl unsere Aussichten keineswegs glänzend waren, konnte ich mich immerhin einer Leistung rühmen: Ich hatte ihre Jungfräulichkeit bewahrt. Da wir nun einmal in lockeren Zeiten lebten, in denen sich ein Mädchen fragen musste, ob ihre Jungfräulichkeit eine Prämie war, die sie für ihren Ehemann aufheben sollte, oder ein lästiges Hindernis, das es bei der erstbesten Gelegenheit zu beseitigen galt, bezog ich eine klare Stellung. Ich würde sie unbefleckt in die Hände ihres Ehemanns übergeben.

Es war für mich Dogma, dass Julia als jungfräuliche Braut in die Ehe gehen sollte. Ich leugne jedoch nicht, dass ich eine starke Neigung zu mehr als nur einer Häresie besaß, die, wie ich gleich hinzufügen möchte, im Zusammenhang mit der Unantastbarkeit stand, die ihren jungfräulichen Zustand umgab. Ich konnte mir einfach nicht vorstellen, dass Julias Entjungferung von ihrem Ehemann vorgenommen werden sollte. Das Erbrechen jenes versiegelten Gefäßes erforderte einen Gewaltakt, brutal und gesetzwidrig, bar jeglicher Gefühle, die den Charakter der reinen Übertretung abschwächen könnten. Die Vorstellung einer Vergewaltigung schien Julia überdies zuzusagen. Ich entsinne mich einer besonders haarsträubenden Fantasie, in der sie auf einem dunklen Weg von einer Bande Zigeuner überrascht wurde, die sie in einen Graben stießen, ihr Arme und Beine auf den Boden drückten und sich ihr der Reihe nach aufdrängten. Ihre Zahl schwankte zwischen drei und sechs. So weit ging ich nie. Natürlich erlaubte ich Julia niemals, bei Nacht allein die menschenleeren Landstraßen entlangzulaufen.

Eine andere Lieblingsfantasie war die, dass Julia die Blüte ihrer Jugend einem unbekannten Soldaten opferte. Nicht, dass Julia ein Mädchen war, das sich vom Glitzern eines goldenen Knopfes, eines Soldatengürtels oder eines Pistolenhalfters beeindrucken ließ. Nein, es war der unpersönliche Farbton seiner Uniform. Er gehörte in die Welt der Kasernen, der Transportzüge. Sein Körper unter der Uniform war ein Teil des Unpersönlichen. Es war, als ob er bereits nackt vor ihr stünde. Sie wurde von jähem Schmerz ergriffen um jeden blassen Soldaten, der im Morgengrauen aufbrach. Wenn sie sich ihm hingab, spürte sie die Angst in den Schützengräben, die Trostlosigkeit der Verwundeten und Sterbenden auf den Schlachtfeldern. Ich war unentschieden, hin- und hergerissen zwischen dem Gewaltakt einer Vergewaltigung und der zärtlichen Geste eines dargebotenen Opfers. Aber ich konnte einfach nicht auf mein Bild von Julia als jungfräulicher Braut verzichten. Und schließlich muss ich auch meine eigene heimliche Faszination für Dirnen eingestehen. Ein verstohlener Blick auf einen dieser traurigen Vampire genügte, um mich in Aufruhr zu versetzen. Diesen Weg habe ich nie ernstlich für Julia in Betracht gezogen. Aber für mich! Sooft ich in einer Gasse an einer Dirne vorüberging, erfasste mich ein Gefühl der Verwandtschaft. Die Schönen der guten Gesellschaft beneidete ich weit weniger als die übertünchte Blässe, den billigen Zierrat und das Aussehen einer missbrauchten Puppe, der den Dirnen zu eigen war.

Auf welchem Altar würde ich Julia opfern? Es gab so viele Götter, ich hätte ebenso viele Julias gebraucht: eine, die eine Hure war, eine andere, die ganz in Weiß in die Ehe ging, eine weitere, nein, mindestens ein Dutzend kleine Julias, die der Reihe nach vergewaltigt wurden. Reine Fantasien, um sich die langen Winternachmittage und einsamen Abende zu vertreiben.

Im selben Jahr, in ihrem sechzehnten Lebensjahr, wurde Julia entjungfert.

Es geschah in der Nacht des Weihnachtsballs im Hause des Bürgermeisters. Der Ballsaal war voller Soldaten, die über die Festtage heimgekommen waren. Eingequetscht zwischen den dampfenden Leibern hielt ich die Stellung und suchte nach Julias Abbild an den spiegelgetäfelten Wänden.

Ich war auf eine rechte Nervenprobe gefasst. Es war meine Pflicht. Woher sollte ich denn wissen, ob dies nicht Julias Gelegenheit war, ihrem Mann zu begegnen?

Nach einer Weile verlor ich den Überblick, benommen von dem Lärm stampfender Füße, von der herumgezerrten Julia, die von einem zum anderen weitergereicht wurde, wenn die Jungs einander abklatschten. Rotnackige Jungs mit schwitzenden Händen. Plötzlich sehe ich, wie sie den Ball mit einem Soldaten verlässt. Sie überquerten die Straße zu seinem Auto. Hätte ich protestieren sollen? Aber ich war machtlos. Oh, inzwischen habe ich herausgefunden, dass Julia, wenn sie mit einem Mann allein ist, aufhört, mein Geschöpf zu sein. Es ist, als würde sie zu Wasser gelassen: ohne Vorwarnung wird der Landungssteg hochgezogen. Sie segelt davon und ich kauere im Laderaum, ein elender blinder Passagier. Ich entsinne mich eines Gefühls erstarrter Panik, kristallklar, als wir im Auto durch die Nacht brausten, allein mit einem unbekannten Soldaten namens Bruno, dessen Familiennamen ich nie erfuhr.

Wenn sie wenigstens vergewaltigt worden wäre. Wenn er sie in die Büsche gezerrt hätte und ihr gegen ihren Willen Gewalt angetan hätte. Aber so geschah es nicht. Sie lächelte, als er ihre Brosche öffnete. Wie soll ich es denn nennen? Reine Dummheit? Wird dieser dumme Patzer einen Eintrag in das Buch des Lebens erhalten? Oder lässt er sich mit meinem Bild von Julia vereinen? Es war seine letzte Nacht, bevor er zu seinem Armeeposten zurückkehrte. Es war nicht Bruno, es war ein Soldat. Es war nicht Julia, sondern ein beliebiges Mädchen in Kriegszeiten. Julia wollte dieses anonyme Mädchen sein.

Die Details sind irrelevant. Warum drängen sie sich mir auf, in all ihrer ursprünglichen, bedrückenden Schwere? Wenn ich an den Moment denke, da Bruno sie zum Tanz aufforderte, bekomme ich noch immer heiße Ohren. Julia war gerade dabei, eine dritte Runde mit einem verbissenen und wortkargen Matrosen zu drehen, als zwei Herren in Uniform gleichzeitig um das Vergnügen baten. Sie musste in Sekundenschnelle entscheiden. Sie blickte von einem zum anderen, beide waren Offiziere vom gleichen Rang und hatten den ersten Flaum der Jugend schon hinter sich. Der eine war groß und ausdruckslos und strahlte sie an, der andere dagegen war klein, grimmig und dunkelhäutig. Sie zögerte einen Moment, als der Blick des kleinen Mannes nach ihr zu schnappen schien, nahm aber schließlich das Angebot des großzügiger proportionierten Freiers an. Ich hatte einen recht guten Eindruck von Bruno, obwohl er bereits zur Kahlköpfigkeit neigte und sein Volumen eher in die Breite als in die Höhe ging. Ganz sicher kein Märchenprinz, aber angenehm, manierlich und eine willkommene Abwechslung zu den ungeschlachten Jünglingen, mit denen Julia bisher getanzt hatte. Als er während des Tanzes vorschlug, woanders etwas trinken zu gehen, hatte ich nichts dagegen einzuwenden. Er würde sie sicher in eines der besseren Lokale der Stadt ausführen, und Julia, so dachte ich, musste sich doch unglaublich geschmeichelt fühlen, das mehr als nur flüchtige Interesse eines Mannes zu erwecken, der vielleicht schon Anfang dreißig und außerdem ein Offizier war. Erst als er ihr bereits in den Mantel half, kam mir der Gedanke, dass Julia, indem sie mit Bruno fortging, scheinbar um dem sehnigen kleinen Offizier zu entkommen, tatsächlich ihre Vorliebe für Bruno zum Ausdruck gebracht hatte, und dass sie ihn dem anderen vorzog und möglicherweise auch den Wunsch hegte, auf intimere Weise mit ihm zusammen zu sein, als sie ursprünglich beabsichtigt hatte. Außerdem war ihre Flucht völlig unnötig, da der kleine Offizier mit den schnappenden Augen sich gerade in Begleitung seiner Beute des Abends, eine stattliche Blondine, die geziert an seinem

Arm hing, auf dem Weg zur Garderobe befand. Rückblickend lässt es sich leicht sagen, dass dies der Zeitpunkt war, an dem sie einen Rückzieher hätte machen sollen. Als Bruno ihr in den Mantel half, schien es jedoch kaum einen Grund dafür zu geben.

Er ließ nicht gleich den Motor an, sondern seufzte und küsste ihr die Fingerspitzen und sah sie lange an. Ach, was bedeutete nur dieser Blick? Und warum lächelte er sie so dümmlich an, warum schürzte er die Lippen wie ein Baby, während er ihren Namen flüsterte? Wieso nur flüsterte er auf einmal? Sie saßen noch keine fünf Minuten allein im Wagen, da war klar, dass Bruno von einer äußerst tödlichen Leidenschaft für Julia befallen war. Und sie waren kaum weitere fünf Minuten gefahren, da war außerdem klar, dass Bruno sie nicht in eines der Cafés führte, sondern in die Taverne am Stadtrand, in der er einquartiert war. War das nicht der Augenblick, da Julia hätte protestieren müssen? In dem sie hätte fordern müssen, er möge sie in ein Café in der Stadt oder gleich nach Hause bringen? Doch wie hätte Julia kühl und vernünftig bleiben können, wo doch der Mann neben ihr von den Flammen der Liebe verzehrt wurde, sich in einem Zustand erbärmlichster Qual befand, der noch dazu durch ihre eigene strahlende Person hervorgerufen war? Denn obwohl ich mich für Julias Gefühle für Bruno nicht verbürgen kann, kann ich wohl feststellen, dass das Schauspiel von Brunos raschem Verfall ihre Eitelkeit gewaltig anschwellen ließ und außerdem ihr Mitgefühl erregte. Wie könnte sie so fühllos sein und sich nach Zeit, Ort und Zweck erkundigen wollen, während der Mann an ihrer Seite sich in einem so angeschlagenen Zustand befand, keuchend nach Luft rang, ihr sein Gesicht entgegenstreckte, mit offen hängendem Mund, fischartig glotzend – ein ekelhafter Anblick, zweifelsohne, aber konnte eine Frau denn so herzlos sein, dass sie ihn nicht bedauerte? Was will er auch schon? Seine Lippen auf die ihren pressen und ihr seine Zunge in den Mund stecken, ihre Brüste drücken und, ja, letztendlich sein geschwollenes Glied in ihrer Falte nudeln. Trotz ihrer Unschuld wusste Julia, wo es enden würde. Doch wie konnte sie sich weigern, seinen Durst zu stillen, zumal es ihr unwiderstehlicher Charme war, der ihn in diesen hilflosen Zustand versetzte?

Bruno hatte angehalten, bevor sie die Taverne erreichten, offenbar außerstande, den Wagen noch weiter zu lenken, während der Anfall ihn überkam. Ich zuckte zusammen, als er ihr seine erdrückenden Küsse aufdrängte, und fragte mich, ob der kleine, drahtige Offizier seine Begleiterin gerade auf ähnliche Weise traktierte und ob es überhaupt den geringsten Unterschied machte, welche Paare heute Abend entstanden waren. Seine Hände tatschten unter ihrem Rock herum, ihren Schenkel entlang, fanden ihren Busch. Zu meiner großen Erleichterung entwand Julia sich ihm, beschwerte sich über die Kälte und bat, dass er sie zum Wirtshaus weiterfahre. Natürlich, sagte Bruno zerstreut und startete den Motor. Auf dem ganzen Weg zur Taverne kreiselte ich wie wahnsinnig herum und dachte: Jetzt steht uns was bevor, er hat ihren Busch berührt. Oh, er hat Julias Busch berührt, jetzt gibt es kein Zurück mehr! Als ob diese angebrochene Intimität irgendwie erfüllt werden müsste und nur dadurch erfüllt werden könnte, dass sie es bis zum bitteren Ende durchzog. Julias Schicksal war schon besiegelt, als sie die Taverne betraten. Zwar zeterte meine Stimme noch bis zum letzten Moment weiter: Er hat sie noch nicht durchbohrt, sie könnte noch gerettet werden; jetzt sind sie allein in seinem Zimmer, er hat den Wein bestellt, aber sie ist noch Jungfrau; jetzt hat sie sich entkleidet, er hat sie nackt gesehen, aber sie ist noch unversehrt, es ist noch Zeit. Aber als sie sich dann ins Bett legten, versagte mir die Stimme. Ich kapitulierte. Doch meine Reaktionen sind vielleicht völlig irrelevant.

Rechnete Julia etwa damit, dass ich sie rettete? Ganz und gar nicht. Ihr Auftreten war verwegen. An Brunos Arm betrat sie die Taverne mit der Haltung einer Königin. Vielleicht ein klein wenig zu aufgekratzt. Sie war mit einem Offizier unterwegs, hielt sich für eine ganz schöne Abenteurerin. Der Blick des Mannes hing voll Bewunderung an jedem sichtbaren Detail ihrer Person, er ging auf all ihre kleinen Marotten ein. Er war in ihrer Macht, wenigstens glaubte sie das. Sie tranken ein Glas in der Taverne. Dann bestellte Bruno eine Flasche Wein und etwas Obst aufs Zimmer. Jetzt war sie gekauft, gefangen. Auf der Treppe nach oben begann ihr Mut sie zu verlassen. Als sie dann mit Bruno allein im Zimmer war, konnte sie plötzlich nicht mehr sprechen, weil sie befürchtete, in Tränen auszubrechen. Sie biss sich auf die Lippe, stelzte steif im Zimmer auf und ab, zum Fenster, zurück an den Tisch, und betrachtete zerstreut die Glasfiguren auf dem Kaminsims. Was war geschehen? Die siegesgewisse Eroberin war plötzlich zur Gefangenen geworden.

Nach einiger amouröser Tändelei und einem Glas Wein entschuldigte sich Bruno und verschwand im Bad. Um sich für das Schlachtfest vorzubereiten. Julia war ratlos. Erwartete er von ihr, dass sie sich die Kleider auszog? Sie schlüpfte aus ihren Schuhen und dann wieder in sie hinein. Sie trat vor den Spiegel und versuchte, ihre zerzauste Krone zu richten, gab es auf und entfernte die Haarnadeln. Dann saß sie unglücklich auf der Bettkante und spielte mit ihrem Haar. Bruno kam aus dem Bad heraus, er hatte nur noch seine Unterhose an. Er war zwar kein Apoll, aber sein Oberkörper war immerhin stramm, wenn auch ein wenig wie der eines Seehunds geformt. Er beugte sich über sie und verströmte einen starken Geruch nach Talkum und Eau de Cologne. Julia war den Tränen nahe. Er erkundigte sich, ob sie ihre Monatsblutung habe. Dann teilte Julia ihm mit, dass sie noch Jungfrau sei. Brunos Gesichtsausdruck wurde weich. Er versicherte ihr, dass dieses Hindernis in Kürze überwunden sein werde. Im Verlauf des darauffolgenden Gerangels veränderte sich Brunos Mimik: An die Stelle der liebeskranken Blicke trat eine Haltung professioneller Kompetenz. Vielleicht reute ihn dieser Abend noch mehr als sie. Er hätte eine erfahrene Frau vorgezogen. Aber ich will ihm gerecht werden. Ich fand es rührend, wie er ihren Körper begutachtete, bevor er sich auf sie stürzte.

Vom Augenblick des Angriffs an war meine Verwirrung so groß, dass ich nicht auf die Einzelheiten achten konnte. Ich mag auch nicht an die Hände denken, die in der Dunkelheit an dieser geweihten Zone herumfummelten. In einem Moment des reinen Schreckens nahm Julias Körper die Gestalt einer belagerten Festung an, Panik hinter den Mauern. Der Feind rammte das Tor. Brunos Hand auf ihren Mund gepresst, um einen Aufschrei zu unterdrücken. Julia empfand Plünderung und Brand, ihre Säle demoliert, die Vorhänge in Flammen.

Ich war völlig desorientiert. War ich in Julia? War ich in Bruno? Danach war mir tagelang übel, allein schon aufgrund des physischen Traumas, ganz zu schweigen von der Scham.

Julias erster Augenblick des Frau-Seins war eine Niederlage. Meine Absicht bewegt sich auf die Vollendung des Bildes zu, aber Julia öffnet sich in eine Tiefe hinein, wo ich den Boden unter den Füßen verliere. Ihr Körper verlor seine klaren Konturen, sie schien sich ins Unbestimmbare auszubreiten.

Sie saßen nackt auf einem langhaarigen Teppich vor dem Kaminfeuer. Nein, das war ein anderes Mal, mit einem anderen Mann, dass sie nackt vor dem Feuer saß; mit einem Mann, der sie auf der Straße angesprochen hatte, und sie war mitgegangen, bloß um mit irgendwem nackt zu sein.

Sie aßen die Weintrauben auf. Das Gespräch wurde sentimental. Er sagte, er werde sie aufsuchen, wenn er zurückkäme. Ich glaube, er meinte es in dem Moment sogar ernst. Und ich denke auch, dass Julia ihm in dem Moment Glauben schenkte. In den Jahren danach dachte sie immer wieder einmal an ihn, vielleicht jeden dritten Monat oder so. Selbst nachdem sie verheiratet war, erinnerte sie sich ein- oder zweimal im Jahr an Bruno.

Fast dämmerte es. Bruno machte sich Sorgen, dass ihre Eltern böse sein könnten, wenn sie so spät heimkäme. Seine kleine Schwester, meinte er, würde Prügel bekommen, wenn sie nach Einbruch der Dunkelheit heimkäme. Ich war am Boden zerstört. Ich wollte nicht, dass Bruno sie für ein leichtes Mädchen hielt. Erzähl ihm von dem Haus, vom Garten, von der Dienerschaft, drängte ich Julia, erzähl ihm, dass dein Großvater in Afrika auf Löwenjagd ging. Aber sie saß nur stumm da wie eine kleine Sphinx.

Sie mussten den Gastwirt wecken, damit er ihnen die Tür aufschloss. Bruno konnte das Auto nicht starten. Er rief ein Taxi. Ich war erleichtert, dass er schon am nächsten Tag abfuhr. Er versprach, sie in der Früh anzurufen, als sie ins Taxi stieg. Das tat er aber nicht. Wahrscheinlich hatte er sich ihren Familiennamen nicht merken können.

Als wir in die Straße einbogen, die zum Klopps-Haus führte, dämmerte mir, dass Julia sich vielleicht ein Kind hatte machen lassen von einem Mann, dessen Zunamen und Adresse sie nicht kannte; außerdem war ich nicht dafür, dass sie eine dauerhafte Beziehung mit ihm einging. Ich stellte mir Julias Leben als ledige Mutter vor. Bruno würde an der Front fallen. Sie würde das Kind in ihrem Vaterhaus zur Welt bringen, der Welt zum Trotz. Ihr Leben würde der Erziehung ihres Kindes gewidmet sein.

Vierzehn Tage lang sah es so aus, als sei Julias Schicksal besiegelt.

Julia bekam kein Kind. Bruno fiel nicht im Kampf. Als ich ihn drei Jahre später am Strand sah, ging er mit einer älteren Frau an Julia vorbei. Ich glaube nicht, dass sich ihre Blicke trafen. Ich war entsetzt über seine dicken, haarigen Waden.

Wird man mich zur Rechenschaft ziehen? Aber weiß ich denn, was Julia bewegte? Bin ich etwa Julias Hüter? Ist sie wie ein wollüstiges Biest, das ich von Zeit zu Zeit entfessele, um zuzusehen, wie es herumhüpft und tollt? Manchmal sehe ich mich als einen alten Perversling, der seine Tochter von jungen Männern vergewaltigen lässt, während er durchs Schlüsselloch späht. Aber das ist nur ein Teil der Wahrheit. Weit häufiger kommt es mir so vor, als sei genau das Gegenteil der Fall. Ich bilde mir ein, Julia sei meine Marionette, dabei ist sie es, die mich an der Nase herumführt.

## 7.

Julia, mit fünfzehn Jahren schmählich entjungfert! Ein Pfirsich mit Druckstellen. Ihre Schönheit fiel von ihr ab. Und ich ringe noch immer die Hände und stöhne, Warum hast du das getan, ach Julia, warum hast du das getan? Interessierte es sie überhaupt? Sie fiel ins Bett, ohne sich das Gesicht zu waschen, schlief bis zum Mittag, und als sie aufwachte, freute sie sich über all das Make-up, das ihr auf der Haut klebte, und sie betrachtete sich ausgiebig im Spiegel. Tagelang hegte sie den Schmerz in ihrem Körper. Gott war in Seinem Himmel und die Welt war in Ordnung, solange ihr Nabel sich in der Mitte ihres Bauches befand. Und kein Bedauern? Aber ich verstehe nichts von diesen Dingen.

Vielleicht war Bedauern so sehr Teil ihres Erlebens, dass sie es durch ihr Wundsein irgendwie genoss. Wozu um Julia klagen, sie wollte ja durchbohrt, gerammt, gestopft werden, sie wollte das. Weil sie so gemacht ist, nehme ich an, mit einer Ritze, einem Schlitz zwischen den Beinen, armes Ding. Eine Höhlung in ihrem Fleisch, die sie mit Fleisch gefüllt haben wollte, mit dem Fleisch eines Mannes oder dem eines Kindes. Sie hätte sie vermutlich auch mit anderen Dingen gefüllt, wenn ich nicht auf sie aufgepasst hätte.

Julia, meine Jungfrau, war verloren, leichtfertig vor die Hunde geworfen. Ich gab die Hoffnung auf, dass ihr Leben je zu einer Geschlossenheit finden würde. Was blieb jetzt noch übrig? Ich verlegte mich auf die Metaphysik, das einzig Reine, das es in diesem Leben noch gab. Aber diesmal verlachte mich meine eigene Stimme. Wie! Die Elemente des Seins in einem Frauenrock suchen! Einen Moment lang war ich versucht, Julias Kleider zu verbrennen, ihre Zöpfe abzuschneiden. Aber warum sollte ich nach Übereinstimmung streben, wenn ich als Monster geschaffen war? Ich würde meinen Zielen eben in dieser Rüschen-Maskerade nachgehen. In ein Korsett eingeschnürt mit Aristoteles wachen; mit Rouge auf den Wangen das Fasten einhalten. Der Schatten ihrer Ohrringe, der auf die Seite des Buches fiel, trieb mich trotzdem fast in den Wahnsinn. Ihr duftender Ärmel, der an meinem Schreibtisch entlangstrich, verulkte meine Bemühungen. Entweder, um sie zu beschwichtigen, oder aus Gehässigkeit verleitete ich Julia zu Promiskuität. Was war mit Keuschheit noch zu holen, nun, da sie keine Jungfrau mehr war? Aber mir blieb der bittere Nachgeschmack. Unsere Beziehung erreichte einen Wendepunkt. Wie sollte ich mich auf meine kosmologische Abhandlung konzentrieren, wenn ständig das Telefon für Julia klingelte!

Nein, wir konnten nicht mehr zusammenleben. Entweder Julia oder ich. Julia hatte ihre Chance gehabt. Aber was war mit mir? Sollte ich hinter Julias Masken existieren? Würde ich für immer im Dunkeln bleiben, von diesem lumpigen Mädel überschattet? Warum bemerkte die Welt mich nicht? War ich nicht der edlere Teil? Aber immer war es Julia! Julias Kleid, ihre Nasenschräge, ihr Grübchen, ihr kleiner Zeh, schon die geringste Einzelheit ihres Aufzugs schien die Welt mehr zu beschäftigen als meine subtilsten Erkenntnisse. Weg mit ihr! Jetzt war ich an der Reihe.

Ich lebte weiterhin von ihr, wie ein Eremit, der sich von Larven und Wurzeln ernährt. Sie wurde für mich zu einem bloßen Leib, einem potenziellen Kadaver, der fortbestand und seine brackigen Säfte umherwalkte; dessen einzige Existenzberechtigung durch meine strenge, penible, leiblose Anwesenheit gegeben war, um als Wirt zu dienen, eine bloße Speisekammer für den fürstlichen Parasiten, für den ich mich hielt.

Was trieb Julia während dieser ganzen Zeit? Wenn ich mir die Stunden in Erinnerung rufe, die ich meinen einsamen Höhenflügen widmete, ist mein verzerrtes Bild von Julia der einzige Zeuge. Sie kam mir lächerlich, hässlich, unwirklich vor. Wie willkürlich ihr Gesicht, wie unsinnig ihre Glieder! Empörend, dass ich, ein Geist, in irgendeiner Verbindung zu ihr stehen sollte, dass ich tatsächlich in dieser Kloake lebte! Sooft ich eindöste, wurde ich von Albträumen geplagt, in denen ich durch sumpfige Gewässer schwamm, in denen es von aufgedunsenen Kaulquappen wimmelte und von den Fetzen grauer Kadaver, die sich in fauligem Seegras verheddert hatten. Aber auch ihr Äußeres entmutigte mich. Bedeckt von weicher, feuchter Haut, deren vereinzelte Haarbüschel nur ihre Nacktheit betonten. Warum hatte man mir diese ordinäre Behausung zugewiesen? Ein Relikt aus einem vorsintflutlichen Zeitalter. Warum keine Kugel, keinen Würfel, irgendeinen regelmäßigen Körper, hart und glatt? Ich sehnte mich danach, einen vollkommenen Kristall, eine Schneeflocke, einen Tautropfen zu bewohnen. Im Vergleich zu Julia war ein Käfer eine Schönheit. Vergeblich versuchte ich, ihren Körper von seiner saftigen Dickfleischigkeit zu kurieren, ihn zu einer Mumie einzuschrumpfen, zumindest zu einer Fassade, die meinem Temperament und meinem Habitus besser entsprach. Meine Misshandlungen bewirkten jedoch nur, dass das Biest sich vergrößerte.

Ich vergaß sogar, dass sie eine Frau war. Ihr Fleisch nahm eine Obszönität an, die ihr Geschlecht zur Nebensache werden ließ.

Von meinen Höhenflügen bleibt nur noch die verbogene Armatur des absurden Fluggeräts; das Gefieder ist verloren gegangen. Ich war der Herausforderung nicht gewachsen. Meine Aufzeichnungen aus dieser Zeit zeugen von einer fruchtlosen Selbstbeschäftigung, die in Zusammenhanglosigkeit mündete.

Oder tue ich mir selbst Unrecht? Befand ich mich vielleicht auf dem Pfad, den die Mystiker als die dunkle Nacht der Seele feiern, oder auf dem Weg zur Auslöschung, den die Weisen des Orients beschreiben, verfehlte aber aus Liebe zu Julia knapp das Ziel? Aber nein. Meine Spuren wanden sich einwärts, wie die eines Wurmes, der sich durch die Erde wühlt. Der Punkt, den ich umkreiste, war nicht der Punkt der Befreiung, sondern der äußersten Knechtschaft. Nicht Gott, sondern ich. Mit jeder Drehung mauerte ich mich immer unrettbarer ein. Das Bewusstsein meiner Existenz verringerte sich nicht etwa, sondern wurde zunehmend intensiver, bis es schließlich unerträglich geworden war. Mich packte das Grauen vor meiner Unzerstörbarkeit. So nichtig ich auch war, nichts konnte mich auslöschen. Selbst wenn Julias Herz nicht mehr schlug, würde ich noch weiter bestehen bleiben. Ich würde mich über den Teppich ausbreiten, mich ins Gebälk hineinfressen. Ich sah mich schon über die Felder kriechen wie eine Fäule und die Brunnen vergiften.

Ich muss meinen Entwurf einer neuen Kosmologie wohl aufgegeben haben, denn in dem Notizbuch, das ich im Frühjahr von Julias fünfzehntem Lebensjahr begann, fand ich weder Hinweis noch Erwähnung der Themen, die ich zuvor mit so leidenschaftlichem Interesse verfolgt hatte. Nichts über Grammatik oder die Anatomie der Wirbellosen. Alle Freude an meinen Studien war verflogen! Meine einsamen Beschäftigungen, früher eine glückliche Ausflucht, ein köstliches Laster, wurden eine nach der anderen von einem grimmigen Programm von Strafexerzitien gegen die Kreatur in Anspruch genommen. Plötzlich befand ich mich auf dem Prüfstand. Auf dem Dachboden herumzustöbern oder mich durch Gundolf Klopps' Bibliothek durchzuackern, die im Übrigen ziemlich veraltet war, konnte mich nicht mehr befriedigen. Ich brauchte eine Absicht, ein Ziel. Aber was verlangte man von mir? Sollte ich ein großes Werk verfassen? Wer hatte mich engagiert? Sollte ich Werke der Andacht vollbringen? Wem zugedacht? Gedankenleere anstreben? Ich ertappte mich dabei, wie ich in einen halb idiotischen Zustand verfiel, in dem ich stundenlang einen Fleck auf dem Teppich anstarrte. Also etwas aus mir machen. Aber wie könnte ich ertragen, weniger zu sein als eine vollkommen bedingungslose und notwendige Existenz? Der quälende Verdacht, dass man in Wahrheit gar nichts von mir verlangte, unterminierte ferner all meine Bemühungen. Niemand forderte mich zu irgendetwas auf. Ich erteilte mir selbst die Befehle. Die Aufgabe, meinem Dilemma eine Gestalt zu verleihen, wurde schließlich zu einer Besessenheit, die alles andere ausschloss.

In diesen Notizen ist wenig, was den Anspruch auf Originalität erheben könnte, es sei denn, ich beziehe die ersten fünf oder sechs Seiten mit ein, die jedoch kaum als Betrachtungen bezeichnet werden können, da ich mich hier ausschließlich auf Satzzeichen verlasse, um den Sinn zu vermitteln – die Sprache hatte mir offensichtlich den Dienst versagt. Ich entsinne mich, auf der ersten Seite nur ein Fragezeichen gesetzt zu haben, als Zeichen meiner Fassungslosigkeit.

Es schien mir damals am passendsten: ein Punkt, der über dem Abgrund schwebt und von einer unbestimmten Kurve fortgesetzt wird. Auf der folgenden Seite war eine Reihe kleiner Fragezeichen zu sehen, was damals einen Fortschritt in der Entwicklung meiner Gedanken zu bedeuten schien. Die dritte Seite könnte als Morsecode verstanden werden, ist aber tatsächlich eine Ansammlung von Ausrufezeichen, die mal seitwärts, mal auf und ab laufen. Ich habe ihre Bedeutung vergessen, außer dass ich einen verborgenen Zusammenhang zwischen diesem Zeichen und dem Pronomen der ersten Person wahrnahm: Stell mich auf den Kopf und ich bin ein Ausrufezeichen. Damals ergab es Sinn, und da ich nun einmal so völlig ratlos war, schien es ein Fortschritt zu sein, mich als ein umgedrehtes Ausrufezeichen zu begreifen. Auf den nächsten Seiten erforsche ich den Doppelpunkt und den Punkt. Zunächst den Doppelpunkt, der mir seiner Natur nach so edel und ausgewogen vorkam, dass er meinen Glauben an die Möglichkeit der Sprache wiederbelebte. Ich begann, diese Monster, das Fragezeichen und das Ausrufezeichen, zwischen Doppelpunkten einzuzäunen. Aber ich musste mich noch mit dem Punkt auseinandersetzen, der Punkt, auf dem all meine Hoffnungen letztlich ruhten, das heimtückischste aller Satzzeichen. Denn neben dem einfachen Punkt, dem wahren Punkt, gab es diese doppelten und dreifachen

Punkte, die das Fehlen von Anfang oder Ende anzeigten, das Abbild meines Grauens! Noch einige weitere Seiten hindurch setzte ich mein unsinniges Spiel fort und ordnete die Satzzeichen in verschiedenen Sequenzen an. Erst auf der siebenten Seite, die Monate später beschrieben wurde, fand ich zu meiner Ausdrucksfähigkeit zurück und begann einen Angriff auf alle bisherigen Psychologien. Die letzte Novemberwoche, Julias sechzehnter Geburtstag. Oh, wie blutet mir das Herz! Es ist traurig genug, dass ein Mädchen nur ein Mal sechzehn wird, aber Julia war nie sechzehn Jahre alt. Sechzehn und siebzehn sind eine Leerstelle in ihrem Leben, eine trostlose Leere, in der eine dicke Spinne sitzt und ihr ekelhaftes Netz ausgeifert.

Ich, nicht Julia, rief ich in einem Anfall von Übellaunigkeit aus, von nun an würde ich ich sein, nicht sie. Aber was war ich denn? Ich hatte nicht einmal einen Namen. Nicht, dass ich sie um den Namen Julia Klopps beneidete, ich wollte bei meinem eigenen Namen gerufen werden. Und mein Platz in der Weltordnung? War denn meine Art der Existenz in den Werken der Menschen vermerkt worden? Hatte man sie erforscht? Meine ausgiebigen Nachforschungen auf den Gebieten der Theologie, Mythologie und des populären Geisterglaubens hatten allesamt zu negativen Ergebnissen geführt. Obwohl ich gern eine familiäre Verwandtschaft mit so manchem Fabelwesen, Kobold oder Elementargeist für mich in Anspruch genommen hätte, wäre dies nur ein weiterer Schwindel gewesen.

Existierte ich denn? War ich eine denkende Substanz? Obwohl mich die Abhandlungen von Descartes gute sechs Wochen beschäftigten, konnten sie mich in diesem Punkt nicht überzeugen. Anders als Descartes maßte ich mir nicht an, alles infrage zu stellen. Weit gefehlt. Ich zweifelte nie daran, dass die Sonne schien, wenn auch nicht auf mich, so doch auf das Weizenfeld. Noch war mir die

Existenz meines Schreibtisches oder meines Stuhls ein Problem. Die Welt habe ich immer als allzu real existent empfunden. Es war allein meine eigene Existenz, an der ich zweifelte. Zu behaupten, dass hier etwas sei, das außer Zweifel steht, nämlich dass ich zweifle, bringt mich keinen Schritt weiter, es zwingt mich höchstens zu einem Schritt zurück: eine endlose Reihe von Gewissheiten bezüglich der Existenz eines Zweifels. Und was den Sprung vom Ich denke zum Ich bin angeht, so erfordert dieser eine unmäßige Anstrengung, und am Ende entdecke ich, dass ich immer auf der Stelle gehüpft bin, vielleicht sogar ohne den Boden berührt zu haben. Angenommen, ich denke, zweifle, was folgt daraus? Dass ich eine denkende Substanz bin? Und schon sitze ich friedlich in einem kleinen Glasbehälter mit lateinischer Aufschrift. Aber das stimmt nicht. Das Einzige, das sich aus ich denke, ich zweifle, ergibt, ist mehr Denken und mehr Zweifeln. Denkende Substanz, dass ich nicht lache! Eher könnte ich noch glauben, ich sei ein Schmerz im Kreuz.

Ich nahm meine Suche wieder auf und wandte mich theologischen Werken zu. Aber die Schriften der Theologen, die Zeugnisse der Mystiker mehrten nur meine Verzweiflung. Denn ich weiß, dass ich nicht das bin, wovon sie sprechen, ich bin nicht dieses Mysterium, dieses Meisterwerk Gottes, eine lebendige Seele. Nein, je mehr ich in diesen frommen Werken las, desto mehr wuchs in mir die furchtbare Überzeugung heran, dass ich eine Art bösartige Geschwulst war, ein Makel in der Schöpfung Gottes. In der Tat bestand mein einziger Trost in diesen Monaten der Finsternis darin, über bestimmte Textstellen in der Heiligen Schrift zu meditieren, in denen von der Austreibung von Teufeln die Rede ist. Ich sah mich selbst an der Stelle des abscheulichen Dämons, als er aus seinem unglücklichen Wirt herausfuhr und benommen und kuschend vor dem Christus zu stehen kam. Die Demütigung jenes unsauberen Geistes, als er aus seinem Versteck hervorkroch, sein angsterfülltes Staunen, als er unter dem Blick des Erlösers dahinschwand, waren die einzige Form von Seligkeit, die ich mir damals vorstellen konnte.

Ich hatte herausgefunden, was ich bin: das hässlichste Ding auf der Welt. Aber war ich dadurch wahrhaft gedemütigt? Oder war ich vielleicht sogar stolz darauf, eine Schwäre zu sein? Und während ich im Speichel meiner Selbstverachtung zu Kreuze kroch, glaubte ich da nicht vielleicht, dass mein Stöhnen und meine Kniefälle in den Augen des Himmels wertvoller seien als jede natürliche Handlung Julias? Ich heckte verrückte Pläne aus, um mein Verderben herbeizuführen. Soll sie doch den Schleier nehmen. Gewiss, ich würde sie bis an die Klosterpforte bringen. Das Vorhaben und die Beweggründe wären die meinen. Doch die Rituale, die an ihr vollzogen würden, machten mich zunichte. Aber konnte ich mir dessen sicher sein? Nachdem ich Julias Taufe und ihre Konfirmation überlebt hatte, befürchtete ich, der Initiationsritus könnte ebenso wenig in der Lage sein, mich zu exorzieren. Man stelle sich nur vor, ich würde ihr ins Kloster hinein folgen und ihr Obszönitäten ins Ohr flüstern!

Was bin ich nur für ein Schwindler. Ich werde aber alles gestehen. Ich komme jetzt an den merkwürdigsten Punkt in unserem Leben, an den Punkt, an dem ich beschloss, mich zu stellen. Keiner hatte mich bisher entdeckt. Ich hätte es dabei bewenden lassen können, hätte meinen geraubten Schatz fortschaffen und ihn heimlich verschlingen können. Aber mich hatte das Verlangen nach Erkennung gepackt. Wieso konnte ich nicht in Form eines Ausschlags aus Julia ausbrechen? Ich beschloss, die Dinge selbst in die Hand zu nehmen. Ich würde mich verraten, auch wenn Julia dadurch ruiniert würde.

Aber wie? Und an wen? Eine schriftliche Erklärung? In der was geschrieben stand? Ein Wutanfall wäre wirksamer. Aber ich wollte alle Theatralik vermeiden. Mich als das zu erkennen geben, was ich wirklich bin, ein unscheinbarer, grauer Geist, kalt und nüchtern bis zum Gehtnichtmehr, ohne das Beiwerk feuriger Augen und verklumpter Hinterteile. Ich begann, eine Erklärung abzufassen.

Aber an wen sollte ich mich wenden? An die Mädchen in der Schule? An Professor Grubbe? An die Köchin? Die alte Mathilde wäre die Letzte, der ich mein Geheimnis anvertrauen würde. Sie wusste zu viel. Nie würde ich ihr diese Genugtuung geben. Aber vielleicht dem Lateinlehrer, der sah düster genug aus. Oder besser noch einem Fremden, dem Ballonverkäufer im Park, oder einer alten Putzfrau. Nein, die Welt würde uns für verrückt halten. Und das Einzige, was ich geschworen hatte, niemals zuzulassen, war, dass Julia in die Ränge der illustren Mitglieder der Familie Klopps aufgenommen würde, die im Irrenhaus endeten und unter denen leider auch der vorbildliche Gelehrte und Antiquar Gundolf Klopps zu nennen ist, von dem es heißt, er habe seine letzten Tage in einer Anstalt verbracht, wo er Seil sprang und sich Schleifen ins Haar band, nachdem er im Alter von siebzig Jahren, nach fünfundzwanzig Jahren einsamen Nachsinnens aus seinem Arbeitszimmer hervorkam, in der festen Überzeugung, ein neunjähriges Mädchen zu sein. Nein, mein eigener Intellektueller Stolz und ein Rest von Eitelkeit, was Julia anging, bestärkten meinen Beschluss, dass wir das Irrenhaus auf alle Fälle vermeiden mussten. Außerdem konnte ich es nicht ertragen, in einer institutionellen Einrichtung zu leben. Ich hatte mich ja auch energisch dagegen gewehrt, als Julias Vettern sie in ein Internat stecken wollten.

Meine Enthüllung sollte ihre Würde haben. Keinem anderen als einem Diener Gottes würde ich meinen Fall anvertrauen. Wie würde ich ein solches Gespräch in die Wege leiten? Durch eine briefliche Anfrage? Wie würde ich diese unterschreiben? Mit Julia Klopps? Gott bewahre! Dann also ein Pseudonym? Aber ich hatte mir doch geschworen, keine Schwindeleien mehr zu betreiben. Mich persönlich vorstellen? In welcher Person, in Julias? Wie sähe das denn aus? Müsste ich vielleicht doch einen Anfall bekommen? Ich wartete den geeigneten Moment ab.

Eines Morgens, als wir gerade die Kirche verließen, nahm der Priester sie zur Seite, um mit ihr unter vier Augen zu sprechen. Ich erzitterte. Hatte er mich gesehen? Da saß ich doch direkt auf ihrer Stirn und bedeckte ihr Gesicht. Ich machte mich für meinen großen Auftritt bereit. Aber der gute Pfarrer hatte sie lediglich in die Sakristei gebeten, um ihr Komplimente ihres Klavierlehrers zu übermitteln, denen er seine eigenen hinzufügte, und um sie schließlich zu einer kleinen Versammlung junger Leute einzuladen, die am folgenden Sonntagabend bei ihm zu Hause stattfinden sollte. Ich schmollte im Stillen. Wie konnte ich mich unter diesen Umständen bemerkbar machen?

Es kam mehr als einmal vor, dass Julia am Kloster vorbeiging und die Nonnen sie hereinbaten. Aber jedes Mal, wenn ich hineinging und entschlossen war, mich zu stellen, vollzog sich eine merkwürdige Veränderung in mir. Bis heute kann ich es mir nicht erklären. Kaum hatten wir das Gebäude betreten, da schien es eine betäubende physische Wirkung auf mich auszuüben. Ein Bild an der Wand, das Teppichmuster, Farben, Formen und der Tonfall von Stimmen umnebelten mich durch ihre imposante Gegenwart. Augen, die an mir vorbeisahen und auf Julia ruhten, die gütig auf ihrem Gesicht verweilten. Eine Stimme, die zu Julia sprach. Ich welkte vor Scham dahin. Aber nein, es war ganz schmerzlos. Ich spürte sogar eine plötzliche Erleichterung. Leicht und ausgelassen tanzte ich mit den Staubkörnchen im Sonnenlicht, während die Nonnen Julia das Kloster zeigten, glücklich darüber, so wenig Gewicht zu haben, fast nichts zu sein.

Doch sobald wir draußen waren, kam ich wieder zu mir und rächte mich an Julia. Ich wartete vor dem Tor auf sie, bereit, ihr in den Nacken zu springen. Armes Kind, sie wusste nicht, wie ihr geschah. Was war das, was da in ihr zappelte? Ich bin sicher, dass sie spürte, wie ich mich krümmte und wand, mal in ihrem Bauch, mal an der Wurzel ihres Atems, in ihrer Kehle, zwischen ihren Augen. Sie versuchte, vor mir zu fliehen. Sie rannte los, bis die Äste verschwammen und der Mond wie eine Laterne an einem Faden schwankte, bis es nichts mehr gab als den Wind in ihrem Kopf. Aber wenn sie dann keuchend am Boden lag, war ich wieder da und ritt auf ihrem Atem wie ein Kind auf einer Wippe, jetzt oben, dann unten, und wollte nicht absteigen. Ihre Besuche im Kloster wurden immer häufiger. Ich hätte mich darüber freuen sollen, aber ich freute mich nicht. Ich war krank vor Neid. Julia bekam alle Zuneigung, alles Lob für meine Mühen. Wo immer wir hingingen, immer war es Julia. Nicht einmal der Pfarrer wurde auf mich aufmerksam. Mich packte eine wahnsinnige Sehnsucht, gestreichelt zu werden. Dieses Verlangen hielt an, lange nachdem ich mich damit abgefunden hatte, mein Dasein für immer im Hintergrund von Julias Leben fristen zu müssen. In der Tat, je älter ich werde, desto kindischer werde ich. Ich träume sogar davon, eines Tages mitten im Wald auf eine kleine Hütte zu stoßen, in der eine alte Hexe lebt, die einzige Hexe, die mich erkennen wird. Sie wird über Julias Stirn hinweg schauen, durch ihre Augen hindurch, und sie wird nur mich sehen und mich bei meinem Namen nennen. Ich werde hervorkriechen, während sie in die Hände klatscht und gackert. Sie wird mich ihren Liebling nennen, mich ausschimpfen, mir den Hintern versohlen und mich sauber schrubben. Und Julia? Es wird keine Julia mehr geben. Eine zärtliche Fantasie, ein wenig rührselig. Und wenn man bedenkt, wie stolz ich einmal war!

Zu Julia zurückkehren? Ich konnte nirgendwo anders hin. Aber Julia war ein Durcheinander. Es muss um diese Zeit gewesen sein, dass ich anfing, ihr nachzuspüren, indem ich die Winkel, die wir passiert hatten, heimsuchte, um ihre Sternstunden zu orten. Bis mich die Suche ermüdete und ich mich auf Julias Götzenbild niederließ, auf ihrer Stirn, der Wölbung ihrer Brüste, und Zuflucht suchte unter ihren Schals und Röcken.

Nachdem es mir so schmählich misslungen war, mich aus der Bindung an Julia zu befreien, verpflichtete mich meine Ehre zu einer förmlichen Geste der Kapitulation, um die Anerkennung meiner Niederlage zu signalisieren. Ich erwog, meine Bücher, meine Notizen, meine Insektensammlung zu verbrennen, jede Spur meiner selbst zu tilgen. Ein größeres Opfer konnte ich mir nicht vorstellen. Doch ich befürchtete, wenn ich den Dachboden anzündete, würde man Julia die Schuld geben. Stattdessen verschloss ich die Tür zum Dachgeschoss mit dem feierlichen Schwur, meinen alten Schlupfwinkel nie wieder zu betreten. Ich ruderte des Nachts hinaus und versenkte den Schlüssel auf dem Meeresgrund.

Doch was ist mit meinen Tagebucheinträgen in der Woche vor Julias Verlobung? Am Tag vor ihrer Hochzeit? Wurde mir der Schlüssel nach vierzehn Tagen im Bauch eines Fisches wiedergegeben? Ich wünschte, es wäre so gewesen, denn dann hätte ich es Schicksal nennen können. Aber nein, die Tür wurde eines Tages gewaltsam geöffnet, als die Grundstücksmakler von Vetter Oswald das Haus inspizierten, ein Umstand, der meinen Eid nicht berührte. Nein, es gibt keine Entschuldigung für mein Eindringen. Dass ich einige von Julias Sachen auf dem Dachboden vergessen hatte, ihre Jade-Ohrringe und den japanischen Kimono, an dem sie so sehr hing? Pah! Mir fehlt eben jegliche Charakterstärke.

Meine Aufzeichnungen während des Monats vor Julias Verlobung, insgesamt drei kurze Notizen, einschließlich der letzten, deuten, wenn auch nur dunkel, das Ende eines Kapitels an. Im ersten Eintrag bin ich gewillt, die ganze Frage nach meiner Existenz als irreal abzutun, eines dieser Pseudoprobleme, zu denen wir durch die Eigentümlichkeiten der Sprache geführt werden. Doch schon auf der nächsten Seite nehme ich meine Untersuchung wieder auf und zwar in Form eines Kommentars zu einem Passus des Heiligen Augustin über die Finsternis der Kreatur; man könnte mich der Frömmigkeit verdächtigen. Darauf folgte, wie ich mich entsinne, eine Seite, die mit seltsamen krummlinigen Kritzeleien bedeckt war. Möglicherweise ein Versuch, ein früheres Gelübde zu erfüllen, jeglichem Diskurs zu entsagen.

Vielleicht sollte ich noch die Tatsache erwähnen, dass die Vettern Felix und Oswald Julias Mitgift in ihrem achtzehnten Lebensjahr auf eine recht ansehnliche Summe festlegten, was dazu beigetragen haben mag, mich wieder zur Vernunft zu bringen.

# DRITTER TEIL

## 1.

Die Tage des leichtfertigen Treibens waren vorbei. Ich war bereit, ihr zu folgen wie wandernde Beduinen ihrem heiligen Kamel; bereit, mein Zelt aufzuschlagen, wo immer es dem gottgefälligen Tier anzuhalten behagte.

Doch was war nur mit Julia los? Wie seltsam und mürrisch sie geworden war. Mal raste sie davon, mal sträubte sie sich, mal drehte sie sich im Kreis, wenn wir auf ein Ziel zusteuerten und uns wenig Zeit blieb, es zu erreichen. Sie wollte gar nichts werden? Aber Julia, flehte ich sie an, ich brauche Haus und Kleidung. Ich kann nicht ohne ein Gesicht existieren. Tag für Tag ging sie in denselben verblichenen Reithosen und kaputten Sandalen hinaus aufs Feld, wie ein Bauerntrampel. Nur unter Berufung auf das Gesetz Gottes konnte ich sie dazu bewegen, sich das Gesicht zu waschen und einen Rock anzuziehen. Gott war für Julia ein Zauberwort, es beruhigte und versöhnte sie. Für Gott kämmte sie sich sogar die Haare. Ich fürchtete schon, sie würde sich der Religion zuwenden. War es denn so absurd, mit mir in engem Kontakt zu leben?

Julia würde mich nicht eher loswerden, bis sie auf einen mir Ebenbürtigen stieß, der sie mit Leib und Seele in Besitz nahm. Irgendwer musste meinen Platz einnehmen, den alten Drachen, der sie gefangen hielt, zum Kampf herausfordern und besiegen. Und ich würde alle Vorkehrungen dazu treffen müssen! Den Helden auffinden, der mich erschlagen soll, ihn mit den magischen Waffen ausstatten, sie für diesen Anlass kleiden, dafür sorgen, dass sie in einem verschlossenen Zimmer liegt, mein Dornröschen, und dass der Schlüssel ihrem Helden rechtzeitig in die Hände fällt. Dann in meinem Drachenkostüm zum Tor zurückeilen, aus all meinen sieben Köpfen schnauben und Flammen sprühen. Die Aussicht, die ganze Sache planen zu müssen, deprimierte mich. Julia zermürbte mich. Ich konnte mich kaum dazu aufraffen, ihr alle fünf Tage die Haare zu waschen. Und jetzt sollte ich Mittel und Wege zu meiner Verbannung und ihrer Rettung ersinnen!

Aber ich würde Julia nicht im Stich lassen. Von morgens bis Mitternacht war ich im Einsatz, ich zog sie aus dem Bett, organisierte ihre Verabredungen, kleidete sie an, kämmte ihr das Haar, schminkte ihr das Gesicht, wenn sie mit jungen Männern ausging. Ich war ganz auf ihr Aussehen angewiesen. Plötzlich hatte ich die bizarre Rolle einer weltlich eingestellten Mutter zu spielen, die für ihre nonnenhafte Tochter junge Männer ködert.

Ihre Lethargie war schon schlimm genug. Aber wenn sie sich etwas in den Kopf gesetzt hatte, schreckte ich wahrhaftig zurück. Sie entwickelte eine plötzliche Leidenschaft für das Weben; nichts konnte sie vom Webstuhl losreißen. Sie hatte dies ebenso bald wieder satt und begann zu töpfern. Die jungen Männer konnten warten, während sie herumalberte. Als Nächstes wollte sie Hunde züchten. Dann packte sie der unwiderstehliche Drang zu reisen. Wochenlang war ich in Panik, ob ich mich bald auf einem Dampfer nach Neuseeland oder zu den Kanarischen Inseln wiederfinden würde. Sie verbrachte ihre Tage damit, von einem Reisebüro zum anderen zu gehen, und ließ alle Angestellten in den Büros für sich arbeiten, ließ sie ausgeklügelte Reisepläne aufstellen, Fahrpläne und Fahrpreise für den Shanghai-Express und Cook's Bus nach Bombay berechnen. Wenn sie nicht gerade in einem der Reisebüros war, hing sie in der Zoohandlung herum. Beinahe hätte sie ein Paar ausgewachsene Bernhardiner gekauft, aber im letzten Moment entschied sie sich dagegen, falls sie doch mit dem Shanghai-Express reisen sollte. Den ärgsten Schrecken verpasste sie mir an dem Morgen, an dem sie sich auf den Weg in die Stadt machte, um dem Frauenhilfsdienst der Marine beizutreten. Julia!, rief ich, Wo bringst du mich hin? Wo gehst du hin? Nein, es sollte doch das Kloster sein. War sie auf dem Weg zur Äbtissin? Zum Bahnhof? Zum Strand, um sich zu ertränken? Wie schaffte sie es jemals zu den öffentlichen Gärten, vorbei an der Blumenfrau am Tor, vorbei am Eisstand und an dem Ballonverkäufer, bis zu dem Brunnen, an dem ein junger Mann auf sie wartete?

Waren Julia die Männer gleichgültig? Ganz und gar nicht. Während sie trübselig in einem schmutzigen alten Kimono im Haus herumhing, dachte sie an nichts anderes als daran, wie eines Tages ihre wahre Liebe plötzlich vor ihr stehen würde.

Julias Traummann! Aber darauf will ich nicht weiter eingehen. Nur so viel sei gesagt, dass er nie ein anständiger junger Mann in weißem Hemd und Krawatte zu sein schien, wie sie ihn auf einer Gartenparty hätte kennenlernen können. Ich zweifelte, ob Julia jemals zu einer anständigen Frau werden würde. Aber woher stammte eigentlich meine Vorstellung von einem kerngesunden, fraulichen Weib? Sicherlich ein immanentes Konzept, denn in Wirklichkeit bin ich einem solchen Wesen nie begegnet.

Zwar hatte ich nur eine äußerst vage Vorstellung davon, wie der Mann, den Julia heiratete, sein sollte, aber einige Berufe waren eindeutig ausgeschlossen: das Landvolk und die Arbeiterklasse; selbst so reizvolle und poetische Gestalten wie Fischer und Lokomotivführer waren unmöglich. Weder der Scharfrichter noch der Leichenbestatter kamen für uns infrage, so geheiligt ihr Amt auch sein mochte. Nein. Julia war eine Dame, und wir mussten realistisch denken. Ladenbesitzer, kleine Kaufleute, Beamte, Funktionäre, Vertreter, Lakaien, egal welchen Ranges, standen natürlich nicht zur Debatte. Es blieben der sogenannte Adel und die akademischen Berufsstände. Ersterer befand sich leider im Endstadium seines Niedergangs. Was Letztere anbelangte, so hatte ich nur einige wenige Einwände. Ich wollte nicht, dass Julia mit jemandem in die Ehe ging, der täglich mit Verbrechen, Krankheit oder Armut zu tun hatte.

Ein Gelehrter? Das würde von seinem Interessengebiet und seiner Stellung abhängen. Das Gleiche galt für Wissenschaftler und Erfinder. Eine Pfarrfrau? Nie im Leben! Ein Richter? Der Himmel bewahre uns!

So frequentierten wir also die Künstlerkreise der Stadt und nahmen gewissenhaft an jeder Tanzveranstaltung und Gartenparty teil, um Julias Chancen für eine gute Partie zu optimieren.

Ich muss gestehen, dass ich trotz all meiner Bemühungen nicht so recht glauben konnte, dass Julia jemals heiraten würde. War ihr Schicksal nicht mit meinem verknüpft? War ich bereit, sie kaltblütig an den Meistbietenden zu verkaufen? Julia war unfähig, sich auf eine lebenslange Bindung einzulassen. Soweit mir bekannt war, gefiel ihr schon das Konzept der Ehe überhaupt nicht, sie hätte sich lieber auf unbestimmte Zeit hofieren lassen. Warum sonst sagte sie niemals Ja? Ich wartete, lauschte, wartete. Ich zählte bis hundert, aber Julia starrte nur Löcher in die Luft und lächelte vage vor sich hin, als ob der Augenblick sich selbst genügte.

Ich musste den Schritt für sie tun. Ich unterschrieb die Papiere. Mit der Zeit würde sie sich schon ändern und es auf meine Art sehen. Sie würde es so sehen müssen. Sie hätte die Pflichten und Ehrungen, ihr gehörten die Kinder. Ich half ihr nur über die Schwelle, half ihr in eine Welt hinein, die ich nie betreten würde. Der letzte Dienst, den ich für sie verrichtete. Eines Tages würde sie mir dafür dankbar sein. Nein, sie würde es nie erfahren.

## 2.

Ich bin noch immer der Ansicht, wir hätten keine bessere Wahl treffen können. Wer stand schließlich zur Auswahl, außer den sehr faden jungen Männern, die unsererseits nie hinreichend ermutigt wurden, einen Heiratsantrag zu machen. Ein rumänischer Graf, wenn er überhaupt ein Graf war, denn die Affäre währte nicht lang genug, als dass ich seinen Titel hätte verifizieren können. Aber mit seinem Monokel, den Goldzähnen und einer Säbelnarbe quer über der Wange sah er eigentlich authentisch aus. Inmitten des dritten Tanzes mit Julia machte er ihr einen Heiratsantrag und schwärmte von seiner fatalen Leidenschaft für sie, von seinen Pferden und Ländereien in Siebenbürgen, die er ihr unter den wildesten Liebesbekundungen zu Füßen legte. Ich glaube, er meinte es ernst, denn am nächsten Tag schickte er seiner zukünftigen Gräfin einen Korb Rosen mit einem Billetdoux, in dem stand, dass er noch am selben Abend auf ihre Zustimmung hoffte. Er war ziemlich verschroben, aber wir erwogen die Sache vierzehn Tage lang. Die Gemahlin eines ältlichen Edelmannes, der mit Dienern und Pferden auf seinem Landsitz residierte, sie könnte es durchaus schlechter treffen. Im Geiste sah ich Julia in einer schweren Samtrobe, mit kostbaren Familienerbstücken behängt, eine weiße Marmortreppe hinabschreiten, um ihre Gäste zu begrüßen, allesamt von altem Adel. Ich sah sie in einer stattlichen Kutsche auf dem Weg zur Kirche durch den Park fahren und den Bauern gnädig zuwinken. Aber jede Nacht an seiner Seite liegen, von diesem vertrockneten Frosch gequetscht und gekniffen werden? Es wäre natürlich eine unglückliche Ehe. Aber was könnte erbärmlicher sein als ihr derzeitiger Zustand? Sicherlich würde sie mit jedem Mann leiden, aber so könnte sie es wenigstens stilvoll tun, mit seidenen Polstern, um ihr schmerzendes Köpfchen darauf zu lagern. Schließlich könnte sie sich ihren Kindern widmen. In der Religion Trost finden. Eines Tages würde ein junger Mann vorbeischauen, um ihr seine Aufwartung zu machen, der Sohn des benachbarten Barons, der fortgegangen war, um Jura oder Medizin zu studieren. Indes der junge Baron vor meinem geistigen Auge Gestalt annahm, wurde mir immer klarer, dass eine Ehe mit dem Grafen keine Dauerlösung sein würde.

Ulrich Schultz? Ein höchst unwahrscheinlicher Partner für Julia, und doch faszinierte er mich. Deftig, behaart und korpulent, er hätte ihr Märchenprinz in Bärenverkleidung sein können. Denn ich habe Julia noch nie so lachen sehen, wie sie es tat, als Uli sie an den Fersen packte und sie herumwirbelte.

Uli war ein Maler. Ein schlechter Maler zwar, aber er selbst war ungemein eingenommen von seinen riesigen verkleckten Gemälden, die aus jedem erdenklichen Blickwinkel die lustvolle Unordnung seiner Einzimmerwohnung wiedergaben, wo er schlief, kochte, aß, malte, badete, liebte und Gartengemüse in Holzkisten anbaute. Uli machte zu allen Tageszeiten gern Liebe, aber vorzugsweise am helllichten Tag, nach Knoblauch und Terpentin riechend, während der Topf auf dem Herd brodelte, die Kinder im Hof kreischten und der Lieferant an der Hintertür pochte. Das war alles andere als das, was ich mir für Julia vorgestellt hatte. Ob dies ein Zeichen dafür war, dass es ihre Bestimmung sein könnte?

Ich unternahm außerordentliche Anstrengungen, um Uli zu akzeptieren. Eine herzliche, offene Natur, sagte ich mir. Ich bildete mir ein, er habe einen Charakterkopf. Klassische Gesichtszüge aus der späten römischen Kaiserzeit. Aber es genierte mich, wenn ich sie zusammen ausgehen sah. Der schlampige Uli mit seiner grellen Krawatte und dem durchgeschwitzten Hemd. Würde Julia nicht in die Breite gehen, wenn sie mit ihm zusammenlebte? Mit Uli im Bett die Suppe aus dem Topf löffeln hatte vielleicht einen gewissen Charme, doch wie würde das in zehn Jahren aussehen? Mit sechs Kindern? Nein, Julia Schultz klang einfach nicht richtig.

Conrad Richter wäre unser Mann gewesen. Ein Mann mit einem Habichtsschnabel, dem stechenden Blick eines Tigers und einem draufgängerischen Grinsen. Ein wilder, eigenwilliger, hartgesottener, trinkfester, stürmischer Mann. Schon lange bevor er sich für Julia interessierte, beobachtete ich ihn von weitem mit regem Interesse. Richter war eine der berüchtigtsten Gestalten der Stadt. Dreimal verheiratet, inzwischen verwitwet und mit einer Schauspielerin zusammenlebend. Er war abwechselnd Journalist, Glücksspieler, Kunstflieger und Theaterproduzent gewesen und schrieb derzeit Opern. Während Julia kichernd mit Uli zusammenlag, stellte ich mir leidenschaftliche Liebesszenen und Zerwürfnisse mit Richter vor. Die Tatsache, dass er über vierzig und vom Leben gezeichnet war, mehrte nur seinen Charme.

Aber konnten wir Richter vertrauen? Einem Mann, der bereits ein kleines Vermögen verzockt hatte! Natürlich war ich argwöhnisch, als er Julia nach zweiwöchiger Bekanntschaft einen Heiratsantrag machte, wobei ich hinzufügen möchte, dass er sich nicht mehr als einen Kuss auf die Stirn erlaubte, in der närrischen Überzeugung, Julia sei noch Jungfrau, ein Punkt, über den ihn aufzuklären ich damals nicht für ratsam hielt. Ich fürchtete, der Mann war hinter ihrer Mitgift her. Es handelte sich zwar um keine große Summe, aber sie könnten davon einige Jahre lang gut leben, Zeit genug, um seine Oper fertig zu schreiben. Tatsächlich hatte Richter Julia schon seinen Traum angedeutet, einen kleinen Bauernhof anzuschaffen, eine Stunde oder so von der Stadt entfernt, wohin er sich mit ihr als geläuterter Mensch zurückziehen wollte. Eine plausible Geschichte. Er würde das kleine Gehöft zwar kaufen, aber er würde sich nie dort aufhalten. Nach der ersten Woche würde Julia allein auf dem Hof hocken, die Hühner füttern und den Schafstall ausmisten, während Richter sich in den Armen einer versoffenen alten Schauspielerin in der Stadt vergnügte. Oh, ich sah das alles voraus!

Vielleicht beurteilte ich die Situation allzu sehr aus der Sicht einer vernünftigen alten Tante. Dreimal verheiratet, dachte ich, da kann ihm die Ehe nicht für allzu heilig gelten. Julia hat Besseres verdient. Aber es gab nun eben nicht viele Männer von solch verführerischem Charme. Ein Genie, möglicherweise! Aber wenn er sich dann einfach nur als Versager entpuppte?

Die geistlose Langeweile ihrer Beziehung war es, die für mich schließlich den Ausschlag gegen Richter gab. War Julia von Richter so überwältigt, dass sie in seiner Gegenwart zu einer kleinen Rosenknospe dahinschwand, oder hatte sie keine Wahl, weil er in ihr Jugend und Reinheit, seinen rettenden Engel, suchte? Sie bezauberte ihn mit morgenfrischen, taufeuchten Blicken, bekam Grübchen, machte einen Schmollmund, kräuselte das Näschen. Ich hätte sie ohrfeigen mögen. Vielleicht war sie ihm zu spät im Leben begegnet. Wie dem auch sei, mein Traum von einer verquälten Leidenschaft erfüllte sich nicht, diesen Wesenszug hob er wohl für seine alternde Schauspielerin auf. Richter gab zweifelsohne eine bessere Figur ab als Ulrich Schultz; wenn er in Julia nur eine andere Art von Frau hätte sehen können, einen Wildfang, ein Flittchen, ein dunkles Rätsel, sein Double, alles, bloß nicht das immer frische und duftende Blümchen, das er in ihr besitzen wollte. Wie lästig das war! Und dass wir beinahe in diese Falle getappt wären! Vielleicht war es nur, um Richter zu entkommen, dass wir mit Peter Brody davoneilten. Julia war der größte Feigling, wenn es um die Beendigung einer Beziehung ging. Sie ließ die Verehrer einfach auflaufen, bis wir sie alle mit einem Schlag zerstreuen mussten, indem wir die Hochzeitsanzeigen verschickten.

Peter Brody war anders. Peter hatte etwas Feines. Er war groß und zart gebaut, mit dem unbeholfenen Charme eines großen Kindes. Peter war etwas schüchtern, ein wenig introvertiert. Er trug eine Brille. Natürlich war er nicht der Mann, den ich mir für Julia vorgestellt hatte. Peters Gesichtszüge waren zu sehr gerundet und seine Haltung erinnerte an ein eben geborenes Fohlen, das zum ersten Mal auf seinen Beinen stand. Peter hatte einen kleinen Kopf. Man sagte, ein kleiner Kopf sei ein Zeichen von Adel. Er hatte einen schönen Kopf, einen edlen Kopf, sagten die Leute. Es dauerte lange, bis ich mich mit Peters kleinem, rundem Kopf abfand. Anfangs konnte ich Peter nicht leiden. Peter war sehr intellektuell, ein bisschen grau. Mir ein wenig zu ähnlich. Aber nach einer Weile hatte er mich für sich eingenommen.

Peter war noch keine dreißig, besetzte aber bereits einen verantwortungsvollen Posten in einem bedeutenden Schiffbauunternehmen. Ein außergewöhnlich genialer junger Mann, in der Tat. Mit achtzehn Jahren schon machte er seinen Universitätsabschluss. Mit fünfundzwanzig galt er als einer der aussichtsreichsten Schiffbauingenieure des Landes. Überdies war Peter der letzte männliche Spross einer der ältesten Familien der Stadt, was bedeutete, dass ein beträchtliches Vermögen, das sich derzeit noch im Besitz alternder weiblicher Verwandter befand, schließlich ihm und seinen Erben zufallen würde. Die beste Partie der ganzen Stadt, sagten die Leute. Doch obwohl Peter bei gesellschaftlichen Anlässen mit fast jeder heiratsfähigen Tochter aus der kleinen Oberschicht der Stadt erschienen war, benahm er sich Frauen gegenüber ausgesprochen gleichgültig, bis er Julia begegnete. An dieser Stelle sollte ich vielleicht erwähnen, dass an jenem schicksalhaften Nachmittag, an dem Peter Brody zufällig die Auffahrt zum Hause der Klopps hinaufschlenderte, um sich zu erkundigen, ob es das Hotel Bristol Inn sei, er Julia dabei antraf, wie sie gerade auf den Knien die Stufen zur Haustür schrubbte. Sie hatte sich die ganze Woche über unmöglich benommen, bis ich sie schließlich zur Arbeit verdonnerte: Schränke ausräumen, die Böden wischen, ihre Unterwäsche auskochen. Natürlich erwarteten wir keinen Besuch, als der junge Mann in nachmittäglicher Gesellschaftskleidung, einen Strauß erlesener Treibhausrosen in der Hand, am Fuß der Treppe erschien und etwas verloren dreinschaute. Julia richtete sich auf, strich sich mit dem Unterarm die Haare aus den Augen, um den jungen Mann besser betrachten zu können, und begann, ihm den Weg zu seinem angestrebten Ziel zu beschreiben. Aber Peter Brody hatte es gar nicht eilig, sich mit seinem Blumenstrauß zum Bristol Inn zu begeben, jetzt, da er Julia erblickt hatte. Mit geröteten Wangen, staubig und schwitzend, ihre Bluse unter den Achseln aufgerissen, eher Dienstmädchen als die Tochter des Hauses, entfachte Julia seine Leidenschaft.

Peter war sogar ein wenig enttäuscht, als er erfuhr, dass Julia kein Dienstmädchen war. Selbst nachdem sie verheiratet waren, bemerkte er oft, dass sie ein Dienstmädchen hätte sein sollen, dann wäre alles vollkommen gewesen. Nun, meiner Ansicht nach war es auch so ziemlich vollkommen. Schließlich war das Haus der Klopps beinah eine Ruine, der Familienname war seit dem letzten Jahrhundert im Niedergang begriffen, und Julias Mitgift war nichts als ein Tropfen im Brunnen des Brody-Besitzes. Hinzuzufügen wäre, dass die Art und Weise ihrer Begegnung ihrer Beziehung von Anfang an den Stempel der Unvermeidlichkeit aufprägte.

Die ganze Stadt brannte darauf, dass Peter endlich heiratete, aber niemand so sehr wie seine Pflegemütter, Tante Eulalia und Tante Eudora. Die Tanten, oder vielmehr Großtanten, denn sie waren die Schwestern von Peters längst verblichenem Großvater auf der Seite seines ebenfalls längst verblichenen Vaters, waren schon in die Jahre gekommen und konnten es verständlicherweise kaum erwarten, ihren Schützling der Fürsorge einer Ehefrau anzuvertrauen, die zudem der Familie einen Erben und Namensträger bescheren würde. Ihre Freude war groß, als Peter Julia ins Haus brachte und ihre Verlobung bekannt gab. Es wurden keine Fragen gestellt. Julia wurde als Peters Rettung bejubelt.

Peter war ein zart gebauter Mann. Ein wahres Wunder, dass er dreißig Jahre lang außerhalb eines Brutkastens überlebt hatte. Allerdings trafen seine Tanten alle Vorkehrungen, um diesem Modell annähernd zu genügen: Die Zimmertemperatur und das Badewasser wurden reguliert, sein Speiseplan stand unter ständiger Kontrolle, sie bestimmten jedes Kleidungsstück, das er tragen sollte, und berieten sich mehrmals täglich über Peters Gesundheitszustand. Die Aufgabe nahm beide Tanten voll in Anspruch, denn Peter war trotz seiner Zaghaftigkeit nicht immer gefügig. Zum einen war er arbeitssüchtig, und ohne ihre vereinten Bemühungen hätte er seinen Schreibtisch nie verlassen, um zu essen, sich auszuruhen oder frische Luft zu tanken. Außerdem trank Peter seit seiner frühen Jugend heimlich, was die Tanten natürlich in ihrer Überzeugung bestärkte, dass er eine Frau brauchte. Peter trank stetig, ohne jemals sturzbetrunken zu sein. Er saß über einen Bauplan gebeugt an seinem Schreibtisch und trank leise vor sich hin, wie es sein Vater und Großvater vor ihm getan hatten. Es war offensichtlich, dass Peter eine Frau brauchte, sonst war er dem Untergang geweiht und mit ihm auch der Name Brody. Julia war wahrlich ein Geschenk des Himmels. Tante Eulalia und Tante Eudora umarmten sie, überhäuften sie mit Lob, beschenkten sie üppig, umhegten sie mit all der ängstlichen Fürsorge, die sie zuvor Peter angedeihen ließen: Julia musste alles haben, sie musste glücklich, gesund und stark sein, damit sie sich umso besser um Peter kümmern konnte. Und ich muss sagen, dass sich Peters Gesundheitszustand während der Ehe erheblich verbesserte, obwohl Julia sich weniger streng an die von den Tanten aufgestellten Krankenhausregeln hielt und Peters Gesundheit durch ein eher unregelmäßiges und wahrscheinlich exzessives Geschlechtsleben zusätzlich belastet wurde.

Peter war nicht gerade leicht im Umgang, dafür war er aber äußerst vornehm. Er rauchte eine ganz spezielle Tabakmarke, benutzte eine spezielle Rasierseife, ein besonderes Feuerzeugbenzin, Tinte und Papier ausgefallener Art. Kurzum, ein Mann mit Urteilsvermögen und kultivierten Gepflogenheiten. Er liebte seine Brillen, ich glaube, er besaß zehn Stück. Eine für den gewöhnlichen Gebrauch, eine andere zum Lesen, eine dritte für Präzisionszeichnungen, eine vierte für den gewöhnlichen Gebrauch in der Sonne, eine fünfte zum Lesen in der Sonne, und für jede hatte er noch eine zusätzliche Reservebrille. Immer adrett und makellos sauber, lief Peter nie barfuß aus Angst vor möglichem Pilzbefall. Selbst am Strand trug er Socken und Schwimmschuhe aus Gummi, wenn er ins Wasser ging. Doch Peter hatte nichts dagegen, wenn Julia barfuß lief. Er liebte es, Julia barfuß laufen zu sehen. Aber er liebte sie in jedem Zustand, ob geschäftig oder träge, zerzaust oder für den Opernbesuch herausgeputzt, parfümiert oder mit dem Geruch des Bettes behaftet.

Da seine Tanten sich seine Gesundheit zur heiligen Aufgabe gemacht hatten, ist es überdies verständlich, dass Peter zwischen hypochondrischer Vorsicht und der übermütigsten Unbesonnenheit pendelte, wenn es um sein körperliches Wohlbefinden ging. Erfahrung bewies gar nichts. Für Peter war der einzige Gradmesser seiner Gesundheit seine Arbeitsleistung. Wenn sein Ingenieurgenie ins Stocken geriet, alternierte er in seiner Verzweiflung zwischen einer rigorosen Kräuterteediät und einem tätlichen Angriff auf seinen empfindlichen Organismus mit derartigen Mengen an Kaffee und Würsten, die sogar einen kräftigen Mann in die Knie gezwungen hätten. Ich bin mir nicht sicher, ob das Zusammenleben mit Peter schwieriger war, wenn er seine Kräuterteediät einhielt oder wenn er seinen Stoffwechsel systematisch vergiftete. Ich vermute, dass es bei einem Neurastheniker, wie Peter einer war, keinen großen Unterschied machte. Klar war jedoch, dass Julia, da sie nun mit einem Mann wie Peter verheiratet war, keine andere Wahl hatte, als die sanfteste, freundlichste, rücksichtsvollste, treueste und fürsorglichste Ehefrau zu werden, die man sich vorstellen kann. Ich bezweifle, dass Julia ohne Peter die gute Julia geworden wäre.

Schließlich hatte Peter auch etwas Rührendes an sich. Hinter seiner gedankenverlorenen Art, seinem beiläufigen, sachlichen Tonfall konnte man einen sehr zärtlichen Menschen vermuten. Peter hatte eine geheime Wunde, um die der ganze Mann wie ein Verband gewickelt war. Er muss eine traurige Kindheit verlebt haben, trotz aller Bemühungen seiner guten Tanten, ihm das Leben angenehm zu gestalten. Sein Vater war an seiner Trunksucht gestorben, bevor er ihn kannte; seine Mutter, eine Opernsängerin, muss eine sehr besitzgierige Frau gewesen sein. In den Gesindestuben ging das Gerücht um, sie habe öffentlich einen Schwur getan, sich am Hochzeitstag ihres Sohnes umzubringen. Leider Gottes verpassten wir diesen Auftritt, denn ihr platzte die Niere, als Peter zwölf Jahre alt war.

Peter war glücklich, wenn er Julia in seinen Armen hielt. Ein wenig zögerlich, fast ungläubig, gelegentlich belustigt. Er konnte es nicht fassen. Sein Gesichtsausdruck wechselte von Seelenpein zu Glückseligkeit, von Glückseligkeit zu Seelenpein. Würde Julia jemals einen Mann finden, der sie so sehr liebte wie Peter? Der so viel Gutes in ihr zum Vorschein brachte? Ich spürte, dass ihr Leben nicht umsonst war, solange sie auch nur einen Menschen auf dieser Welt wirklich glücklich machte.

# VIERTER TEIL

## 1.

Sie heiratete. Sie wurde zu Julia, der Frau, sie nahm die Eigenschaften der Nacht, der Vegetation, des Meeres an. Ich werde es jetzt nie erfahren, denn ich war nicht dabei. In dem Augenblick, in dem die Brautjungfern ihr das Hochzeitskleid über den Kopf streiften, wurde ich von einem plötzlichen Zittern erfasst. Ich verging in einem Freudenschauer. Wie sich herausstellte, war meine Freude verfrüht. Dennoch scheine ich für einen Zeitraum von etwa einem Jahr völlig aus ihrem Leben verschwunden zu sein. Julias einziges Jahr des reinen Glücks ohne mich. Wo war ich? Schlief ich? In jener dämmrigen Region, in der ich verweilte, bevor ich zu Julia kam? So klein und schläfrig, dass meine Anwesenheit im Ehegemach so wenig Anstoß erregte wie die Gegenwart von Julias neugeborenem Kind. Ich schlief, und während Julia ihren Säugling stillte, träumte ich, dass ich dieser Säugling sei und an ihrer Brust läge.

Irgendwie kam ich wieder zu mir, nicht ganz der Alte. In der Tat hielt ich mich nicht ganz für mich selbst. Als Julia in die Zeit ihrer Erfüllung einging, wurde auch ich verklärt. Rein, entrückt, engelsgleich badete ich im morgendlichen Sonnenlicht, das auf Julias Hand fiel, wenn sie den Kaffee servierte oder das Haar ihrer Tochter bürstete, in Gesten der Zärtlichkeit, die die Familie wie eine duftende Aura umgaben. Die heilige Familie! Werfe ich mich hier wieder in die alte Pose? Chronist der Königin, Porträtmaler ihrer Majestät. Ich blühte auf in meinem Amt, endlich ein ehrenvoller Posten. Meiner beratenden Funktion entlastet, bestand meine Aufgabe darin, ihren Kult zu pflegen. Mit welch liebevoller Hingabe ich mich daranmachte, ihr Leben zu revidieren. Ein Porträt von Julia, das ihr Mann in der Halle aufhängen konnte. Eine Lebensgeschichte von Julia, die ihre Kinder getrost lesen konnten.

Tagein, tagaus, während sie von Geburtswehen gemartert wurde oder den Säugling an ihrer Brust anlächelte, während sie den Tisch deckte oder ihrem Ehemann besänftigend über die Stirn strich, stets schwebte ich wie eine himmlische Heerschar um ihr Haupt, einstimmig singend: Gelobt sei Gott! Amen. Selbst bei der Verrichtung anspruchslosester Haushaltsarbeiten nahm Julia an einem sakralen Schauspiel teil, das mein armseliges Verständnis weit überstieg. Und doch sonnte ich mich in seiner Aura. Mit der Zeit wich mein anfänglicher Novizen-Eifer natürlich einer nachlässigeren Ausführung meiner Ämter. Mein Amen-Gesang floss nicht mehr unaufhörlich, sondern nur noch zu den vorgeschriebenen Zeiten. Gegen Ende stellte ich fest, dass meine Konzentration sogar während des Gottesdienstes nachließ. Vielleicht war ich zu alt geworden, um den Steilhang von Julias ekstatischen Höhenflügen zu erklimmen. Aber ich machte mich auf andere Weise nützlich: Ich plante das Menü und erstellte Einkaufslisten für den nächsten Tag, während die Eheleute sich liebten. Ab und zu steuerte ich mein Amen bei. Aber anfangs begleitete mein Lobgesang jeden ihrer Schritte. Julia nähte keinen Knopf an, rückte keinen Teller zurecht, ohne dass mein Engelschor Amen ertönen ließ. So sei es.

2.

In meiner Erinnerung sind die Wochen vor Julias Verlobung wie ein Traum, dessen Teile man nach dem Erwachen zusammenfügt. Julia schien wie in Trance durch die Stadt zu wirbeln; immer wieder tauchten theatralisch gekleidete Männer hinter Türpfosten und Straßenlaternen auf, einer nach dem anderen packten sie sie um die Taille und wirbelten sie herum. Zwei- oder dreimal kreiselte sie, dann riss sie sich los und tanzte aus der Stadt hinaus aufs Feld. Irgendwann muss ich auf den Plan getreten sein. Während Julia in ihren verzauberten Sphären kreiste, begann ich zu forschen. Meine Vorstellung von meiner physischen Erscheinung war die eines sehr dünnen Herrn in Schwarz mit einem Gehstock, ein Geistlicher oder Leichenbestatter. Gleichzeitig erschien ich mir hart, glänzend und segmentiert, möglicherweise ein Käfer. Ich erinnere mich, dass ich von Zeit zu Zeit überprüfte, ob ich mein weißes Taschentuch und meine Wildlederhandschuhe noch dabeihatte; aber ich eilte weiter, sehr beschäftigt, tapp tapp, mal mit dem Stock, mal mit meinen Antennen. All das, bevor der Traum eine dramatische Wendung nahm. Ich gab mich mit meinem Tappen zufrieden. Es war das Richtige. Julia schien riesig, allgegenwärtig. Es fiel mir schwer, sie aus der Landschaft herauszulösen. Ich stellte immerzu Fragen, ohne zu bemerken, dass ihr dies auf die Nerven ging, bis ich plötzlich wahrnahm, dass sie vor mir davonlief. Doch selbst dann lief ich ihr weiter hinterher. Mit hartnäckiger Selbstgerechtigkeit behauptete ich, das sei meine Pflicht. Hin und wieder hielt ich inne, um verstohlen einen Blick auf die Uhr zu werfen, die an einer Kette um meinen Hals baumelte. Immer häufiger, je weiter die Handlung voranschritt. Ein leises Schuldgefühl befiel mich, wenn ich nach der Uhr sah. Aber ich hatte keine Wahl. Eine große Feierlichkeit hatte stattzufinden und ich war für die Vorbereitungen zuständig. Mir war heiß in meinem schwarzen Anzug, ich erteilte Anweisungen und Erklärungen, aber in festlicher Stimmung. Wir hatten es bald geschafft! Es sollte ein Dorffest werden, eine Hochzeit. Aber was hatte der Leichenwagen dort zu suchen? Meine Rolle vereinte verschiedene Funktionen: Priester, Bestatter, Onkel, zuweilen auch Theaterproduzent oder Industrieller; Julia die Ware, die ich verkaufte, oder Julia das Ereignis selbst, das Fest, das ich veranstaltete.

Der Traum ging noch weiter, vielleicht ein anderer Traum, denn ich war nicht mehr im Bild. Der Leichenwagen muss für mich gewesen sein. Ich entsinne mich, wie ich ihr durch die Straßen zum Park folgte, an der Blumenfrau und dem Ballonmann vorbei, bis zu dem Brunnen, wo Peter Brody auf sie wartete. Aber das Wunder am Brunnen gehört Julia; ich hatte keinen Anteil daran, abgesehen von wahllosen Eindrücken: das segelnde Spielzeugschiff, eine Taubenfeder, ein goldenes Bonbonpapier und eine Kinderschleife auf dem Grund des Beckens. Julia stand am Brunnen; der Wind wehte ihr die Haare in die Augen. Aber Peter Brody sah nicht ihr Gesicht. Er saß auf dem Brunnenrand, ihr Rock berührte seine Wange, er sah auf zu ihrer Taille, zu der Wölbung ihrer Brüste. Seine Hand strich über ihren Rock, um eine Falte zu glätten, etwas Blütenstaub abzustreifen oder einfach nur, um den Stoff zu spüren, der ein Teil von ihr war. Er streichelte ihren Rock, seine Hand suchte die ihre, ihre Finger umklammerten einander; seine Arme bogen sich um ihre Taille und er presste sein Gesicht gegen ihren Schenkel. Es geschah soeben ein Wunder, doch sie bemerkten es nicht, denn sie waren ein Teil davon. Ich habe es das Wunder am Brunnen genannt. Sie bleiben für alle Ewigkeit dort, vor dem Brunnen. Nein, sie verließen diesen Ort, Arm in Arm. Er kaufte ihr einen Strauß Glockenblumen und steckte ihn ihr ins Haar, sie gingen durch das eiserne Tor hinaus und die Straße hinunter. Ich habe vergessen, wie der Tag endete.

## 3.

Sieben Jahre lang feierte ich Julias Hochzeit. Selbst nachdem sich die Gezeiten wendeten, Julia abebbte und die Last, die heilige Ordnung der Dinge aufrechtzuerhalten, mir zufiel, ließ ich meinen Gesang nicht verstummen; selbst dann nicht, als Julia vielleicht schon fortgegangen war. Sieben Jahre, sage ich, denn die Zahl Sieben tröstet mich, obwohl es durchaus mehr oder weniger gewesen sein mögen. Auch jetzt noch, lange nachdem es zu Ende ist, kommt mir die abgegriffene Floskel über die Lippen, und ich mache die Geste der Segnung über dem ungefegten Herd.

Sieben Jahre. Kann ich über einen einzigen Tag Rechenschaft ablegen? Oder glich jeder Tag so sehr dem anderen? Wie konnte sie so verbraucht sein, dass sie kaum die Zeit fand, zum Friseur zu gehen? Gewiss, da war das Haus, Peter, die Kinder. Aber sie hatte doch Tante Eulalia und Tante Eudora, die ihr mit dem Haushalt und den Kindern halfen. Denn sie kamen getreulich, um die junge Mutter zu unterstützen. Sie stellten sich schon im siebten Monat ein, nur für den Fall, dass das Kind zu früh geboren wurde, wie es bei den männlichen Kindern der Brodys die Regel war, und um dabeizusein, wenn der Junge gefeiert würde. Sie blieben, bis der Säugling fast schon entwöhnt war. Sie kamen im Sommer und im Winter, obwohl Tante Eulalia nur ungern nordwärts reiste, weil ihr das Rheuma dort so zu schaffen machte, und Tante Eudora erlitt jedes Mal tödlichen Schmerz, wenn sie das Haus betrat, das so voller trauriger Erinnerungen war. Mit den beiden Frauen im Haus, was gab es da für Julia noch zu tun? Doch seltsamerweise war Julia, wenn die Tanten ihr im Haushalt halfen, viel mehr beschäftigt als sonst. Tante Eulalia wies sie an, das Kind einzucremen, das Sieb zu desinfizieren und vor allem den Nachttopf, während die gute Tante Eudora sie ständig ankreischte, sie solle bloß nicht so viel herumrennen, sie müsse sich ausruhen, sonst würde ihre Milch versiegen. Wenn Peter, die Kinder und das Haus Julia nicht fertig machten, so taten es ganz gewiss die Tanten.

Ich will nicht sagen, dass es das reine Glück war. Nicht selten stöhnte Julia, während ich Hosianna sang. O Gott, o Gott! Aber wir befanden uns jenseits von Glück und Leid. Seliger Horror, elende Seligkeit, was auch immer es war, so verwirrend, öde, erbärmlich, sinnlos es sein mochte – es war das Leben!

Muss ich über mein Delirium Rechenschaft ablegen? Dass ich jedes Mal, wenn Julia eine Windel wusch oder die Marotten ihres Mannes ertrug, ausrief: Dies ist die Wirklichkeit! Das ist Julia! Mein Bild von Julia? Was war es, das jede alltägliche Handlung wie ein Wunder erscheinen ließ? Ich kann es mir nur mit der geheimnisvollen Chemie von Julias Organismus erklären. Denn zu der Zeit, von der ich rede, war Julia, wenn sie nicht anderweitig im Einsatz war, entweder schwanger oder sie stillte.

Sie erdrückte mich mit ihrer üppigen, weiblichen Masse. Die Julia, die zum Diner erschien oder in der Oper, frisiert und parfümiert, in einem Seidenkleid und Perlen, war wie eine verlockende Illusion, ein bloßer Schimmer auf der Oberfläche undurchdringlicher Tiefen, der aus undeutlich infernalischer und exquisiter Sinnesempfindung bestand und durchsetzt war mit dem Geruch von versauernder Milch, Blut, Urin und Exkrementen.

Obwohl ich von Julia in ihrem gesegneten Zustand kein klares Bild habe, muss ich während ihrer Schwangerschaften da gewesen sein, in Form der seltsam gestochenen Geistesschärfe unter Äther. Ich erinnere mich an die quälende Verstrickung mit Julias Fötus. Neun Monate lang rangen wir miteinander im Würgegriff. Ob Julia das Eindringen dieses fremden Lebens in ihrem Innersten ebenso deutlich wahrnahm wie ich? Sein rücksichtsloses, triumphierendes Heranwachsen, das sich von ihrem Mark ernährte? Ich wurde zum Opfer von Albträumen: Der schwarze Fötus, siamesische Zwillinge, Zwitter, Monstergeburten jeder Art suchten mich heim. Mein Erstaunen war jedes Mal groß, wenn Julia ein kleines Mädchen zur Welt brachte, rosig und wohlgestalt, dem kein Gelenk fehlte und an dem kein Glied zu viel war.

Bei jeder Geburt dachte ich, das Kind gebiert die Mutter. Emily. Laura. Jenny. Ein jedes war ein Erblühen Julias. Sie würde das Haus mit Kindern füllen. Julia selbst entfaltete sich in jedem Kind, in seiner Kopfform, in seinen Augen, seinen Launen, sie erblühte in mannigfaltigen Formen und Schicksalen. Ich konnte es kaum erwarten, dass sie heranwuchsen, sich verheirateten und Kinder bekamen. Ich lebte mit der Legende, zu der sie für ihre Enkel wurde.

Es ist seltsam, wenn ich so darüber nachdenke: Während ich mir Julia im hohen Alter gut vorstellen konnte – eine prächtige Grande Dame von achtzig oder gar hundert Jahren, ihr üppiges schneeweißes Haar in einem Dutt, mit vorbildlich aufrechter Haltung in einem perlgrauen Kleid –, war die Vorstellung einer alternden Julia einfach undenkbar. Julia im Alter von achtundvierzig, neununddreißig oder auch schon zweiunddreißig Jahren, niemals! Vielleicht hoffte ich, dass diese kalte Chronologie in einer anderen Zeit annulliert würde, in den mächtigen Rhythmen des Gebärens. Mir ist nicht erinnerlich, Julias vierundzwanzigsten oder achtundzwanzigsten Geburtstag bemerkt zu haben. Ich zählte die Jahre an ihren Kindern. Das Jahr, in dem sie Emily zur Welt brachte, sagte ich; das Jahr, in dem Laura abgestillt wurde.

All diese Jahre hindurch hatte ich mich im Leeren abgemüht und versucht, Julia zu Julia zu machen, wo doch ihre wahre Bestimmung darin bestand, die Frau eines gewissen Peter Brody und die Mutter einer Reihe unbekannter Wesen zu werden. Sie gehörte ihnen, sie lebte durch sie. Wie einfach das war! Gott behüte, dass ich jemals die Pietätlosigkeit begehen sollte, ihre Beziehung erforschen zu wollen. Hat sie Peter wirklich geliebt? Wollte sie überhaupt Kinder großziehen? Dachte sie nach über das, was sie tat, da sie lebende Seelen in diese Welt brachte? Oder liebte sie es nur, Peter zu erregen und in ihrer eigenen Fruchtbarkeit zu schwelgen? Nie war Peter so verrückt nach ihr, wie wenn sie schwanger war. Ihr Bauch! Ihr angeschwollener Bauch! Da lag sie dann nackt ausgestreckt auf dem Bett, wenn Peter von der Arbeit heimkam. Sie sah ihm zu, wie er in seinem ordentlichen Anzug das Zimmer betrat, die Brille abwischte, dann erblasste und zu zittern begann, als er sie daliegen sah, ihr Haar über dem Kissen ausgebreitet, den nackten Bauch in die Luft erhoben. Nachdem er sich die Hände gewaschen hatte, machte er sich unverzüglich an ihren Bauchnabel. Julia hatte keine Augen mehr, keinen Mund, kein Gesicht. O Julia!, stöhnte Peter. O Julia! Oh!, während sie im Dunkeln grinste und mit seinen Ohren spielte.

Aber mir versagte die Stimme, wenn Julias Brüste flossen. Ich verneigte mich vor ihrer Macht, ich suhlte mich darin. Wer war ich denn schon, neben Julia? Ihr hatte ich alles zu verdanken. Das Brody-Haus, das holzgetäfelte Esszimmer, das Frühstück auf der Veranda. Ich war dankbar, dass ich Julias Schlafzimmer betreten durfte, an ihren Parfüms schnuppern, ihr beim Anlegen ihres Schmucks zuschauen konnte. Wie bin ich nur zu all diesem Reichtum gekommen, den kleinen Mädchen mit ihren Puppen und Teddybären, der feinen Wäsche, den Käsesoufflés zu Mittag? Habe ich sie etwa durch meine eigenen Verdienste erworben? Nein, durch Julia war es. Natürlich habe ich sie verehrt und verherrlicht.

4.

Ich gebe zu, dass ich das Haus mitunter bedrückend fand, mit den Jahren in zunehmendem Maße. Alles war so schicklich und gepflegt, die gewachsten Böden und gestärkten Vorhänge, kein Staubkorn, kein Kratzer, keine Falte, kein Fleck war zu sehen, jeder Gegenstand immer an seinem Platz. Es gab nicht ein einziges Zimmer, in dem ich mich so richtig wohlfühlte. Wenn ich Julia beim Tischdecken zusah, dachte ich oft mit einem gewissen Grauen daran, dass sie in den nächsten zwanzig oder dreißig Jahren jeden Tag genau die gleichen Bewegungen ausführen würde, Messer und Gabeln verteilen, die Weingläser nach rechts, die kristallenen Salatschälchen nach links. Mich packte dann ein unwiderstehlicher Drang, die Ordnung zu stören, das Silber zu vertauschen, den Wäschekasten durcheinanderzubringen, die Mauern einzureißen und alles in einem großen Schober zusammenzuwürfeln. Oder wenigstens eine einwöchige Ruhepause von dieser unaufhörlichen Putzerei einzulegen. Da brach mein altes Naturell wieder durch. Offenkundig war es nicht mein Stil. Aber ich wollte es für

Julia. Julia sollte die Herrin der Speisekammer und der Wäschekästen sein. Im Garten gab es einen alten Verschlag, der meinen Bedürfnissen vollauf genügte: Lehmboden, ein paar kaputte Korbsessel, Stapel alter Zeitschriften. Hierher zog ich mich hin und wieder zurück, mit einer Flasche Gin und einigen Spielkarten, um mir die Zeit zu vertreiben. Auf ein eigenes Leben hatte ich schon längst verzichtet, aber gelegentlich brauchte ich doch meine Privatsphäre.

Wenn ich so allein in meinem Schuppen saß, blieben meine Gedanken bei Julia. Von Zeit zu Zeit zog ich eine Bilanz der Situation. Hatte Julia irgendeinen Grund zur Klage? Einen liebevolleren Ehemann, der blind war für ihre Fehler, hätte sie nicht finden können. Peter war kein Spieler und jagte auch nicht hinter Frauen her; er schlug sie nie und gebrauchte keine obszönen Ausdrücke. Er war weder stumpfsinnig noch kahl noch dicklich. Alles in allem war er ein äußerst rücksichtsvoller, gesitteter, fleißiger und ansehnlicher Ehemann.

Nicht, dass Peter immer liebenswürdig und verträglich gewesen wäre, was ihn vielleicht zu einem Langweiler gemacht hätte. Vor allem morgens war er gewöhnlich gereizt und mürrisch, aber Julia war selbst ein wenig chaotisch. Am Frühstückstisch waren die Eheleute beide nicht auf der Höhe, sie stießen gegeneinander und gegen das Mobiliar, warfen Gläser um, reichten das Salz, wenn der Zucker gewünscht wurde, und neigten dazu, vor sich hin zu brummeln. Außerdem konnte Peter nicht richtig sehen oder überhaupt vernünftig reden, bis er seinen Darm entleert hatte, so als behindere sein Darminhalt auch den Frontallappen seines Gehirns. Peters Sorge darum, sein Kanalsystem von den Abfällen des gestrigen Tages zu entleeren, um sein Tagespensum in gereinigtem Zustand angehen zu können, war ärger als Julias nach einer Niederkunft. Jeder Tag war eine kleine Prüfung, denn Peters Organismus war ziemlich unberechenbar. An manchen Tagen konnten auch die stärksten Abführmittel seinen Darm nicht in Bewegung setzen, während an anderen Tagen ein Teelöffel Zitronensaft zu drei Tage langen Krämpfen führte. Wie sollte sich Julia zu diesem Problem verhalten? Ein verstopfter Peter war unerträglich. Aber ein krampfender Peter war auch nicht gerade angenehm. Peter hatte schon seine Schwächen, das gebe ich als Erster zu. Er konnte keinen Streit oder auch nur die geringste Gefühlsbezeigung ertragen. Der Anblick einer Träne trieb ihn aus dem Haus, und das mindeste Anzeichen von Traurigkeit oder Anspannung in Julia löste garantiert eine Leberkrise bei ihm aus. Und wenn Peter seinen automatischen Silberbleistift nicht finden konnte, den er wohlbemerkt regelmäßig verlegte, geriet seine ganze Welt, und folglich auch die unsere, aus den Fugen. War das für Julia ein Grund, sich unglücklich zu dünken? Verheiratet, auf Gedeih und Verderb. Ein anderer Ehemann hätte andere Fehler, meinte ich.

Und was Peters Verschrobenheiten angeht, so waren sie größtenteils liebenswert. So solide, anständig und korrekt er in jeder Hinsicht war, besaß er doch einen Hauch von Perversität. Eine Frau erregte ihn nur dann, wenn sie hochschwanger war oder eine Nutte. Im Idealfall war sie beides. Selbstverständlich verlangte er von der Frau, die er heiratete, dass sie eine keusche Ehefrau und untadelige Mutter sei. Nichtsdestoweniger bestand er im Ehebett darauf, dass Julia die aufreizendsten Strumpfbänder, schwarzen Spitzenstrümpfe und extravaganten Hüte mit Straußenfedern anzog. Hin und wieder stellte er, wie mir schien, übertriebene Forderungen, vor allem, wenn er sehr überarbeitet war, aber das kam selten vor. Meistens gab er sich damit zufrieden, ihr in die Hand zu furzen. Ich enthielt mich des Urteils, was diese Vorgänge betraf, obwohl sie mir keineswegs zusagten. Sind nicht alle Männer im Grunde pervers?

Uli, zum Beispiel, konnte den Liebesakt nur dann richtig vollziehen, wenn eine an Sicherheit grenzende Wahrscheinlichkeit bestand, dabei ertappt zu werden. Und wenn es in der tiefsten Nacht war, mussten alle Lichter brennen und die Jalousien hochgezogen sein, in der Hoffnung, ein später Passant oder ein schlafloser Nachbar könnte einen Blick erhaschen.

Ein unanständiger Zug Peters, den ich besonders rührend fand, war seine Gier nach Julias Muttermilch. Zum Glück war er seiner Arbeit halber tagsüber außer Haus, sodass er sich seine Schlemmerei nur zu nächtlicher Stunde genehmigen konnte, sonst wäre für das Kindchen wohl kein Tropfen übergeblieben. Trotzdem musste die morgendliche Fütterung mit der Flasche ergänzt werden, und natürlich musste Julia die Beschuldigungen der Tanten auf sich nehmen, die Julias Mangel an Milch auf ihre achtlose Ernährung zurückführten oder auf ihr zu spätes Zubettgehen oder darauf, dass sie nicht die richtigen Gedanken dachte.

Julia war ganz offensichtlich die vollkommene Ehefrau für Peter. Und konnte es für eine Frau einen vollkommeneren Ehemann geben als einen, für den sie die Vollkommenheit verkörperte? Es stimmt schon, abgesehen von den förmlichen Erfordernissen des Tages sprachen sie kaum miteinander. Aber Peter hatte ja seine Arbeit. Jeder Augenblick, den er nicht an seinem Schreibtisch verbrachte, erfüllte ihn mit sichtbarer Besorgnis. Und obwohl er eine echte Leidenschaft für Blaupausen gehabt haben mag, glaube ich, dass es nicht so sehr weltliche Interessen waren, die ihn trieben, wie etwa um seine Karriere zu fördern oder die Reederei Brunschig zum Erfolg zu führen, sondern vielmehr ein religiöser Eifer, Arbeitsstunden auf seinem Konto anzuhäufen, die er niemandem schuldete als seinem geheimnisvollen Gott. Bei Peter mag die universelle Furcht vor Vergeudung seiner kostbaren, ihm auf Erden zugeteilten Zeit stärker ausgeprägt gewesen sein als bei den meisten Menschen; und wer sind wir schon, uns ein Urteil darüber zu erlauben, ob die kniende Haltung im Gebet Gott wohlgefälliger ist als die des über seinen Schreibtisch gebeugten Peter Brody? Es ist daher durchaus verständlich, wenn Peter sich, abgesehen von seiner Arbeit, allenfalls dem Geschlechtsakt zu widmen getraute. Dabei war Peter aber keineswegs ein Einsiedler. Neben seinen zahlreichen gesellschaftlichen Verpflichtungen unternahm er Sonntagsausflüge mit der Familie und führte seine Frau so häufig in die Oper und zu Konzerten wie jeder andere Ehemann. Wenn Peter bei diesen Anlässen nicht besonders angeregt erschien, sondern das hölzerne Gebaren und den leeren Blick einer Steinfigur von der Osterinsel annahm, so konnte man ihm das kaum zum Vorwurf machen. Immerhin hatte er sich diese Stunden von seiner Zeit am Schreibtisch abgetrotzt, und was er nicht verausgabte, mochte ihm vielleicht immer noch gutgeschrieben werden.

Die Schuld, die er in den Stunden nächtlicher Leidenschaft auf sich lud, muss für Peter ein Quell erheblicher Seelenqual und großer Furcht gewesen sein; Furcht und Qual von ausreichendem Maße, um in ihm die heimliche Hoffnung zu nähren, dafür bereits teilweise gesteinigt worden zu sein. Würde Julia jemals einen Mann finden, der so hoffnungslos an sie gebunden war wie Peter?

Natürlich hatte ich Momente, in denen ich zweifelte. War Peter eine seltene Mischung von Gegensätzen, oder war er ein Widerspruch, einfach nur eine Verwirrung, eine Zweideutigkeit, die einen wünschen ließ, er wäre entweder das eine oder das andere, entweder hart oder weich, heiß oder kalt, süß oder bitter? Wie sollte Julia angesichts von Peters Komplexität wissen, ob seine Milde die Ursache ihrer Unzufriedenheit war oder nicht vielmehr seine Bitternis; oder ob sie daher kam, dass er eine Mischung aus beidem war, oder ob ihre Unzufriedenheit überhaupt nichts mit Peter zu tun hatte. Letzteres schien mir am wahrscheinlichsten zu sein. Denn Julia war genervt, mal von Peters Aufmerksamkeit, mal von seiner Vernachlässigung; mal von seinen Witzen, mal von seiner Ernsthaftigkeit; mal von seiner langen Wollunterwäsche, mal davon, dass er das Haus ohne seine Galoschen verließ. Ach, was war nur los! Julia hatte noch mindestens zehn Jahre vor sich, bis sie in die Wechseljahre kam. Ließ sie einfach nach wie eine aufgebrauchte Batterie? Gingen ihr das Lächeln und die Zärtlichkeiten, die tröstenden Worte für ihre Familie allmählich aus? Mich schauderte bei dem Gedanken, dass wir noch gut dreißig oder vierzig Jahre vor uns hatten.

Ich muss gestehen, dass mir an dem Tag, da ich die Rolle der Frau Brody übernehmen musste, manchmal der Text im Halse stecken blieb. Warum konnte sich Peter nicht ohne Julias Erlaubnis eine zweite Portion Fisch nehmen oder seine Krawatte binden? Jeden Morgen, wenn Peter zur Arbeit ging, musste Julia an der Tür stehen und ihm nachwinken, bis er das Ende der Allee erreicht hatte, dann musste sie nach oben gehen und sich ans Fenster stellen, damit Peter einen letzten Blick von ihr erhaschte, bevor er den Wagen anließ. Es war klar, dass ihre Beziehung von diesen kleinen formalen Gesten aufrechterhalten wurde. Das Weglassen eines bestätigenden Wortes oder Blicks bedeutete eine Unterminierung des gesamten Bauwerks. Mir gefiel es gut, wenn Julia diese Riten vollzog, sie tat es voller Anmut. War es nicht rührend, wie ein erwachsener Mann, der in seinem Berufsleben so fähig und selbständig war wie Peter, sich ganz in ihre Hände begab? Ist es denn möglich, dass Julia eigentlich gar keine Frau sein wollte, gar keine richtige Frau war? Oder genügte ihr Peters Huldigung einfach nicht, benötigte sie gleich eine ganze Gemeinde, die ihr zu Füßen lag? Aber gab es überhaupt so etwas wie eine Frau? Ich begann daran zu zweifeln; lediglich ein Bildnis, das mit den Fantasien kleiner Jungen drapiert war, darauf lief es letztendlich hinaus. Natürlich ließ ich nie zu, dass diese Bedenken unsere täglichen Verrichtungen beeinträchtigten.

Dies waren ihre besten Jahre. Ich lag in Ketten. Julia lebte endlich, lebte ihr eigenes Leben. Ich achtete nicht so genau darauf, was für eine Art von Leben dies war. Es genügte, in der Früh aufzuwachen und zu wissen, dass ihr Leben bis zur Bahre vorgezeichnet war. Egal, ob er rau war oder glatt, wir befanden uns auf dem richtigen Wege. Ich war damit zufrieden, in ihrem Schatten zu verweilen. Und obwohl sie sich mir jetzt mehr denn je entzog, bestätigten mir das Haus, dessen Herrin sie war, jedes einzelne Möbelstück sowie Peter und die Kinder immer wieder ihre Anwesenheit. Sie hätte tatsächlich fortgehen können, ohne dass ich es bemerkt hätte, so fest glaubte ich an sie. Solange sie Frau Brody war, konnte nichts meinen Glauben an ihre Existenz erschüttern. Julia könnte sich aus dem Staub machen, an einem sonnigen Nachmittag, da sie auf einer Parkbank saß, einfach verschwinden, und es könnten Jahre vergehen, bis ich es bemerkt hätte.

## 5.

Ich durchstöbere alte Porträts, überprüfe die Aufzeichnungen der Vergangenheit, die damaligen Versuche zu verstehen, was aus Julia geworden ist.

Julias Ehejahre lassen sich in drei gesonderte Perioden gliedern: die Frühe, die Mittlere und die Späte Julia. Jennys Geburt stellt den Übergang zur Mittleren Julia dar. Aber wo setze ich den Beginn der Späten Julia an? Denn bereits in der Mittleren Julia nehme ich Symptome der Späten Julia wahr, ja sogar schon in der frühen Mittleren Julia, als Jenny etwa zwei Jahre alt war. Die Symptome lassen nach, werden aber nach der Affäre mit Paul Holle immer virulenter. Kann ich diese Affäre als den entscheidenden Faktor für Julias Untergang ansehen? Oder war sie vielmehr das letzte Stadium eines Verfalls, der mit Jennys Geburt oder vielleicht schon früher einsetzte, mit Laura oder Emily? Es sei denn, Julia wäre diese Ehe nie eingegangen: Ich allein habe sie geschlossen, mit Julias Aussteuer, ihrer Mitgift, und ich war von Anfang an mit Peter und den Kindern allein. Nein, das geht zu weit. Ich werde alles auf die Affäre mit Paul Holle schieben; von da an stürzte ihr Leben in ganz andere Untiefen, geriet in eine Unordnung, aus der es kein Entrinnen mehr gab. Und die Affäre selbst, wo soll ich diese einordnen? Sie passt eigentlich nirgends in das Schema von Julia, der dreiphasigen Ehefrau. Wenn überhaupt, so gehört sie in ihre Jugendzeit. Oder in ein ganz anderes Schicksal. Was die Späte Julia betrifft, so würde ich bestreiten, dass es sich überhaupt noch um Julia handelte. Ich sehe da wirklich keinen Zusammenhang, außer dem Namen. Nein, dieses Schema funktioniert nicht. Ich gebe es auf. Ein völlig falscher Ansatz.

## 6.

Julias frühe Ehejahre entsprechen dem, was ich später als unser Zeitalter des Glaubens bezeichnet habe. Ich tauche darin nicht auf. Von dem Moment an, da Julia zur Herrin des Hauses Brody wurde, glaubte ich fest, dass ich aufgehört hatte zu existieren. Wem wollte ich etwas vormachen? Mir selbst? Gott? Aber ich glaubte an Magie und Wunder.

Ich spielte Julia, das ist ganz klar. Und mit welcher Hingabe! Dagegen waren meine ehemaligen Schwindeleien fromme Werke. Ich konnte nur diese symbolischen Opfer bringen. Was ich spielerisch ausführte, nahm Gott von meinem Glauben allen Ernstes an; dies war inbrünstige Bestätigung einer echten Welt, in der eine echte Julia ein echtes Leben führte, eine Welt, zu der ich natürlich keinen Zugang hatte.

Natürlich ist eine so heikle Beziehung von Gefahren umstellt. Ich wurde das Opfer eines vorübergehenden Identitätswahns. In einem Anfall trunkenen Hochgefühls dünkte ich mich die Herrin des Hauses. Das war nahezu unvermeidlich. Wie ein Schauspieler, der sich von seiner Rolle hinreißen lässt, ging ich in manchen Augenblicken tatsächlich in Julia auf; dies war meine eheliche Lagerstatt, dies meine Elfenbeinkämme und Fläschchen mit Duftwässern, die weiße Stirn, die Brüste, die sich einer Liebkosung darboten, die sich öffnenden Lippen waren die meinen. Schiere Entgleisungen. In Wirklichkeit erreichte unsere Beziehung zu dieser Zeit ihre maximale Distanz. Noch nie war Julia für mich so undurchschaubar gewesen. Ich unternahm die entscheidenden Schritte. In gewisser Weise verabschiedete ich mich. Ich beschränkte mein Gebiet auf das Imaginäre, der Rest gehörte dem lieben Gott. Julia wandelte in jenen Gärten, oder vielleicht war es eine Wildnis. Ein Urteil darüber stand mir nicht zu, das war eine Sache zwischen Julia und Gott.

Jedes Mal, dass Julia anschwoll, ein neues Kind zur Welt brachte und stillte, schrumpfte ich mehr und mehr zusammen und wurde dabei immer erbärmlicher. Doch es kam so, dass sich Julia nach der Geburt ihrer dritten Tochter in einem so zerfetzten Zustand befand, dass man ihr dringend eine Wartezeit von mehreren Jahren empfahl, bevor sie sich an das Austragen eines weiteren, und wie man hoffte, männlichen Kindes machte. Ihr Gefühl von körperlichem Verfall, ihre Enttäuschung darüber, nach dreimaligem Anlauf nicht den ersehnten männlichen Erben hervorgebracht zu haben, und schließlich die bittere Erkenntnis, dass sie in diesem Leben niemals sechs Söhne vor ihrem dreißigsten Geburtstag zur Welt gebracht haben würde, reichten aus, um die Veränderung zu erklären, die Julia um diese Zeit überkam.

In einer regnerischen Novembernacht, am Vorabend ihres neunundzwanzigsten Geburtstags, kam sie zu mir in meinen Schuppen. Sie brauchte nicht zu reden. Ich verstand alles. Das war schließlich zu erwarten gewesen. Meiner Meinung nach hatte sie viel zu lange in einer Art von Flitterwochen zugebracht und nur einen leisen Vorgeschmack vom Ernst der Ehe bekommen. Bitterkeit und Kummer, eine heimliche Unzufriedenheit schienen mir nun mal zum Los der verheirateten Frau zu gehören, und mit meiner Hilfe würde sie es schon mit Würde ertragen. Welche Alternative hatte sie denn? Peter verlassen? Ich würde es Julia niemals gestatten, auch nur im entferntesten die Möglichkeit einer Auflösung ihrer Ehe zu erwägen. Scheidung ist hässlich. Ich behaupte das. Außerdem war mir alles lieber, als Julia wieder am Hals zu haben. Es gab eindeutig nur einen Kurs, den wir steuern konnten, wenn wir keinen Schiffbruch erleiden wollten: Sie musste durch Resignation, Leiden und Nachsichtigkeit zu einer neuen Schönheit gelangen; sie musste sich dem Ernst ihres Standes stellen. Dies war die wahre Prüfung von Julias Weiblichkeit.

Es schaudert mich bei dem Gedanken, was aus Julia geworden wäre, wenn ich ihr nicht beigestanden hätte. Nachdem sich der anfängliche Begeisterungssturm gelegt hatte, war ich es, der die Ehe aufrechterhielt. Ich war ständig an ihrer Seite, um sie daran zu erinnern, wie gesegnet sie war. Sieh dir deinen Frisiertisch an, flüsterte ich ihr zu, den Spiegel mit den vergoldeten Cherubim, die Salbentiegel und die Fläschchen mit Duftwasser, deine Juwelen, deine Schubladen voll feinster Seide. Streichle deine Pelze, das Ehebett mit dem Spitzenüberwurf, die Samtvorhänge. Jetzt begeben wir uns ins Esszimmer und besehen uns das Porzellan und das Silber. Weine nicht, schau es dir voll Stolz an; die Suppenschüssel ist einzigartig und die Kerzenständer sind von den besten Silberschmieden in Italien gefertigt. Hörst du, wie Tante Eulalia im Salon auf dem Cembalo spielt? Eine gütige Seele. Doch jetzt zum Arbeitszimmer deines Mannes. Dort sitzt er an seinem Schreibtisch über einen Bauplan gebeugt, der gute Mann in seinem feinen Kamelhaar-Hausmantel. Der Geruch von Leder und der Duft seines Tabaks, erfüllt dich das nicht mit Freude? Geh zu ihm hin, küss ihn auf den Nacken. Sein Schweiß sollte dir süßer munden denn Wein. Frag ihn, ob er eine Tasse Kräutertee wünscht. Tante Eudora hat das schon besorgt? Umso besser. Frag ihn, wann er zu Bett zu kommen gedenkt. Keine Sorge, er wird noch drei Stunden aufbleiben und an seiner Arbeit sitzen, wir haben genug Zeit für unseren Gin und unsere Patience. Jetzt die Treppe hoch, ins Kinderzimmer, ob die kleinen Engelchen auch zugedeckt sind. Emilys Zeh guckt heraus, zieh die Decke drüber. Schau nur, wie Laura ihren Teddybären umarmt, niemals gab es etwas Niedlicheres. Oje, der Geruch! Du solltest die kleine Jenny frisch wickeln. Sag mir jetzt nicht, dass du zu müde bist und dass sich das Dienstmädchen in der Früh darum kümmern wird. Es ist dein Kind. Du willst doch, dass dein Baby süß duftet, oder? Du solltest dich schämen, Julia, deine Tränen durchnässen das Babyhemdchen. Schäm dich, dass du das Kind beweinst, weil es ein Mädchen ist und du eine Frau! Lass die Windel nicht einfach in der Ecke vergammeln, spül sie aus und leg sie in den Eimer. Was soll das Dienstmädchen denken! Heb das Kind jetzt behutsam hoch und leg es wieder in sein Gitterbettchen zurück. Und ehe ich mich versah, wickelte ich Julias Baby und erledigte ihre Hausarbeit. Es machte mir nichts aus. Nein, ich betrachtete es als ein Privileg.

Wenn sie nachts nicht schlafen konnte, kam sie zu mir in meinen Schuppen, um Gin zu trinken und Patience zu spielen. Oder sie saß da und blätterte in alten Zeitschriften und Bildern. Ich munterte sie auf, indem ich ihr bewusst machte, was sie während des Tages alles geleistet hatte. Außerdem, schloss ich, während ich beobachtete, wie sich ihre Hände um die Armlehne krampften und entkrampften, gibt es nichts daran auszusetzen, wenn eine Frau in deiner Stellung und mit deiner Verantwortung spätabends Gin trinkt und eine Patience legt.

Ich hatte auch nicht das Geringste gegen eine kleine Affäre, ab und zu. Im Gegenteil, ich regte Julia an auszugehen. Das wird dich jung halten, meine Liebe, sagte ich. Du wirst zu einer schöneren Ehefrau, zu einer besseren Mutter werden. Ich bin ganz und gar für kleinere Flirts. Sie verschönern eine Frau, wie ihre Unterwäsche, ihr Schmuck, ihre Kinder. Natürlich muss sie Verehrer haben. Geh auf jeden Fall mit Hauptmann Hosch ausreiten, das fördert mit Sicherheit Peters Karriere; triff dich nur mit dem Direktor des Konservatoriums zum Mittagessen; speise mit dem Leiter des Archivs zu Abend, erweckt er in dir nicht teure Erinnerungen an Prof. Grubbe? Jeder von ihnen ist ein Spiegel, in dem du dich aus einer anderen Perspektive betrachten kannst. Schau, du bist eine ganze Galerie von Porträts, Porträts, in denen du leben kannst. Hier bist du sanft und sittsam, fast heilig; auf einem anderen erscheinst du als eine freche Person, auf dem nächsten als ein unartiges Kind, das nur Unfug im Sinn hat. Ein jedes hat etwas von deinem Adel, deinem Charme, deiner Traurigkeit, deiner seltsamen Gelassenheit. Siehst du, du hast Bestand, sie fangen nur deine flüchtigen Spiegelungen ein.

Betrachte es als einen Teil deiner Aufgaben, sagte ich. Zu dieser Zeit stand Julias Treue zu Peter nicht infrage. Nach einem Abend Händchenhalten mit dem Direktor des Marinearchivs war Peter doch gar nicht so übel. Natürlich machte es ihr Spaß. Es machte ihr Spaß, eine Frau zu sein, sich herauszuputzen, sich die Hand küssen zu lassen, oder etwa nicht? Ich weiß es wirklich nicht. Nach einer gewissen Zeit war im Schuppen zu sitzen und ihren Gin zu trinken vielleicht wirklich das Einzige, was Julia noch Spaß machte. Ihrer Verehrer überdrüssig geworden, suchte sie mehr und mehr meine Gesellschaft. Sie schlich sich aus dem Kinderzimmer, nur um in dem kaputten Schaukelstuhl zu sitzen und hin- und herzuschaukeln, ab und zu einen Schluck Gin zu nippen und in alten Zeitschriften herumzublättern. Sie verbrachte den Abend lieber im Schuppen, als auswärts zu dinieren. Nach Mitternacht war sie immer noch draußen bei mir im Schuppen.

Ist es vielleicht so zu Ende gegangen, Julia Gin trinkend im Schuppen, während ich die Karten austeilte, bis ich eines Tages aufblickte und sah, dass ich mit den leeren Flaschen und den alten Zeitschriften allein war? Ich glaube lieber, dass Julia in der Nacht ihres ersten Besuchs in meinem Schuppen abdankte. Sie legte ihren Ring und ihre Schlüssel vor mir ab. Sie schlüpfte aus ihrem Umhang, sank auf meiner Pritsche nieder und stand nie wieder auf. Als es hell wurde, warf ich mir ihren Umhang über und eilte zurück ins Haus, um die Kinder anzukleiden und zu füttern und Peter zur Arbeit zu schicken. Mir gefällt der Gedanke, dass Julia nie mehr ins Haus zurückgekehrt ist.

Und die nachfolgenden Ereignisse ihres Lebens, sind sie mir zuzuschreiben? Hatte ich vielleicht eine Liebschaft mit dem jungen Holle? Brachte ich etwa seinen Bastard zur Welt? Habe ich mit Deolger geschlafen? Mit Hosch? Ich würde dir das gerne ersparen, Julia. Wenn es nach mir ginge, würde ich das Heft zuklappen, bevor du dein dreißigstes Lebensjahr vollendet hast, und für den Rest die Verantwortung auf mich nehmen; aber das geht wohl zu weit. Wer war das denn, der weiterhin in diesem Haus lebte, wer deckte den Tisch, leerte die Aschenbecher, wer schlich sich nachts hinaus? War ich wirklich in Julia verkörpert, bis zum bitteren Ende mit ihr vermählt, Julia die Schlampe, Julia die Leiche, die ich im Schuppen verberge? Oder schreckte ich vor jenem Absturz zurück, ergriff mich in letzter Sekunde die Angst, mit Julia unterzugehen, mit Julias Banalität verbacken zu werden, Schmutz von ihrem Schmutz. Ich stieß sie von der Klippe und blieb selbst auf dem Felsen stehen, ich überlebte sie. Sollte ich mich nicht feiern? Aber wo ist Julia? Wo finde ich sie? In der Vergangenheit? In der Zukunft? Im Hier und Jetzt?

## 7.

Mein letztes Bild von Julia stammt aus dem späten August in den städtischen Parkanlagen, einige Wochen, nachdem sie Jenny entbunden hatte. Die Blässe ihrer Wangen, die Trägheit ihres Körpers, ein glühender Kummer verschmelzen mit dem Aroma der Mutterschaft. Sie wacht über ihre Kleinode, Emily in Safrangelb, Laura in Blau, Jenny in Weiß. Nein, es muss doch später sein. Jennys Haare sind zu Zöpfen geflochten. Sie hat ihrer Mutter eine Handvoll Gras in den Schoß gelegt und ist losgelaufen, um zu spielen. Ich möchte die Erinnerung an Julia im Augenblick ihrer Reife bewahren, in ihrer letzten Pracht, kurz vor ihrem Absturz.

Das vergangene Jahr ist fast ohne ein Kräuseln zerflossen, wie ein einziger langer Sonntagnachmittag. Ohne auch nur das leiseste Zittern, das der Anblick des Frühstücksgeschirrs auf der Veranda im flutenden Sonnenlicht und im Flattern herbstlicher Blätter hervorruft.

Das Leben geht weiter. Ich werde nicht sagen, es ist Julias Leben oder meines oder unseres.

Sie wartet ab, wie die Fischer, die ihre Reusen ausgelegt und ihre Netze ausgeworfen haben und nun nichts weiter tun können als warten.

Ich rede immer noch von ihr. Ob ich Julia meine? Ich weiß es nicht. Es ist ich. Der Schatten, den ich werfe. Ich in der dritten Person. Versuche ich immer noch, ihr Gesicht zu wahren? Julia also. Ich werde sagen, es ist sie.

Sie war nicht träge, aber ihre Beschäftigungen im Haushalt dienten nur dazu, den rechten Augenblick abzupassen und zu warten; nicht auf ein außergewöhnliches Ereignis, sondern lediglich darauf, dass der Moment vergehe; Stunden, Tage, Wochen, Monate, Jahre, die in ihrem Verstreichen eine Art von Destillation erfahren. Wenn sie die Kinder anzieht, um hinauszugehen, oder wenn sie mit einem Buch auf der Parkbank sitzt, das sie nicht liest, und den Herbstblättern zuschaut, an den Kindern im Sandkasten vorbei, fragt sie sich, ob eines Tages, vielleicht in zehn oder zwanzig Jahren, ein Augenblick dieses Nachmittags zu ihr zurückkehren wird, ein plötzliches Bild, herausgegriffen aus der Monotonie der Vormittage und Nachmittage; ob das Blau von Emilys Rock, das sich leuchtend vom Sand abhebt, ihr Tränen in die Augen treiben oder der filigrane Schatten, den das Laub auf den Kies wirft, ihr den Atem rauben wird.

Es ist wahr, mein Lohn war die Erinnerung. Aber zuerst muss sie Julias Seele passieren. Ich stellte mir vor, ihre Seele hätte die Form eines Brennofens, der durch eine geheimnisvolle Alchemie das kostbare Erz aus der Schlacke herauslöst.

Während Julia die kleinen Petticoats zusammenfaltet oder die Limonade anrührt, krieche ich um ihre Röcke herum wie ein gelangweiltes, bockiges Kind.

Manchmal bin ich misslaunig, ich nörgle und quengele. Nicht laut. Ich hasse mich selbst. Ich wünschte, sie würde mich schlafen legen. Von meinem kleinen Hocker in der Ecke aus sehe ich Julia zu, wie sie in der Küche herumwirbelt, als wäre sie eine Bedienstete oder eine Verwandte. Mir fallen triviale Einzelheiten auf, eine Laufmasche in ihrem Strumpf, der Tonfall ihrer Stimme, wenn sie die Kinder ruft. Emily, Laura, Jenny. Ich weiß nicht, was ich hier soll. Julia, ich habe nichts mit dir zu schaffen. Ich würde gern mit Julia brechen, aber das ist nicht mehr sie. Tante Julie werde ich sie nennen. Die Mahlzeiten sind bedrückend. Ich mag die Kinder nicht. Ob sie mich sehen können?

Gott sei Dank gibt es die Alltagsmühen! Die Milch, die hereingebracht und in Gläser gegossen werden muss. Die Kinder, die gefüttert, zugeknöpft und deren Schuhbänder gebunden werden wollen. Julia bindet die kleinen Schuhbänder immer mit so viel Hingabe. Sie geht dabei in die Knie, als würde sie sich mit dieser Gebetshaltung ihre Kindheitsträume vom Klosterleben erfüllen. Jenny zappelt, verdreht sich, um zuzuschauen, wie Laura Emily durch den Strohhalm mit Milch bespritzt. Julia lässt sich durch die Bewegung ihres Fußes nicht von ihrer Aufgabe abbringen. Ihre ganze Kraft ist in ihren Fingern konzentriert. Sie bindet eine vollendete Schleife. Oh, das Dienen! Sie fühlt sich von den tausend kleinsten Ritualhandlungen des Tages aufgebraucht; das Gefäß, aus dem sich das tägliche Leben des Haushalts ergießt.

Sie ist in das Bild eingegangen, ein Tableau vivant. Ist es so zu Ende gegangen? Julia wurde auf dem Altar der Hausgötter vergossen. Kurz vor dem Ende flammt ihr Bild ein letztes Mal auf, trügerisch hell in einer Leidenschaft von vierzehn Tagen.

8.

Ein Porträt von Julia der Ehebrecherin? Julia und Paul Holle sind kein Motiv für ein Porträt. Nur eine Blitzlicht-Kamera oder das Auge des Teufels würde ihre verschlungenen Glieder in so ungehöriger Weise aufdecken. Ich werde sie jener dunklen Welt der Leiber überlassen, die nicht durch das Sehen, sondern durch Liebkosungen entstehen, deren Augen selbst ganz zu Fleisch werden, zuckende, gierig begehrende Tiefseegeschöpfe.

Ein Einzelporträt von Julia also, die gefallene Frau, den Kopf vor Scham gesenkt, mit gelöstem Kleid, zerzaustem Haar? Doch ich sehe Julia neben ihrem Mann in der Oper sitzen, angetan mit einem Gewand von Satin und Perlen. Ist das Julia die Ehebrecherin?

Ich gehe über zu dem Familienporträt, das ein Jahr später entstand. Die Dame in Blau, die einen kleinen Knaben auf dem Schoß hält, wer ist sie? Nicht Julia, denn ich sähe sie lieber tot als so gänzlich verfälscht. Und doch ist sie es, dort, in einem ovalen Rahmen, mit Peter an ihrer Seite, drei kleine Töchter um sie herum und ein kleiner Sohn auf ihrem Schoß. Ein kleines Söhnchen, welche Freude! Wen kümmert schon, wer der Vater ist, wenn er Freude in ihrer aller Leben bringt. Es freuen sich seine kleinen Schwestern, es freuen sich die Tanten Eulalia und Eudora. Aber am meisten freut sich Peter. Der glückliche Vater. Immerhin könnte er ja der Vater sein. Vielleicht ist er es. Es sei denn, Julia hätte das Kind bereits von ihrem Liebhaber empfangen, als sie zu ihrem Mann ins Bett stieg. Aber das wissen wir nicht. Julia gelang dieses Kunststück in blinder Eile, um sowohl die Vergangenheit als auch die Zukunft für immer zu verwischen, zu verwirren und zu verschleiern. Jetzt werden wir es niemals wissen, Julia, nie und nimmermehr. Genießen wir also unseren kleinen Familienkreis.

Wir sind eigentlich ganz fein raus aus dieser Sache, würde ich sagen, zumindest sind wir aus der Sache herausgekommen. Wir sind nicht kopflos mit einem jungen Niemand durchgebrannt, wir haben in den Augen der Welt keinen Gesichtsverlust erlitten, und wir haben einen kleinen Sohn, ist das nicht, was wir uns schon immer gewünscht haben? Sollen wir etwa wegen Paul Holle Trübsal blasen? Es wird einen anderen geben, und noch einen, und noch einen. Jetzt sind wir erst mal damit beschäftigt, Einladungen für die Party zu schreiben. Wir müssen uns um einen großen Haushalt kümmern. Was unsere Ehre betrifft, wen kümmert die schon? Wer, frage ich euch, kümmert sich darum? Morgen feiert Emily ihren zehnten Geburtstag, und Julia muss ein freundliches Gesicht aufsetzen. Wir sind gestrauchelt, aber im Grunde haben wir hier ein Happy End.

Und diese Affäre vor langer Zeit mit einem Studenten aus der Hauptstadt? Nun ja, eigentlich gar nicht so lange her, selbst wenn die letzten Monate langsamer vergingen als die vorausgegangenen zehn Jahre ihrer Ehe. Ja, dieser junge Architekt Paul Holle. Was ist nur aus ihm geworden? Nun, wir haben nichts mehr von ihm gehört. Ich nehme an, er ist in die Hauptstadt zurückgekehrt. Niemand aus unseren Kreisen kannte ihn. Er war hier nur auf Besuch. Und überhaupt, was interessiert es uns, was aus Herrn Holle geworden ist?

Vermisst Julia ihn? Trauert sie um ihn, während der Pfarrer ihren Sohn mit Weihwasser besprengt? Seine Taufe wurde bis zu seinem sechsten Monat hinausgezögert, denn wie alle männlichen Brody-Kinder war er bei der Geburt von schwacher Gesundheit. Ist sie stolz auf ihren kleinen Sohn? Oder sucht sie, immer noch im Bann von Holle, nach einem Zeichen, dass ihr Kind von ihm ist? Ist es Julia wichtig? Ist sie überhaupt da?

Ja, dort ist sie hingegangen, hinunter mit Paul Holle. Verloren, ihr Bildnis. Ich habe versucht, ihren Absturz in das Bild einzufügen, aber es gelingt mir nicht, sie aus all den Teilen, die ich zur Verfügung habe, zusammenzusetzen. Ich habe es versucht, aber es bringt sie nicht wieder zurück. Es scheint, als sei sie für immer fort. Und jetzt will sie mir nicht einmal einen flüchtigen Schimmer ihres früheren Glanzes gönnen, es sei denn, ich spreche von Paul Holle. Aber das werde ich nicht tun. Nicht an Emilys zehntem Geburtstag. Ich habe immerhin noch etwas Ehre übrig.

Ich betone immer wieder, es ist nicht das erste Mal, dass sie plötzlich verschwunden ist und lauter Unordnung hinterlassen hat; nicht das erste Mal, dass sie eine Dummheit begangen hat, über die man hinwegsehen musste, die es zu übertünchen galt, um sie in etwas Schönes umzuwandeln. Und ich tat dies für sie. Ich räumte das Haus auf, ich ersann die vollendete Lüge und lockte sie zurück. Warum gelingt mir das jetzt nicht mehr?

Dies ist ihr Haus, dies ist ihr Mann, dies sind ihre Kinder: Eingehend betrachte ich das Familienporträt, das etwa einen Monat nach Peties Geburt aufgenommen wurde. Auf dem Bild sind sie im Wohnzimmer; Julia sieht für das, was sie durchgemacht hat, erstaunlich gut aus. Immer noch eine junge Frau. Wie kann sie sich so sicher sein, dass ich weiterhin den Haushalt für sie übernehmen werde? Es ist schon Monate, über ein Jahr her oder länger, dass sie mich verlassen hat, und ich kann es immer noch nicht akzeptieren, ich kann immer noch nicht glauben, dass Julia diesmal für immer fort ist. Dass sie es für immer vermasselt hat.

Wieder allein, zurück im Schuppen, das Tagespensum ist erledigt. Die Kinder sind eingeschlafen, das Licht in Peters Arbeitszimmer brennt noch. Allein mit einer Flasche Gin und den Spielkarten, oder was davon übrig geblieben ist; sie hat die besten zerrissen und den Rest herumgeschmissen. Ich werde nachgeben, früher oder später gebe ich immer nach. Ich werde die Erinnerung an Julia mit Paul Holle wachrufen, werde versuchen, sie noch einmal mit dem Namen ihres Geliebten wiederzubeleben, sie zurückzulocken. Auch um mich von anderen Fragen abzulenken; vielleicht gibt es außer der unsrigen noch eine andere Hölle.

Wir werden auf und ab gehen, oder zwischen dem Haus und dem Schuppen hin und her, wie wir es taten, als sie mit dem kleinen Petie schwanger war. Ich werde ihr in den Garten oder bis auf die Straße hinaus folgen, so weit sie gehen mag, wie in den neun Monaten, da sie so rastlos auf ihre Niederkunft wartete, wobei das Kind so langsam heranwuchs und so lange brauchte, um ihren Mutterleib zu füllen, ihren Bauch vorzuschieben. Es war aber nicht seinetwegen, dass sie so ruhelos auf und ab schritt, nicht damit seine kleinen Zehlein sich ordentlich entfalteten, es war nicht der erste Tritt seiner Ferse, den sie so ungeduldig herbeisehnte, oder auch nur, um von ihrer Last befreit zu werden, sondern ihres Geliebten wegen. Ja, sie sehnte sich nach ihm und wartete, dass ihr Geliebter erscheinen würde, der ihr vielleicht seinen Samen eingepflanzt hatte, vielleicht auch nicht.

Ich bemühte mich damals, sie zu trösten. Und auch nachdem Petie geboren war, redete ich die ganze Nacht mit ihr. Ich sagte ihr, ja, nenn das Kind Peter, das wird helfen. Sollen wir alles noch einmal durchgehen, so wie wir das immer in dem alten Schaukelstuhl taten? Ich entsinne mich, dass sie weinte; sie sei gebrochen, sie würde nie mehr sein wie früher, stöhnte sie. Sie war zu schwach zum Gehen, sie konnte kaum aufstehen, das Sitzen war eine Qual für sie. Es war nach jeder Entbindung dasselbe, nach Emilys Geburt, nach der Geburt von Laura und Jenny. Sie erholte sich immer und war wieder die Alte. Dann erinnerte ich sie an Paul Holle, seine Augen, seine Hände, seine Worte, jede seiner Bewegungen, um sie aufzumuntern; sie war so niedergeschlagen, dass ich fürchtete, was sie als Nächstes tun könnte. Ihr guter Freund, ihr guter alter Freund, auf jeden Fall ihr einziger Freund erzählte ihr die Geschichte, die sie so gern hören wollte. Zu ihren Füßen, in seiner alten Rolle als Hofnarr ihrer Majestät oder als wandernder Minnesänger, der für Kost und Logis singt. Oh, ich fühlte mich erbärmlich, missbraucht, verkauft, fehlbesetzt oder schlimmer noch, die alte Hure oder der alte Louis; ich konnte nicht mehr sagen, wer oder was, Julia hatte mich so gründlich verwirrt.

## 9.

Habe ich zu viel daraus gemacht, Julias einzige große Leidenschaft, wo sie doch nur eine weitere banale Geschichte ist? Ein Student aus der Hauptstadt mit löcherigen Socken. Allein durch die Forderung in seinen Augen eroberte er sie. Liebte er Julia, so wie sie war, oder liebte er in ihr eine Traumgestalt seiner eigenen Fantasie? Der Traum eines jungen Mannes, einem anderen die Frau zu rauben, die verbotene Frucht zu kosten und die hohe Dame zu Fall zu bringen? Ein junger Mann, der im alten Melodrama die Rolle des Geliebten spielt; er liebte sie, die aus dem Haus eines anderen zu ihm kam, in spitzenbesetzter Unterwäsche und mit Ringen, mit Händen, die das Haar kleiner Mädchen glätteten, Julia Brody, die behütete Ehefrau eines anderen Mannes. Und wer war sie? Eine Frau über dreißig, die darauf wartete, erlöst zu werden, bereit, schon beim geringsten Hoffnungsschimmer der Würde von Ehe und Mutterschaft zu entsagen. Wie sind wir nur in diese Falle getappt? Julia hatte begonnen, davonzutreiben, zu verblassen, zu verschwimmen. Habe ich sie in Holles Arme getrieben, habe ich Holle für sie erschaffen, um ihr wieder auf die Beine zu helfen, um sie für mich zu retten? Aber anfangs schien es doch ganz anständig und keusch. Wie konnte diese oberflächliche, charmante, unschuldige Bekanntschaft nur zu dem werden, was dann aus ihr geworden ist?

10.

Es begann in den öffentlichen Parkanlagen. Ein Tag wie jeder andere. Die Kinder spielen. Emily fährt ihren Roller den Weg hinauf und hinab, Laura buddelt im Sandkasten, die kleine Jenny watschelt hin und her und wirft ihrer Mutter Grasbüschel in den Schoß, nur um sich diese dann mit kleinen Triumphschreien zurückzuschnappen. Sie ist auf die Bank gekraxelt, ihr rotes Gesichtchen ganz nahe, sie zieht eine Grimasse: pausbäckiges Gesicht, verschlagene Äuglein, die hinter Fettröllchen hervorblitzen, breiter, sabbernder Mund: ein Klopps-Gesicht? Nein, das bin nur ich, der Scheusale in Kindergesichtern sieht. Julia sitzt da und blick sanft ins Nichts, den Mund zu einem feinen Lächeln gebogen; gleich nach dem Frühstück legt sie dieses Lächeln an und trägt es bis zum Schlafengehen zur Schau. Das ist einfacher, als es während des Tages tausendmal aufs Neue heraufzubeschwören. Sie sitzt da und blickt sanft vor sich hin; dann und wann hebt sie den Blick über die Bäume hinweg und versucht vielleicht, die Zeiger auf der Kirchturmuhr zu erkennen. Wie viele Stunden noch bis zum Mittag? Bis zum Abendessen? Bis zum Drink am Abend? Ihr Blick gleitet ab, zerstreut sich im Laub. Es ist zu anstrengend, die Zeit ablesen zu wollen. Es ist immer noch Morgen. Auch dieser Tag wird vergehen wie jeder andere, tröstete ich sie.

So verging allmählich auch dieser Morgen, bis ich eine Veränderung in Julias Verhalten bemerkte. Sie erhob sich mit einer plötzlichen Leichtigkeit, winkte Emily fröhlich zu, als sie an ihr vorübergefahren kam, ging dann zum Sandkasten hinüber und hockte sich neben Laura hin, um ihre Matschtorten zu begutachten. Als sie zur Bank zurückkehrte, hob sie die kleine Jenny so liebevoll auf ihren Schoß, wie ich es noch nie gesehen hatte. Irgendjemand beobachtete sie. Es war mir zu peinlich, nach den Augen Ausschau zu halten, für die Julia ihren kleinen Auftritt von Mütterlichkeit veranstaltete, der zusehends auffälliger und übertriebener wurde. Sie ermunterte das Kind, ihre Haare zu zerzausen, ihre Bluse aufzuknöpfen. Zum Glück ging der Striptease nicht weiter, denn Laura machte sich in die Hose und Julia musste, wie eine gute Mutti, fröhlich ihren Krempel einpacken und sich auf den Heimweg machen. Die Haltung von Würde, die sie wieder annahm, konnte eine neue Beschwingtheit kaum verbergen. Als wir den Park verließen, warf ich einen verstohlenen Seitenblick auf die benachbarten Bänke und verließ die Anlage mit dem Bild eines ausdruckslosen jungen Mannes in einem dunklen Anzug mit Sonnenbrille. Dieser blitzartige Eindruck rief mir Julias Jugendschwarm ins Gedächtnis, den Sohn des Gärtners: dasselbe südländisch geschnittene, sinnliche, leere Gesicht. Schäm dich, Julia, sagte ich, in deinem Alter solltest du dich für Männer mit Charakter interessieren.

Trotz Julias verträumten Gebarens während des Mittagessens dachte ich, dass es damit beendet sei. Aber ich irrte mich. Am nächsten Tag kreuzten sich ihre Wege erneut, und den Rest der Woche war der junge Mann allgegenwärtig. Wo auch immer Julias Besorgungen sie hinführten, in egal welches Geschäft der Stadt, in die öffentlichen Gärten, zum Friseur, zu einer Abendeinladung, er war da, er stand an einer Straßenecke, saß am Tisch eines Straßencafés, schaute sie durch das Fenster eines Buchladens an, kam ihr auf einem Pfad in den öffentlichen Gärten entgegen oder folgte ihr einfach die Straße hinunter. Es war unheimlich. Julia, das sollte ich noch erwähnen, die seit dem Vorfall im Park seltsam aufgeregt war, flanierte jetzt lässiger als sonst durch die Stadt und ließ ihre kleinen Juwelen in Tante Eulalias Obhut. Natürlich hatte sie den angemessenen Instinkt, den Blick zu senken oder an ihm vorbeizuschauen, ohne jedoch ihre neue Ausgelassenheit aufzugeben. Der Eindruck, den Paul Holle auch nach einem Dutzend verstohlener Streifblicke auf mich machte, war unverändert: Sein Gesicht hatte nichts Auffälliges an sich, es war ein bisschen zu ausdruckslos oder vielleicht einfach nur gewöhnlich. Seiner Jugend nach zu urteilen ein Student, sein Aufzug zwar durchaus anständig, aber doch etwas kärglich, und dann war da natürlich der Umstand, dass er alle Stunden des Arbeitstages damit verbringen konnte, Julia nachzustellen.

Ich musste darauf gefasst sein, dass er sich ihr jeden Moment nähern könnte. War er unsere Mühe wert? Sollte sie so weit gehen, sich auf ein Glas Wein einzulassen? In der Regel verbot ich ihr, mit Fremden zu sprechen.

Ich erinnere mich an den Nachmittag, als er den Buchladen betrat, in dem wir bis zu Julias Friseurtermin herumstöberten. Ich sah ihm zu, wie er an dem Ladentisch, an dem wir standen, vorbei auf ein Bücherregal zusteuerte und einen Band herauszog – ein Buch über die Baudenkmäler unserer Region, wie ich zur Kenntnis nahm. Er schlug es auf, entweder sehr auf die aufgeschlagene Seite konzentriert oder nur seine Gelegenheit abwartend, das konnte ich nicht feststellen, denn die dunklen Gläser verdeckten seine Augen. Oh, wie oft habe ich seither das Schicksal verflucht, dass er sich ihr damals nicht genähert hat! Die Antwort war klar, Nein, sie war beschäftigt; sie war an diesem Abend zu einer Soirée geladen, sie musste noch zum Friseur und war schon spät dran, sie hatte keine Zeit, nicht einmal für einen Drink. Hätte er nur in diesem Moment einen Schritt getan, wäre es auf der Stelle zu Ende gewesen. Ich entsinne mich, Julia daran erinnert zu haben, dass es an der Zeit war zu gehen. Ihr Blick war vom Ladentisch zu Paul Holles Händen geschweift und verweilte dort. Er schlug das Buch abrupt zu und schaute auf. Julia kaufte in aller Eile einen Gedichtband des jungen Dichters, an dessen Soirée sie an diesem Abend teilnahm, und verließ den Laden.

Ich bin mir nicht sicher, ob sich unsere Wege noch einmal kreuzten, als wir das Haus des Bürgermeisters wieder verließen. Eine Sekunde lang glaubte ich, ihn aus einem Pissoir auftauchen zu sehen, als wir eben in die Arkaden einbogen; aber ich vermute, es war eine Halluzination. Zu diesem Zeitpunkt war ich durch seine plötzlichen Auftritte schon so genervt, dass ich jeden jungen Mann in einem dunklen Anzug mit Sonnenbrille für ihn hielt. Die Soirée hatte mich außerdem in eine üble Stimmung versetzt. Der junge Gadamer dampfte vor Verehrung für Julia; warum musste sie seine tiefen Blicke ertragen, seine schwitzigen, zittrigen Hände, die ihr in den Mantel halfen; noch so ein verwelkter Jugendlicher und ein schlechter Dichter obendrein. Was für eine Erleichterung, dachte ich, als wir draußen in der Abendbrise standen.

Ich gestehe, dass ich in jener Nacht bis über beide Ohren in meine Dame verliebt war. Waren es ihre Stöckelschuhe?

Ihr raffinierter Hut? Ihr sattes, schweres Parfüm? Ach, es war alles, ihre Strümpfe, ihre Strumpfbänder, ihr Höschen, ihr Büstenhalter, ihr Unterrock, ihr Abendkleid, ihr Umhang und die sieben Kämme und neunundvierzig Haarnadeln, die ihr Haar hochhielten – das Meisterwerk des besten Coiffeurs der Stadt. Hatte sie alles? Ihre Handtasche, ihren Schal, ihren Hut, ihren Umhang, beide Ohrringe – Julia war so zerstreut, dass sie zuweilen ein Restaurant mit der Serviette statt mit ihren Handschuhen verließ. Diesmal war es Gadamers neuestes lyrisches Gedicht und ein Handschuh. Und sein Gefährte? Verloren, natürlich. Vergessen, fallen gelassen, wer weiß. Bei den Gesamtauslagen eines Ausflugs schlug ich immer ein paar Handschuhe auf die Friseurkosten auf. Gott sei Dank war Peter ein wohlhabender Mann.

Normalerweise setze ich Julia in ein Taxi, wie es ihrem Stand entspricht. Aber in dieser Nacht beschlossen wir, mit der Tram heimzufahren. Das Trambahnfahren ist eines meiner ältesten Vergnügen. Vor Jahren, im Haus der Klopps, war ich mit Julia zwischen den beiden Endstationen hin- und hergefahren, nur um zu hören, wie die Räder klapperten und die sich kreuzenden Drähte zischten und blauweiße Blitze aufflackerten. Wir mussten uns schicken, um die letzte Tram zu erwischen; unter den Wartenden auf dem Bahnsteig entdeckte ich den jungen Mann mit der Sonnenbrille. Unser junger Mann, jawohl. Er wies den Schaffner an, auf uns zu warten, und wir stiegen ein.

Der junge Mann setzte sich uns gegenüber, er hielt Julias Handschuh in der Hand. Sein Blick war uns verborgen, aber seine Lippen kräuselten sich zu einem schwachen Lächeln; ein spöttisches Lächeln oder vielleicht einfach nur schelmisch, er ließ den Handschuh auf seinem Oberschenkel liegen. Wir näherten uns unserer Haltestelle. Was sollten wir jetzt machen? Aufstehen und ihm den Handschuh entreißen? Julia rührte sich nicht. Immer, wenn sie nicht weiter wusste, gab sie sich den Anschein von transzendenter Gelassenheit. Der junge Mann begann mit ihrem Handschuh zu spielen: Ich versuchte immer noch, die Art seines Lächelns auszumachen, war es freundlich? Finster? Spöttisch? Sein Lächeln war undurchschaubar. Oder war es einfach die Form seines Mundes: lange, volle Lippen, die an den Ecken leicht nach unten hingen? Wir fuhren an unserer Haltestelle vorbei.

Mit seinem undurchschaubaren Lächeln spielte Paul Holle mit Julias Handschuh. Er spielte sachte damit, wendete ihn in einer Hand, spreizte die Finger auseinander, hob ihn mal am Handrücken, mal am Rand oder an der Daumenspitze hoch, um zu sehen, wie er fallen würde. Nachdem der letzte Fahrgast am Feuerwehrdepot ausgestiegen war, wurden seine Improvisationen kühner; er schlupfte mit der Hand zur Hälfte in den Handschuh hinein und ließ ihn zappeln; ein seltsames, ruheloses Geschöpf, das ständig seine Form veränderte, sich zum Kokon zusammenrollte, wieder ausbreitete wie ein Seestern; ihm sprossen Hörner, es versuchte, ein Krebs zu sein, wandelte sich in einen Vogel, der seine Flügel erprobte; dann gab es auf und wurde wieder zum Handschuh.

Julia lachte wie in den Tagen mit Ulrich Schultz. Selbst ich musste zugeben, dass es charmant war. Er hatte also etwas von einem Clown.

Als sie an der Endstation ausstiegen, stellte er sich vor: ein Student, wie ich mir gedacht hatte, der gerade in der Hauptstadt seine Abschlussarbeit in Architektur beendete. Ein Projekt, das sich mit den Grundrissen mittelalterlicher Städte befasste, hatte ihn für ein paar Wochen in unsere Stadt verschlagen – er hielt sich bedeckt, was die Dauer seines Aufenthalts hier anging. Er war dreiundzwanzig Jahre alt.

Es war ein langer Weg von der Endstation bis zum Brody-Haus. Paul Holle begleitete sie nach Hause, was zu dieser späten Stunde ganz natürlich, ja geradezu obligat war.

Er sprach über die Länge der breiten, von Bäumen gesäumten Allee, über seine Reisen und seine vielfältigen Interessen, über das hohe Alter des Kopfsteinpflasters, über das sie gingen, über die Geschichte der Herrenhäuser, an denen sie vorbeikamen, über die erste Besiedlung der Stadt, während sie lauschte, und über ihren Köpfen breitete sich der fahle Nachthimmel, und die vielverzweigten blättrigen Baumkronen der Ulmen nickten dazu wie schläfrige Greise.

Oh, sie waren ein schönes Paar, wie sie an diesem ersten Sommerabend nebeneinander dahingingen. Ich billigte seine Konversation und ihr Schweigen. Beide so souverän und gefasst. Doch ich entsinne mich, wie ich irgendwo in der Mitte des Weges plötzlich zusammenzuckte, als Paul Holle nämlich anhub, von den täglichen Ausgängen und Gepflogenheiten einer gewissen Julia Brody zu berichten. Geistreich, ganz gewiss, aber war er nicht auch unverschämt, und war ihr Schweigen jetzt nicht gefährlich? Oder war ein wenig Neckerei zu erwarten, wenn ein junger Mann eine verheiratete Frau umwarb? Ich wusste es damals nicht. Und er schmeichelte Julia, ihre schönen Kinder, die Bluse, die sie am Samstagnachmittag trug. Julia lächelte anmutig, was gab es schon zu sagen? Doch plötzlich brach sie ihr Schweigen, um zu fragen, warum er ihr gefolgt sei. Sie hatten das Brody-Haus erreicht und standen am Tor, beide schwiegen und wussten vielleicht nicht weiter.

»Sie interessieren mich«, sagte er einfach und schlug vor, dass sie am nächsten Tag nach dem Mittagessen aufs Land hinausfahren könnten. Dort gab es eine Abtei, die er zeichnen wollte. Vielleicht machte ihr die Landpartie Spaß, und sie könnten danach in einem Wirtshaus einkehren. Und Julia sagte Ja. Natürlich sagte Julia Ja.

Eine Landpartie, natürlich, warum nicht? Leicht und gefällig soll es bleiben, riet ich ihr, und unterwies sie sorgfältig in den feineren Aspekten des guten Benehmens. Ich spürte in Julia den Hang, »einfach« zu sein, wie sie das nannte; ich sagte ihr geradeheraus, du bist vielleicht einfach, aber die Welt ist es nicht. Herr Holle möchte vielleicht nur ein Spiel mit dir spielen, drum spiel eine gute Hand. Auf jeden Fall würde ich ja im Souffleurkasten sitzen.

Wie ein Wachhund begleitete ich Julia auf ihrem ersten Ausflug mit Paul Holle. Aber sein Benehmen zerstreute jeden Argwohn. Nach zwei Wochen solcher Besichtigungen dachte ich, endlich eine wahre platonische Freundschaft zwischen einem Mann und einer Frau! Nie zuvor hatte ich dies für möglich gehalten.

Es gefiel mir, dass er an Julias Geschmack Interesse zeigte und sie über ihre Vorlieben in Kunstgattungen und -stilen befragte. Seine Geduld mit ihren zuweilen seltsamen Antworten war nachgerade anrührend; zumindest reagierte er darauf nicht mit leerem Blick oder formulierte ihre Worte um, wie andere das so oft taten. Er lächelte nur und fragte weiter.

Mehrmals die Woche begleitete Julia Paul Holle, während er Material für sein Projekt sammelte. Es tat gut, aus dem Haus raus zu kommen, und es war für uns eine sehr willkommene Abwechslung, übers Land zu fahren, Kunstgalerien und Museen zu besuchen und unbekannte Winkel unserer uralten Stadt aufzuspüren – ich ließ dabei vieles durchgehen, was mir an unserem Chauffeur missfiel. Ich übersah nachsichtig seine Launen und sein Gehabe, seine Allüren von charmanter Distanziertheit, die nach einer Weile zu nerven begannen. Er ist jung, sagte ich mir immer, und da Julia zumeist schwieg und ihren Ausdruck transzendenter Gelassenheit aufhatte, da sie ihre Parfüms verströmte und ihre Röcke und Schals zur Schau stellte, und da sie selber auch etwas launisch war, fand ich, dass Paul Holle das eigentlich alles ganz gut machte.

Es ist bitter, sich daran erinnern zu müssen, dass, während wir unser Verderben umwarben, in mir neue Hoffnung für Julia keimte. Ihre Zukunft, der ich mit der Ehe ein Siegel aufgesetzt hatte, begann sich zu öffnen. Ihre bisherige Lebensführung war zu eingeschränkt; ich meinte, sie sollte sich aktiver am kulturellen Leben der Stadt beteiligen. Es reichte natürlich nicht aus, die Muse zu spielen. Vielleicht könnte sie wieder mit dem Weben und dem Modellieren von Ton beginnen; ich träumte davon, eine Galerie zu eröffnen; warum sollte das ganze Vermögen der Brodys auf der Bank vergammeln? Auch steigerten, wie ich hinzufügen muss, Paul Holles Anspielungen auf Julias verborgene Begabungen sein Ansehen in meinen Augen. Im Laufe dieser Zusammenkünfte bemerkte ich allmählich einen Stimmungswandel bei Julia. Warum war sie so blass und schweigsam, während wir in der frischen Landluft herumfuhren? Ich stellte fest, dass sie lustloser wurde und immer abwesender war, als es für unsere Situation notwendig oder klug war. War sie erschöpft?, fragte ich mich. Hatte sie sich vielleicht doch noch nicht ganz von Jennys Geburt erholt, vielleicht waren diese Ausflüge eine zu große Belastung? Oder lag es an Paul Holles Gesellschaft? Speziell an seiner Unterhaltung? Denn sie schien ihm kaum noch zuzuhören. Während er ihr den ursprünglichen Grundriss einer Kirche auseinandersetzte, erwischte ich sie dabei, wie sie seine Hand anstarrte, als wäre diese ein seltsames, hinreißendes Tier. Schlimmer noch als Langeweile verriet ihr Verhalten manchmal auch Gereiztheit. Ich entsinne mich eines Vorfalls in einem kleinen Landgasthof. Sie beendeten gerade das Mittagessen; Holle beschrieb ein altes Schloss, das ihn auf seinen Studienreisen besonders beeindruckt hatte, als Julia plötzlich dazwischenfuhr:

»Also«, sagte sie, »haben Sie schon Pläne gemacht für das nächste Mal? Sind es Drucke? Römische Ruinen? Ein weiterer Besuch in den Katakomben?«

Sie äußerte sich so unverblümt, nicht etwa mit feinem Sarkasmus, sondern eher wie ein schmollendes Kind, dass ich schockiert war.

Ich erinnere mich an einen Moment schwindelerregenden Schweigens, bis Paul Holle antwortete: »Wenn Sie sich langweilen, sagen Sie es einfach. Es braucht kein nächstes Mal zu geben.« Und sein düsteres Gesicht verschwand hinter der großformatigen Speisekarte: »Sind Sie sicher, dass Sie kein Dessert möchten?«

»Noch etwas Wein«, sagte sie verärgert.

Fühlte sich Julia verhöhnt? Unsinn, dachte ich. Sie empfing doch genug Komplimente. Holle zeigte sich überaus aufmerksam und interessiert. Außerdem waren da seine kryptischen Bemerkungen, durch die er sie seiner Wertschätzung versicherte. Ich glaubte, sie hatte nun das Alter erreicht, in dem sie eine platonische Beziehung genießen konnte.

Was die Erfüllung dieser Werbung anging, so sah ich darin kein Problem. Irgendwann im Herbst würde Holle in die Hauptstadt zurückkehren. Julia war eine verheiratete Frau, und so gab es gewisse Grenzen. Aber die Gespräche während dieser Ausflüge nahmen langsam eine beunruhigende Tendenz an oder besser gesagt einen verstörenden Unterton, denn Paul Holle hatte die Angewohnheit, in seinen laufenden Kommentar zur Archäologie unserer Region persönliche Bemerkungen hineinzuschmuggeln, oft provokativ, manchmal nachgerade schockierend. Dieser parenthetische Kunstgriff, wenn er einen auch stutzig machte, neutralisierte die unmittelbare Wirkung seiner Bemerkungen. Aber wenn ich nachts allein war, kamen sie mir wieder in den Sinn und erweckten den finstersten Verdacht über den Charakter und die Motive des Herrn Holle, der am folgenden Tag durch sein angenehmes und gemäßigtes Auftreten wieder zerstreut wurde.

Was mich weit mehr beunruhigte als die sprunghaften Aussagen über seine Gefühle waren seine Äußerungen über ihre Ehe. Er erkundigte sich sehr eingehend nach ihrem Leben mit Peter Brody und ihren drei Kindern. Und obwohl sie ihren Ehezustand in den glühendsten Farben beschrieb, von ihrem Respekt und ihrer Zuneigung zu ihrem Mann sprach, von ihrer absoluten Treue zu ihm und ihrer Hingabe an ihre Kinder, war Paul Holles Kommentar gleichbleibend: »Ich glaube nicht, dass Sie wirklich verheiratet sind.« Und bevor ich nach Luft schnappen konnte, wandte er sich wieder seinem Architekturjargon zu. Die Frechheit eines jungen Freiers, dachte ich, verdient keine Antwort.

Warum nur beschäftigte ihn ihr Ehemann so sehr? Ihre Ehe? Ihre Zukunft? Was ging es ihn an? Für wen hielt er sich eigentlich? Für ihren Vertrauten? Für ihr Gewissen? Ihren Richter? Und was Julia angeht, sprach sie vielleicht zu ernsthaft? Verhielt sie sich ausweichend? Nicht ausweichend genug? Warum machte sie sich überhaupt die Mühe, ihm zu antworten!

Zum Glück erwartete uns das Brody-Haus bei unserer Rückkehr von diesen luftigen Ausflügen. Dort stand es, solide und gediegen, drei Stockwerke hoch aus fest gebautem, Efeu umranktem Stein, mit einem gepflegten Rasen und drei kleinen Mädchen, die Julia entgegenliefen, um ihr um den Hals zu fallen. Wir hatten den Punkt erreicht, an dem nichts mehr für die Fortsetzung dieser Treffen mit Paul Holle sprach. Zum Glück bot sich ein natürlicher Weg an, die Beziehung zu beenden. Peter reiste für vierzehn Tage oder länger in die Hauptstadt und schlug Julia vor, ihn zu begleiten – ein kleiner Urlaub von ihren häuslichen Pflichten würde ihr sicher guttun. Es würde Julia guttun, mit ihrem Mann zusammen zu sein, dachte ich, und eine weitere Woche mit Herrn Holle würden wir auch noch überstehen. Aber nach meinem nächsten Ausflug mit diesem trübsinnigen und zänkischen Paar sah ich das anders. Wenn seine Gesellschaft sie in so schlechte Stimmung versetzte, braucht sie ihn doch überhaupt nicht wiederzusehen. Ich meinerseits konnte gut auf Herrn Holle verzichten.

Ich riet ihr, die Besichtigung der alten Stadtmauern am nächsten Tag abzusagen. Ganz einfach abzublasen. Aber Julia ging trotzdem hin. Aus purer Apathie, dachte ich. Das alte Problem, dachte ich: kein eigener Wille. So fügsam und geduldig, meine Julia. Es war ein Fehler, sie nicht ins Kloster zu stecken. In Gottes Willen hätte sie ihren Frieden gefunden. Hätte ich nur an Gott glauben können! So seufzte ich über Julia zwei Tage vor unserer geplanten Abreise in die Hauptstadt. Es stimmt schon, Holle hatte kein Telefon; es war ungewiss, ob eine Nachricht ihn rechtzeitig erreicht hätte; und einen jungen Mann im Park warten zu lassen, nein, Julia war eine weichherzige Frau, das konnte sie ihm nicht antun. Sie musste ihn treffen.

Sie konnte Herrn Holle doch nicht verstimmen, während er bei der Arbeit war, seine Diagramme zeichnete, seine scharfen Urteile fällte, so rücksichtsvoll, meine Julia – nun, ich konnte ihr das nicht zur Last legen, nachdem sie zehn Jahre lang mit einem Mann wie Peter zusammengelebt hatte. Aber nachher, wenn sie irgendwo saßen und etwas tranken, warum sagte sie es ihm dann nicht, dass sie ihn nicht mehr würde treffen können, sie habe keine Zeit, sie müsse packen, denn sie verreise mit ihrem Mann, für einen Monat, vielleicht länger, warum konnte sie ihm dann nicht klarmachen, dass es zu Ende war? Warum saß sie schweigend da, während sie ihren Wein tranken, warum ließ sie die Zeit verstreichen, ließ ihn weiterreden, wartete, bis ihre Gläser ausgetrunken waren, bis Paul Holle ihr die Pläne für den nächsten Tag mitteilte? Warum sagte sie ihm dann nicht, dass sie ihn nicht treffen könne, dass es unmöglich sei, warum sagte sie nur ja, ja, sie werde ihn nach dem Mittagessen im Park treffen?

Als wir an dem Nachmittag nach Hause kamen, ahnte ich undeutlich, dass es ein großes Problem gab. Julia war dabei, krank zu werden, ich konnte den Anfall spüren. Aber was war es? Hatte sie irgendetwas Falsches gegessen? War es eine Entzündung einer ihrer Tuben? Der Himmel steh uns bei! Die komplexen Windungen von Julias Fortpflanzungsorganen brachten mich zur Verzweiflung. War sie wieder schwanger? Gott bewahre!

Gegen Abend begann ich, die Natur ihres Leidens zu erkennen.

Um Mitternacht machte ich ohne Zweifel die Symptome des Übels aus, über das ich während Julias Jungmädchenzeit so viel gelesen hatte. Nicht, dass mich dieses Thema besonders interessiert hätte; das tat es nicht. Aber es war unvermeidlich, weil es in der Welt der Literatur allgegenwärtig ist. Man mag es als Leidenschaft bezeichnen oder Vernarrtheit oder meinetwegen auch Liebe, die Symptome sind jedem bekannt. Ich habe nie ernstlich daran geglaubt, als Julia ein junges Mädchen war. Vielleicht dachte ich, die Leidenschaft gehöre einem vergangenen Zeitalter an, wie etwa die Beulenpest. Auf jeden Fall hielt ich Julia für immun dagegen. Die Leidenschaft, wie die Dichter sie beschrieben, schien etwas so Künstliches zu sein, dass ich den Verdacht hegte, sie hätten sie frei erfunden. Und Julia war im Grunde einfach gestrickt. Das Problem mit Julia war, sie an einen Mann zu binden, an ein und denselben Mann, heute wie morgen. Als Mädchen gefiel es ihr einfach, sich vor einem Mann nackt auszuziehen, vor jedem beliebigen Mann. Sie fand immer etwas, das ihr an ihm zusagte, ein Körperteil an einem Mann konnte sie in wilde Begeisterung versetzen, sie konnte dabei ziemlich albern sein, aber ich habe nie erlebt, dass sie einen Mann begehrte, dass sie ihn gänzlich besitzen wollte. Aber jetzt war sie krank vor Liebe zu Paul Holle.

Julia war von der Liebeskrankheit befallen. Mir blieb keine Wahl. Ich versuchte, ihr ein guter Krankenpfleger zu sein: Ab ins Bett mit dir, riet ich ihr. Das Fieber muss seinen Lauf nehmen, geh ins Bett mit ihm. Du wirst dich darin suhlen und davon geheilt werden.

Habe ich die beiden miteinander ins Bett manövriert? Nein, meine Dienste hatten ihre Grenzen. Ich sagte ihr ganz klar, dass ich dafür nicht zuständig sei; ich habe dich unter die Haube gebracht, aber das wirst du jetzt irgendwie selbst regeln müssen. Trotzdem war ich darauf bedacht, dass es würdevoll geschah. Es ginge nicht an, dass Julia sich ihm in die Arme warf. Und da ich ihre Verwirrung erkannte, gab ich ihr einen Rat. Wenn dein Typ, dieser Holzklotz, sich nicht rühren will, murmelte ich, musst du die erste Karte ablegen. Nein, zeig ihm nicht deine ganze Hand, sonst verlierst du das Spiel, bevor du es begonnen hast. Nur eine Karte, Julia. Welche? Warum fragst du mich das?, schrie ich, woher soll ich das wissen? Aber ich wusste, dass ich sie da hindurchlotsen musste. Ich schlug eine starke Eröffnung vor.

Nein, wenn ich es mir recht überlege, war ich gar nicht so nett. Als grantiger alter Krankenpfleger, der ein mühsames Grinsen aufgesetzt hatte, begleitete ich sie am nächsten Tag. Vielleicht hoffte ich immer noch, ich könnte es ihr vermasseln, zu ihrem Besten, schließlich. Wie auch immer, Julia machte es auf ihre eigene Art.

Das Wetter spielte mit. Ein trüber Tag, der Himmel tiefhängend und bewölkt. Julia schien ganz ruhig oder vielleicht nur von der vergangenen Nacht erschöpft. Auf halbem Weg zum Baptisterium des Heiligen Johannes des Evangelisten begann es zu regnen. Die Scheibenwischer klapperten hin und her. Sie saßen nebeneinander in dem kleinen, feuchten Auto, schweigend und verdrießlich, bis Julia – aus welchem Impuls heraus werde ich nie erfahren – ihm erzählte, dass sie mit ihrem Mann nach der Hauptstadt verreisen werde. Vielleicht könnte er ein paar interessante Sehenswürdigkeiten vorschlagen?

Ich war verblüfft. Sie war also zur Vernunft gekommen und hatte nun doch nicht vor, die Sache durchzuziehen.

Paul Holle begann, ihr sein umfangreiches Wissen über die archäologischen Schätze der Hauptstadt zur Verfügung zu stellen; er hatte eine große Menge von Vorschlägen, aber wozu brauchte sie denn seinen Rat, verließ sie sich denn nicht darauf, dass ihr Mann sie gebührlich herumführen würde? Seine Stimme knisterte, dann zischte sie vor unterdrückter Wut.

»Warum sind Sie so böse?«, unterbrach Julia ihn.

Als Antwort trat er auf das Gaspedal, und der Wagen schoss mit einem plötzlichen Ruck vorwärts. Das war zu viel, dachte ich. Julia war verrückt und unser Fahrer drehte durch. Bitte, bitte! wollte ich quietschen, sag ihm, er soll langsamer fahren! Aber Julia lehnte sich nur zurück und lächelte.

Ich weiß noch, dass sie in munterem Ton sagte: »Ich kann überhaupt nichts sehen. Sie etwa?«

Wir rasten in die Böe hinein. Ich hörte auf, den Tachometer zu beobachten. So also wird es enden, dachte ich, Julia Brody, kopfüber gegen einen Baum gekracht, in den Straßengraben geworfen, unterwegs mit einem jungen Mann. Ich war gerade dabei, die Schlagzeilen für die Zeitung zu entwerfen, als ich Paul Holles barsche Stimme vernahm.

»Fahre ich Ihnen zu schnell?«

»Nein, es ist angenehm«, sagte Julia.

Also rasten sie weiter.

»Warum starren Sie mich so an?«, fragte er nach einer Weile.

»Ich schaue nur so«, sagte sie, und ihr Blick blieb auf seinem Unterkiefer haften.

»Sind Sie in mich verliebt?«, fragte er.

Ich erschrak über seine Überheblichkeit, aber auf Julia wirkte es anders. Sie legte ihre Handfläche auf sein Handgelenk und wickelte behutsam ihre Finger darum.

Holle brachte den Wagen zum Stehen. Er drehte sich langsam zu ihr um, nahm ihr Gesicht in seine Hände und schaute es intensiv an, bis sich ihre Lippen auf seinen stillen, verschlossenen Mund zu bewegten und sie sich küssten.

Sie fuhren schweigend zurück, langsamer jetzt, seine Hand auf ihrem Oberschenkel. Die Kirchturmuhr stand auf kurz nach vier Uhr, als sie in die Stadt hineinfuhren. Julia hatte noch zwei Stunden bis zum Abendessen. Ich dachte an die kleinen Mädchen zu Hause, als sie aus dem Auto stiegen, der Regen prasselte immer noch heftig auf sie nieder. Würden sie das alles doch durchziehen müssen?

Und muss ich jetzt wirklich noch einmal zu Paul Holles Zimmer zurückkehren, hinter Julia und ihrem Liebhaber die fünf Stockwerke erklimmen? Als sie die Treppe hinaufstiegen, sein Atem an ihrer Schläfe, schienen sie nach oben zu schweben, vorbei an den römischen Ziffern, die auf jedem Treppenabsatz angekreidet waren wie die Stunden einer fantastischen Traumuhr. Wir betraten ein kahles, muffig riechendes Zimmer, mit Herd und Spüle in einer Ecke und dem Bett links neben der Tür, und ich fragte mich, sind wir etwa wieder bei Ulrich Schultz? Die Jalousien waren an dem Nachmittag herabgelassen. Ich schaute mich nicht weiter um. Noch in ihren triefenden Mänteln umarmten sie sich, stumm stießen ihre Hände zu nacktem Fleisch vor.

Als sie auf dem Weg zum Bett über einen kleinen Haufen Kleider stieg, flehte ich sie an: Julia, weißt du auch, was du da tust?

Ich befand mich buchstäblich in einem Schockzustand, bis wir das Esszimmer betraten, wo Peter Brody bereits bei der Suppe saß. Während des gesamten Abendessens mühte ich mich ab, mein Gleichgewicht wiederzuerlangen.

Es war nicht wie mit Peter, wo ich über Mann und Frau schwebend denke, alles ist in Ordnung, Mann und Frau lieben sich nach Gottes Willen und Geheiß. Es wäre sogar noch schöner gewesen, wenn ich nicht über ihnen geschwebt hätte; aber niemand kann etwas dafür, ich schon gar nicht. Ich bin viel lieber abwesend. Das war es, was mit Peter ein bisschen peinlich war, dass ich hellwach und dabei war und mir immer irgendetwas zu tun suchen musste.

Es war auch nicht so, wie es manchmal mit den Soldaten gewesen war, bewusstlos, abwesend, so wie ich es mag. Das ist Julias Sache, finde ich. Aber so war es eben nicht. Ich war anwesend, aber es war nicht ich, oder ich träumte, hin und her geworfen, seltsame Bilder stiegen auf, alle falsch, die sich brachen wie Wellen – ach, es ist aussichtslos, die Schreckensbilder beschreiben zu wollen, die ich sah, absurde Monstren, riesige Tierpflanzen, ein ungeheuer großes flaches Blatt, das umklappte und sich selbst verschlang – nein, ich mag mich nicht daran erinnern. Plötzlich fiel mir ein, dass Paul, als sie sich zum Fortgehen schickte, ihr den Schlüssel zu seinem Zimmer gegeben hatte.

»Komm zu mir, wenn du frei hast«, hatte er gesagt. Noch eine seiner Unverschämtheiten! Oder was hat er damit gemeint? Als der Kaffee serviert wurde, waren meine Gedanken wieder klar. Das war nicht das, was ich mir für Julia vorgestellt hatte, als ich sie mit ihm ins Bett schickte. Zum

Glück fuhr sie am nächsten Tag mit Peter fort und würde ihn nie wiedersehen.

Aber Julia reiste nicht mit Peter mit. Sie sagte ihm einfach, dass sie lieber zu Hause bleiben möchte, einfach so, obwohl ihr Koffer bereits gepackt war. Sie musste gar keine Geschichte erfinden oder so tun, als sei sie krank. Sie konnte von so vollkommener Unbestimmtheit sein, dass ich, wäre ich nicht mit ihr bei Paul Holle gewesen, wie Peter gedacht hätte, sie sei so fest in ihrem Hause verankert, dass sie sich einfach nicht losreißen könne.

Peter war es recht. Peter hatte Verständnis. Er stimmte ihr zu, dass die Reise vielleicht eine zu große Belastung sein könnte. Es würde all diese offiziellen Diners geben, und den größten Teil des Tages hatte er ohnehin Konferenzen.

Ich konnte Julias Planänderung nicht so einfach hinnehmen. Wusste sie, was sie da tat? Nein, natürlich nicht. Aber mir war klar, was sie wollte. Sich in die Arme ihres Liebhabers stürzen oder ins Feuer der Hölle – sich selbst ruinieren, ihre Ehe zerstören –, das war, was sie anstrebte, ob sie es wusste oder nicht. Ich wusste, dass ich sie nicht davon abhalten konnte, zu Holle zu gehen, aber ich war fest entschlossen, ihrer Torheit Grenzen zu setzen.

Ich war bereit gewesen, Julia ihrem Liebhaber für einen Nachmittag zu überlassen, ich würde ihr auch eine Nacht zugestehen, sieben Nächte oder bis zur Rückkehr ihres Mannes, sollen sie sich doch aneinander sättigen und die Lust ihrer Leiber ablassen.

In der Nacht nach Peters Abreise schlich ich hinter Julia her, vom Kinderzimmer den Flur entlang und die Treppe hinunter. Sie war auf dem Weg zu ihrem Liebhaber, wohin auch sonst? Ich sah, wie sie nach ihrem Mantel griff, dem Mantel mit seinem Schlüssel in der Tasche. Soll sie wenigstens ihr bestes Kleid anziehen, dachte ich, majestätisch sein, gebieterisch, wenn sie sich schon erniedrigen muss. Ich sagte ihr das, aber sie nahm es nicht zur Kenntnis. Dann geh eben in deinem Nachthemd zu ihm, höhnte ich. Kriech auf allen Vieren zu ihm und küss ihm die Füße, während du mit deinem Haar den Boden wischst. Sie lächelte unbestimmt; ich glaube, das hätte ihr gefallen. Aber ich brachte sie doch dazu, sich umzuziehen, wenigstens ihr goldbesticktes Operncape überzuwerfen. War sie zu fein angezogen? Keineswegs, versicherte ich ihr. Plötzlich erschienen ihr die Ohrringe zu schwer und prunkvoll, das einfache Sommerkleid zu aufwendig, sie glaubte, sie könne mit nackten Beinen und zerzaustem Haar in einem Baumwoll-Hänger herumlaufen, nur weil sie sich in einer kurzen Affäre mit einem jungen Mann austobte. Es schmerzte mich zu sehen, wie sie sich selbst täuschte.

Königlich gewandet machten wir uns auf den Weg zu Herrn Holle. Die Uhr am Kirchturm zeigte halb zehn. Würden wir ihn antreffen?, fragte ich mich. Allein? Wie konnte Julia solche Risiken eingehen! Beim Überqueren der Brücke schoss mir ein grausiger Gedanke durch den Kopf: Welche Gewissheit hatte ich denn, dass er seinen Schlüssel nicht einem halben Dutzend anderer Frauen der Stadt gegeben hatte, dieser geheimnisvolle Herr Holle. Angenommen, sie hätten es sich alle gleichzeitig in den Kopf gesetzt, ihn an diesem Abend aufzusuchen – oder vielleicht hatte er es so eingerichtet, dass sie alle am selben Abend bei ihm erscheinen sollten, der diabolische Herr Holle. Ich stellte mir vor, wie ein halbes Dutzend alternder Schönheiten unserer Stadt, teuer gekleidet und mit bunt gefärbtem Haar, in einem dunklen Zimmer im obersten Stockwerk feierlich auf den Verführer wartete. Die Szene erschien mir so realistisch, dass ich mir einbildete, ich hätte Paul Holle erfunden. Er war eine Fiktion, einen solchen Mann hat es nie gegeben. Julia Brody schlenderte nur über die Brücke, um etwas Luft zu schnappen. Bald würde sie zurückkehren und wir würden wie immer unseren Gin trinken und Karten spielen.

Während ich mich mühsam die fünf Treppen hinaufschleppte, verblasste die Illusion der sechs alternden Julias immer mehr. Unter seiner Tür war es dunkel. Klopf trotzdem an, riet ich Julia, nur um sicherzugehen. Er war nicht daheim.

Ich war zornig und schämte mich für Julia. Konnte ich sie dazu überreden, umzukehren? Du bist nichts, sagte ich zu ihr. Ich habe dich zu Julia Brody gemacht. Du hast dich selbst zu einem Niemand gemacht. Es war meine Ohnmacht, die mich so boshaft werden ließ. Sie saß ruhig da und wartete.

Holle kam erst spät nach Haus. Er war überrascht, Julia in seinem Zimmer anzutreffen.

»Hast du dich also entschieden?«, fragte er.

Schweigend und mit einem Lächeln schmiegte sie sich in seine Arme.

Sie habe Hunger, sagte sie, und während Holle im Küchenschrank nachsah, warf sie ihren Schmuck ab, den Umhang, die Armbänder, das Kleid und alles, und wickelte sich in seine Bettdecke. Ich weiß nicht mehr, was bei diesem ersten mitternächtlichen Gelage aus Wurst, Wein und nicht mehr ganz frischem Brot gesprochen wurde, nur noch an Julias Faszination für bestimmte Gegenstände in seinem Zimmer erinnere ich mich. Diese seltsam geformten Steine auf der Fensterbank, das Stück Treibholz in der Ecke – gehörten sie ihm? Und an der Wand über seinem Schreibtisch hing das Foto einer nackten schwimmenden Frau, wer war sie? Nur ein Bild, das er aus einer Illustrierten ausgeschnitten hatte, sagte Holle; und auf die Frage, ob er vor ihr schon viele Geliebte gehabt habe, antwortete er mit einem kleinen Achselzucken, was nur bedeuten konnte, ob viele oder wenige, sie hatten ihm wenig bedeutet.

Es dämmerte beinahe, als sie sich vom Tisch erhoben. Julia streifte die Bettdecke ab, sie faltete sie sogar ordentlich zusammen und legte sie ans Fußende des Bettes. Sie schaute fragend zu Holle, der immer noch am Fenster stand, sein Gesicht dunkel im Gegenlicht des anbrechenden Tages.

»Zieh deinen Ring ab«, sagte er. »Ich will dich ganz und gar nackt.«

Zum Glück ließ sich Julia Brodys Ehering nicht abstreifen; auch das Einweichen des Fingers in Seifenwasser und viel Drehen und Wenden halfen nichts, sie bekamen ihn einfach nicht über das Gelenk. Solche Kleinigkeiten sind für mich entscheidend. Nein, ganz so einfach ist es nicht, Herr Holle, Sie sind nicht das, wofür Sie sich halten. Ich hatte das Gefühl, die Götter waren auf meiner Seite.

Paul Holle tat die Niederlage mit seiner üblichen Gelassenheit ab.

»Den kriegen wir schon noch runter, keine Sorge«, sagte er, als sie sich hinlegten. »Vielleicht geht er ja irgendwann von selbst ab«, überlegte er, »oder wir müssen dir einfach den Finger abhacken«, flüsterte er ihr ins Ohr.

Wie wenig ahnte ich in den glücklichen, stillen Stunden, da ich Julias Näharbeiten erledigte, welche Qualen mir noch bevorstanden. Jedes Mal, wenn seine Hand die ihre umklammerte, wand ich mich unter dem Ehering. Während Julia ihrem Geliebten alberne Dinge ins Ohr raunte, dachte ich an Peter, der in der fernen Hauptstadt mit Marineunternehmern verhandelte. Ich zuckte immer vor den vertrauensvollen Blicken der kleinen Mädchen zusammen, wenn sie deren seidige Wangen mit denselben Händen streichelte, die kurz zuvor die Schenkel ihres Geliebten geliebkost hatten. Den größten Teil des Tages verbrachte sie auswärts, sowie die ganze Nacht, manchmal kam sie nicht einmal nach Hause, um ihren Kindern einen Gute-Nacht-Kuss zu geben.

Warum wurde es ihr so leicht gemacht? Wir mussten uns nicht einmal Lügen ausdenken. Die Kinder und die Tanten brauchten sie nicht; warum sollte man sich auch die Mühe machen, Julias Kommen und Gehen im Auge zu behalten. Mal war sie da, mal war sie fort. Und, schau her, da war sie ja wieder. Erklärungen hätten alle nur verwirrt. Was die Bediensteten anging, die hätten sie ihr ohnehin nicht geglaubt. Natürlich mussten sie bestochen werden. Ich prahle nicht, wenn ich behaupte, dass ich den Haushalt zusammengehalten habe; ich war der Einzige, dem etwas daran lag. An den falschen Dingen oder auf die falsche Art, das gebe ich als Erster zu, trotzdem gab ich mein Bestes. Ich kümmerte mich auch weiterhin, nachdem alle anderen es aufgegeben hatten. Aber vielleicht hatten sie ja recht gehabt, all die Kloppse und Fuchse, die idiotischen Tanten, Peter und Julia und die Regale voller Gläser mit eingelegtem Fisch. Sie hatten recht, sich um nichts zu kümmern, auf ihre Art machten sie es besser als ich, der ich mein Möglichstes tat.

Ein Wunder, dass ich diese zwei Wochen überlebte, zusammengepfercht mit den beiden Verliebten. Ich verstehe immer noch nicht, warum sie nie durch die Stadt bummelten oder aufs Land hinausfuhren, wie sie es zuvor getan hatten. Selbst wenn sie bis zum späten Morgen im Bett herumlungerten, hatten sie doch noch immer den ganzen Nachmittag und die langen Abende. Sie hätten so viele wunderbare Dinge unternehmen können: tanzen gehen, am Strand entlang spazieren, durch den Wald reiten, sich in den Ruinen unterm Mond lieben.

Es kam einfach nicht dazu.

Wenn Julia anregte, dass sie an den Strand gehen könnten, hob Paul Holle den Kopf, fixierte sie mit einem bedeutungsschweren Blick und fragte: »Hast du jetzt deine Entscheidung getroffen?«

Wenn er einmal davon abließ, im Zimmer auf und ab zu gehen, und einen Theaterbesuch vorschlug, seufzte Julia und sagte: »Was interessiert dich eigentlich an mir?« Und starrte weiter unglücklich auf ihren Schoß.

Wenn sie ihm einen Waldspaziergang nahelegte, antwortete er:

»Du kannst unmöglich zu diesem Mann zurückkehren, nicht nach all dem hier.«

Aber angenommen, er fragte sie, ob sie nicht gern zum Essen ausgehen wolle, dann fragte Julia: »Wie hättest du mich denn wirklich gern?«

Oder wenn sie versuchte, seine Stimmung zu heben, indem sie ihn dazu drängte, die Feuerwerke von der Brücke aus anzuschauen, dann fuhr Holle sie plötzlich an: »Warum kommst du überhaupt hierher, Julia, was willst du von mir?«

Oder wenn er einmal nett sein wollte und ihr eine Spazierfahrt anbot, dann schaute sie ihn mit großen Augen an und sagte: »Warum sagst du nur, dass ich unwirklich bin, warum?«

Julia meinte, dass ihnen die Sonne vielleicht guttun würde, aber Holle antwortete darauf mit fast reglosen Lippen: »Julia, du musst dich entscheiden.« Und Julia, traurig beim Fortgehen: »Vielleicht interessiere ich dich ja in Wirklichkeit gar nicht.«

Verhalten sich alle Verliebten so, fragte ich mich, oder war dieses Paar etwas Besonderes? War mit Julia etwas nicht in Ordnung, wie Paul Holle behauptete – abgesehen von der Tatsache, dass sie mit ihm im Bett lag? Hatte sie jeden Tag ein anderes Gesicht? War sie grausam? Ausweichend? Fremd? Unwirklich? War sie nicht alles, was eine verliebte Frau sein sollte? Eine zärtliche und liebevolle Geliebte; die Leidenschaft ist von Natur aus exzessiv. Denn so sehr sie auch wild daherredete, was sie ihm alles antun wollte, war sie doch nie brutal. Ein- oder zweimal hat sie ihn vielleicht gebissen, aber ich bin mir sicher, dass sie es nicht so gemeint hat. Es dauerte eine Weile, bis ich es verstanden hatte: Sie mochte raffiniert sein oder schlicht, sie konnte sich kleiden, wie sie wollte, alles wäre ihm recht gewesen, wenn sie nur nicht die Frau eines anderen wäre. Ja, Holle ließ keinen Zweifel daran: Sie war mit Peter Brody verheiratet, das war es, was mit ihr nicht stimmte.

Vielleicht stimmte ja etwas mit Paul Holle nicht? Man wusste nie, woran man bei ihm war. Wenn Julia ihn fragte, woran er dachte, sagte er womöglich: »An nichts.« Wenn sie darauf bestand zu erfahren, was in seinem Kopf vorging, und ihren ganzen Charme darauf ansetzte, dann lieferte er unsinnige Repliken wie: »Ein anderer Kopf, genau wie dieser hier.« War er verrückt oder war er nur wahnsinnig eifersüchtig auf ihren rechtmäßigen Ehemann?

Was wollten sie denn eigentlich oder wonach verlangte ihre Torheit? Immer so weitermachen, in alle Ewigkeit? Julia war willens, fürchte ich. Sie begehrte Paul Holle, den ganzen Mann, immer, ihn zu umarmen, ihn zu füttern, ihn zu waschen, ihn von innen nach außen zu stülpen, ihn in Stücke zu schneiden, bei lebendigem Leibe aufzuessen, seine Kinder zu gebären, auf hoher See zu segeln, zehn Lebzeiten mit ihm zu verbringen, ihm alles zu sein, alles, was er sich von ihr wünschte. Was Holle angeht, so bestand er zwar darauf, dass sie sich erheben, auf eigenen Füßen stehen und sich frei entscheiden solle, aber die Art und Weise, wie er sie aufs Bett schmiss und in ihr herumwirtschaftete, trug kaum dazu bei, dass sie nüchterner wurde, es sei denn, er erwartete von ihr, dass sie ihre Entscheidung aufgrund seines Paddels traf.

Ich betete, dass das Fieber abklingen möge, aber Julia riss mich mit. War ich denn der Hüter von Peters Ehre? Der

Sachwalter des Brody-Besitzes? Mein Platz war bei Julia. Wenn es nun doch die wahre Liebe wäre?

Ich erkühnte mich. Ich ging ganz nah an die Liebenden heran. Ich sah hin und war entsetzt, denn das war nicht Julia Brody, die eine Affäre mit einem jungen Mann hatte, sondern eine andere, oder noch keine andere, denn sie war vollkommen flüssig, geschmolzen, bereit, eine andere Form anzunehmen. Plötzlich musste ich mich fragen, ob sie jemals zu Peter zurückkehren konnte.

Peter verlassen? Unmöglich. Es ging nicht einfach darum, einen Mann wegen eines anderen zu verlassen. Julias Verpflichtung galt nicht einer Person, sondern einer Institution, einem Orden, einer Kirche, deren sichtbare Verkörperung Ehemann, Ehefrau, Kinder, das mehrstöckige Haus mit seinen vielen Zimmern, das Haushaltsleinen und das Silber waren.

Aber nehmen wir einmal an, Julia würde mit Paul Holle durchbrennen. Was blieb ihr denn jetzt noch übrig? Hatte sie nicht schon gegen die Heiligkeit des Heims verstoßen, indem sie ihre Schenkel für Holle spreizte? Das Gefüge war bereits zerspalten. Soll sie doch die Konsequenzen tragen. Würde Paul Holle ihr ein Ehemann sein? Wie denn? Kann eine Frau zwei Ehemänner haben? Nach dem Gesetz sind zwei auf einmal nicht gestattet, aber sie darf ungestraft eine beliebige Zahl nacheinander ehelichen. Doch das profane Gesetz spiegelt nur die Laxheit der weltlichen Ordnung wider. Sie könnte im Laufe ihres Lebens den Namen von zwanzig Ehemännern annehmen, aber welchen der zwanzig Namen würde sie in der Ewigkeit führen? Mit wem würde sie schließlich vor dem Jüngsten Gericht stehen, mit ihrem Ehemann? Ihrem Geliebten? Mit beiden? Oder würde sie allein dastehen? Montags im Bett des einen Mannes, Dienstag im Bett eines anderen, so viele Geliebte, wie es Nächte gibt. Aber mit wem wird sie im Grab liegen, wenn die Zeit abgelaufen ist und die Stunden ihrer Abrechnung entgegeneilen, in einer einzigen ewigen Stunde gesammelt und für immer versiegelt werden? Mit allen zusammen bestattet in einem gemeinsamen Grab? Peter zur Rechten, Paul zur Linken, mit Bruno (das Blut ihrer Jungfernschaft komme auf sein Haupt!) und etwa einem halben Dutzend unbekannter Soldaten am Fuß des Grabes gestapelt? Monströs, ungeheuerlich! Aber ich trage die Schuld mit Julia zusammen. Viele Stunden lang ging ich auf und ab und suchte nach einem Ausweg.

Gab es überhaupt eine Entscheidung zu treffen, wenn sie da nackt in den Laken eines anderen Mannes lag? Doch ihre Tage waren gezählt. Peter kam in zwei Tagen zurück. Hatte Julia ihre Entscheidung getroffen? Sie saß am Fenster mit betäubtem Blick. Willenlos wie eine Meerespflanze, die doch auf jede Schwankung reagiert: Wenn ein Fisch gegen ihre feinen Fühlhärchen streifte, öffnete oder schloss sich ihr Kelch. Er trat von hinten an sie heran und legte seine Hand an ihre Kehle. Ihr Mund folgte und lag offen auf seiner Hand. War das eine Entscheidung? Hatte sie die Schwelle überschritten, sodass es keine Rolle mehr spielte, ob Peter morgen heimkäme oder heute oder gestern? Sie hatten noch Sonntag, Montag und Dienstag; dann nur noch den Dienstag, noch drei Stunden, zwei, nur noch eine Stunde. Zeit, trügerische Zeit. Zeit umzukehren und dann wieder umzukehren. Eine Art Glücksspiel war das. Wenn es ein Uhr schlug, öffnete sich die Falltür.

Ihr letzter Abend miteinander war ihr glücklichster. Ich denke aber an den vorletzten Abend. Mittwoch. An dem Tag traf Peters Brief ein. Julia öffnete ihn nicht. Als sie in Paul Holles Zimmer zurückkam, legte sie ihn abwesend in das Regal zu der Tüte mit den Lebensmitteln, die sie mitgebracht hatte.

Sie ließen sich viel Zeit bei ihrem Mahl, obwohl es nur eine Schüssel Salat war. Nackt und schweigend saßen sie da, während es dunkelte. Es war schon spät, als sie sich vom Tisch erhoben, zu spät, um ins Theater zu gehen oder auch nur zum Konzert im Park. Er zeigte ihr einige Bilder seiner Familie. Wie eingehend sie das Gesicht seiner Mutter studierte. Liebte sie ihn bereits wie ein Kind?

Dann spielten sie Karten, saßen bei einer Flasche Wein auf dem Boden und hätten ebenso gut ein altes Paar in der Äußeren Mongolei sein können oder Neuvermählte im prädynastischen Ägypten. Ich sah die Liebenden selbstvergessen in ihrem Traum spielen. Ich hörte Julia lachen. Ich fragte mich, ob sie in ihrer verlorenen Kindheit aufgewacht war? Plötzlich fiel mir das Haus unter den Ulmen wieder ein, Peter Brody und die Kinder. Du bist tot, Julia, sagte ich. Ich blickte auf den abgenutzten Teppich, der auf dem schiefen Boden angebracht war, und sah ihr Gesicht auf dem Grund des Flusses.

Stand ich zwischen Julia und ihrem neuen Leben und offeriere Julia erst jetzt, posthum, ihrem Geliebten? Als ich das Ganze von der Loge aus beobachtete, hielt ich mir vor Entsetzen und Entrüstung die Augen zu. Aber wie konnte ich mir so sicher sein? Selbst Paul Holle war sich nicht sicher. Er verstand nicht, warum sie weinte, nachdem sie Peters Brief gelesen hatte. Sie öffnete ihn erst am Donnerstagmittag, als sie nach dem Frühstück am Tisch saßen und Holle sie fragte, ob sie nicht den Brief ihres Mannes öffnen und lesen wollte.

Peters Brief war kurz und schlicht, er bestätigte seine Ankunft am Freitag gegen Mittag. Er vermisse sie sehr. Er finde die Hauptstadt ermüdend, es sei klug von ihr gewesen, daheim zu bleiben.

Holle fragte sie, was ihr Mann geschrieben habe. Aber Julia konnte nicht sprechen. Sie reichte ihm den Brief, legte sich nieder und weinte. Vor Scham? Für das, was sie ihrem Mann und ihren Kindern angetan hatte? Vor Trauer? Weinte sie bei dem Gedanken, ihren Geliebten zu verlassen? Sowohl vor Scham als auch vor Trauer? Ich weiß es nicht. Paul Holle fragte sie immer wieder, warum sie weinte, aber Julia konnte nicht sprechen.

In dieser Nacht stritten sie sich. Holle warf sie aus dem Bett, sie könnte jetzt gleich gehen, er wolle sie nicht als Hure, sagte er, und begann ihre Sachen zusammenzupacken. Sie weigerte sich zu gehen. Er schleuderte sie aufs Bett. Dann umarmten sie sich wieder.

Sie schliefen schlecht. Bei Tagesanbruch erhob sie sich von dem zerwühlten Bett, kochte Kaffee und begann sich anzuziehen. Natürlich musste sie da sein, wenn Peter kam, warum verstand Holle das nicht? Er versuchte, sie daran zu hindern, zum Haus zurückzukehren, sei es auch nur, um es Peter zu sagen und die Kinder zu sehen. »Wenn du jetzt gehst, kommst du nie mehr zurück«, behauptete er.

Während des Frühstücks versuchten sie es noch einige Male, er, sie zu überzeugen, sie, es ihm begreiflich zu machen, bis sie in Schweigen verfiel. Dann, als sei es irgendwo anders verfügt worden, dass sie gehen müsse, nicht in diesem Zimmer, sondern in einer fernen Schicksalshalle, verfinsterte sich Paul Holles Gesicht, seine Worte wurden immer höhnischer, grausamer, verächtlicher. »Dein kleiner Urlaub ist jetzt also vorbei«, sagte er.

Jetzt ist es vorbei. Nichts als eine weitere banale Geschichte. Was zwingt mich nur immer wieder zurück in dieses Zimmer mit der verblichenen Tapete, zu dem Tisch am Fenster mit Blick auf einen Hof, wo sie bei ihrem letzten Frühstück saßen; warum höre ich immer noch seine Worte, immer denselben monotonen Klang, während Julia schweigend dasitzt und nur hin und wieder nach der Uhrzeit fragt.

Sie blieb noch zehn Minuten länger, und dann noch weitere zehn Minuten, berückt vom Spiel des Sonnenlichts auf dem Frühstücksgeschirr.

»Du wirst mir verzeihen«, sagte er. »Oder noch schlimmer, du wirst mich als kostbares Andenken aufbewahren. Ich sollte dich jetzt umbringen«, sagte er matt und stand auf, um ihren Mantel zu holen.

Ich wünschte, er hätte sie damals umgebracht. Denn Peter war nicht der Typ Mann, der zur Axt griff und ihr den Schädel spaltete, selbst wenn er es gewusst hätte. Vielleicht tue ich Peter Unrecht. Sollen wir es drauf ankommen lassen? Sollen wir es ihm jetzt sagen, wenn er von seinem Spaziergang mit dem kleinen Petie zurückkommt, um zu sehen, wie er es aufnimmt? Nein, er hätte sie im Bett ertappen müssen, um den erforderlichen Schwung für eine solche Tat zu finden. Hätte ich vielleicht dafür sorgen sollen, dass er es tat? Ach, Julia, du kleine Schlampe, lass mich in Frieden. Diese Liebe war es dir nicht wert, dass du für sie stürbest, also warum sollte sie es für ihn sein? Außerdem hatte er ja seine Karriere zu berücksichtigen.

Paul Holle begleitete sie nach unten und bis hin zur Brücke. Julia beschleunigte zunehmend ihren Schritt. Als sie die Brücke erreicht hatten, hielt er sie an. »Du hast noch den Schlüssel zu meinem Zimmer«, sagte er. Sie kramte in ihrer Tasche, drückte ihm den Schlüssel in die Hand, ohne ihm ins Gesicht zu sehen, und drehte sich um. »Ich habe dir meinen Samen eingepflanzt«, sagte er, als sie sich anschickte, die Brücke zu überqueren.

Die Kinder waren auf, als sie zu Hause ankam. Niemand fragte sie, wo sie gewesen war, und keiner wollte ihre Erklärungen hören. Jenny hatte Bauchweh, Emily wurde bestraft, weil sie Tinte über Peters Schreibtisch verschüttet hatte, Tante Eulalia jammerte, dass die Milch nicht rechtzeitig geliefert worden war. Sie würde natürlich dableiben. Wie hätte sie sich je vorstellen können, sie zu verlassen? Und die Kosenamen, die sie ihrem Geliebten in seinem Zimmer auf der anderen Seite der Stadt zugeraunt hatte, wie lange würde ihr Echo dort widerhallen?

Sie zog den Kindern ihre hübschesten Kleidchen an, und sie warteten den ganzen Morgen. Mittags erreichte sie ein Telegramm, dass er erst spät am Abend nach Hause käme und man solle nicht auf ihn warten. Was konnte dieses Telegramm schon ändern? Und doch, einige Stunden später, nachdem sie die Kinder gefüttert und sie zum Mittagsschlaf niedergelegt hatte, verließ Julia das Haus und machte sich auf den Weg zu Paul Holles Zimmer. Sie verließ das Haus in einem alten Mantel und einem Schal, den er ihr gekauft hatte. Sie durchquerte die Stadt von einem Ende zum anderen, die Stiege hinauf, bis zu seiner Tür. Keine Antwort. Die Concierge sagte, er sei vor einer halben Stunde ausgegangen. Sie setzte sich in das Eckcafé und bestellte eine Limonade. Sie ging einmal um den Block, fragte wieder nach ihm, aber er war nicht zurückgekommen. Sie trank einen Brandy. Wie lange würde sie warten? Sie erinnerte sich an den Moment, da sie ihm seinen Schlüssel zurückgegeben hatte. Ein großer schwarzer Schlüssel; sie hatte ihn gern ganz unten in ihrer Tasche gespürt. Sie presste ihre Hände gegen die Augen. Als es dunkelte, stand sie auf. Lief ziellos im Viertel umher. Dann schlug sie den Weg zur Brücke ein.

Sie stand auf der Brücke und schaute auf die Stadt hinaus; die Straßenlaternen warfen ein weiches Licht gegen den verblassenden Himmel. Ich weiß nicht, wie lange sie auf der Brücke stand. Es war eine mondlose Nacht. Nur die Uhr der Kathedrale starrte in die Dunkelheit, ihre Zeiger hoben sich gestochen scharf vom Zifferblatt ab, aber ich konnte die Uhrzeit nicht lesen. Der Verkehr war fast zum Erliegen gekommen. Ein Stadtstreicher sprach sie an, aber sie drehte sich nicht um. Es wurde allmählich kalt. Nach einer Weile machte sie sich langsam auf den Heimweg.

Im Haus brannte kein Licht. Die Kinder schliefen. Sie stand noch immer in ihrem Mantel in dem dunklen Kinderzimmer, als sie Peters Wagen den Kiesweg hinauf knirschen hörte. Sie ging in ihr Zimmer, zog sich aus und kroch unter die Decken. Peter tastete sich ans Bett heran. Sie griff nach seiner Hand und zog ihn zu sich herunter. Peter war überrascht. »So habe ich dich schon lang nicht mehr erlebt, Julia«, sagte er. »Ich sollte wohl öfters in die Hauptstadt reisen.«

Was sollte ich tun? Ihre Schande enthüllen? Der Welt ihr infames Benehmen offenbaren? Sie brandmarken und an den Pranger stellen lassen? Oder einfach stillschweigend fortgehen. Ja, ich hätte sie damals verlassen sollen. Meine Kündigung fristgerecht einreichen. Soll sie sich doch ein anderes Gewissen suchen.

Das habe ich natürlich nicht getan. Ich brachte es einfach nicht übers Herz, sie im Stich zu lassen. Vielleicht hoffte ich, sie würde bei der Geburt sterben. Immer diese letzte Hoffnung. Und dann war da noch der kleine Petie, um den ich mich kümmern musste. Die Geburtsanzeigen, die zu verschicken, die Glückwunschschreiben, die es zu beantworten galt, die lange Rekonvaleszenz. Ich musste sie aufmuntern. Nacht für Nacht ging ich mit ihr auf und ab und erklärte ihr, dass alles, was geschah, zum Besten war.

Du hast das gehabt, was du gehabt hast, Mylady, du hast lang genug darauf gewartet, sagte ich ihr, zehn Jahre lang warst du deinem Mann treu. Keiner soll es wagen, dich eine Schlampe zu nennen.

Was Paul Holle angeht, vielleicht war er der richtige Mann für dich, Julia. Aber natürlich war er der Richtige! Es ist immer der richtige Mann zur falschen Zeit. Das kommt das Fleisch hart an, ich weiß. Aber es kann nicht anders. Es muss so sein. Er konnte nicht älter sein, du konntest nicht jünger sein. Vor zehn Jahren hättet ihr euch nicht begegnen können. Und wärt ihr euch doch begegnet, hättest du an ihm vorbeigeschaut.

Du hast genug getrauert, es ist an der Zeit, dass du es einsiehst: Es gibt keinen fünfunddreißigjährigen Paul Holle. Paul Holle gibt es nur von achtzehn bis vierundzwanzig, mit fünfundzwanzig ist er schon jemand anderes. Durch die falsche Frau ruiniert? Mag sein. Belassen wir es bei der Zahl vierundzwanzig. Und mit irgendeinem Zauber, der dich zum jungen Mädchen macht, ist es auch nicht getan. Paul Holle interessiert sich mit dreiundzwanzig für Julia Brody, die Mutter dreier Kinder; es ist der Duft ihrer Vergangenheit, eine vollblütige und raffinierte Mischung, die ihn lockt, nicht eine rohe und rosige Julia Klopps.

Aber nehmen wir einmal an, ihr hättet euch vor zehn Jahren getroffen, ja, gehen wir einmal zehn Jahre zurück, Mylady, denn du glaubst mir ja immer noch nicht. Du seufzt und hältst den Atem an, ich höre es. Wir setzen Paul Holle vor zehn Jahren auf eine Parkbank in den öffentlichen Gärten: Dort sitzt er, ein junger Mann mit ausdruckslosem Gesicht in einem dunklen Anzug, und raucht eine Zigarette.

Julia Klopps, nicht gerade roh und rosenwangig, etwas seltsam, besorgt und erschöpft, aber einer Zwanzigjährigen verleiht eine schlaflose Nacht ein gewisses Leuchten. Du hast die ganze Nacht damit zugebracht, in jenem großen alten Haus auf und ab zu wandern, von einem Zimmer zum andern, und bei Sonnenaufgang bist du an den Strand gegangen. Ich, dein Wächter, war damals ziemlich besorgt um dich und rätselte, was wohl das Beste für dich war und was du dir wirklich wünschtest. Du konntest es mir nicht sagen. Also ging ich mit dir ans Meer, vielleicht tat es dir gut zu schwimmen, das würde dich fit machen; vielleicht würdest du dich auch ertränken.

Ich hatte mich mit allem abgefunden, was du dir wirklich wünschtest. Du bist so lange gelaufen, bis das Meer den Saum deines Rocks benässt hatte, dann machtest du kehrt. Wir warteten darauf, dass die Welt erwachte. Nach neun Uhr hattest du vor, zur Mutter Oberin ins Kloster zu gehen. Du wolltest Nonne werden. Damit wäre die Sache erledigt. Es war dir ziemlich egal. Ich hatte den Eindruck, du würdest dich mit Uli oder Richter oder Peter Brody oder sonst irgendeinem Mann schon abfinden und das Beste daraus machen, du würdest schon irgendwas finden, was dir an ihm gefiele. Aber würdest du bei ihm bleiben? Ich hatte allen Grund zu befürchten, dass du dich mit dem nächstbesten Mann davonmachen würdest. Das konnten wir nicht zulassen. Ich zumindest konnte es nicht. In einem Nonnenkloster wärst du gut aufgehoben, du würdest Gottes Willen ausführen, wärst den ganzen Tag mit Ritualen beschäftigt und nachts wären die Tore verschlossen.

Es sah wie die perfekte Lösung aus, als wir an jenem Morgen auf dem Weg zur Mutter Oberin die Straße entlangliefen; du, mein simples Kind, meine wunderbare, törichte Julia, die du an deinem Rosenkranz herumfingerst, während du vielleicht, ohne es zu wissen, die Haare auf dem Schwanz des Teufels zählst und ich mir darüber Gedanken mache, wie viele Engel auf einem Stecknadelkopf tanzen können. Als wir uns dem Kloster näherten, sah ich dich schon als junge Nonne mit verzücktem Blick im Gebet. Es war nicht nur meine Einbildung, Mylady – jene Standbilder der Jungfrau Maria, die ihr Kind auf dem Arm hält, oder des geschundenen Leichnams Jesu ließen dich innehalten und staunen und mehr. Ich möchte dich jetzt nicht in Verlegenheit bringen, aber damals machte ich mir Sorgen. Was für ein seltsames Ding ist eine Frau, sagte ich mir – wir suchten doch den richtigen Mann für dich, erinnerst du dich? Oder zumindest meine Julia ist seltsam, sie schaut an einem Mann vorbei und sieht ihn gar nicht, es sei denn er liegt in einer Wiege oder ist ans Kreuz genagelt. Nun, im Kloster hättest du beides haben können.

Aber du entferntest dich von dem Tor, nachdem du ein wenig dort verweilt hattest. Du stecktest ein paar Grashalme durch das Gitter und gingst mit fröhlich beschwingtem Schritt davon. Und ich musste mir Vorwürfe machen; was für eine teuflische Idee, dich in eine Klosterzelle einzusperren!

Ich wusste nicht, was du wolltest. Ich wusste nicht, wohin du mich führtest, als du auf den Weg in die Stadt einbogst. Ich folgte dir, als du ziellos durch die Straßen streiftest und vor den Schaufenstern anhieltest, um hinein zu starren. Ich erinnere mich, dass du die längste Zeit vor dem Reisebüro stehen bliebst und die Weltkarte betrachtetest und Fotos von fernen Ländern ansahst; vielleicht würdest du immer noch dort stehen, hätte ich dich nicht weggezerrt.

Du warst zu Mittag mit Peter Brody verabredet, den du seit zwei Wochen kanntest und den du ganz nett fandest, und es war schon weit nach elf. Ich war mir nicht sicher, ob du es schaffen würdest, denn wir mussten noch einen Kamm und ein Paar weiße Handschuhe kaufen. Du kamst ein paar Minuten zu spät in der Parkanlage an; Peter Brody wartete schon am Brunnen, als du durch das Tor eintratst. Ich musste dich ermahnen, dass du gehen, nicht rennen solltest, du bist jetzt eine junge Dame, und die Welt wird dir verzeihen, dass du dich um zehn Minuten verspätet hast, wenn du weiße Handschuhe trägst.

Der junge Mann sah besorgt aus, als du dich ihm nähertest, er runzelte die Stirn, dann lächelte er und runzelte wieder die Stirn. Du wandtest dich von ihm ab, beugtest dich über den Brunnenrand und fingst den Spritzer in deiner Handfläche auf, das mag ihn beruhigt haben. Dann, während du in das Spiel des Wassers vertieft warst, setzte er sich auf den Brunnenrand und fing an, dir zu erzählen, wie wundervoll du bist, seine Stimme so besorgt. Ich fragte mich die ganze Zeit, ob ein Mann, der einer Frau einen Heiratsantrag zu machen gedenkt, so spricht, oder einer, der ihr zu verstehen geben will, dass sie einfach zu viel für ihn ist?

Peter Brody drückte sich nicht klar aus. Ich war mir unsicher. Vielleicht war Peter Brody sich auch unsicher, und doch wiederholte er in einem fort, wie wundervoll du seist, dass keine andere Frau je in ihm solche Gefühle erweckt habe, wie du sie in ihm hervorriefst – die alte Leier, ich weiß. Du wendetest dich ihm ein wenig zu, dein Blick auf etwas anderes gerichtet, auf die Blätter, die wechselnden Farben der Kinder, die herumliefen, eine Taubenfeder, die auf dem Teich schwamm. Ich dachte, er könnte dir gefallen, abgesehen von allem anderen, was in weltlicher Hinsicht für ihn sprach: Er war schüchtern, er war gebrechlich, er himmelte dich an, er brauchte dich. Er behauptete, dich zu lieben. Und er werde sein Möglichstes tun, um dich glücklich zu machen, er wusste nur nicht, was du für ihn empfändest.

Er hielt inne, sein Kopf zu deinem Oberschenkel geneigt, deine Hand regte sich, um sein Haar zu berühren, deine Finger fuhren die groben, lockigen Strähnen bis zur Wurzel nach. Er sprach dann mit trocknerer und festerer Stimme weiter über das, was er dir zu bieten hatte. Deine Hand lag ruhig auf seinem Kopf, der jeweils mit einem kleinen Schütteln hochschoss, wenn er von Verträgen sprach. Er müsse dir ein Geständnis machen, sagte er mit einem kleinen Lacher und streichelte deinen Rock. Es gab etwas, das er mehr liebte, als er je eine Frau lieben könnte: Schiffe. Ein Schiff, sagte er, und sog die Luft an, die Verzückung verschlug ihm für einen Moment die Sprache. Er redete etwas unzusammenhängend weiter, abgehackt, lachend, ein wenig albern, wiederholte immer wieder dasselbe, wie er dich liebe, wie er Schiffe liebe, hatte es dir sagen müssen, wisse nicht, wie du empfindest.

Deine Hände umfassten seinen Kopf, vielleicht etwas fester als zuvor, die Finger fuhren durch sein Haar. Er presste sein Gesicht gegen deinen Schenkel und du umschlangst seinen Kopf mit deinen Armen; dein Blick ruhte vielleicht noch immer auf dem Wasser.

Er erhob sich, seine Hände umfingen deine Taille, und er fragte dich, ob du seine Frau werden wolltest. Du hast nie Ja gesagt, du hast ihm nicht einmal ins Gesicht geschaut, aber so, wie deine Arme seinen Kopf umschlossen hielten, musste es Ja heißen, dachte ich. Peter Brody verstand das auch so. Hand in Hand verließt ihr die Anlage, was den Vertrag besiegelte. Habe ich das falsch interpretiert? Ich tat mein Bestes, um dich zu verstehen. Peter fasste es als dein Jawort auf. Im Lokal, nur wenige Schritte vom Park entfernt, sprach er von Hochzeitsvorbereitungen. Das Haus sei vorbereitet. Ihr könntet in zehn Tagen heiraten. Vielleicht übernahm ich einfach seine Sicht der Dinge, ich sagte Ja und Amen dazu, so sei es.

Was Herrn Holle angeht, der auf der Bank sitzt, ein ausdrucksloser junger Mann in einem dunklen Anzug – wie soll ich es nur sagen, meine Liebe, ohne dich zu beleidigen? Erstens schaut er dich gar nicht an und zweitens fällt er dir gar nicht auf. Ich spreche nur vom ersten Eindruck, aber du wirst zugeben, dass er nicht aussieht wie einer, der dich an den Fersen packen und herumwirbeln würde wie unser lustiger Ulrich Schultz, noch wirkt er wie ein wildromantischer Typ, ich meine unseren Freund Richter. Nein, er ist still, nüchtern, ausdruckslos und für ein zwanzigjähriges Mädel nicht sehr geheimnisvoll. Versteh mich nicht falsch, Mylady, ich will damit nicht sagen, dass dein Liebhaber ein gewöhnlicher junger Mann war, o nein, er war etwas sehr Rares. Du musst dies ein für alle Mal einsehen und du wirst aufhören zu trauern: Der Paul Holle, den du liebtest, war ein Gewächs, das für eine Julia Brody an einem bestimmten Tag in ihrem Leben aufblüht und nur für eine ganz bestimmte Zeit.

So versuchte ich es ihr zu erklären, damit wir weiterkamen. Um Julia dazu zu bringen, dass sie weitermacht; um ihr Image zu retten. Während ich sprach, muss sie sich fortgeschlichen haben; ich bemerkte es nicht und redete weiter mit mir selbst.

Und jetzt ist es zu spät. Ich habe sie verloren. Habe Julias Schönheit im Wasser verloren. Sie ist aus dem Bild herausgetreten und hat mich mit dem ganzen Chaos zurückgelassen. Manchmal kehrt sie für einen Moment zurück. Sie sitzt auf einer Bank im Park, als ob Paul Holle ihr dabei zusähe.

Am Dienstagnachmittag sehe ich, wie Julia aufbricht, um die Stadt zu durchqueren. Sie trägt einen verschmutzten Regenmantel, bewegt sich mit langen Schritten vorwärts, ihr Kopf erhoben, der Blick starr geradeaus gerichtet. Wer würde schon den Schatz vermuten, den sie bei sich trägt? Als hätte sie ihr Herz, ihr Schicksal, ihre ganze Ehre und Schande, ihre Seele selbst aus ihrer sicheren Obhut herausgeholt und auf die Straße hinausgetragen, als hielte sie das alles in ihrer Hand: eine lebende Pflanze, die sie entwurzelt hat, oder einen frisch geschlüpften Vogel, den sie aus seinem Nest gepflückt hat. Noch Jahre später, wenn ich im Kinderzimmer die Spielsachen vom Boden auflese, laufe ich ihr keuchend auf dem Boulevard hinterher und frage sie, Wer bist du? Den Gehsteig entlang, ein Häuserblock nach dem anderen, von welchem obskuren Versprechen getrieben, einem illusorischen Kreidestrich folgend, der zu einer bestimmten Tür führt.

# FÜNFTER TEIL

Plötzlich ist es vorbei, bevor es zu Ende ist, wie ein Traum, der vom Klingeln des Weckers unterbrochen wird.

Sie erhebt sich und tastet sich an der Wand entlang. Sie bewegt sich mit so wenig Gefühl von Bewegung wie eine Götzenfigur, die auf einem Karren montiert ist, während die Sträucher in dichter Prozession vorbeiziehen. Ihre Vergangenheit ist in eine andere Zeit versetzt worden, die Episoden sind angeordnet wie Steinfiguren in einem italienischen Garten und starren gleichgültig aneinander vorbei.

Nein, es ist nicht Julia.

Julia, die auf der Brücke steht, als die Straßenlaternen angingen – war das mein letzter Eindruck von ihr? Ich weiß es nicht. Die Türen, die ich öffne, sind Bildertüren.

Ist Julia wieder zu einem kleinen Mädchen geworden? Sie kommt ins Zimmer hineingehüpft und lässt ihre Puppe vor mir baumeln. Julia, ich will es dir erklären, hör mir zu, mein Kind. Aber das ist doch Jenny, die mich mit so runden Augen ansieht – habe ich etwas gesagt, das sie erschreckt hat? Lauf nur, Kind. Wie soll ich es ihr sagen, wie soll ich es Jenny sagen, die mich mit Julias Augen ansieht?

Sie lockte mich mit ihrer Freude an einer Waldbeere, mit einem schweifenden Blick, mit einem Lächeln. Ist nicht alles nur ein Trugbild gewesen, das durch den Wald stapfende Kind, das Mädchen in den Seidenstrümpfen, die Braut? Ich folge ihr durch den dicht gedrängten Ballsaal, schlängele mich durch die Tänzer hindurch bis zu einem Zimmer in einer Taverne und dann zurück in die Nacht hinaus. Ich folge ihr in andere Zimmer hinein, in andere Betten, zu anderen Männern, die ihr im Dunkeln ihren Namen ins Ohr raunen. Bei Tag suche ich nach Julia. Irgendwo im hohen summenden Gras hockt ein Kind, das die Stimmen, die sie rufen, nicht beachtet: Julia. Ich wandere durch das alte Klopps-Haus, die Wendeltreppe zum Dachboden hinauf, zurück zu meinen ersten Träumen von Julia.

Ich suche nach ihr, wie sie an einem Sommertag in den öffentlichen Gärten auf einer Parkbank sitzt. Ich weiß nicht, in welchem Sommer.

Ich weiß nicht, wo Julia endet oder wo sie beginnt. Ich weiß nicht, wo sie ist. Verloren. Außerhalb der Zeit. Nicht in Gottes Zeitlosigkeit, sondern im Abgrund der Zeit versunken. Die Trümmer ihrer Lebenstage rieseln noch immer hinab.

Oder ist Julia im Haus und kämmt Jenny das Haar, in dem sonnendurchfluteten Zimmer, aber ich darf es nicht betreten? Das ist Julias Rache an mir, mich in ihrer Vergangenheit lebendig zu begraben. Ich versuchte, einen Schutzwall um sie herum zu errichten, und habe mich selbst damit eingezäunt. Sie ist mir entkommen.

Dann ist sie eben fort. Nun, Gottlob, wir sind sie los und können sie vergessen. Ins Haus zurückgehen, wo es Arbeit gibt, die Schränke müssen gereinigt werden, die Kinder gefüttert. Ich bügle gern ihre Schleifchen, nähe auch gern Puppenkleider. Jenny ist ein wonniges Kind, es macht Freude, ihr die Haare zu bürsten, die einzig wahre Freude im Leben. Halt still, Schätzchen, während ich dir die Schleife um den Kopf binde. Ich muss aufhören, Selbstgespräche zu führen. Zeit, zum Haus zurückzukehren. Ich sage einfach, irgendeine Agentur hat mich geschickt, als freiwilligen Helfer. Ich werde doch noch zu einem Engel. Die Milch hineintragen. Den Wasserkessel aufsetzen. Die Kinder ankleiden.

Aber was ist mit Peter? Was für eine Ehefrau werde ich abgeben? Ich kann mir einen übleren Bettgenossen vorstellen. Die Weiber sind doch schließlich solche Miststücke. Nein, ich kann mich nicht dazu durchringen. Ich habe mein altes Flair verloren. Dann sei ihm eben seine Mutter. Sag ihm, dass du über all den Unsinn hinaus bist. Er wird das verstehen. Er kann sich ja jederzeit eine Mätresse suchen. Aber das will ich gar nicht, dass Julias Mann sich eine Mätresse nimmt. Das ist nicht das, was ich mir für Julia gewünscht habe. Na, dann los, sei du ihm eben die Fotze. Warum auch nicht? Was habe ich schon zu verlieren, jetzt, wo Julia fort ist? Warum also? Um engelhaft zu sein. Los, sei du ihm seine alte Fut. Ergibt das einen Sinn? Ich werde um Julias willen zum Haus zurückkehren. Es ist dunkel. Ich finde den Weg nicht, Julia, komm doch und zeig mir, wo's lang geht. Ich muss aufhören, mit mir selbst zu reden. Es wird Zeit, zum Haus zurückzukehren. Ich muss aufhören zu reden. Ich muss. Zurückgehen? Ich?

Ich. Wir. Sie. Nein, ich gebe es auf, es ist eine schwache Metapher. Ein Wunder, dass wir damit so weit gekommen sind, schlingernd, um irgendeinen Ausgangspunkt kreisend bis zu unserem jetzigen Standort. Ich habe nicht Julias gesamtes Territorium erkundet, lediglich einen schmalen Pfad durch die Wildnis. Ich habe ihn selbst herausgeschlagen. Nein, das stimmt nicht. Es gab sie, die ausgestopften Tiere auf dem Dachboden. Caroline, Bruno. Ich werde nie vergessen, wie Bruno nackt dalag, sein Körper wie ein Bogen gespannt, wie ein Mann aus Gummi. Da war das Haus unter den Ulmen, in das Peter Brody sie brachte, damit sie seine Frau werde. Paul Holles Zimmer, ich habe es nicht erfunden, oder Julia, wie sie ihrer Tochter das Haar bürstet. Das ist eine Lüge über mich. Es gab kein Ich. Ich sagte damals nicht Ich, dachte nicht Ich. Es gab nur Julia. Ich in ihr ummantelt. Kein Ich oder sie, nur Julia. An dem Tag, an dem ich Ich sagte, war Julia bereits tot, schon fort. Eines Tages wachte ich auf und erinnerte mich. Erinnerte mich ganz falsch.

# KURZGESCHICHTEN

# DER PATIENT

Ich habe keine Vergangenheit. Ich wurde als Invalide geboren, ohne Alter, ohne Geschlecht, vor Monaten oder vor Jahren, möglicherweise in diesem Bett. Oder, falls es ein anderes Bett oder ein anderes Zimmer war, unterschied es sich nicht wesentlich von dem Zimmer, in dem ich mich jetzt befinde. Alles, was ich über mich weiß, beginnt hier; beginnt mit dem, was mir die Psychiater Fuchs, Glatz, Engel und andere erzählt haben.

Ich liege auf dem Rücken, unfähig, mich zu bewegen. Nicht, dass ich es wollte, aber nicht könnte. Ich kann es nicht wollen. Manchmal frage ich mich, ob ich nicht gelähmt oder vielleicht bis unters Kinn eingegipst bin.

Keiner hier scheint es für wichtig zu halten, zunächst einmal mein körperliches Rüstzeug festzustellen, mein Alter, mein Geschlecht, und sofern vorhanden meinen früheren Status in der Welt, bevor weitere Schritte unternommen werden.

Zugegeben, Glatz hat irgendwann einmal Material von beeindruckendem Umfang über einen gewissen Judd oder eine Judy Kopitz, kurz J. K., vorgelegt. Mit J. K. war ich gemeint. Die Tatsache, dass ich keine Verbindung sah, bestätigte die These von Glatz. Mein Widerstand gegen J. K. stand zwischen mir und dem ersten Schritt zur Besserung. Ich habe mit Glatz nie über einen Judd oder eine Judy Kopitz gesprochen. Das hat er alles aus den Akten hervorgekramt. Vorausgesetzt, es handelt sich bei den J. K.-Daten nicht einfach um einen Schreibfehler, kann ich nur vermuten, dass ich Fuchs irgendwann einmal etwas anvertraut habe, der es an Glatz weitergeleitet hat, als ich ihm übergeben wurde.

Da meine Genesung davon abhängig gemacht wurde, bemühte ich mich, mich mit den Problemen von J. K. zu befassen. Ich fragte mich, wie das Kopitz-Kind wohl aussehen mochte. Wenn ich mir die Daten so anhörte, kam mir als Erstes ein schmächtiges Mädchen mit verkniffenem Gesicht und gelblichem Teint in den Sinn, aber es hätte genauso gut auch rosa sein können, mit großen Schweißfüßen und einem leichten Schnurrbart, einer dieser fetten Knaben, deren Keimdrüsen nicht in den Hodensack gewandert sind.

Da es sich bei den vorgelegten Daten ausschließlich um die Fantasien von J. K. handelte, war es für mich unmöglich, mir ein Urteil über sein oder ihr Geschlecht zu bilden. Es war mir tatsächlich nie klar, ob es sich um eine Person handelte, die unter der Wahnvorstellung litt, zwei Personen zu sein, oder ob J. K. nicht tatsächlich zwei Personen waren, die dem Wahn erlagen, eine einzige Person zu sein.

Die Art und Weise, wie sich Glatz auf J. K. bezog, mal als »latent männliche Komponente«, mal als »latent weiblicher Komplex«, trug zu meiner Verwirrung bei.

Nach einer Weile kam mir die Fallstudie, auf die Glatz so beharrlich verwies, vage bekannt vor, vielleicht weil ich sie so oft gehört hatte. Dennoch konnte ich mich nicht wirklich mit dem Kopitz-Kind identifizieren, ob es nun männlich war oder weiblich. Dies sei, wie Glatz ständig wiederholte, höchst symptomatisch.

Ich hatte eine ganz andere Theorie. Angenommen, die J. K.-Daten bezögen sich auf mich, war es dann nicht möglich, dass die jahrelange Behandlung bei Fuchs mich von J. K.'s merkwürdigen Zwangsvorstellungen befreit hatte, sodass ich mich infolge der Therapie nicht mehr mit dem J. K.-Komplex identifizierte? Versuchte Glatz etwa die Arbeit von Fuchs zu korrigieren? War Fuchs zu weit gegangen? Es besteht auch die andere Möglichkeit, dass der Fall bereits ziemlich alt war, als Fuchs ihn aufdeckte.

Seltsamerweise scheinen die Sitzungen mit Glatz mit meiner Entlassung geendet zu haben. Vielleicht akzeptierte ich schließlich aus reiner Verzweiflung die These, mit J. K. identisch zu sein. Das Einzige, woran ich mich tatsächlich erinnere, ist meine völlige Ungläubigkeit, als Glatz mir den Kopf tätschelte und mir viel Glück wünschte. Tags zuvor hatte er mich für geheilt erklärt.

»Du siehst es doch jetzt ein, nicht wahr?«, sagte er einige Dutzend Mal in seinem näselnden Tonfall. »Dein Traum zeigt deutlich, dass du es einsiehst.«

Ich erinnere mich auch, dass er sagte: »Denk nur daran, immer aus der Mitte heraus zu atmen, dann wird es dir schon gut gehen.«

Kurz vor meiner Entlassung oder möglicherweise in der Zeit zwischen meiner Entlassung und meiner Wiederaufnahme hatte ich den folgenden Traum. Wir befanden uns in der Eingangshalle eines Krankenhauses. Glatz und Fuchs schüttelten einander energisch die Hand, als hätten sie gerade ein äußerst befriedigendes Geschäft abgeschlossen. Ich stand auf einer erhöhten Plattform, eine überlebensgroße Gliederpuppe, mit einem recht hübschen, leeren Gesicht. Sie schraubten meine Arme, Beine und meinen Kopf ab, damit ich in eine Kiste hineinpasste, in der ich transportiert werden sollte. Obwohl man mir nichts gesagt hatte, vermutete ich, dass ich an einen Ort für unheilbar Kranke verlegt wurde.

Die männliche Gliederpuppe ist seither nicht mehr in meinen Träumen erschienen. Ich nehme an, sie sind nicht dazu gekommen, mich aus der Kiste herauszuholen und meine Teile wieder zusammenzuschrauben.

Ich kann es kaum glauben, dass ich mit meinem Entlassungsschein tatsächlich als Mann, Frau oder Kind auf die Straße gegangen bin. Doch sollte ich es getan haben, obwohl ich keinerlei Erinnerung daran habe, ist es mir nicht so gut gelungen, wie Glatz angenommen hatte, sonst wäre ich jetzt nicht da, wo ich bin, und nicht in dem Zustand, in dem ich mich befinde. Nein, offensichtlich habe ich versagt. Absichtlich vielleicht, aus Bosheit. Nur um Glatz das Gegenteil zu beweisen. Die Frechheit, mich für geheilt zu erklären! Die Demütigung, von jemandem wie Glatz geheilt worden zu sein. Dies war zumindest die Meinung von Miss Engel, seiner Nachfolgerin.

Von der Zeit meines Aufenthalts in der Welt, wenn man davon ausgeht, dass er von einiger Dauer war, habe ich keine einzige Begebenheit, kein einziges Gesicht und keinen einzigen Eindruck in Erinnerung behalten. Ich hege den Verdacht, dass ich nicht einmal auf die andere Straßenseite gelangt bin. Doch womöglich habe ich dort ein ganzes Leben gelebt, geliebt, gelitten und verloren. Kurzum, ich habe mir meinen Frieden verdient, und daher sind ihre Bemühungen, mich irgendwie für die Welt fit zu machen, unseriös und frivol.

Von allen Therapeuten, denen ich in verschiedenen Stadien meines Leidens zugewiesen wurde, sticht Miss Engel am deutlichsten hervor. Am Anfang konnte ich mir nur anhand ihrer Stimme ein Bild von ihr machen, was daran lag, dass ich meine Augen nicht öffnen konnte.

»Ich bin blind«, klagte ich ständig.

Doch sie sagte mir, dass ich ganz gut sehen könnte, wenn ich nur die Augen öffnen würde. Ich konnte es aber nicht, ganz gleich, wie sehr ich mich anstrengte. Es war sinnlos, meine Lider mit Gewalt auseinanderziehen zu wollen, denn meine Augäpfel waren nach innen gerollt.

Miss Engels Stimme war neutral. »Es ist meine Aufgabe«, betonte sie immer, »neutral zu sein.« Sie sprach in einem ruhigen, gleichmäßigen Tonfall und artikulierte jedes Wort mit der gleichen Sorgfalt.

Ihre Stimme kam mir anfangs sehr jugendlich vor. Sie lispelte stark. Ich fragte mich immer wieder, warum man mir eine Ärztin zugewiesen hatte, noch dazu eine so junge. Es war offensichtlich, dass sie nicht viel Erfahrung haben konnte. Wahrscheinlich, weil ich ein hoffnungsloser Fall war, sodass ihre Fehler nicht so ins Gewicht fielen; einer dieser verstümmelten alten Frösche, die man Schulkindern zum Zerschnipseln gibt. Es sei denn, man hoffte, dass die Ansteckungsfähigkeit ihrer Jugend die erwünschte therapeutische Wirkung zeitigen würde. Eine Frau, weil ich ein Mann bin, oder vielleicht, weil ich eine Frau bin. So oder so wäre es sinnvoll.

Auf jeden Fall fühlte ich mich infolge ihrer unschuldigen Naivität eher wie ein schrulliger alter Mann. Ich hegte lüsterne Gedanken und fragte mich, ob ihre Unterwäsche rosa, weiß, lavendelfarben oder zitronengelb war. Wäre ich mir sicher gewesen, dass ich tatsächlich ein alter Mann war, hätte ich sie auch ohne zu zögern gefragt. Aber angenommen, ich wäre ein kleines Mädchen oder eine Frau ihres Alters – dann wäre meine Frage äußerst geschmacklos gewesen. Wie konnte ich die Situation mit gebührlichem Anstand meistern, oder, in ihren Worten, wie konnte ich eine Beziehung zu Miss Engel aufbauen, wenn mein eigener Status nicht definiert war?

Miss Engel zu fragen war völlig sinnlos. Sie beantwortete meine Fragen nie. Das läge außerhalb ihrer Zuständigkeit, behauptete sie. Meine Fragen würden als Symptome behandelt, die sie im Zusammenhang mit meinen Verhaltensstörungen interpretierte. Oft bestätigte ein Traum meinen Zustand der Unwissenheit darüber, wer oder was ich war.

»Sehen Sie«, stellte Miss Engel in solchen Fällen triumphierend fest, »Ihr Traum sagt uns, dass Sie nicht wissen, wer Sie sind. Wir müssen abwarten, bis sich das Selbst so weit verfestigt hat, dass Sie die Antwort in sich selbst finden.«

Sie meinte damit das Selbst, an das ich auf Biegen und Brechen nicht herankommen kann, zu dem nur sie Zugang hat, indem sie an meinen Traumfäden zupft.

Als man mich eines Tages in das Behandlungszimmer rollte, war ich fest entschlossen, mich nicht länger hinhalten zu lassen.

»Ich verlange zu erfahren«, sagte ich streng, »wie alt ich bin!«

»Wissen Sie denn nicht«, sagte sie, »dass das Unbewusste weder Zeit noch Alter kennt?«

»Aber ich bin doch eine Person!«, beharrte ich.

Dr. Engel stieß nur ein trauriges Seufzen aus. »Sie sind noch nicht so weit. Wenn die Zeit gekommen ist, werden Sie es wissen.«

Als ich mein Augenlicht wiedererlangt hatte, konnte ich mich selbst davon überzeugen, dass Miss Engel eine Frau war oder zumindest einmal gewesen ist. Sie muss in ihren Achtzigern gewesen sein. Ihr Lispeln, wie ich dann feststellen konnte, war auf ein locker sitzendes Gebiss zurückzuführen. Alles an ihr war alt und trocken. Sie trug immer nur mauve, die Farbe ihrer Tapete. Ihre blassen Augen hinter den dicken Gläsern einer randlosen Brille blickten immer starr auf denselben Punkt.

Auf der Fensterbank zu ihrer Rechten waren eine Reihe von Blumentöpfen aufgestellt, an denen Dr. Engel große Freude hatte. Manchmal stand sie mitten in einer Sitzung auf, um sie zu gießen oder ihnen mit einer Pipette Vitamine zu verabreichen, und sie führte sie mir gern vor. Ich werde nie vergessen, wie eine seltene Pflanze aus Mexiko, die sie seit Jahren umhegte, endlich aufgeblüht war. Sie stand da und hielt sie in der Hand, als ich in das Behandlungszimmer hineingerollt wurde.

»Schauen Sie!«, sagte sie und hielt mir die exotische Blüte vor die Nase, zinnoberrot mit orangen Klecksen, eine vaginale Pflanze mit komplexen Klappvorrichtungen.

Ich wusste nie so recht, was ich sagen sollte. Ich fragte mich, was die Pflanzen mit mir zu tun hatten. Ich hatte Angst vor Blumen.

»Ist sie fleischfressend?«, fragte ich schließlich.

»O nein«, antwortete sie ziemlich beleidigt. »Ich züchte keine fleischfressenden Pflanzen.«

Obwohl ich nicht glaubte, dass Dr. Engel mir wirklich zugetan war – wäre sie das gewesen, hätte sie nicht stundenlang unbeweglich dasitzen und mir zusehen können, wie ich mich wand –, gab sie mir doch das Gefühl, ein interessanter Fall zu sein. Vielleicht nicht ganz so interessant, wie ich mir selbst vorkam, aber dennoch ihrer Mühe wert. Zum Beispiel gähnte sie nicht und döste nicht so häufig ein wie Glatz, noch schien ich die deprimierende Wirkung auf sie zu haben, die ich auf Fuchs ausgeübt hatte. Außerdem gewann sie auch dadurch mein Zutrauen, dass sie meine ehemaligen Analytiker abwertete.

»Nein, Glatz hat das nicht verstanden, nicht wahr?«, räumte sie mit einem kleinen Lächeln der Komplizenschaft ein.

Was Fuchs angeht, so seufzte sie immer nur: »Ach, wissen Sie, Fuchs hat selber große Schwierigkeiten.«

Schließlich begrüßte ich diese Gesprächstherapie, weil sie mir Ablenkung bot von dem, was in meinem Kopf vor sich ging. Ich muss dazu sagen, dass Miss Engel für meine insektomorphen Fantasien keinen Nerv hatte, meine Geständnisse, ich sei eine Kakerlake oder eine kastrierte Kröte, ließen sie völlig kalt, und sooft ich meine Vermutung äußerte, dass meine Bewegungsunfähigkeit durch einen Gipsverband hervorgerufen sei, fing sie einfach an zu kichern.

Mein Bedürfnis, unsere Beziehung zu definieren, war das Thema der meisten dieser Sitzungen. Wir müssen Monate, vielleicht Jahre damit verbracht haben. Dr. Engel ließ mich einfach vor mich hin spintisieren.

»Mein Beruf ist eigenartig«, räumte sie hin und wieder ein.

Ich untersuchte die ganze Bandbreite menschlicher Beziehungen, ohne eine befriedigende Analogie zu finden. Liebende waren wir nicht, noch waren wir Freunde, denn es gab kein Element der Gegenseitigkeit zwischen uns. Waren wir wie Mutter und Kind? Aber das habe ich nie verstanden. Die Beziehung zwischen einem Mechaniker und einer nicht funktionierenden Maschine schien mir an einem gewissen Zeitpunkt die Situation am besten zu beschreiben. Miss Engel hatte jedoch Einwände gegen dieses Bild; sie meinte, es tue mir nicht gut, mich selbst als rostigen alten Plattenspieler oder als kaputtes Fahrrad anzusehen.

Nach einer Weile erschien es mir am natürlichsten, Dr. Engel als eine Art Beichtmutter zu betrachten. Ihr zölibatäres Dasein (zumindest nahm ich das an), die Tatsache, dass sie auf jegliche persönliche Existenz verzichtete (wenigstens in meiner Gegenwart), und schließlich ihr unfassbarer Glaube, dass ich in Besitz dessen sei, was sie als ein Selbst bezeichnete, bekräftigten diesen Eindruck. Ich habe mich lange gefragt, ob sie einer Kirche angehörte. Wer hatte sie ordiniert? War sie einer höheren Instanz unterstellt? Die Tatsache, dass sie ein Amt verkörperte und doch keinen institutionellen Rückhalt hatte, beunruhigte mich.

Allerdings muss ich sagen, dass Dr. Engel die kirchliche Analogie nicht unterstützte. Ihre Lieblingsvorstellung war die einer Hebamme oder einer Gärtnerin, und mit der Zeit zwang sie mich, in diesen Begriffen zu denken. Nach einigen Jahren bei Dr. Engel begann ich mich wie ein Fötus im dritten Monat zu fühlen. Dr. Engel, deren Diagnose immer optimistischer war als meine, erklärte mich zu einem überfälligen Baby. In der letzten Phase der Behandlung ließ sie die biologische Metapher zugunsten der botanischen fallen. Ich wurde zu einer Wurzel, einem Rettich. Jederzeit könnte aus mir ein kleiner grüner Stängel ans Licht hervortreiben.

Anfänglich widersetzte ich mich Dr. Engels felsenfester Überzeugung, dass ich den Kern eines Selbst besäße. Der Gedanke war allzu absurd, oder wie Miss Engel sich ausdrückte, er bedrohte meinen psychischen Haushalt. Sie muss mich jedoch zermürbt haben, denn es kam der Zeitpunkt, an dem ich kurz davor war, sie ernst zu nehmen. Ich entsinne mich, dass mir Tränen in die Augen stiegen und ich spürte, wie meine Mundwinkel zuckten.

»Können Sie das wirklich sehen?«, fragte ich mit zittriger Stimme. »Sind Sie sich sicher?«

»So sicher, wie ich hier sitze«, gab sie zurück und hämmerte sich zur Bestätigung mit beiden Fäusten auf die Schenkel.

»Und, was ist es?«, fragte ich atemlos. »Mann, Frau oder Kind?«

Dr. Engel lächelte nur über meine Grobheit.

Am Ende des siebten Jahres war es Dr. Engel gelungen, mir das Konzept der Geburt zu vermitteln. Wiedergeburt nannte sie das. Da ich mich aber an überhaupt keine nennenswerte Existenz erinnern konnte, sollte es meine erste Geburt sein. Dies stürzte mich in einen Zustand von Unruhe und Verzweiflung, wie ich ihn nie zuvor erlebt hatte.

»Das kann nicht stimmen«, protestierte ich ständig, »eine Geburt sollte nicht so schwierig sein. Ich sollte dabei keinen Schmerz empfinden. Ich sollte während des Vorgangs schlafen. Ich sollte überhaupt nicht anwesend sein. Es kann gar nicht in meiner Anwesenheit vor sich gehen.«

Dr. Engel sagte, es sei nicht die Geburt, sondern das Sterben, das mir solche Qualen verursache. Wenn ich nur aufhören würde, mich dagegen zu sträuben, und mich fügen würde, dann erfolgte die Geburt ganz schmerzlos von selbst.

Ich hörte auf sie. Wie konnte ich mich auch widersetzen? Was könnte es Schöneres geben, als den wahren Tod zu sterben? Man sagte mir zwar, ich solle es bloß nicht versuchen, aber meine Qualen wurden unerträglich. Wie ich ihre Pflanzen beneidete! Ich wünschte mir, Miss Engel würde mich in einen Topf setzen und mich mit Erde bedecken, mit feiner, schwarzer, poröser Erde, und mich begießen. Dann würde ich blühen, dann würde sie sich an mir freuen und stolz auf mich sein. Aber sie zeigte nur auf ihre Pflanzen und hielt sie mir zum Bewundern vor die Nase.

»Sehen Sie sich nur diese hübsche Sepia an«, rief sie voller Freude aus, »vor einem Monat hatte sie noch kein einziges Blatt. Ich hab sie in einer Mülltonne gefunden, jemand hatte sie weggeworfen. Und schauen Sie sie sich jetzt an!«

Miss Engel versicherte mir ständig, dass ich Fortschritte machte. Aber das schien mir nur eine therapeutische Maßnahme zu sein, um mir über meine fixe Idee hinwegzuhelfen, dass alles zum Stillstand gekommen war. Sie war zwar stets voller Hoffnung, aber ich wusste, dass sie keine wahre

Freude an mir hatte. Ich entfaltete mich nicht, wie ihre Blumen es taten.

Die Sehnsucht zu erblühen schlug in mir Wurzeln. Ich, der ich früher so wenig an mich selbst gedacht hatte, dem es völlig einerlei war, ob es mir gut oder schlecht ging, ob ich bei klarem oder trübem Bewusstsein war, verzehrte mich jetzt vor Sehnsucht, für Miss Engel aufzublühen. Abwechselnd verlangte ich nach Essen und verweigerte die Nahrung. Ich kratzte an meinen Geschwüren, ich besudelte mich und beschimpfte die Pfleger. Während meiner Therapiesitzungen erging ich mich entweder in trotzigem Schweigen oder in irrsinnigen Beschuldigungen.

Inmitten dieser Qualen verstarb Miss Engel eines Sommernachmittags. Sie starb während einer Sitzung, aufrecht in ihrem Sessel sitzend. Während meiner Sitzung oder vielleicht während der Sitzung meines Vorgängers. Ich kann mich nicht erinnern, ob sie mich begrüßte, als ich hereingerollt wurde. Die ersten zehn Minuten oder so schwieg ich wie gewöhnlich, dann begann ich unzusammenhängend vor mich hin zu brummeln. Nach einer Weile hatte ich das Gefühl, dass diese Sitzung unmäßig lang andauerte. Ich sprach davon, wie lang mir diese Stunde vorkäme. Ich fragte sie, wie spät es sei. Keine Antwort. Ich geriet in Panik und fragte sie, ob ich für immer hier liegen müsse. Panische Angst erfasste mich. Ich hatte das Gefühl, durch einen dunklen, engen Schaft in die Tiefe zu stürzen. Ich versuchte, ihr Schweigen zu akzeptieren.

Sie testet dich, sagte ich mir. Sie will nur sehen, ob du die Sitzung aus eigener Kraft beenden kannst.

Aber ich war völlig außerstande, irgendwelche Kräfte aufzubieten. Ich begann mich zu fragen, ob ich diesem Sturz in die Dunkelheit vielleicht einfach nachgeben sollte. Aber ich war ebenso wenig in der Lage, mich zu ergeben, wie mich dagegen zu wehren.

»Antworten Sie mir!«, brüllte ich.

Nach einer Weile konnte ich nicht einmal mehr brüllen.

Es war stockdunkel geworden. Ich muss lange regungslos dagelegen haben, wie lange, weiß ich nicht. Plötzlich knipste jemand das Licht an.

»Steh auf!«, sagte eine Stimme. Ich blinzelte, konnte mich aber immer noch nicht bewegen. Miss Engel saß kerzengerade in ihrem Sessel, die Lippen zusammengepresst, ihr Blick starr wie der einer Eule, neben ihrem Sessel zwei Pfleger.

»Sie ist tot«, verkündeten sie. Sie hoben den Fauteuil hoch, und Miss Engels Füße in den malvenfarbenen Pumps erhoben sich ebenfalls. Als sie um den kleinen Tisch am Kopfende der Couch herumgingen, auf der ich lag, stieß einer der Pfleger die mexikanische Pflanze um. Der Tontopf zerbrach, und die Erde ergoss sich über den Teppich, sodass die nackten rosa Wurzeln der Pflanze zum Vorschein kamen. Ich glaubte zu sehen, wie sich die Wurzeln wanden und auf mich zu krochen. Ich fiel in Ohnmacht.

Wenige Tage danach wurde ich einer gewissen Dr. Wichita zugewiesen. Als ich das erste Mal hereingerollt wurde und ihren Kopf hinter der hohen Lehne eines Ledersessels auftauchen sah, war ich mir nicht sicher, ob es ein Mann oder eine Frau war. Aber nachdem ich sie deutlich bei Tageslicht gesehen hatte, entschied ich mich dafür, dass sie eine Frau war. Die imposante Hakennase hätte genauso gut einem Mann gehören können; auch ihre Augenbrauen waren dicht, und sie hatte einen männlichen Haarschnitt, der Nacken war sorgfältig ausrasiert. Aber ihre schweren Lippen waren leuchtend rot geschminkt; sie trug große Knopfohrringe und eine Kette aus bunten Perlen um ihren kurzen Hals. Ihr Haar war in einem zarten Orangeton gefärbt, für einen Mann eher ungewöhnlich.

Jetzt ist es viel besser. Ich glaube, sie haben mich endlich als einen hoffnungslosen Fall aufgegeben. Manchmal, während ich hier liege und meine Spucke im Mund herumwalke, frage ich mich, ob dies der Tod ist, den Miss Engel gemeint hat, oder die Wiedergeburt.

Dr. Wichita, mit der ich über meine Sitzungen mit Miss Engel spreche, bemerkt nur: »Wen zum Teufel kümmert es, was sie damit gemeint hat? Sie ist tot.«

»Und ich?«, frage ich weinerlich. »Werde ich zu einem gesunden, vollblütigen …«

»Glauben Sie nicht, dass es dafür schon ein bisschen zu spät ist?«, unterbricht mich Dr. Wichita, während mir die Stimme versagt.

Miss Engel hatte immer gesagt, es sei nie zu spät. Sie erzählte mir oft von einem ihrer Patienten, der dreiundsiebzig Jahre alt war und wie ein Kind aufblühte. Er begann mit Bildhauerei, gründete eine neue Zeitschrift, heiratete sogar wieder und zeugte einen Sohn.

Ich schäme mich, Dr. Wichita davon zu erzählen. Ich weiß, was sie sagen wird: »Quatsch!« Also weine ich einfach still vor mich hin. Dr. Wichita, die im Grunde gutherzig ist, lässt ihre Mundwinkel sinken. Es ist ihre Art, Mitgefühl auszudrücken.

»Es muss Sie ärgern, dass Sie dieser Ziege acht Jahre lang Ihr Herz ausgeschüttet haben«, schnaubt sie. »Und wohin hat Sie das gebracht?«

»Ich weiß es nicht«, sage ich, »Hierhin. Ich spreche mit Ihnen.«

»Und was zum Teufel erwarten Sie von mir?«

»Nichts.«

Aber ich lüge. Ich wünsche mir, dass Dr. Wichita mich adoptiert. Ich würde zu einem kleinen Mädchen werden, mit langem, gelbem Haar, so süß und niedlich, dass sie mir nicht widerstehen könnte.

Jedes Mal, wenn ich zu einer Sitzung ging, erwartete ich, dass sie mich am Ende mit nach Hause nehmen würde. Sie würde mich ihrem Ehemann zeigen, den ich mir als einen kleinen, verbitterten Mann mit beginnender Glatze vorstellte, der sich immer so sehr ein kleines Mädchen gewünscht hatte, aber ihre zwanzigjährige Ehe war kinderlos geblieben.

Dr. Wichita würde ihr ganzes Geld dafür ausgeben wollen, mir hübsche Sachen zu kaufen. Sie würde ihren Teilzeitjob an der Klinik aufgeben, um sich ganz der Aufgabe zu widmen, mich großzuziehen. Sie würde mich auf eine Karriere als Filmstar vorbereiten.

»Ich kann Ihnen ein Entlassungsschreiben ausstellen«, herrscht mich Dr. Wichita an und unterbricht meine Fantastereien.

»Nein«, sage ich zitternd, obwohl ich weiß, dass sie es nicht ernst meint.

Dr. Wichita ist nachsichtig. Sie lässt mich mit Puppen spielen. Beschäftigungstherapie nennt sie das. Das hat mir sehr geholfen. Ich glaube, ich fange an, mich ein bisschen zu bewegen, auf dem Bauch herumzukrabbeln.

Ich plappere bei Dr. Wichita viel über die Puppen. Eine von ihnen ist zum Leben erwacht. Vielleicht bin ich das. Sie ist neun Jahre alt und spindeldürr. Ich wickle sie in weite, wallende Röcke, weil sie ein so zerbrechliches, zerschundenes kleines Ding ist.

»Soviel ich weiß, sind Mädchen kastrierte Jungen« – Dr. Wichita nickt mit berufener Miene – »und da ist eine Wunde, dieser kleine blutende Mund zwischen ihren Beinen.«

Denn obwohl sie erst neun ist, blutet sie bereits. Sie heißt Ellen, und sie ist kahlköpfig. Aber ich klebe ihr eine orangefarbene Perücke auf ihren kahlen Schädel und rufe sie mit possierlichen Kosenamen: Annabella, Beatrice, Francesca.

»Beatrice hat keine Brüste«, gestehe ich Dr. Wichita verlegen, »vielleicht nur eine ganz leichte Schwellung um ihre kleinen Brustwarzen. Aber kein Schamhaar«, sage ich mit

Bestimmtheit, »keinen Bart um die blassen Lippen ihrer Wunde.«

»Warum keinen Bart?«, hinterfragt mich Dr. Wichita plötzlich. Sie legt die Zeitung weg, in die sie bisher vertieft war, und streicht sich über ihr stoppeliges Kinn.

Da ich keine Antwort gebe, wendet sie sich wieder der Zeitung zu und murmelt: »Sie können sich den Bart immer abrasieren lassen, wissen Sie. Blödsinn!« Sie schielt stark bei dem Versuch, das Kleingedruckte zu entziffern. »Fahren Sie fort, ich höre Ihnen zu.«

Dr. Wichita tut mir gut. »Warum geben Sie nicht auf?«, schlägt sie mir immer wieder vor. Es ist das erste Mal, dass jemand etwas zu mir sagt, das einen Sinn ergibt. »Warum geben Sie nicht einfach auf?«

Manchmal frage ich mich noch immer, ob ich nicht eines Tages als richtiges Kind wiedergeboren werde. Aber meine Füße fühlen sich groß und schwielig an, wenn sie aneinanderreiben.

Dr. Wichita sagt: »Sind Sie immer noch dabei?«

Die meiste Zeit starre ich sie jetzt einfach nur an oder schaue aus dem Fenster auf das zitternde Laub. Sie telefoniert, feilt sich die Nägel, schreibt Rechnungen aus.

»Sind Sie da am Einschlafen?«, fragt sie. Manchmal dämmere ich tatsächlich ein.

»Vielleicht bin ich geheilt«, sage ich.

»Vielleicht sind Sie das.«

Bei schönem Wetter rollt man mich auf den Hof hinaus.

# DIE HAIE

Sobald der Junge die Augen schloss, rauschte das Meer unter seinen Lidern heran und stieg über seinen Kopf, ein warmes, grünes, glasklares Meer. Sein Gesicht war im Wasser, seine Augen waren weit geöffnet, und er blickte in das bodenlose Blau hinab, vorbei an seinen blassen Froschschenkeln. Jedes Mal kamen die Haie. Erst einer, dann ein zweiter und ein dritter, sie kamen von mehreren Seiten und von unten auf ihn zu, weiß und ohne Gesicht, ihre mörderischen Kiefer schief in ihre Unterseite geschnitten. Manchmal sah er das Blatt ihrer Schwanzflosse in einiger Entfernung mit Torpedo-Geschwindigkeit direkt auf ihn zusteuern. Seine Angst war so weiß und kalt wie die Killer. Er wagte nicht, sich umzudrehen und zu fliehen, denn er fürchtete am meisten um seine Beine. Er hätte ihm seine Kehle oder sein Herz angeboten, aber er wusste, dass der Hai ihm die Beine abbeißen würde. Manchmal wehrte er sich heftig mit den Fäusten und tat so, als würden die Zähne des Hais seinen Oberschenkel nur streifen; er spielte den

Helden, ritt den riesigen Fisch wie einen Delfin und stieß ihm sein Fahrtenmesser in die Seite. Aber erregt durch das Blut schwammen nur noch mehr Haie heran und schwärmten um ihn herum. Endlich schloss er erschöpft die Augen und ließ sich schlaff treiben, während sie riesige Fleischbrocken aus ihm herausrissen. Schließlich war es ja nur ein Traum. Doch wenn er wach wurde, fühlte er sich schwach und seine Beine schmerzten an den Stellen, an denen die Haie ihn gebissen hatten.

Sie kamen jede Nacht, sobald er die Augen schloss. Es war sinnlos, dagegen anzukämpfen, mit weit aufgerissenen Augen vor sich hinzustarren, um wach zu bleiben. Es funktionierte nie. Er spürte noch die Anstrengung, seine Augenlider offen zu halten, da hatte der Schlaf ihn bereits von hinten gepackt und seine Augäpfel in seinen Kopf hineingedreht, wo die Mittagssonne das friedliche Meer durchflutete und alle drohende Dunkelheit vertrieb. Ohne dass ihm ein Szenenwechsel im geringsten bewusst war, plätscherte er nichtsahnend im glitzernden Wasser umher, bis er plötzlich hinabsah und ihre massige weiße Gestalt erblickte, die gezackten Kiefer auf ihn gerichtet. Jetzt töten sie ihn mit Sicherheit. Beim Erwachen hatte er das Gefühl, tatsächlich ein paar Minuten tot gewesen zu sein. Die Haie waren weniger schrecklich, wenn er absichtlich die Augen schloss und auf sie wartete.

Aber jetzt, da er gerade an dem Punkt aufgeschreckt war, an dem die Haie ihm alle Glieder einzeln abrissen, war er vor Schmerz und Angst zu geschwächt, um sich ihnen sofort wieder zu stellen. Er wollte zu seiner Mutter.

Er setzte sich im Bett auf. Das Bettzeug lag zerwühlt um ihn herum, grau und fließend. In jeder Falte lauerte Schrecken. Er versuchte, in den vertrauten Gegenständen seines Zimmers Beruhigung zu finden, aber sie hatten sich alle mit der Nacht gegen ihn verbündet. Der Lampenschirm mit den Fransen, sein Tisch und sein Stuhl nahmen die Gestalt der Wesen aus seinem Traum an. Der Boden hatte einen unheimlichen, nassen Glanz. Er nahm all seinen Mut zusammen, kroch aus dem Bett und durchquerte das Zimmer, indem er vorsichtig auf dem Linoleum auftrat und den Blick auf das schwarze Loch des Fensters und die halb geöffnete Schranktür vermied. Er achtete darauf, die Möbel nicht zu streifen, aus Angst, irgendetwas zu berühren, bevor er das Licht anmachte. Er musste sich zusammennehmen, um den Lichtschalter zu betätigen, der ebenfalls verzaubert war. Im grellen Schein des elektrischen Lichts wurden die Gegenstände wieder leblos, zu bloßen Oberflächen reduziert.

Er beschloss, zu seiner Mutter hinaufzugehen. Als er die Tür zum Flur öffnete, hörte er ihre Stimme, als würde sie sich mit jemandem streiten. Er stand am Fuß der Treppe und lauschte. Er hörte sie aufstöhnen und vernahm das helle Kreischen reißender Fäden, als ob ein Laken zerrissen würde. Sie weinte, und wenn sie ihre Stimme erhob, hörte er seltsame Worte. Seine Mutter schlief oben allein in dem großen Bett, seitdem sein Vater das Haus verlassen hatte. Sein Vater sei auf einer langen Reise, sagte ihm seine Mutter. Immer wenn er sie fragte, wann sein Vater denn zurückkäme, wandte sie den Blick von ihm ab und sagte, vielleicht zu Weihnachten. Seine Mutter ging im Zimmer oben auf und ab und redete. Obwohl er nur ihre Stimme hörte, war er sich sicher, dass noch jemand bei ihr sein musste, sein Vater. Er muss nachts heimlich nach Hause gekommen sein, denn der Junge hörte oft, wie seine Mutter ihn anflehte und ihm Vorwürfe machte. Er stellte sich seinen Vater vor, wie er schweigend in seinem hellgrauen Hut und Mantel dastand und Zigaretten rauchte, die er mit dem Absatz auf dem Boden ausdrückte. Manchmal glaubte er, eine andere Stimme in einem erstickten Flüsterton sprechen zu hören, und die Schritte eines Mannes, der die Treppe herunterkam und die Haustür zuschlug. Wenn er an den Mann dachte, der bei seiner Mutter war, traute er sich nicht mehr, nach oben zu gehen.

Ihm war kalt und er war schläfrig, und so legte er sich wieder ins Bett, um abzuwarten, bis der Mann ging. Er schloss die Augen und dachte an das Geschenk, das sein Vater ihm zu Weihnachten mitbringen würde. Einen echten Indianerkopfschmuck mit Adlerfedern. Einen lebenden Affen. Die Augen des Affen begannen seltsam zu leuchten, wie die glühende Spitze einer Zigarette im Dunkeln. Der Junge versuchte, an etwas anderes zu denken. Er stellte sich einen Spielwarenladen vor, mit kleinen Autos, Lastwagen und Zügen. Die Spielsachen fingen an herumzutreiben, wippten auf und ab, als ob die Regale und Ladentische zu Wasser geworden wären. Er setzte sich steif im Bett auf, um der Traumwelle zu widerstehen, die ihn immer wieder zu den Haien trieb, und starrte angestrengt in die Dunkelheit.

Langsam lichtete sich die Nacht, und die erste Blässe der Morgendämmerung füllte den Fensterrahmen. Er saß regungslos da und lauschte auf Schritte auf der Treppe. Er starrte weiterhin vor sich hin und erlaubte sich nicht zu blinzeln. Dann sah er, wie das Gesicht seines Vaters im Fenster erschien. Sein Vater kletterte wie ein Einbrecher durch das Fenster, sein hellgrauer Anzug war zerknittert und schmutzig. Ich muss keine Angst haben, dachte der Junge. Es ist nur mein Vater. »Papa, hast du mir ein Geschenk mitgebracht?«, fragte er. Sein Vater lächelte nicht. Er zog eine Pistole aus seiner Hosentasche und richtete sie auf ihn. Das ist ein Spiel, dachte der Junge und hob die Hand, die Finger gekrümmt, wie um den Abzug zu betätigen, und zielte auf seinen Vater. Er spürte, wie ein Strom von Kugeln seine Brust und seinen Hals durchbohrte, aber er blieb standhaft. Es ist eine Spielzeugpistole!, wollte er sagen, aber es war Blut, das in seiner Kehle sprudelte. Seine Augen trübten sich, doch er fühlte keinen Schmerz. Er sah die verschwommene Gestalt seines Vaters, der sich durch das Fenster zurückzog, und hörte, wie das Fenster zuschlug. Er schien durch beschlagenes Glas zu blicken. Er tat einen Schritt nach vorn und stolperte gegen die Fensterscheibe. Auf der anderen Seite des Glases befand sich Wasser mit schwankenden Wasserpflanzen und umherschnellenden Fischen. Das Haus lag unter dem Meer und war von Wasser umgeben. Die Haie kamen in Schwärmen bis ans Fenster geschwommen, pressten ihre riesige weiße Masse gegen das Glas. Sie drehten sich so, dass er ihre aufgedunsenen silbernen Bäuche und ihre umgedrehten mondförmigen Mäuler sehen konnte, aus denen die Sägezähne herausragten. Und der Junge entdeckte seinen Vater im Wasser, in der Hand ein Paket, er strampelte mit Händen und Füßen, eine brennende Zigarette im Mund. Sein Vater schwamm mit den Haien vor dem Fenster, er schien dem Jungen zu bedeuten, dass er ihm öffnen solle. Aber der Junge hatte Angst, dass die Haie hereinkämen, wenn er das Fenster für ihn hochschob. Er sah, wie sein Vater unter Wasser die Faust schüttelte. Er ging zurück ins Bett und zog sich die Decke über den Kopf. Er konnte hören, wie sein Vater alle Fenster im Haus ausprobierte. Er tat so, als ob er schliefe.

Er kroch aus dem Bett, als er seine Mutter in der Küche hörte. Es war noch dunkel. Sie stand da in ihrem weißen Nachthemd, barfuß, und schlug mit geschlossenen Augen Eier in eine große Bratpfanne.

»Aber es ist doch noch Nacht«, sagte der Junge.

Sie wandte sich ihm zu, ohne die Augen zu öffnen, und lächelte. Ihre Zähne waren ungewöhnlich lang und schön wie geschnitztes Elfenbein. »Hol dir eine Schüssel und iss deine Cornflakes«, sagte sie.

Sie fuhr fort, Eier am Pfannenrand aufzuschlagen. Für wen macht sie bloß all diese Eier?, fragte sich der Junge. Die Eier krachten zischend ins heiße Fett. Er konnte weder eine Schüssel noch die Cornflakes-Schachtel finden, aber er sagte nichts. Er schaute durch das Küchenfenster hinaus in die Nacht. Er sah ein müdes Augenpaar. Er stand draußen und sah zu seiner Mutter hinein, die in einem großen Kessel rührte. Er glaubte, einen haarlosen Schwanz zu sehen. Dann tauchte das Gesicht seiner kleinen Schwester auf. Seine Mutter war dabei, sie zu baden. Aber sie schien tot zu sein, ihr Fleisch bröckelte von den Knochen, grau und schuppig. Seine Mutter lächelte dasselbe langzahnige Lächeln.

Er schrie. Im Haus war es ganz still. Er ging auf den Flur und lauschte unter der Treppe. Seine Mutter ging nicht mehr auf und ab. Der Mann musste gegangen sein. Auf Zehenspitzen schlich er die Treppe hinauf in ihr Zimmer, kroch neben ihr unter das Laken, schmiegte sein Gesicht an ihre Schulter und schlief.

Eines Morgens fand der Junge seine Mutter tot auf. Er war mitten in der Nacht zu ihr gegangen und hatte versucht, sie am Morgen zu wecken, indem er ihr auf die Wange klopfte, doch sie rührte sich nicht. Es war dunkel im Zimmer, die Jalousien waren zugezogen, aber er glaubte, er hätte einen Blick von ihr erhascht. Er ging die Treppe hinunter. Er beschloss, sie zu überraschen, indem er sich heute selbst anzog. Seine Mutter hatte vergessen, das saubere Hemd und die Hose herauszulegen, die er an diesem Tag tragen sollte. Einen Moment saß er unglücklich auf der Bettkante und lauschte den kleinen glucksenden Geräuschen seiner Schwester im Nebenzimmer. Nach einer Weile begann er, das zerknitterte Hemd und die zerknitterte Hose anzuziehen, die noch vom Vortag in einem Haufen neben seinem Bett lagen. Das leise Gegluckse des Babys wurde lauter und jammernder. Es wurde zu einem Wimmern. Während er seine Schuhe schnürte, hörte er den elektrischen Wecker im Obergeschoss, der so lange läutete, bis der Minutenzeiger den Punkt überschritt, auf den er eingestellt war. Er ging hinauf in das Zimmer seiner Mutter und schlug die Tür gegen die Wand. Er ließ die Jalousien mit Getöse hochfahren, sodass das Zimmer von Licht durchflutet wurde. Seine Mutter lag mit offenen Augen da, aber sie war nicht wach. Als er an ihrem Arm zog, sank ihre Hand herab. Am Nachmittag kamen sie und nahmen sie mit.

Von nun an konnte er, wenn er im Schlaf starb, nicht mehr bei seiner Mutter Zuflucht suchen, denn ihr Körper lag in einem Sarg in der Erde vergraben. Sein Vater kam nie zurück und brachte ihm auch kein Geschenk. Vielleicht lag auch er irgendwo in einem Sarg. Der Junge und seine Schwester zogen zu einer Tante in eine große Stadt. Die Tante war alt. Sie trug ein Gebiss, das sie in einem Wasserglas auf dem Nachttisch aufbewahrte. Er umarmte sie steif. Er wollte nie in einem Sarg liegen. Er hatte Angst, lebendig begraben zu werden.

Wenn nachts die Haie kamen, versuchte er nicht mehr, vor ihnen zu fliehen oder gegen sie anzukämpfen. Er rief ihnen zu und bot ihnen seine Gliedmaßen an und ertrug tapfer den Schmerz, bis er in Ohnmacht fiel. Es waren jetzt wunderschöne Haie, samtschwarz mit gefransten Flossen, sie schlängelten sich langsam durch das Wasser, ihre Leiber flatternd wie Schals. Sie hatten weiche Schnauzen, und er konnte spüren, wie ihre Lippen ihn liebkosten, bevor sie ihm ihre Zähne in den Schenkel trieben.

# EINE TÖDLICHE KRANKHEIT

Nach seiner alljährlichen Routineuntersuchung verließ Derby die Arztpraxis in einem niedergeschlagenen und benommenen Zustand. Es war ein strahlender Wintertag. Aber obwohl er automatisch blinzelte, als sich seine Augen nach dem dunkel verhangenen Sprechzimmer des Arztes an die Helligkeit gewöhnten, nahm Derby den klaren blauen Tag nicht zur Kenntnis. Einige Minuten lang stand er zögernd an der Straßenecke in der Nähe einer Bushaltestelle, als er aber den Bus anrollen sah, entfernte er sich.

Er hatte bereits mehrere Blocks entlang einer geraden, von grauen Wohnhäusern gesäumten Allee zurückgelegt. Aber wo ging er denn hin? Er blieb stehen und schaute auf seine Uhr. Es war 14:17. Bis zu seinem nächsten Termin um 16:10 waren es noch über anderthalb Stunden, die er irgendwie zubringen musste, wurde ihm mit Unbehagen bewusst. Genau eine Stunde und dreiunddreißig Minuten, abzüglich der zwanzig Minuten, die er für den Weg dorthin brauchen würde. Angesichts dieser Zeitspanne verspürte er eine vage Beklemmung.

Als er am Morgen aufgebrochen war, hatte er vorgehabt, nach seinem Arztbesuch eine Reihe von Besorgungen in der Stadt zu machen. Er hatte seinem Sohn versprochen, ihm Patronen für eine ganz spezielle Spielzeugpistole zu kaufen, die nur ein einziges Geschäft führte. Seine Frau hatte ihn gebeten, eine Bestellung von Partyservietten in einem Laden im Zentrum abzuholen. Außerdem musste er in der Stadtbücherei eine Quellenangabe nachschlagen und bei seinem Verleger vorbeischauen, um den Einband für seinen neuen Essayband abzusegnen. Der Arzt hatte ihn aber fast zwei Stunden warten lassen, und Derby war jetzt im Zweifel, ob er all diese Geschäfte in einer Stunde erledigen könnte, denn es würde ihn zwanzig Minuten kosten, um in die Innenstadt zu gelangen, und während er noch überlegte, wie er die Zeit verbringen sollte, verging sie bereits.

Für seine Angelegenheiten in der Bibliothek und beim Verlag reichte die Zeit wohl aus, und vielleicht noch für eine weitere Besorgung: die Patronen für seinen Sohn, die er ihm seit über zwei Wochen versprochen hatte. Aber seine Frau brauchte die Partyservietten für morgen Abend. Das heißt, er müsste auf jeden Fall am nächsten Tag noch einmal in die Stadt fahren. Unter diesen Umständen erschien es vernünftiger, alle Besorgungen morgen in einer einzigen Fahrt zu machen, als zweimal zu fahren. Das Sinnvollste wäre jetzt, mit dem Bus zur Universität zu fahren und die freie Stunde lesend in seinem Büro zu verbringen. Diesen Gedanken verwarf er jedoch sofort. In diesem Augenblick widerte ihn alles an, was mit seiner Arbeit zu tun hatte, vor allem sein Schreibtisch, auf dem sich Post und die Seminararbeiten seiner Studenten türmten. Er entschied sich für einen Spaziergang im Park.

Jedes Mal, wenn Derby zu einer ärztlichen Untersuchung ging, hoffte er insgeheim, der Arzt werde eine tödliche Krankheit feststellen, die ihm eine Lebenswartung von höchstens noch einem Jahr ließ. Der Gedanke an sein unmittelbar bevorstehendes Ende löste in ihm stets ein plötzliches Gefühl von Befreiung und neuer Lebenskraft aus. Endlich würde er frei sein, frei von allen Verpflichtungen – wobei das Allerbedrückendste für ihn war, Entscheidungen zu fällen, Pläne zu schmieden und Vorkehrungen für die Zukunft zu treffen. Plötzlich konnte er wieder durchatmen und genoss für einen kurzen Moment eine wilde und köstliche Freiheit, wie er sie sonst nie erlebte, es sei denn in der entferntesten, unwiederbringlichen Vergangenheit, da er ein kleiner Bub gewesen war, der durch die Felder rannte. Anschließende Überlegungen, was er ein ganzes Jahr oder auch nur einen einzigen Tag lang mit dieser Freiheit anfangen sollte, verwirrten und bedrückten ihn unweigerlich. Würde er in diesem Jahr noch eine letzte Anstrengung machen, um Glück oder Vertrauen zu finden? Würde er einfach so weitermachen wie bisher, oder würde er alles aufgeben, seine Arbeit und seine Familie, und sich allein an einen fernen Ort begeben? Konnte er es jetzt ertragen, mit sich selbst konfrontiert zu sein? War es nicht schon zu spät? Das anfängliche Gefühl von Befreiung wich bald einem Gefühl des Grauens. Angenommen, er würde in diesem Jahr dasselbe endlose Sterben durchmachen wie in all den anderen Jahren, nur intensiver, unerbittlicher und grauenhafter, weil es endgültig wäre.

Aber der Arzt hatte seinen Zustand als zufriedenstellend befunden. Seine Beschwerden waren allenfalls auf einen nervösen Magen zurückzuführen und auf einen Mangel an frischer Luft und Bewegung. Es gab einen leisen Verdacht auf einen Tumor im Mastdarm, aber das war kein Grund zur Beunruhigung. Der Arzt riet ihm, in ein paar

Wochen zu einer Röntgenuntersuchung wiederzukommen. Dr. Beeswax empfahl Derby außerdem das Einhalten einer milden Diät, um seinen wässrigen Stuhl in Ordnung zu bringen, und mindestens eine Stunde körperlicher Ertüchtigung wie Bowling oder Judo in seinen Wochenplan einzubauen.

Als Derby am Eingang zum Park stand, fiel ihm der strahlende Himmel auf. Er blickte durch die noch kahlen Äste nach oben und erinnerte sich, dass es fast Frühling war. Der Wind war eiskalt, und doch war es ein schöner Tag. Die Schönheit hatte etwas Abgehobenes. Ihm war bewusst, dass er nicht in ihre Tiefe eindringen konnte. Gleichzeitig besaß sie eine andere Qualität als die Postkartenflachheit, die die Welt gewöhnlich für ihn hatte.

Er wanderte den Pfad entlang, schloss die Augen und hielt sein Gesicht in die Sonne. Vielleicht ging es ihm gar nicht so schlecht, wie er es sich im vergangenen Jahr eingebildet hatte, und der Arzt hatte wohl recht. Er versuchte, sich durch die ärztliche Diagnose beruhigt zu fühlen. Doch obwohl sich die Sonne auf seinem Gesicht gut anfühlte, konnte er sich über den dumpfen Schmerz im Magen und das Gefühl von Übelkeit nicht hinwegtäuschen, noch konnte er den Druck in seiner Brust ignorieren. Er war müde. Jeder Atemzug schien mit Anstrengung verbunden zu sein – erforderte fast eine Entscheidung. Hin und wieder ertappte er sich dabei, wie er den Atem über längere Zeit anhielt, als wäre er unter Wasser.

Er ließ sich auf eine Bank sinken und rauchte. Es war ein schöner Tag, aber sein Spaziergang machte ihm keine Freude. Seine Uhr zeigte 14:29 an, er hatte noch über eine Stunde Zeit. Wenn er jetzt umkehrte und mit dem Bus in die Innenstadt fuhr, konnte er vielleicht noch ein oder zwei Punkte auf seiner Liste abhaken. Die Patronen für seinen Sohn kaufen und vielleicht die Servietten abholen. Um seine eigenen Angelegenheiten könnte er sich ein andermal kümmern. Er fühlte sich der Aufgabe nicht gewachsen, eine Entscheidung über das Cover seines Buches zu treffen oder in der Stadtbibliothek nach dem benötigten Zitat zu suchen. Es war ihm auch nicht danach, ins Zentrum zu fahren, aber er enttäuschte seinen Sohn ungern. Es würde die erste Frage des Jungen sein, wenn er zur Tür gelaufen kam, um ihn zu begrüßen, ob er ihm die Patronen besorgt hätte. Derby konnte nicht ohne ein gewisses Unbehagen an seinen Sohn denken, das an Schuldgefühl grenzte. Die Zukunft des Jungen lastete in bedrückender Weise auf ihm. War die neue Privatschule das Richtige für ihn? Er war bereits dreizehn Jahre alt, hatte aber keine ernsthaften Interessen. War er nicht schon zu groß, um mit einer Spielzeugpistole herumzuballern, peng-peng? Hätte er ihm das Spielen mit Waffen nicht von vornherein verbieten sollen? Er würde den Schulpsychologen aufsuchen müssen. Aber nun hatte er ihm die Patronen schon versprochen.

Auf der Bank sitzend war ihm kalt geworden. Wieder sagte er sich, am vernünftigsten wäre es, sich in sein Büro zu begeben und die Stunde vor seinem Unterricht damit zu verbringen, die Zwischenprüfungsarbeiten durchzusehen. Er erhob sich und ging zögerlich zurück. Als er den Spielplatz erreichte, hielt er an. In einer Stunde würde er vor einer Klasse von etwa fünfzig Notizen kritzelnden Studenten seine Vorlesung halten; dieser Gedanke erfüllte ihn mit Verzweiflung. Er blieb stehen und stützte sich mit den Händen auf den Drahtzaun.

Er schaute auf seine Uhr. Es war 14:40. Er hatte noch immer eine Stunde Zeit. Eine Stunde, eine ganze Stunde, eine leere Zeitspanne, in der er nichts Besonderes zu tun hatte.

Er sah einer Gruppe von Jungen zu, die den Weg entlangkamen, die Schlittschuhe über die Schulter geworfen, und sich gegenseitig anrempelten. Es war 15:29. Wenn er den Park durchqueren und einen Bus nehmen wollte, um ein paar Minuten vor Unterrichtsbeginn anzukommen, müsste er jetzt losgehen. Aber er zündete sich eine weitere Zigarette an und rührte sich nicht vom Fleck.

Vielleicht, dachte Derby, hatte er ja doch eine tödliche Krankheit, und der Arzt hielt es einfach für das Beste, es ihm nicht zu sagen. Er dachte benommen daran, langsam zu sterben, ohne es zu wissen, ohne dass sich irgendwer darum kümmerte oder es zur Kenntnis nahm. Es würde noch jahrelang so weitergehen, bis eines Tages alles plötzlich zusammensackte, bis er keine Wahl mehr hatte und innerhalb weniger Stunden betäubt auf einem Operationstisch starb. Es war der Tod, den die meisten Menschen starben, und auch er würde so sterben, wenn er nichts dagegen unternahm.

Er wusste, dass es ihm freistand, den Zeitpunkt seines Todes zu wählen. Genau genommen beschränkte sich diese Freiheit auf den gegenwärtigen Augenblick: Sterben konnte er nur *jetzt*. Früher hatte er sich damit begnügt, sich von diesem Wissen ganz allgemein beschwichtigen zu lassen. Jetzt empfand er nicht etwa eine größere Dringlichkeit, danach zu handeln, er hatte eher ein Gefühl von Hoffnungslosigkeit, jemals das sichere Gefühl zu haben, dass die Zeit gekommen war. Seine Tat würde in einem Jahr ebenso der Notwendigkeit entbehren wie in diesem Augenblick.

Angenommen, er bestimmte den Zeitpunkt ganz willkürlich, heute in einer Woche, so wie er einen beruflichen Termin vereinbarte oder Buchungen für eine Reise vornahm. Würde er ihm dann mit der gleichen Indifferenz begegnen? Würde er es als eine geschäftliche Angelegenheit ausführen? Wenn der Beschluss gefasst ist, warum nicht jetzt, in dieser Minute? Aber je verzweifelter er sich danach sehnte, dem Ganzen ein Ende zu setzen, desto weniger konnte er den Willen aufbringen, um den Akt der Selbstzerstörung zu planen und durchzuführen. Es verdross ihn, die Einzelheiten ausarbeiten zu müssen. Zeit zum Durchatmen, zum Nachdenken. Vielleicht, eine Entscheidung zu finden. Er begann langsam durch den Park zu gehen. Der Gedanke, dass er ein völlig anderer Mensch mit einer anderen Zukunft sein könnte, wenn er die gegenüberliegende Seite des Parks erreicht hatte, war erregend und zugleich beängstigend. Wer weiß, dachte er, vielleicht erscheine ich heute einfach nicht zu meiner Vorlesung, oder ich gehe nicht zum Abendessen heim. Wer weiß, was ich alles tun könnte – aber was würde letztendlich den Ausschlag geben, dass er sich für den einen oder den anderen Weg entschied? Sein Ideen produzierender Teil stimmte sehr oft nicht mit dem Teil überein, der diese auszuführen hatte.

Während er müßig am Teich entlangspazierte und den Enten zusah, nahm allmählich der Gedanke in ihm Form an, dass er eine Entscheidung treffen müsse. Aber musste er das wirklich? Die Natur dieser Entscheidung war nicht klar. Er versuchte, einen Moment lang Ruhe zu finden, indem er die Reihe der Enten betrachtete, doch die innere Stimme nörgelte weiter: Das Vermeiden einer Entscheidung beläuft sich auch auf eine Art Entscheidung. Aber was soll ich denn eigentlich entscheiden?, dachte er gereizt, ob ich in fünfzig Minuten vor meiner Klasse stehe oder was ich danach mache oder in einer Woche? Zunächst müsste er sich entscheiden, ob er innerhalb der nächsten Stunde seine Entscheidung treffen würde oder am Ende dieses Tages oder Ende der Woche. Wann würde er seine große Entscheidung treffen?

Er fühlte sich so erschöpft. Es schien nicht der richtige Moment zu sein, um eine wichtige Entscheidung zu treffen. Er ließ sich wieder auf eine Bank sinken und rauchte. Hätte ihm der Arzt doch wenigstens empfohlen, ein paar Wochen Erholung auf dem Land einzulegen oder sich von einigen der vielen Verpflichtungen zu befreien, die auf ihm lasteten. Aber der Arzt hatte ihm nichts dergleichen vorgeschlagen. Er erkundigte sich mit so viel Interesse und Bewunderung nach Derbys Arbeit, dass er misstrauisch wurde und es ihm übelnahm. Gehörte dies zum professionellen Umgang des Arztes mit seinen Patienten? Versuchte er dadurch, seinen Patienten aufzumuntern? Oder war Dr. Beeswax wirklich an den Ideen interessiert, die für Derby schon lange keine Rolle mehr spielten? Sie hatten eine halbe Stunde mit der Diskussion eines Details in Derbys letzter Buchbesprechung zugebracht, obwohl sich im Wartezimmer die Patienten drängten. Derby erinnerte sich vor allem an ein Mädchen mit einem nässenden Geschwür am Auge, das sie dauernd betupfte, und an einen zittrigen alten Mann, dessen Kopf mit rosa Klebeband einbandagiert war. Philosophierte Dr. Beeswax mit all seinen Patienten, oder befasste er sich besonders mit ihm, weil er an einem College unterrichtete? In diesem Moment fiel Derby ein, dass der Arzt ihn so ausführlich zu seinen Ideen befragt hatte, dass er ganz vergessen hatte, eine Reihe von Symptomen zu erwähnen, die ihn beunruhigten, zum Beispiel der Druck in seiner Brust, seine Kopfschmerzen und die Schwindelanfälle. Außerdem hatte er den Arzt um ein neues Rezept für die Schlaftabletten bitten wollen, was er natürlich ebenfalls vergessen hatte, weil ihn das Gespräch ablenkte und das ärztliche Lob seines Blutdrucks und seiner blühenden Gesundheit ihn hatte verstummen lassen. Am meisten ärgerte ihn, dass der Arzt ihn so eingehend über seinen Sohn ausgefragt hatte, wie er sich in der neuen Schule zurechtfinde und ob er nicht besser einen Psychiater aufsuchen wolle. Derby nahm Anstoß an dieser Intimität. Beeswax war vielleicht gar kein seriöser Mediziner, oder er nahm zumindest ihn als Patienten nicht ernst. Er hatte ihn kaum untersucht, machte sich nicht einmal die Mühe, seinen Brustkorb zu röntgen. Und die Sache mit dem Tumorverdacht – warum hat er sich nicht gleich darum gekümmert oder ihn an einen Spezialisten überwiesen? Warum war er so vage? Leiser Zweifel stieg in ihm auf: Begannen nicht alle schweren Erkrankungen auf diese Weise? Er entsann sich eines Kollegen, eines jungen Mannes, der kürzlich an Hautkrebs verstorben war. Anfänglich hatte man ihm gesagt, es handele sich um eine völlig harmlose Reizung. Natürlich konnte er Beeswax nicht trauen.

Er stand auf und ging los. Noch einmal gab er sich seiner Fantasie hin, die ihn gerade darum entlastete, weil die Bürde der Befristung seines Lebens und die Urteilsvollstreckung nicht ihm oblag, noch trug er dafür die Verantwortung. Aber kann ich es dem Zufall überlassen?, fragte er sich.

Als ein Akt der Wahl verlor sein Tod den Sinn der Notwendigkeit. Ein plötzlicher Abscheu gegen seinen vorherigen Gedankengang stieg in ihm auf. War es nicht dumm, verachtenswert und hinterhältig zugleich, seine Familie im Stich zu lassen? Doch während noch die Zweifel in ihm aufstiegen, wusste Derby, dass der Zeitpunkt gekommen war: Wenn er das Datum festlegen sollte, hieß es jetzt oder nie. Was auch immer er in diesem Moment – oder in einem späteren Moment – beschloss, wäre ein Akt reiner Willkür. So, wie er sich willentlich in ein Taxi setzen konnte, das ihn zu seiner Unterrichtsstunde brachte, so konnte er willentlich ebenso gut das tun, was das Sterben ermöglichte. Es war die Sinnlosigkeit des Ganzen, die ihn störte. Und doch war jeder Augenblick in seinem Leben ein Verzicht auf Sinn. Der willkürliche, grundlose Akt, mit dem er sein Leben beenden würde, das keinen einzigen Moment von Notwendigkeit besaß, wäre somit ein Negieren einer Negation und eine Bejahung der Bedeutung einer Notwendigkeit, die ihm sowohl im Akt des Lebens als auch im Akt des Sterbens versagt war.

Aber Derby war sich immer noch nicht sicher, ob er gänzlich entschlossen war. Würde etwas Zufälliges, etwas, was ihm jetzt noch nicht vorstellbar war, die Entscheidung für ihn herbeiführen, ob er sein Leben in der nächsten halben Stunde beendete oder nicht?

Es war fast vier Uhr, als er den Ausgang des Parks erreichte. Er sprang in ein Taxi und wies den Fahrer an, ihn schnellstens zur Universität zu bringen. Einen Moment lang fühlte er sich gerettet. Er hatte anderthalb Stunden mit morbidem Grübeln vergeudet. Es war ein abscheulicher Gedanke, und der Professor in ihm lächelte über sich selbst. Aber Derby lächelte eiskalt zurück.

# DR. ROMBACHS TOCHTER

Sie bewohnten ein altes, zweistöckiges Fachwerkhaus, Dr. Rombach und seine Tochter Marianna. Dr. Rombach war Psychoanalytiker, ursprünglich aus Wien, ein stämmiger Mann, leicht gebeugt und mit wulstigen Brauen. Das Kinn auf die Brust gesenkt, musterte er die Welt aus tief liegenden, melancholischen Augen.

Es gab in Brighton keinen Psychoanalytiker, bevor Dr. Rombach dorthin zog und seine Praxis eröffnete, zunächst in einem bescheidenen Hotel am Rande der Innenstadt und nach einem Jahr in dem Haus in der Wilbur Street, das er gekauft hatte.

Dr. Rombach empfing seine Patienten bei sich zu Hause. Er verließ kaum je das Haus, außer am Donnerstagnachmittag für seine Visiten im staatlichen Krankenhaus. Gelegentlich sah man ihn auf seiner Veranda stehen und den Zustand der Bretter überprüfen.

Dr. Rombachs Tochter war ein schlaksiges Mädchen, groß gewachsen für ihre dreizehn Jahre, mit verzückten

Augen, die von der Welt umso weniger wahrzunehmen schienen, als sie ständig am Rennen war. Ihre Schulbücher dicht an ihre Brust gepresst, mit aufgeknöpftem, flatterndem Mantel, während die Haare ihr ins Gesicht wehten, rannte Marianna Rombach die Wilbur Street entlang. Manchmal blieb sie urplötzlich stehen und verharrte regungslos, den glasigen Blick auf eine Träumerei gerichtet, oder aber sie schlug unerwartet einen Haken auf die Fahrbahn, wo eine warnende Autohupe sie wie ein erschrecktes Karnickel erstarren ließ. Sie trug keine Strümpfe, weder im Sommer noch im Winter, nur ein Paar abgetragener Ballerinas, und ihr Rocksaum blitzte immer unter ihrem zu klein gewordenen Mantel hervor.

Dr. Rombach stand jeden Morgen um drei viertel sieben auf, um sich ausreichend Zeit zu lassen für die ordentliche und sorgfältige Durchführung seines Wasch-, Rasier-, Ankleide-, Frühstücks- und Toilettenzeremoniells, bevor um neun Uhr der erste Patient eintraf. Um acht Uhr kam er in Mariannas Zimmer, rollte die Jalousie auf ungefähr drei Zoll unterhalb des mittleren Fensterrahmens hoch, sagte ihr die Uhrzeit an und begab sich nach unten, um sein Frühstück zuzubereiten.

Obwohl Marianna seit dem Weckerklingeln um drei viertel sieben wach war und ihrem Vater beim Waschen und Anziehen zuhörte, blieb sie immer bis zum zweiten Ruf ihres Vaters um halb neun im Bett, um ihm aus dem Weg zu gehen. Dr. Rombach bereitete und aß sein Frühstück gern allein. Ebenso behielt er sich die Nutzung des Badezimmers von drei viertel sieben bis acht Uhr und von halb bis drei viertel neun vor. Wenn Marianna das Badezimmerschloss einrasten hörte, sprang sie in ihre Kleider, griff nach ihren Schulbüchern und schoss aus dem Haus.

Eine verwahrloste, zittrige Negerin mit blutunterlaufenen Augen kam täglich für drei Stunden, um das Haus zu reinigen und dem Doktor ein warmes Mittagessen zu kochen. Sie kam fünf Tage die Woche, und freitags bereitete sie ihnen einen Entenbraten oder einen Hackbraten fürs Wochenende zu. Außer den Patienten, der Haushälterin und den Lieferanten betrat kein Mensch jemals das Haus.

Auf dem Heimweg von der Schule hielt Marianna immer an dem Drugstore an der Ecke und sah nach der Uhrzeit, um sicherzugehen, dass sie nicht gerade dann das Haus erreichte, wenn ein Patient kam oder ging. Seit ihrer frühen Kindheit hatte ihr Vater ihr eingeschärft, den Patienten nicht unter die Augen zu kommen und keine persönlichen Gegenstände wie Mantel, Bücher oder Haarbürste herumliegen zu lassen, wo seine Klienten sie sehen könnten. Eine solche Nachlässigkeit, warnte der Doktor, hätte zur Folge, dass ein Großteil der Sitzung damit vergeudet würde, dass sich der Patient über die Unordentlichkeit der Tochter des Analytikers ausließ. Marianna vermied ebenso sorgfältig, einen Patienten zu sehen, wie von einem gesehen zu werden. Saß sie zufällig am Fenster, wenn das Auto des Patienten in die Einfahrt einbog, duckte sie sich hinter den Sessel, um nicht zu riskieren, dass ihr Blick auf ihn oder sie fiel, wenn er oder sie die Verandastufen hinaufkam. Und da der Patient womöglich etwas zu früh oder etwas zu spät eintreffen konnte, senkte sie immer den Kopf, wenn sie sich dem Haus näherte, und ging rasch hinein, ohne nach rechts oder links zu schauen.

Wenn sie von der Schule heimkam, ließ Marianna sich unten in einer Ecke des Wohnzimmers nieder. Sie saß vollkommen still da und wartete. Nicht immer stellten sich Gedanken ein. Manchmal saß sie stundenlang mit leerem Kopf da. Wenn die Leere sie bedrückte, versuchte sie, sich die Zeit damit zu vertreiben, dass sie im Wörterbuch blätterte oder ein Blatt Papier mit beliebigen Worten beschrieb. Sie blieb lieber unten sitzen, als dass sie auf ihr Zimmer ging, das auf derselben Etage lag wie das Sprechzimmer ihres Vaters.

Zwischen seinen Patiententerminen kam Dr. Rombach knarrend die Treppe herunter, um die eingetroffene Post zu sichten, zu telefonieren, einen Anzug für die Reinigung sowie das Geld für den Lebensmittellieferanten herauszulegen, etwas Schokolade zu naschen und sich für ein paar Minuten seiner Tochter zu widmen. Jeden Tag um fünf Uhr ging er von Zimmer zu Zimmer durch das Haus und zog alle Uhren auf.

»Bist du nicht am Tagträumen?«, fragte er, wenn er sah, wie seine Tochter mit glasigem Blick die Wand anstarrte. Marianna beteuerte, dass ihr Kopf ganz leer sei. Dr. Rombach gab sich damit jedoch nicht zufrieden.

»Du bist am Verdrängen!«, behauptete er. »In deiner Entwicklungsphase ist es für ein Mädchen normal, sexuelle Fantasien zu haben.«

Marianna nahm die Bemerkung ihres Vaters schweigend entgegen.

»Deine Kälte und Gleichgültigkeit mir gegenüber«, stellte Dr. Rombach lächelnd fest, als Marianna sich versteifte, da er ihr Gesicht zu sich hin drehte, um sie auf die Wange zu küssen, »ist einfach ein Kompensationsmechanismus, um deine starke ödipale Bindung an mich zu überwinden.«

Es klingelte an der Tür, was die Ankunft des Fünf-Uhrzehn-Patienten signalisierte.

»Er kommt fünf Minuten zu früh, wie immer«, bemerkte Dr. Rombach, wobei er vielsagend die Lippen schürzte.

»Es ist interessant«, fuhr er fort, »dass du noch immer gewisse Gefühle verdrängst, selbst nachdem ich dir deren Mechanismus erklärt habe.« Und bevor er sich nach oben begab, erinnerte er sie an einige Beispiele für ihren Besitzanspruch ihm gegenüber im Alter von drei bis acht Jahren.

Marianna nahm sich alles, was ihr Vater sagte, zu Herzen. Aber sie konnte sich nicht daran erinnern, ihn je auf den Mund küssen zu wollen oder ihn nach dem Tod ihrer Mutter gefragt zu haben, ob sie deren Schlafzimmer beziehen könne. Sie erinnerte sich nur daran, dass ihr Vater ihr diese Dinge zuvor schon erzählt hatte. Es fiel ihr schwer, sich daran zu erinnern, wie sie als Kind gewesen war. In den letzten Jahren waren ihre Schenkel runder geworden und ihre Brüste begannen zu schwellen. Ihr Körper fühlte sich nicht mehr wie ihr eigener an, sondern wie eine hinderliche Last, die sie mit sich herumschleppen musste. Sie zwang sich zu rennen, wie sie es als Kind getan hatte, ein letzter Versuch, dem Gewicht ihres Körpers zu trotzen und in die Bewegung zu entfliehen. Aber wenn sie ihre Brüste spürte, die an ihrer Seite wabbelten und anstießen, ergriff sie die Verzweiflung.

Marianna saß mit einem Notizbuch auf dem Schoß im Wohnzimmer und hielt einen Bleistift gezückt in der Luft, als Dr. Rombach die Schiebetüren auseinanderschob und das Zimmer durchquerte, um auf der Einkaufsliste auf dem Telefontisch die bestellten Lebensmittel auszustreichen, die eben am Fuß der Treppe geliefert worden waren.

»Woran hast du gerade gedacht?«, wollte er plötzlich von ihr wissen.

Marianna hob den Kopf. Sie sah, wie ihr Vater die Einkaufsliste durchstrich, den Zettel zerknüllte und in den Papierkorb fallen ließ.

»Es muss wohl etwas sehr Wichtiges sein«, sagte ihr Vater in vielsagendem Ton, »wenn du es nicht aussprechen kannst.«

Marianna überlegte, was sie sagen könnte. »Ich habe gerade gedacht, dass du ins Zimmer kommst, als du ins Zimmer kamst.«

»Warst du ärgerlich?«, fragte Dr. Rombach. »Gib nur zu, dass du ein wenig ärgerlich warst. Es ist völlig verständlich – ein alter Mann, der allmählich etwas schlampig wird! Du bist es leid, immer nur mich zu sehen, die ganze Zeit. Da würdest lieber einen jungen Mann sehen, der sich für dich als Sexualpartnerin interessiert und sich an dich heranpirscht. Und du hast ja völlig recht, so zu empfinden«, fügte er hinzu und setzte sich auf die Armlehne des Stuhls, um sie zu streicheln. »Vaterliebe, was ist das schon?« In einem ernsteren Ton fuhr er fort: »Du darfst diese natürlichen Regungen nicht aus irrationalem Schuldgefühl heraus verdrängen, das deiner ödipalen Bindung an mich entspringt. Natürlich bist du ein heranwachsendes Mädel, deine Drüsen beginnen mit der Hormonproduktion, deine Brüste entwickeln sich«, er betrachtete ihren Busen: »Sie könnten ein wenig, nun ja, wohlgeformter sein. Trägst du denn keinen Büstenhalter?«

Marianna schüttelte den Kopf.

»Steh auf, dass ich dich anschauen kann«, befahl er ihr.

»Nein«, murmelte Marianna

»Schüchternheit«, verkündete ihr Vater, »ist nur eine versteckte Form von Exhibitionismus. Gesteh dir ein, dass du in Wirklichkeit gern deine Weiblichkeit vor deinem Vater zur Schau stellen willst, und du wirst nicht erröten.«

In diesem Moment klingelte der Sechs-Uhr-Patient. Dr. Rombach ging, um ihn einzulassen.

Marianna versuchte sich zu erinnern, woran sie gedacht hatte, bevor ihr Vater eintrat und sie unterbrach. Die Seite des Notizhefts vor ihr war leer. Sie versuchte, an etwas zu denken, was sie hineinschreiben könnte. Eine schöne Wendung. Sie schaute sich in der Stube um, sah aber nichts, was sich in Worte zu fassen lohnte. Dann lauschte sie. Da war das Surren eines Rasenmähers und das Geräusch vorbeifahrender Autos auf der Straße. *Leer* war das Einzige, woran sie denken konnte. Die Farbe der Leere? Sie hatte keine Farbe. *Leer* war ein schlechtes Wort, es gehörte dem Kopf und der Heftseite. Das Herz konnte niemals leer sein, obwohl es unerfüllt sein konnte oder verödet. Es gab bessere Worte als *leer. Frei* ließ an Zimmer denken, verlassene Häuser. *Leer* war ein flaches Wort, flach wie ein Blatt Papier. Das Wort *öd* hatte Tiefe, es war dunkel oder von nebligem Weiß. *Unerfüllt* bezog sich am meisten auf das Herz. Marianna war sich nicht sicher, ob sie ein Herz hatte.

Jeden Abend um Viertel nach sieben tischte Marianna ihrem Vater ein Paar Wiener Würstchen mit Baked Beans auf, die er in der Küche aß, während er die Nachmittagsausgabe der Zeitung las. Marianna ging indessen ins Esszimmer zurück, um ihre Hausaufgaben zu machen. Manchmal rief er ihr durch die Anrichte hindurch etwas zu und las ihr laut aus der Unfall- und Verbrechensspalte der Zeitung vor, die seine Überzeugung veranschaulichte, dass die ganze Menschheit verrückt sei, oder eben verdeutlichte, wie vorsichtig man sein musste.

Wenn der Acht-Uhr-dreißig-Patient eintraf, ging Marianna in die Küche und knabberte beim Abwasch an einem Kanten Brot und übrig gebliebenen Bohnen. Sie dachte nicht gern ans Essen. Ihr Vater hatte sie dazu gebracht, alles, was sie aß, trug oder benutzte, als eine Folge seiner Mühen anzusehen. Die Lebensmittel stellten die Anzahl der Arbeitsstunden dar, in denen er seelenkranken Menschen zuhörte. Das war aber noch nicht alles. Die Nahrung fühlte sich in ihrem Mund seltsam an. Der Geruch von kochendem Essen ekelte sie. Früher hatte sie gern Obst gegessen, aber in letzter Zeit hatten selbst Äpfel einen starken, fleischigen Geschmack.

Ihr Vater gab ihr wöchentlich $2,50, damit sie sich in der Schulkantine Mittagessen kaufen konnte. Aber Marianna nutzte die Gelegenheit, aufs Essen zu verzichten und das

Geld zu sparen. Durch das Essen fühlte sie sich nur beschwert, und sie genoss das leichte Schwindelgefühl, das ein leerer Magen hervorrief. Von dem Geld fürs Mittagessen kaufte sie Zigaretten. Rauchen hatte sie schon immer fasziniert. Bereits als Kind träumte sie davon, vom Rauch zu leben. Kinder, die rauchen, wachsen nicht weiter, hatte sie Leute sagen hören. Seit einigen Jahren rauchte sie hin und wieder ein paar Zigaretten, die sie ihrem Vater entwendet hatte, aber das hatte ihr Heranwachsen nicht aufgehalten. An ihrem zwölften Geburtstag beschloss sie, sich das Rauchen als eine ernsthafte Disziplin aufzuerlegen. Sie zwang sich, erst fünf, dann zehn Zigaretten pro Tag zu rauchen. Nach einiger Zeit fiel es ihr leicht. Sie konnte kaum abwarten, bis die morgendlichen Schulstunden endlich vorbei waren, um ihr Verlangen zu stillen.

Die Mittagspause verbrachte sie jeden Tag in einer menschenleeren Seitengasse und rauchte unter den Feuertreppen. Manchmal ließ sie den Nachmittagsunterricht ganz ausfallen und ging hinunter zum Bach, wo sie im Winter über die Felder wandern und ganz in Ruhe rauchen konnte, ohne befürchten zu müssen, jemandem zu begegnen. Am glücklichsten war sie, wenn der Rauch ihren Körper erfüllte und sie völlig in dieser Empfindung versank. Sie saugte ihn tief ein und behielt ihn solange in sich, bis sie ein leichtes Zittern in der Magengrube spürte und eine süße Taubheit sich in ihren Gliedern ausbreitete.

Nachdem sie ein Jahr lang geraucht hatte, fühlte sich Marianna wie ein anderer Mensch. Träume und Sehnsüchte nach Dingen, die sie als Kind besessen hatte, verließen sie. Jetzt wünschte sie sich nur noch ein Gefühl zunehmender Leichtigkeit. Sie sehnte sich danach, so leicht und diffus zu sein wie der Rauch.

Wenn sie mit dem Geschirrabtrocknen fertig war, ging Marianna hinaus auf die hintere Veranda und rauchte in gieriger Eile drei Zigaretten, und wenn sie oben das Poltern von Schritten vernahm, kehrte sie wieder ins Esszimmer zurück, um ihre Mathematik-Hausaufgaben zu machen.

Nachdem der letzte Patient gegangen war, werkelte Dr. Rombach noch eine Weile im Obergeschoss herum, lüftete sein Sprechzimmer, kümmerte sich um seine Korrespondenz und seine Buchhaltung, machte sich Notizen für den nächsten Tag, nahm sein abendliches Bad und kam, bevor er sich zur Ruhe begab, noch einmal nach unten, genehmigte sich einen kleinen Imbiss und gönnte sich danach noch einen Whisky Soda. Für gewöhnlich setzte er sich mit seinem Glas an den Esstisch, an dem seine Tochter am Lernen war, und erzählte ihr von seinen interessantesten Fällen. Marianna saß währenddessen wie angegossen auf ihrem Stuhl und starrte unverwandt auf ihr Buch. Sie beherrschte den Trick, die Muskeln hinter ihren Ohren anzuspannen, was eine Art surrendes Geräusch erzeugte, das seine Stimme teilweise übertönte.

Wenn Dr. Rombach die Unaufmerksamkeit seiner Tochter bemerkte, stöberte er in dem Bücherstapel auf dem Tisch und zog irgendeinen Band hervor, der kein rein wissenschaftliches Werk war. Er las einen Satz von einer willkürlich aufgeschlagenen Seite, dann rief er ganz irritiert aus: »Was wissen diese Leute schon vom menschlichen Leben? Welche klinischen Daten haben sie dafür?«

Wenn er seinen Whisky halb ausgetrunken hatte, verlegte sich Dr. Rombach auf die Untersuchung der Psyche seiner Tochter. Sein Interesse sei streng wissenschaftlich, versicherte er ihr, um sie zu überzeugen, wie wichtig eine ehrliche Antwort sei.

Fürchtete sie sich vor Mäusen? Vor Insekten? Träumte sie jemals, dass sie nackt auf die Straße hinausging? Dass sie alle ihre Zähne verloren hat? Dass sie ein Mann wäre?

Was für Gefühle hatte sie ihm gegenüber? Hatte sie Selbstmordfantasien? Sah sie der Mutterschaft entgegen? Würde sie sich mit dem Jungfernstand abfinden können? Was war ihr Hauptziel im Leben? Könnte sie sich in einen Neger verlieben? In einen Krüppel? War sie glücklich?

Die meisten Fragen ihres Vaters konnte Marianna schwer beantworten. Sie war sich in ihren Gefühlen für alle Dinge unsicher. War sie überhaupt zu echten Gefühlen fähig? Aber Dr. Rombach bedrängte seine Tochter nie. Wenn von ihr keine Antwort kam, beantwortete er seine Frage selbst und ging zur nächsten Frage über.

»Bist du glücklich?«, fragte er sie mit etwas mehr als nur wissenschaftlichem Interesse. »Ich habe das Gefühl, dass du nicht wirklich glücklich sein kannst.«

»Ich bin glücklich«, beteuerte Marianna mit stillem Trotz.

»Kannst du mir dein Glück erklären«, wollte er wissen, von ihrer Antwort eher irritiert als erfreut.

Marianna wusste, dass sie mit ihrem Vater nicht über ihre Liebe zu bestimmten Dingen sprechen durfte. Er unterbrach ihr Schweigen mit seiner eigenen Auffassung vom Glück. Dr. Rombach war glücklich, wenn alles seine Ordnung hatte.

»Genuss«, legte er ihr dar, »ist einfach die Beseitigung von Spannungen. Jeder Reiz ist im Grunde eine Quelle von Schmerz.« Aber Marianna hörte ihm nicht zu.

Wenn er die Wirkung des Whiskys zu spüren begann, gähnte Dr. Rombach, erklärte die Menschheit für einen Fehler und schlurfte ab ins Bett.

Nachdem ihr Vater nach oben gegangen war, saß Marianna noch lange Zeit regungslos da und lauschte dem dumpfen Aufschlag seiner Pantoffeln, dem Knarren des Bettes, der fünfminütigen Nachrichtensendung im Radio und schließlich dem Ausknipsen des Lichtschalters. Sie saß still da und wartete. Nach einer Weile vernahm sie das Atmen des Hauses, das rhythmische Brummen des Kühlschranks, das vereinte Ticken der Uhren und hin und wieder ein seltsames Geräusch, als würde innerhalb der Wände etwas knacken.

Irgendwann zwischen drei und vier Uhr früh stieg Dr. Rombach aus seinem Bett, um auf die Toilette zu gehen. Da er im Flur Licht sah, ging er hinunter, um nachzusehen. Marianna saß unter der Hundert-Watt-Glühbirne, und als sie ihren Vater in der Tür bemerkte, erinnerte sie an ein verängstigtes Reh, das im Dickicht überrascht wurde. Sie blätterte die Seite, auf der sie eben noch geschrieben hatte, schnell um.

»Du bist ja immer noch auf!«, lispelte Dr. Rombach, sein zahnloser Mund malmte ohne sein Gebiss.

»Ich bin am Arbeiten!«, entfuhr es Marianna, ohne nachzudenken.

»Woran arbeitest du denn?«, wollte Dr. Rombach wissen. »Ich sehe dich immer bis spät in die Nacht arbeiten. Du sitzt doch nicht immer noch an deinen Hausaufgaben?«

»Nein«, gestand Marianna.

»Woran arbeitest du dann?«

Marianna starrte weiter vor sich hin. Sie wusste ja selbst nicht, was sie tat. Sie blieb einfach gerne bis spät in die Nacht hinein auf. Sie konnte Stunden damit verbringen, im Wörterbuch zu blättern. Manchmal schrieb sie sich Wörter heraus und ordnete sie zu Gruppen. Marianna liebte Wörter. Wörter waren für sie das einziges Mittel, die Dinge zu fassen. Die Dinge selbst blieben außerhalb und getrennt von ihr. Das Blau, das sie sah, die Trauer und Scham, die sie fühlte, die zuckende Motte auf dem Lampenschirm entzogen sich ihr. Aber die Wörter *Blau*, *Traurigkeit*, *Scham*, *Motte*, die gehörten ihr. Das Wort

*Blau* war mehr als das Blau des Himmels oder ein Stück blauen Samts. Alles Blaue war in dem Wort *Blau* enthalten. Die Welt war wie eine Mauer. Die Gegenstände in ihr waren von ihr abgewandt, bis sie ihnen einen Namen gab. Dann ließ der Himmel sie eintreten. Sie nannte die Dinge bei ihren Namen, und sie kamen zu ihr wie Tiere. Manchmal fütterte sie sie. Manchmal boten sie sich ihr als Nahrung an. Manchmal setzten sie sich ihr aufs Herz und verschlangen sie.

Dr. Rombach war verärgert, dass seine Tochter so spät in der Nacht noch auf war.

»Also, bist du dabei, etwas zu schreiben?«, wollte er wissen.

»Ich zeige es dir, wenn es fertig ist«, brachte sie mühsam hervor.

»Aber was ist es denn?«, fuhr er gereizt fort. »Ich fürchte, du vergeudest deine Zeit. Bist du dir sicher, dass du Talent hast? Die meisten Menschen, die sich für Künstler halten, sind lediglich Neurotiker. Zum Beispiel deine Mutter –«

»Ich schreibe gar nichts«, unterbrach ihn Marianna scharf, »ich schreibe einfach nur.«

Dr. Rombach verzog das Gesicht und drückte seine Zigarette aus.

»Vergiss nicht, alle Lichter auszumachen, wenn du ins Bett gehst«, erinnerte er sie.

Nachdem ihr Vater das Zimmer verlassen hatte, nahm Marianna ihre Meditation sofort wieder auf. Sie drehte das Blatt um, auf das sie geschrieben hatte: »Blatt, Blätter. Schal, Schals. Trauer, trauern«, und sie sah, wie die Formen aus dem Ruhezustand in Zahl und Bewegung übergingen.

Als die Nacht verblasste und der Himmel sich blau zu verfärben begann, begab sich Marianna leise auf Zehenspitzen zu Bett, eine stille Freude auf ihren Lippen, leicht wie die Vorahnung des anbrechenden Tages.

An einem Montagnachmittag, nachdem der Sechs-Uhr-Patient gegangen war, kam Dr. Rombach in Mariannas Zimmer, zog die Jalousien herunter, schraubte den Deckel des Tintenfasses zu, spähte seiner Tochter über die Schulter, um zu sehen, was sie las, ging zur Tür und blieb stehen, drehte sich dann wieder nach ihr um und sagte: »Kann ich dich einen Moment um deine Aufmerksamkeit bitten?«

Widerwillig hob sie ihren Blick von dem Buch.

Dr. Rombach räusperte sich. »Morgen zwischen zwei und fünf Uhr nachmittags hätte ich gern das Haus für mich allein«, kündigte er an. »Ist das möglich?«

»Dann gehe ich in die Stadtbücherei«, antwortete Marianna prompt.

»Ich glaube, du bist alt genug, das zu verstehen«, fuhr ihr Vater fort. »Ich bin noch immer ein viriler Mann und brauche manchmal sexuelle Befriedigung. Ich werde dich nicht oft darum bitten, und wenn dir irgendwann die Zeit nicht passt, lässt du mich das wissen. Ich denke, alle zwei Wochen oder zehn Tage, höchstens einmal in der Woche – nein«, verbesserte er sich, »höchstens alle zehn Tage werde ich das Haus für mich allein brauchen.«

»Das ist schon in Ordnung«, sagte Marianna.

»Wo wolltest du morgen noch mal hingehen?«

»In die Stadtbücherei. Ich wollte mir ohnehin ein paar Bücher von dort holen.«

»Du kannst dir ein Taxi nehmen. Ich gebe dir das Geld.«

»Ich brauche kein Taxi. Ich komme direkt von der Schule aus dahin. Es gibt einen Bus, der zur Bücherei fährt.«

»Es könnte vielleicht regnen«, sagte Dr. Rombach und schob einen Dollarschein unter das Tintenfass. »Von zwei bis fünf. Wirst du dir das merken?«

»Ja«, versprach Marianna.

»Ich werde dich morgen früh noch einmal daran erinnern«, sagte Dr. Rombach, als er ihr Zimmer verließ.

Als Marianna spät in der Nacht die Treppe hinaufstieg, warf sie einen Blick auf den Merkzettel am Geländer, den ihr Vater sich immer schrieb, um sich daran zu erinnern, was er am nächsten Tag alles zu tun hatte. »Braune Hosen und Geld für die Reinigung rauslegen; Lebensmittel bestellen. Klempner anrufen wegen Toilettenleck. M. P. anrufen, zwei Uhr Termin bestätigen. Mrs. Green sagen, dass sie bis eins fertig geputzt haben muss.«

Marianna empfand für beide Trauer, für M. P. und für ihren Vater.

An diesem Dienstagabend, während er die Reste des Entenbratens aufwärmte, befragte Dr. Rombach seine Tochter:

»Hast du Eifersucht empfunden?«, begann er. »Fragst du dich, was wir miteinander machen? Das brauchst du nicht zu beantworten. Du kannst natürlich nichts dafür. Macht es dich unglücklich? Nimmst du mir das übel? Hast du daran gedacht, während du in der Bibliothek warst?«

Marianna fühlte sich durch seine Fragen immer mehr in die Enge getrieben. Sie dachte einen Moment darüber nach. Als sie im Bus saß, hatte sie sich gefragt, ob die Frau eine seiner Patientinnen war. Wie sonst hätte er sie kennenlernen können? Der Gedanke, dass Patientinnen, die kamen, um auf der Couch ihres Vaters zu liegen, potenzielle Sexualobjekte sein könnten, beunruhigte sie.

Marianna fragte: »Ist sie eine Patientin?«

»Nein. Ich habe sie bei einem gesellschaftlichen Anlass kennengelernt. Nein, es war bei einem Tee in der Fakultät«, verbesserte er sich.

In den folgenden Wochen verbrachte Marianna viele Nachmittage in der Stadtbücherei.

Nach einiger Zeit änderte Dr. Rombach seinen Zeitplan ein wenig. »Ich werde am Sonntagnachmittag für etwa zwei Stunden Privatsphäre brauchen«, gab er seiner Tochter bekannt. »Aber du musst das Haus nicht verlassen. Ich brauche nur das Obergeschoss, und wir kommen höchstens ein paar Minuten in die Küche hinunter. Du kannst also ruhig im Wohnzimmer bleiben, mach nur die Tür zu. Solltest du auf Toilette müssen, kannst du ja die im Keller benutzen, aber denk dran, dass du nachher das Licht wieder ausmachst.«

Mariannas Anstandsgefühl zwang sie jedoch, das Haus trotzdem zu verlassen, während ihr Vater sich seine sexuelle Befriedigung verschaffte. Da die Bibliothek sonntags geschlossen war, streifte sie einfach durch die Straßen.

»Ich möchte dich mit dieser Person bekannt machen«, sagte Dr. Rombach eines Sonntags zu seiner Tochter, als sie um zwanzig vor zwei ihren Mantel angezogen hatte und sich anschickte fortzugehen. »Sie ist eine sehr attraktive und kultivierte Frau, aber sie hat berechtigte Gründe, unsere Beziehung vorerst geheim halten zu wollen.«

Spät am Abend, als er gerade seinen Whisky austrank, fragte Dr. Rombach seine Tochter: »Was würdest du davon halten, wenn ich wieder heiratete?«

Marianna fand es seltsam, dass ihr Vater sie um Zustimmung bat.

»Nun«, fuhr er fort, »ich habe es mir gut überlegt. Da ein heranwachsendes Mädchen eine Mutter braucht und ich noch immer ein viriler Mann bin und außerdem im Alter nicht allein dastehen will – schließlich wirst du mich ja eines Tages verlassen«, er visierte sie über den Rand seiner Brille hinweg an, »oder? Deshalb habe ich daran gedacht, wieder zu heiraten, aber nur mit deinem Einverständnis. Ich werde es so einrichten, dass du diese Person in einer Woche oder so kennenlernst. Du wirst es dir dann sehr gut überlegen, denn ich möchte nachher keine Schwierigkeiten.«

»Ich möchte aber betonen«, sagte er abschließend, »dass ich dies vorläufig nur als Möglichkeit erwäge.«

Während Marianna am nächsten Sonntagmittag den Hackbraten aufwärmte, informierte Dr. Rombach seine Tochter über den Ablauf des Nachmittags: »Ich erwarte Mrs. Picnic um zwei. Wir werden für eine Weile nach oben gehen. Ich möchte, dass du währenddessen im Wohnzimmer bleibst. Gegen drei werden wir zusammen herunterkommen und ich stelle sie dir vor. Ihr Name ist May Picnic. Miss May – ich meine Mrs. May Picnic«, verbesserte er sich. »Ist alles klar?«

Marianna nickte, und nachdem sie ihren Vater bedient hatte, ging sie ins Esszimmer und ließ ihn mit den Sonntagsblättern zurück. Sie schloss die Augen und versuchte, sich auf bestimmte Wörter zu konzentrieren, aber das Knistern der Zeitung störte sie dabei. Sie überlegte, nach oben auf ihr Zimmer zu gehen, aber sie wollte nicht dort sein, wenn die Freundin ihres Vaters eintraf, und auch nicht riskieren, ihr auf der Treppe zu begegnen. Sie stand nur untätig herum und hörte zu, wie ihr Vater die Seiten umblätterte, die Zeitung in den Papierkorb warf und in der Küche und Anrichte umherging. Nach einer Weile kam er herein.

»Sie hat drei Minuten Verspätung«, sagte er, mit einem scharfen Blick auf die Uhr auf dem Kaminsims. Sie warteten schweigend.

Um genau sieben Minuten nach zwei klingelte es an der Tür.

»Um drei Uhr sind wir wieder unten«, sagte Dr. Rombach, während er zur Haustür ging.

Marianna zog sich hastig mit einem Buch in die Küche zurück. Sie las und formte die Worte lautlos mit den Lippen, wobei sie versuchte, in Gedanken nicht abzuschweifen. Von oben kam nicht das mindeste Geräusch, bis sie die beiden die Treppe herunterkommen hörte. Sie wartete, bis ihr Vater nach ihr rief, dann begab sie sich langsam ins Wohnzimmer.

»Marianna, ich möchte dir Miss May Picnic vorstellen«, sagte er, eine plötzliche Heiserkeit überwindend. »Mrs. May Picnic«, verbesserte er sich und nahm Marianna beim Arm, um ihr eine große weiße Schachtel zu zeigen, die auf dem Telefontisch stand.

»Mrs. Picnic hat diesen Kuchen mitgebracht –«

»Könntest du uns vielleicht einen Teller besorgen?«, mischte sie sich in das Gespräch ein und trat zu ihnen. »Ich hoffe, du magst Plundergebäck.«

»Ich habe dir doch gesagt, dass ich keinerlei Gebäck esse«, sagte Dr. Rombach.

»Aber ich hab doch deine Tochter gefragt, Herman«, hörte Marianna auf dem Weg in die Küche.

Marianna war von May Picnic überrascht. Sie hatte eine dralle, dunkelhaarige Frau erwartet, mit üppigem Busen und einem leuchtenden, sinnlichen Mund. Sie hatte sich vorgestellt, dass sie einer gewissen Dr. Lora Hirsch ähneln würde, einer ehemaligen Freundin und psychiatrischen Kollegin ihres Vaters, mit der sie oft zu Abend gegessen hatten, als sie noch in einem Hotel in New York wohnten. Sie erinnerte sich, dass sie von Loras Duft, ihrem glitzernden Lächeln und ihren Perlenohrringen überwältigt war. Sie trug immer enge, elegante Kostüme, die stark glänzten und ihre gut entwickelte Büste zur Geltung brachten. Ihr Blick unter den stark geschminkten Augen war aufreizend.

May Picnic hatte mit der ehemaligen Freundin ihres Vaters wenig gemein. May war klein, blond und zerbrechlich, fast unscheinbar, bis auf das Funkeln ihrer blauen Augen. Ihr helles Haar war nach hinten zu einem Dutt zusammengebunden. Sie trug ein maßgeschneidertes Kostüm mit einer gestreiften Bluse, unter der ihre Brust eher flach zu sein schien.

May kam in die Küche, um Marianna zu helfen, aber sie hatte den Teller bereits gefüllt, und die beiden kehrten ins Wohnzimmer zurück. May lobte ihr künstlerisches Arrangement. Selbst in ihren Stöckelschuhen reichte sie kaum an Mariannas Höhe heran.

May plapperte weiter wie ein kleines Mädchen, und obwohl Mariannas Vater sie immer wieder aufforderte, sich zu setzen, huschte sie ständig im Zimmer umher, um ein Gemälde oder eine Holzarbeit zu betrachten oder um den Kuchenteller, der noch immer voll war, aufs Neue herumzureichen oder um die Jalousien hochzuschieben – warum nur ließ er sie an einem so herrlichen Tag herunter! Sie neckte Mariannas Vater, was die Wahl seines Mobiliars anging; befand aber, dass es vollkommen zu ihm passte. Dr. Rombach wies auf ihre Angewohnheit hin, beim Sprechen nahe an ihre Gesprächspartner heranzutreten und sie am Arm zu berühren, und er erklärte ihr die Motivation hinter dieser Strategie. May entgegnete mit schallendem Gelächter und zwinkerte Marianna zu, die ihrerseits erfreut und verlegen errötete.

»Wir müssen uns mal miteinander unterhalten«, sagte sie zu Marianna, als sie sich verabschiedete. Sie ergriff Mariannas Hand und sah ihr aufmerksam ins Gesicht. »Kommst du mich mal besuchen? Komm doch morgen zu mir nach Hause. Ich erwarte dich nach der Schule.«

Marianna versprach zu kommen.

»Ach, wie gut es tut, wieder allein zu sein!«, rief Dr. Rombach aus, nachdem May Picnic gegangen war. »Sie redet zu viel, findest du nicht? Wie wär's jetzt mit meinen Baked Beans?«

»Sie ist ein armes Ding«, fuhr ihr Vater fort, während er seine Bohnen auf die Gabel spießte und Marianna den

Toast im Auge behielt. »Ihr Mann hat sie vor einigen Jahren verlassen. Sie verdient ihren kärglichen Unterhalt als Lehrerin für Kunstgeschichte. Sie ist aber nur Dozentin. Frauen haben es schwer. Geht auf die vierzig zu. Sie wird vielleicht noch fünf Jahre lang für Männer attraktiv sein, und dann ...« Ihr Vater machte ein Geräusch, wie wenn die Luft aus einem Ballon entweicht. »Für Frauen ist es eben schwer, weißt du.«

Marianna kam am nächsten Morgen zu spät zur Schule. Sie brauchte so lange, um sich zu entscheiden, was sie anziehen sollte, da sie doch May Picnic besuchen würde. Alles, was sie anprobierte, sah irgendwie nicht richtig aus. Schließlich entschied sie sich für ein schwarzes Kleid, das ihr ein bisschen zu groß war und sie wenigstens nicht dick aussehen ließ. Sie war fast die ganze Nacht aufgeblieben, hatte ihre Notizbücher durchgesehen und versucht, einige ihrer schönsten Wörter zu einem Gedicht zusammenzufassen, um es May Picnic zu zeigen.

May Picnic wohnte in einer kleinen möblierten Wohnung in einem Apartmenthotel in der Innenstadt. Sie begrüßte Marianna herzlich und führte sie hinein, wobei sie ihren Arm unterhakte.

»Das hier ist nur vorübergehend«, erklärte sie lachend und entschuldigte sich für die Einrichtung, die nicht ihrem Geschmack entsprach.

May Picnic liebte schöne Dinge, erklärte sie Marianna, während sie Tee tranken. Sie sprach über verschiedene Möbelstile, über Gemälde und Kleider. Marianna saß stocksteif da und hörte zu. Sie wusste nicht genau, was sie von May Picnics flatternden Gesten und ihrem raschen, atemlosen Geschnatter halten sollte. May sagte, sie habe ein schönes Gesicht, es erinnere sie an ein Gemälde, und sie fing an, mit ihrem Haar herumzuspielen und es mit

Kämmen zurückzustecken. Marianna fragte sich, ob sie May ihre Gedichte zeigen sollte. Als sie in den Spiegel sah, gefiel sie sich nicht mit zurückgekämmtem Haar, aber sie sagte nichts.

»Das nächste Mal müssen wir shoppen gehen«, sagte May, als Marianna sich verabschiedete. »Ich werde mit deinem Vater sprechen, dass er dir einen neuen Wintermantel und ein paar hübsche Kleider kauft.«

Marianna begriff nicht, warum May so viel Interesse an ihr zeigte. Sie hatte das Gefühl, sie sollte May sagen, dass sie sich nicht wirklich für Kleider interessierte, aber sie wollte, dass May sie mochte. Als sie an der Tür stand, zog sie ein gefaltetes Blatt Papier aus ihrer Tasche und hielt es May entgegen.

»Das ist nur etwas, was ich geschrieben habe«, murmelte sie.

»Marianna, ich wusste gar nicht, dass du Gedichte schreibst«, sagte May leise, als sie das Blatt auseinanderfaltete. »Darf ich es wirklich lesen? Warte«, sagte sie, »ich will dir etwas schenken.« Sie ging ins andere Zimmer und kam gleich darauf mit einem blau-gelben Seidenschal zurück, den sie Marianna um den Hals legte.

Am Abend blieb Marianna bei ihrem Vater sitzen, während er sein Abendessen einnahm. Sie wollte mit ihm über May Picnic sprechen.

Dr. Rombach schien nicht sonderlich beeindruckt zu sein.

Nach einer Weile hob er den Blick von seiner Zeitung und sagte: »Du sollst wissen, dass ich nicht die Absicht habe, sie zu heiraten.«

Als Marianna am Samstagabend hereinkam und ihren neuen Wintermantel vorführte, sagte Dr. Rombach: »Ich hoffe, du verstehst, warum sie sich für dich interessiert?«

Marianna zuckte die Achseln. Ihr gefiel der Mantel; er war aus grauem Flanell mit silbernen Knöpfen, und sie freute sich über Mays Schal um ihren Hals.

»Schau«, fuhr Dr. Rombach fort, »sie möchte sehr gern, dass ich sie heirate, und da ist es verständlich, dass sie sich um deine Zuneigung bemüht. Damit will ich nicht sagen, dass ihr Betragen dir gegenüber reine Heuchelei ist; es könnte durchaus ein Element echter Zuneigung enthalten. Aber ich möchte, dass du erkennst, was dahintersteckt, und dass du dich nicht täuschen lässt. Außerdem sollst du wissen, dass ich auf solche Strategien nicht hereinfalle.«

Dr. Rombach erbat sich wieder seine Privatsphäre für den kommenden Sonntagnachmittag.

»Du kannst ruhig im Wohnzimmer bleiben, wenn du die Türen schließt«, wies er Marianna an.

»Wir kommen gegen fünf herunter und essen dann gemeinsam zu Abend.«

Am Sonntagnachmittag lief Marianna durch die Straßen, und da sie etwas vor der Zeit zurückkam, setzte sie sich auf die Stufen der hinteren Veranda und rauchte. Sie begriff nicht, warum es sie schmerzte, wenn sie daran dachte, dass ihr Vater oben mit May Picnic allein war. Sie hatte beschlossen, dass sie May wirklich gern mochte, und sie war nicht eifersüchtig. Aber der Gedanke, dass May mit ihrem Vater da oben war, brachte sie an den Rand der Tränen. Nach einer Weile hörte sie, wie ihr Vater May zur Haustür begleitete. Sie ging fort, ohne Marianna zu sehen.

»Ach, da bist du ja«, sagte ihr Vater, als er in die Küche kam. »May musste nach Hause. Sie bat mich, dir zu sagen, wie leid es ihr tut, dich nicht getroffen zu haben. Sie ruft dich morgen Abend oder Dienstag an.«

May Picnic rief am Dienstagnachmittag an. Sie lud Marianna ein, sie Mittwoch nach der Schule zu besuchen.

Am Abend berichtete Marianna ihrem Vater auf dessen Wunsch hin von ihrem Telefonat mit May. Dr. Rombach nahm ihren Bericht zur Kenntnis, während er seine Würstchen in Stücke schnitt, dann las er ihr laut aus der Lokalzeitung vor, wie eine Mutter versehentlich ihr Kind durch einen Stromschlag getötet hatte, als der Toaster in die Küchenspüle fiel, in der sie gerade das Baby badete.

»Übrigens«, fügte er hinzu, während er aufstand und sich den Mund abwischte, »ich glaube, du solltest vielleicht wissen, dass ich mich nicht mehr privat mit May treffen werde. Ich fürchte, ich habe in ihr Erwartungen geweckt, die ich nicht erfüllen kann. Jedenfalls glaube ich, es ist besser so. Das habe ich ihr auch gesagt. Sie hat es sehr tapfer hingenommen. Sei bloß nicht überrascht, wenn ihr Interesse an dir jetzt nicht mehr so stark ist wie zuvor. Vielleicht lässt sie dich einfach fallen, darauf musst du gefasst sein. Wir sind immer noch miteinander befreundet, aber sie fing an, sich in mich zu verlieben, und ich empfand das als Belastung. Ich habe ihr das erklärt, und sie hat es verstanden. Außerdem wird sie wohl an die Westküste zurückziehen, glaube ich.«

Es regnete, als Marianna am Mittwochnachmittag aus der Schule kam. May empfing sie herzlich, war aber etwas in Eile. Sie machte sich zurecht, um zum Essen auszugehen, »... mit einem Gehirnchirurgen, ist das nicht aufregend!« Sie zog sich gerade einen Lidstrich.

»Bitte zieh doch deinen Mantel aus«, drängte May. »Ich habe ja noch etwas Zeit. Es tut mir wirklich leid, dass ich ausgehen muss.« Sie entschuldigte sich, während sie ins Badezimmer ging, um ihre Strümpfe anzuziehen. »Oh, und deine Gedichte! Darf ich sie behalten? Ich wollte mit dir darüber reden, nur wann? Ich reise Ende dieser Woche ab, weißt du.«

Marianna stand immer noch in ihrem triefenden Mantel da. Sie spürte, dass May wollte, dass sie ging, bevor der Mann sie abholen kam.

»Wie geht es deinem Vater?«, rief May vergnügt aus dem Badezimmer.

»Ich muss jetzt gehen«, sagte Marianna.

May eilte aus dem Badezimmer heraus und drückte ihren Arm.

»Rufst du mich morgen an? Wir müssen uns unbedingt wiedersehen.«

Marianna begriff, dass damit der Abschied gemeint war.

Als sie zu Hause ankam, war der letzte Patient gerade gegangen. Dr. Rombach lüftete sein Sprechzimmer. Marianna blieb vor den Stufen der vorderen Veranda stehen. Nach einer Weile trat Dr. Rombach auf die Veranda, um eine Mitteilung an den Postboten an den Briefkasten zu heften.

»Ach«, sagte er, »du bist es. Warum kommst du nicht herein?«

# MEDEA

I.

Das Spiegelbild war verschwommen: eine undeutliche weiße Gestalt, das Gesicht im Dunkeln.

Erst knöpfte Isabel Marston ihr Brautkleid vorne zu, dann die langen, schmalen Ärmel. Im Haus war es still. Auf ihrer Kopfhaut bildeten sich Feuchtigkeitsperlen, während ihre Finger sich abmühten, die Knöpfe durch die winzigen Satinschlaufen zu zwängen. Es waren sechzig Knöpfe. Sie ließ keinen aus, ihre Hand verkrampfte sich nicht. Als sie fertig war, griff sie nach dem Messer, das auf der Frisierkommode lag. Feuchte Hitze dampfte ihr den Rücken hinauf und durch ihr dichtes Haar.

Sie trat hinaus in den erleuchteten Flur, die nackten Füße stießen den langen Rock beiseite, sie bewegte sich lautlos über Teppich und Parkett; sie blieb nur stehen, um zu lauschen. Im Haus war es still. Nur der Telefonhörer, der neben dem Apparat lag, blökte leise vor sich hin.

Barfuß, das Messer in der Hand, folgte sie dem Lichtstreifen aus dem Flur durch das dunkle Schlafzimmer und bahnte sich vorsichtig einen Weg durch die am Boden verstreuten Spielsachen.

Ein mattes Flackern vom Fenster her warf einen grauen Schleier über die bucklige Form der beiden Kinder, die in ihren Betten lagen. Eines rührte sich. Sie blieb stehen und hob den Kopf in der atmenden Dunkelheit. Der Kleine in der Krippe am Fenster gab saugende Laute von sich, zog die Knie an. Sie hielt die Luft an, Augen und Ohren angespannt, dann schob sie sich voran, das Messer in der Hand, mit vorsichtigen Schritten.

Der ältere Junge lag an die Wand gekauert, den Rücken gekrümmt, das zusammengeknüllte Laken zwischen den Beinen. Ihr vorwärtsgleitender Fuß stieß an ein Spielzeug: Es setzte sich in Bewegung und knatterte geräuschvoll los, bis es an ein Stuhlbein schlug, wo es zum Stillstand kam. Der Junge seufzte; ein schlanker weißer Arm hob sich langsam. Er seufzte noch einmal.

Sie tat einen langen Schritt, näherte sich ihm und stand über ihn gebeugt, während er sich streckte und sich auf den Rücken drehte, langsam wie ein Schwimmer. Sie beobachtete ihn dabei.

Er schaute auf. Ein kurzer, leerer Blick, ihre Hand presste sich über seine Augen. Er stieß ein langes, blubberndes Geheul aus. Mit gezücktem Messer hielt sie ihn an den Schläfen fest. Seine Arme flogen hoch; ein plötzlicher Schrei ertönte aus dem anderen Bett.

Sie drückte mit ihren Knien seine zappelnden Arme herunter, hob das Messer, das zuckende Gesicht in ihrer Hand, und stach zu. Die Klinge verfehlte die Kehle, da er sein Kinn nach unten drückte. Blut gurgelte aus dem aufgeschnittenen Mund. Kurze, schrille Schreckensschreie zerrissen die Dunkelheit. Sie packte ihn an den Haaren, zog den Kopf zurück und stach zu. Die Klinge schlitzte die entblößte Kehle auf. Plötzlich schoss Blut hervor, wölbte sich auf, ein hoher, heller Strahl stieg in die Höhe und spritzte ihr über die Brust. Dunkles Blut quoll langsamer hervor und füllte den Graben der Wunde, rann an seiner Seite entlang. Sein Kopf fiel zurück, lag still.

Einen fassungslosen Moment lang starrte sie auf den abgetrennten Stängel, Blut sickerte durch ihren Rock, Schreie, roh wie das zerrissene Fleisch, schwollen im Dunkeln an. Der nasse Griff des Messers klebte an ihrer Hand.

Sie wich zurück. Auf ihrem Schoß hatte sich eine dunkle Lache gebildet, die durch die Satinfalten bis auf ihre Haut durchgesickert war. Als sie aufstand, lief es ihr die Beine hinab und über ihren Fuß. Mit schwerem Schritt bewegte sie sich auf die verschwommene weiße Gestalt zu, die auf und ab hüpfte, deren Mund im Dunkeln kreischte.

Die Hand, die das Messer umklammert hielt, war taub geworden, aber an der Wurzel der Arme sammelte sich Kraft, ein Strom, der unterhalb der Schulterblätter hervorquoll, hob die Arme empor. Schmerzhaft und kribbelnd gingen die Arme in die Höh. Eine Hand packte den winkenden Arm des Kindes und zog daran; es taumelte, schlingerte ihr entgegen, die kleinen Finger gruben sich ihr in die Brust und Arme. Sie schlug blind zu, trieb die Klinge in seinen Rücken, seine Seite, zwischen die Rippen, sie stach ein auf die verborgene Wurzel seiner Schreie. Sein Gesicht drückte sich an ihre Schulter, die kleinen Finger klammerten sich an ihre Haut, blind stach sie ein auf das vergrabene Herz.

Schlaff, den stummen Mund mit Blut verstopft, klammerte er sich noch immer an sie. Einen nach dem anderen löste sie die winzigen, verkrampften Finger und wich zurück.

Der mit gespenstischen Objekten übersäte Fußboden hob sich; sie drückte ihn nieder, die nackten Füße klebten an den Brettern, presste fest gegen den sich hebenden Boden und folgte dem Lichtstreifen in den Flur hinaus.

Isabel Marston setzte sich auf den Treppenabsatz und wartete. Das Blut an der Vorderseite ihres Kleides wurde hart. Das getrocknete Blut zog an der Haut. In der Stille saß sie und wartete. Sie wartete noch immer, als das erste Morgenlicht durch die heruntergezogenen Jalousien schien. Im Haus war es still; nur ihr Atem ging in kurzen, heiseren Stößen auf und ab, als ob ein anderer in ihr keuchte.

2.

Isabel Marston stand regungslos da, die Arme verschränkt, und starrte stumpf auf das vergitterte Fenster, während die beiden Männer sich setzten.

Dr. Seidler, dunkel, stämmig, mit schweren Hängebacken, zog eine dünne Mappe aus seiner Aktentasche und legte sie auf den Tisch, bevor er sich massig in dem Stuhl niederließ.

»Bitte setzen Sie sich«, murmelte er.

Sie ließ sich langsam auf den Stuhl sinken.

Dr. Willis, ein schmächtiger, sommersprossiger Mann mit bekümmerten blauen Augen, saß mit auf die Brust gesenktem Kinn und zwirbelte eine Haarsträhne.

»Mrs. Marston«, begann Dr. Seidler und senkte den Blick auf die geöffnete Mappe, »Sie werden beschuldigt, in der Nacht zum 15. August Ihre beiden Kinder, Richard, neun Jahre, und Malcolm, vier Jahre, ermordet zu haben.« Er hob seine dunklen, fahl umringten Augen.

»Ja. Ich habe sie getötet.«

»Mrs. Marston, waren Sie sich bewusst, was Sie taten?«

»Ja.«

Dr. Seidler presste die Spitzen seiner gespreizten Finger zu einem Käfig zusammen.

»Mrs. Marston, warum haben Sie das getan?« Sein Mund formte die Worte übertrieben deutlich, als wäre sie taub. »Wissen Sie, warum Sie sie getötet haben?«

Sie schwieg. Nur ihre Lider zuckten.

»Handelten Sie aus einem plötzlichen Impuls?«

»Nein.«

»Sie planten schon seit einiger Zeit, sie zu töten?«

»Ja.«

»Seit wann?«

»Ich weiß es nicht.«

»Sie erinnern sich nicht? War es seit ein paar Tagen? Wochen? Monaten?« Sie antwortete nicht.

»Mrs. Marston«, er beugte sich schwerfällig vor, »empfinden Sie Reue oder Entsetzen, dass Sie diese Morde begangen haben?«

Ihre Augen weiteten sich. Tonlos sagte sie: »Jeder Mensch muss Entsetzen empfinden.«

»Aber es tut Ihnen nicht leid, sie getötet zu haben?«

Sie starrte nur stumm vor sich hin, den Mund resolut geschlossen.

»Es tut Ihnen nicht leid?«, wiederholte Dr. Seidler.

»Nein.« Sie starrte ihn unverwandt an, bis er den Blick senkte.

»Wie alt sind Sie, Mrs. Marston?«, fragte Dr. Willis und hob plötzlich das Kinn.

»Zweiunddreißig.«

»Seit wie viel Jahren sind Sie verheiratet?«

»Zehn.«

»Hatten Sie außer Richard und Malcolm noch andere Kinder?«

»Ich hatte im letzten Frühjahr eine Fehlgeburt, im sechsten Monat.«

»Wünschten Sie sich noch weitere Kinder?«

»Ja.«

»Was ist Ihr Mann von Beruf?«

»Er ist Kunsthändler.«

»Wo war Ihr Mann in der Nacht, in der Sie Ihre Kinder töteten?«

»Ich weiß es nicht. Wir wohnen nicht mehr zusammen.«

»War die Trennung einvernehmlich?«

»Er hat mich verlassen. Er lebt mit einer anderen Frau zusammen.« Sie sprach mit zur Seite gewendetem Kopf, die Lippen bewegten sich kaum.

»Seit wann lebte Ihr Mann mit einer anderen Frau zusammen?«, fragte Dr. Willis.

»Ich weiß es nicht. Ich war in Rom und erwartete unser drittes Kind.«

»Was haben Sie in Rom gemacht, Mrs. Marston?«

»Mein Mann war auf der Suche nach etruskischen Objekten, darum haben wir im letzten Winter ein Haus in Rom bezogen.«

»Lebte er zu der Zeit mit Ihnen zusammen?«

»Ja. Wir erwarteten unser drittes Kind.«

»Wo haben Sie und Ihr Mann gelebt, bevor Sie nach Rom zogen?«

»An verschiedenen Orten. Seit unserer Heirat sind wir ständig auf Reisen gewesen. Alexandria. Kreta. Istanbul. Ich erinnere mich nicht an all die Orte.«

»Es muss schwer für Sie gewesen sein, mit den Kindern so oft umzuziehen.«

Sie blickte auf ihre Hände hinunter.

»Und Sie erwarteten Ihr drittes Kind –«

»Bis dahin hätten wir uns irgendwo niedergelassen«, ihre Hand fuhr hoch an ihren Mund. »Er hatte mir versprochen, alles so einzurichten, dass er nicht reisen müsste. Bis September, sagte er.«

»Hier, in den Vereinigten Staaten?« Seine bekümmerten Augen blinzelten und sondierten ihren starren, verständnislosen Blick.

»Das wusste er damals noch nicht. Er reiste im April nach New York ab.«

»Warum hat er Sie nicht mitgenommen?«

»Er sagte, es sei nur eine kurze Reise. Zwei Wochen, höchstens einen Monat.«

»Aber er kehrte nicht zurück, wie er versprochen hatte?«

»Er schrieb mir, er bräuchte mehr Zeit, um seine Geschäfte zu regeln.«

»Haben Sie ihn gedrängt, zurückzukommen?«

»Nein. Ich nahm an, dass er alles für uns vorbereitete. Er schrieb immer von irgendwelchen neuen Entwicklungen. Dann musste ich ins Krankenhaus.«

»Wann war das?«

»Im Mai.«

»Und wann sind Sie zu Ihrem Mann nach New York gereist?«

»Im Juni. Am fünfzehnten.«

»Haben Sie Rom verlassen, weil Sie misstrauisch geworden waren?«

»Nein.«

»War er Ihnen zuvor nie untreu gewesen?«

»Ich hatte keinen Verdacht, als ich abreiste. Er war mein Mann, und ich wollte bei ihm sein. Dann kam ich an und fand heraus, dass er mich belogen hatte, was diese Reise anging. Vielleicht hatte er mich auch bei anderen Reisen belogen.«

»Wie haben Sie das herausgefunden, Mrs. Marston?«, fragte Dr. Seidler.

»Er hat nichts verheimlicht. Sie waren immer zusammen. Er sagte, sie sei ihm unter anderem beruflich von Nutzen. Er fand nichts dabei.«

»Aber Sie, Mrs. Marston, Sie haben es ihm übelgenommen, dass er ein Verhältnis mit dieser Frau hatte?«

»Ich habe ihn gefragt, was er vorhabe. ›In welcher Beziehung?‹, fragte er. Ich sagte ihm: ›Was diese Frau angeht. Was uns angeht. Ganz allgemein, in allem.‹ Er sah nicht ein, dass es hier etwas zu entscheiden gäbe. Er sei mitten in wichtigen Verhandlungen und könne sich jetzt nicht damit beschäftigen. Da sagte ich ihm: ›Dann muss ich es eben entscheiden.‹ ›Es ist schließlich dein Problem, oder?‹, sagte er darauf.« Sie sprach rasch und mit leiser Stimme.

»Und was haben Sie entschieden, Mrs. Marston?«

»Er hatte nie Zeit zu reden. Er war ständig am Fortgehen. Dann hat er ganz aufgehört, mit mir zu reden. Er kam nur, um die Kinder zu sehen. Er hatte einen Schlüssel. Ich habe die Tür verriegelt. Er klingelte und rüttelte solange an der Türkette, bis die Kinder schrien, ich solle ihn einlassen. Dann wollte er die Scheidung. Meine Zustimmung zu einer Scheidung. Er drohte damit, mir die Kinder wegzunehmen. Mir das Sorgerecht zu entziehen –«

»Mit welcher Begründung, Mrs. Marston?«, fragte Dr. Seidler.

»Er sagte, ich sei verrückt. Wahnsinnig. Er sagte das vor den Kindern.«

»Waren Sie verrückt, Mrs. Marston?«, fragte Dr. Willis mitfühlend.

»Mein Benehmen sei unzivilisiert, sagte er. Er hat mich betrogen, mich belogen und verschmäht. Er hat mein Leben zerstört, und ich sei so unvernünftig. Ich sei nicht nett zu seiner Mätresse. Dann behauptete er, ich hätte ihn aus dem Haus getrieben. Weil ich verrückt sei.«

»Mrs. Marston«, hakte Dr. Willis nach, »fällt Ihnen eine bestimmte Handlung ein, die Ihr Mann Ihnen als Beweis für Ihre Verrücktheit vorhielt?«

»Er behauptete, ich habe versucht, das Haus anzuzünden und die Kinder zu töten.«

»Haben Sie das getan?«

»Nein. Ich habe nur Papiere verbrannt. Es hat viel Rauch gegeben. Eines der Kinder wachte auf und erschreckte sich und hat es ihm gesagt.«

»Was haben Sie da verbrannt?«

»Briefe, die wir einander geschrieben hatten. Bilder. Dinge, die ich zehn Jahre lang aufbewahrt hatte.«

»Warum haben Sie sie verbrannt?«

»Er hat alles, was wir miteinander erlebt hatten, zu einer Lüge gemacht. Sinnlos.«

»Wo haben Sie diese Dinge verbrannt?«

»In der Küche. Auf dem gefliesten Küchenboden. Nichts hat Feuer gefangen. Nur die Beine eines Stuhls sind etwas verkohlt. Er machte daraus eine große Sache.«

»Wann ist das passiert?«

»Vor einigen Wochen. Ich weiß nicht mehr ganz genau.«

»Mrs. Marston«, fragte Dr. Seidler, »welche finanzielle Vereinbarung haben Sie mit Ihrem Mann getroffen, als er Sie verlassen hat?«

»Keine. Ich hätte keine akzeptiert.«

»Aber er hat angeboten, für Sie zu sorgen?«

»Ja. Aber ich wollte kein Geld annehmen. Nicht aus seiner Hand.«

»Wie sind Sie denn zurechtgekommen?«

»Ich bin zurechtgekommen«, sagte sie kalt. »Ich hatte einige antike Schmuckstücke, die er bei mir in Rom zurückgelassen hatte. Ich habe sie verkauft.«

»Gehörten die nicht Ihrem Mann, Mrs. Marston?«, fragte Dr. Willis. »Waren sie nicht ein Teil seiner geschäftlichen Unternehmung?«

»Vor drei Jahren hatte ich ihm geholfen, sie aus Griechenland herauszuschmuggeln. Aber nehmen wir an, ich hätte sie gestohlen. Was macht das für einen Unterschied?«

»Wie lange hätten Sie damit auskommen können?«

Sie gab keine Antwort.

»Mrs. Marston«, fragte Dr. Seidler, »warum haben Sie Ihren Mann nicht auf Scheidung verklagt? Haben Sie das überhaupt nicht in Betracht gezogen? Schließlich war er es doch, der Ihnen Unrecht getan hat. Sie hätten ihn vor Gericht bringen und ihn zahlen lassen können.«

»Zahlen?«, murmelte sie. »Dafür zahlen, dass er mein Leben zerstört hat? Und das Leben meiner Kinder sinnlos und hässlich gemacht hat? Das ist durch kein Geld gutzumachen.«

»Trotzdem«, fuhr Dr. Seidler fort, »hätten Sie es ihm sehr unangenehm machen können. Kein Mann lässt sich gern in Skandale, Rechtsstreitigkeiten hineinziehen –«

»Wie denn? Ihn durch den Dreck ziehen, wo doch all sein Dreck auf mich zurückfällt! Nein«, sagte sie leise, »ich würde ihn lieber mit mir zur Hölle hinabschleifen. Ich war es, die lächerlich gemacht wurde, ich, die entehrt wurde. Ich, nicht er. Er hat sich nicht geschämt. Er amüsierte sich mit seiner Mätresse auf Diners und auf Partys. Er war sich nicht bewusst, etwas Unrechtes getan zu haben. Andere Männer hätten genauso gehandelt wie er, und andere Frauen hätten es akzeptiert. Ich war ganz allein und brüllte die Wand an. Was habe ich denn falsch gemacht, dass ich hier mit diesen beiden Kindern sitzengelassen werde, nachdem ich ihn zehn Jahre lang geliebt habe – es gab nie einen anderen Mann in meinem Leben, ich hätte meinen Kindern nicht in die Augen sehen können. Und jetzt sollte ich mich noch weiter erniedrigen, indem ich die Sache zu Gericht bringe und der Öffentlichkeit preisgebe?«

»Er hat sich des Ehebruchs schuldig gemacht. Jedes Gericht hätte Ihnen einen Vergleich zu Ihren Gunsten gewährt. Waren Ihnen zu dem Zeitpunkt Ihre gesetzlichen Rechte bekannt?«

»Was hätte ich denn mit einem gerichtlichen Vergleich erreichen können? Einmal auf dem Papier aus meinem Leben herausgeschnitten, geht er fort, kann frei und ungehindert ein anderes Leben führen, als wäre nichts geschehen, als wäre nie etwas zwischen uns gewesen.«

»Eine juristische Einigung hätte Sie ebenso frei gemacht. Sie hätten dieselbe Freiheit gehabt, ein neues Leben zu beginnen.«

»Darüber weiß ich Bescheid, ich kenne die Art von Freiheit, die eine Frau mit zwei Kindern nach zehnjähriger Ehe besitzt. Ich habe diese Frauen gesehen – es gibt sie überall auf der Welt. Wenn sie Glück haben, finden sie einen Mann, der sie heiratet. Irgendeinen. Sie haben sogar Glück, wenn sie einen finden, der mit ihnen schläft. Ich habe gesehen, wie diese Frauen leben: sowohl die, die sich selbst zur Schau stellen, als auch die, die nie aus dem Haus gehen. Ich habe diesen Frauen zugehört und gesehen, was mit ihren Kindern passiert. Nein. Ein Mann tut, was ihm passt, und geht dann fort. Bei einer Frau ist das anders. Sie gehört den Kindern, die sie im Bett mit ihm empfangen hat: Ihr Körper, ihre Brüste, ihr Herz, ihre Hände gehören ihnen. Er geht fort, und mir bleiben die monatlichen Zuwendungen für die Erziehung der Kinder, die er verleugnet. Und ihn ansehen zu müssen, wenn er sie besuchen kommt, einmal in der Woche, einmal im Monat, einmal im Jahr oder vielleicht nie wieder. Die Kinder ansehen zu müssen. Jeden Morgen ihre Stimme zu hören und ihre Fragen beantworten zu müssen: ›Was machen wir heute?‹, ›Was sollen wir anziehen?‹, ›Was essen wir heute zum Frühstück? Zum Mittagessen? Zum Abendbrot?‹, ›Wann kommt Papa wieder?‹ Sie jeden Tag anschauen müssen und nicht verstehen, warum sie da sind, warum ich sie mir ansehen muss. Sie anzuschauen und nicht sie zu sehen, sondern immer nur etwas anderes. Ihn. Die Nächte, in denen ich ihn liebte, den Tag, an dem ich ihn heiratete, das erste Mal, dass ich ihn ansah, und so weiter, und danach immer nur Zusammenhanglosigkeit und das Grauen.«

Sie blickte auf.

»Wenn ich eine Geldsumme als Entschädigung bieten würde für die Leben, die ich genommen habe, würde irgendein Gericht eine solche Zahlung annehmen? Nein. Kein Gericht würde das tun. Genauso wenig wie ich für das, was er in meinem Leben angerichtet hat.«

»Sie haben es ihm also mit dem Leben Ihrer Kinder heimgezahlt«, sagte Dr. Seidler mit ernster Miene.

»Sie gehörten mir. Meine Kinder. Ich habe sie zur Welt gebracht.«

»Glauben Sie, das gibt Ihnen das Recht, sie zu töten? Ein Sonderrecht«, fragte Dr. Willis, »die Tatsache, dass Sie sie zur Welt gebracht haben?«

»Ja«, sagte sie schlicht, »das glaube ich.«

»Mrs. Marston, Sie haben Ihre Kinder aus reiner Rachsucht getötet, leugnen Sie das?«, fragte Dr. Seidler.

»Sie verstehen das nicht«, sagte sie und schüttelte langsam den Kopf. »Nichts konnte ihn berühren. Mein Leben lag in seiner Hand. Ich konnte nicht einmal betteln, es war ihm so wenig wichtig, weniger wichtig als eines dieser seltenen Objekte, für die er alles riskiert hatte; nicht etwa weil er es behalten und genießen wollte, sondern nur wegen des Prestiges, den der Erwerb ihm verlieh, und wegen des Gewinns, den er beim Wiederverkauf erzielen würde. Er kaufte nur, um es wieder zu verkaufen. Und ich war ihm noch weniger wert als das. Er wollte nicht einmal einsehen, was er mir angetan hatte. Er konnte es nicht sehen.«

»Sie haben die Kinder getötet, damit er versteht, wie sehr er Ihnen Unrecht getan hat?«

»Nein. Nicht, damit er es versteht. Er hat gesehen, was ich getan habe, er hat ihre Leichen gesehen, aber er hat es genauso wenig verstanden wie ich. Ich habe es nicht getan, damit er es versteht, sondern um ihn so zu verwirren, wie ich verwirrt war.«

»Sie wollten ihn leiden lassen, wie er Sie hatte leiden lassen.«

»Es war der einzige Weg, den ich zu seinem Herzen hatte. Er hat mir keinen anderen Weg gelassen.«

»Mrs. Marston«, fragte Dr. Willis, »empfinden Sie denn überhaupt keine Reue, oder«, er zog die Schultern hoch, »Angst vor dem Urteil?«

»Das Urteil ist gefällt. Was die Gerichte über mich beschließen, ist völlig irrelevant.«

»Haben Sie das Urteil gefällt, Mrs. Marston? Sie allein?«

Sie schwieg.

»Hat Ihnen eine Stimme befohlen, dies zu tun?«

»Ja.«

»War es Ihre Stimme oder die Stimme eines anderen?«

» Niemandes Stimme. Einfach eine Stimme. Ein Urteil.«

»Was hat die Stimme zu Ihnen gesagt?«

»*Du wirst sie töten. Wenn sie schlafen, nimmst du das Messer aus der Küchenschublade und tötest sie.*« Sie sprach langsam mit einer Spur von Traurigkeit in der Stimme.

»Es war nicht Ihre eigene Stimme?«

»Ich habe geweint. Die Stimme war ruhig und fest. Ich sagte immer wieder, *Nein*. Lange Zeit sagte ich, *Nein, das kann ich nicht*. Es war schwer, das zu akzeptieren. Aber in jener Nacht, als die Stimme sagte, *Du wirst es jetzt tun*, da sagte ich nicht mehr nein. Ich sagte nichts. Dann war es einfach.«

»Wann genau haben Sie die Stimme zum ersten Mal gehört?«, fragte Dr. Willis.

»Am Morgen des Tages, an dem ich Lance Marston geheiratet habe.«

»Aber das war doch, bevor Sie Kinder hatten –«

»Ich zog gerade mein Hochzeitskleid an. Ich knöpfte eben das Kleid vorne zu, als ich die Stimme hörte.«

»Was hat sie Ihnen damals gesagt?«

»*Wenn er die Treue bricht, wird Blut fließen.*«

»Sagte die Stimme sonst noch etwas?«

»Nein, nur das. *Wenn er die Treue bricht, wird Blut fließen.*«

»Und wann hörten Sie die Stimme wieder?«

»Als mir klar wurde, dass alles vorbei war.«

»Sagte sie Ihnen da, dass Sie die Kinder töten sollen?«

»Sie sagte nur, *Blut, Blut.*«

»Dachten Sie je daran, die Geliebte Ihres Mannes zu töten?«

»Nein, sie bedeutet mir nichts.«

»Oder Ihren Mann zu töten?«

»Ja, aber das konnte ich nicht.«

»Warum konnten Sie das nicht?«

»Wegen der Kinder. Ich konnte nicht ihren Vater umbringen.«

»Hatten Sie Angst vor Ihren Kindern?«, fragte Dr. Willis. »Fürchteten Sie sich vor ihrem Urteil?«

Sie schwieg. Ihre Augenlider fielen zu.

»Was haben Sie am fünfzehnten August den ganzen Tag gemacht?«, fragte Dr. Seidler.

»Nichts. Es war wie an allen anderen Tagen.«

»Sie sind aufgestanden und haben den Kindern Frühstück gemacht?«

»Nein. Er kam am Morgen. Sie haben mit ihm gefrühstückt.«

»Haben Sie Ihren Mann gesehen?«

»Ich lag noch im Bett, als ich es klingeln hörte. Er klingelte und hämmerte und rüttelte in einem fort an der Kette.«

»Warum haben Sie die Tür nicht geöffnet?«

»Ich konnte es nicht ertragen, wie er mich ansah.«

»Haben die Kinder ihn hereingelassen?«

»Ja. Ich hörte, wie sie zur Tür rannten und ihn begrüßten.«

»Hatten die Kinder Ihren Mann gern?«

»Ja. Sie sahen ihn so selten. Wenn er kam, brachte er ihnen immer Geschenke mit und spielte mit ihnen.«

»Um wie viel Uhr ungefähr ist er gekommen?«

»Das weiß ich nicht. Ich lag mit geschlossenen Augen da. Sie machten viel Lärm, rissen Päckchen auf, lachten und kreischten. Er hatte ihnen einen Spielzeugpanzer gebracht, der ein furchtbares Knirschen von sich gab. Dann hämmerte er plötzlich an meiner Tür. Ich sagte: ›Bleib draußen.‹ Aber er stürmte herein, die Kinder hinter ihm her. Ich sagte: ›Raus!‹ und zog mir das Laken übers Gesicht. Er sagte, ich sei unvernünftig. Er versuchte, mir das Laken vom Gesicht zu reißen. Ich schämte mich vor den Kindern.«

»Was wollte Ihr Mann?«

»Er wollte über die Papiere sprechen. Die Scheidung. Die Papiere unterschreiben.«

»Wie lange ist er geblieben?«

»Er ist vor dem Mittagessen gegangen.«

»Was haben Sie den Rest des Tages gemacht?«

»Wir sind ausgegangen. Ich hatte ihnen versprochen, mit ihnen im Park rudern zu gehen. Wir waren einkaufen. Danach gingen wir wieder heim.«

»Sie haben an diesem Tag mit niemandem sonst gesprochen?«

»Mein Mann rief am Abend an. Er sagte, er würde am Morgen noch einmal mit den Papieren vorbeikommen. Er wollte wissen, ob ich sie unterschreiben würde. Ich sagte ja, ich würde sie unterschreiben.«

»Hatten Sie tatsächlich die Absicht, am nächsten Tag zu unterschreiben?«

Sie antwortete nicht.

»Was haben Sie gemacht, nachdem Sie die Kinder zu Bett gebracht hatten?«

»Ich habe in der Küche aufgeräumt.«

»Woran dachten Sie dabei?«

»An nichts. Ich habe das Geschirr gewaschen. Den Tisch abgewischt. Den Boden gemoppt.«

»Wann haben Sie das Messer geholt?«

»Später. Ich habe unten aufgeräumt. Das Wohnzimmer. Die Treppe. Es war nach Mitternacht.«

»Was haben Sie gemacht, nachdem Sie das Messer geholt hatten?«

»Ich bin in mein Zimmer gegangen und habe mich angezogen.«

»Warum mussten Sie sich mitten in der Nacht ankleiden, Mrs. Marston?«

»Ich habe mein Brautkleid angelegt.«

»Warum?«

»Damit es mit Blut getränkt würde.«

»Warum?«

»Weil es verraten wurde. Dann würde ich wieder stark und rein werden. Wie an dem Tag, an dem ich es das erste Mal anzog.«

»Was haben Sie gemacht, nachdem Sie sie getötet hatten?«

»Ich habe sie versteckt.«

»Aber Ihr Mann hat ihre Leichen gesehen.«

»Ich habe sie danach versteckt. Ich wollte, dass er sie sieht, damit ihr Blut an seinen Augen haften bleibt.«

»Warum wollten Sie nicht, dass andere Leute ihre Leichen sehen?«

»Nein«, sagte Isabel Marston, »niemand sonst wird sie je anschauen noch ihre Leichen berühren oder ihre Gräber besuchen.«

»Was haben Sie mit ihren Leichen gemacht, Mrs. Marston?«

»Ich habe es Ihnen schon gesagt. Ich habe sie versteckt. Alle drei Leichen sind bei mir versteckt.«

»Haben Sie die Kinder irgendwo begraben?«

»Ich werde es Ihnen nicht sagen. Es sind meine Kinder. Es geht niemanden etwas an.«

»Wir möchten nur gern verstehen –«

»Ich habe nichts mehr zu sagen.«

Isabel Marston stand abrupt auf und ging zum Fenster, das sich tiefrot verdunkelt hatte.

## 3

Die Zelle hatte kein Fenster. Isabel Marston starrte auf die drei schwachen Lichtbalken an der Wand. Sie lag regungslos auf einer schmalen Eisenpritsche und lauschte. Wenn sie ein Geräusch vernahm, zog sie sich die raue graue Decke über den Kopf.

Die Verhöre zogen sich noch über viele Tage hin. Aber Isabel Marston hatte nichts mehr zu sagen. Andere übernahmen das für sie, sie fanden Erklärungen und Argumente. Sie schwieg. Ihr Urteil ging sie nichts an. Sie war fertig.

Sie hatte mit ihnen abgeschlossen. Jetzt bereitete sie ihre Flucht vor. Unter der dunklen Decke bewegten sich ihre Lippen und formten vorsichtig Worte. Hin und wieder stieß sie einen Schrei aus.

Sie musste sich in Acht nehmen. Sie waren immer noch auf der Suche nach den Kindern. Sie hörte Schritte, gedämpfte Stimmen. Köpfe drehten sich plötzlich zu ihr hin. Wenn sie sich ihr näherten, ließ sie die Gesichter sich verzerren und auflösen, wie Spiegelungen in trübem Wasser.

Sie hatte sie überlistet. Die Kinder waren in ihr, alle drei, drei schlagende Herzen.

Sie lag im Dunkeln mit geöffnetem Mund, ein Kind in ihr keuchte. Das kleine Mädchen war am Keuchen. Die beiden Jungen lagen ruhig zu beiden Seiten. Wenn sie Laute von sich gaben, schrie sie wie eine Verrückte, um ihre Schreie zu übertönen. Bald würde sie zu ihnen stoßen, dann würden sie nicht mehr nach ihr weinen; in dem großen Haus würden sie alle in Sicherheit sein. Sie musste achtgeben, während sie ihre Flucht vorbereitete.

Das Haus war da, alles war für sie bereit; sie musste es nur noch betreten. Aber irgendetwas lastete auf ihr, ein riesiger Felsbrocken, ein Berg aus schierem Granit. Sie spürte seine Schwere im Rücken und in den Armen. Es lag jemand unter diesem Felsen zerquetscht. Es waren nicht die Kinder. Die Kinder waren bei ihr sicher. Sie war es auch nicht. Sie betrachtete ihre Hände, die den Rand der Decke umklammerten, und löste einen Finger nach dem anderen. Sie war es nicht, es war jemand, der mit ihr verbunden war, ein Teil von ihr. Das spielte keine Rolle. Der Fels war so schwer, dass ihn niemand je würde anheben können, um zu sehen, wer unter ihm lag. Sie ließ los. Sie verließ ihn. Sie wurde leicht. Sie war frei.

In ihr war viel Platz, mehr Platz, als sie je gekannt hatte, ausgedehnte Wiesen, Wälder, Bäche, und alles gehörte ihr. Auch die Sonne war in ihr, ihre eigene Sonne, sie ließ alles wie Gold erstrahlen.

Die Kinder waren in dem großen Haus glücklich. Jetzt hatten sie den Platz, den sie brauchten, Platz zum Spielen, Platz für ihre Haustiere, ihr Spielzeug und für all die Dinge, die sie so gerne sammelten, Samen, Muscheln, Vogeleier, Knochen, Schmetterlinge und Stöcke, sie konnten alles ins Haus bringen. Es gab Platz für alles, was sie für ihre Kinder aufbewahren wollte, für all die Wäsche, Kleider und die Schmuckstücke, die sie für ihre Tochter aufbewahrte. Sie spielten den ganzen Tag in der Sonne. Das Kleid, das sie trug, war weder weiß noch rot oder schwarz. Es war golden.

Die anderen konnten ihren Raum nicht betreten. Sie hatte sie alle getäuscht: Für sie war sie wie tot, eine umwickelte Mumie in einem Sarg. Einmal alle hundert Jahre durften sie den Deckel heben und sie ansehen.

»Ich bin vollständig«, sagte sie ihnen, weil sie ihr Geschenke brachten. Sie betrachtete ihre schäbigen Opfergaben, Blechteller und -tassen, ein verblichenes Handtuch.

»Ich bin vollständig«, sagte sie. Sie verriet ihnen nicht, dass sie all ihren Reichtum in sich barg.

»Ich bin vollständig«, sagte Isabel Marston, wenn sie ihr Gesicht aufdeckten. Mehr sagte sie nicht.

Keiner hat je die Leichen ihrer gemordeten Kinder gefunden.

# OSTERBESUCH

Hester steht in der Tür. Hester, meine Cousine. Ich sitze über meinen Schreibtisch gebeugt und studiere eine Landkarte, ohne aufzublicken. Ich spüre ihre Augen im ganzen Zimmer. Ihr Blick huscht von meinem Ärmel zur Waschschüssel, über die Bettdecke und zurück zu meiner Hand. Er umkreist meine Schläfen wie eine trunkene Biene, streift mein Ohr und landet auf meiner Lippe. Ich fürchte, wenn ich mich bewege, wird er mich ins Auge stechen.

Ihr Schritt ist so leicht, dass ich gar nicht bemerke, wie sie an meinem Ellbogen steht, bis ich ihre dünne, sommersprossige Hand sehe, die eine Schale Milch vor mich hinstellt. Ich bin mir sicher, dass die Milch vergiftet ist, aber ich schließe die Augen und kippe sie schnell hinunter. Als ich die Augen öffne, ist sie fort.

Hester steht am Fußende meines Bettes. Meine Cousine Hester, ein Laken um sich herumgewickelt. Sie ruft mich beim Namen, aber ich antworte nicht. Ich liege nackt auf den Decken, meine Augen weit aufgerissen in der Dunkelheit. Sie hält mit ernsthafter Miene das Laken ausgebreitet über dem Kopf, und ihr Mund verzieht sich zu einem breiten, unfreiwilligen Lächeln.

Sie geht um mein Bett herum, tastet sich mit leichter Hand an meinem Bein entlang. Dann streicht sie mit der Handfläche über meine Lende, verstohlen, wie ein Kind, das die marmornen Hoden einer Statue berührt. Ich halte den Atem an, während ihre Hand an meiner Seite hinauf wandert. Gerade als sie in meine Armhöhle gleiten will, ergreife ich ihr Handgelenk und ziehe daran. Ihr nackter Körper gleitet auf meinen herab. Sie umarmt mich zwischen ihren Knien und dreht sich von einer Seite zur anderen. Ich grabe meine Finger in ihre Kopfhaut. An den Wurzeln ist ihr Haar feucht wie wildes Sumpfgras. Ihr Haar hat alle Farben, wie wildes Gras am Ende des Winters, wenn das Eis zu schmelzen beginnt, wenn der gefrorene Erdboden in Pfützen aufbricht und das Wasser einem durch die Schuhsohlen sickert. Ich zwirble ihr Haar zwischen meinen Fingern; sie zieht sich hoch, bis ihr Mund offen auf dem meinen liegt, und taucht nach meiner Zunge.

»Deine Zunge ist so verwurzelt wie eine Schnecke«, sagt sie, nachdem wir fertig sind. »Sie wird sterben, wenn ich sie herausreiße.« Und noch einmal umklammern ihre Glieder meine Rippen und Schenkel und winden sich wie die Tentakel eines verliebten tropischen Tintenfisches.

Verschlungen wiegen wir uns, beben und umklammern einander, dann schließen wir uns wie die beiden Klappen einer Muschel.

Hester wacht zuerst auf. Sie setzt sich auf und hält sich den Kopf. »Ich war noch nie so allein«, stößt sie hervor.

Wir treffen uns auf der Straße. Geschminkt sieht Hester seltsam aus. Ihr Gesicht wirkt aufgemalt, wie das eines Clowns oder wie eine afrikanische Geistermaske. Ihr Mund gleitet am Lippenstift vorbei, und ihre blassen Augenbrauen werden ganz wild und hüpfen über den dünnen schwarzen Strich, den sie darüber gezogen hat.

Vor und hinter uns rasen Autos vorbei, Flugzeuge donnern über unsere Köpfe hinweg. Menschenmassen, zusammengekauert unter Regenschirmen, bedrängen uns. Ich werfe ihr meinen Mantel über den Kopf, greife sie beim Arm und wir rennen davon.

Heute Nacht brauchen wir uns nicht zu lieben. Wir liegen auf dem Teppich und nur unsere Fingerspitzen berühren sich. Wir reden bis zum Morgengrauen.

»Ich möchte mein Leben wegwerfen«, sagt Hester. »Ich wünschte, ich könnte es hundertmal wegwerfen.« Sie zählt mir auf wie, alle hundert Arten.

Aber als wir uns schlafen legen, fügen sich unsere Glieder ineinander wie die Teile eines chinesischen Puzzles.

Wir haben uns in hundert und einen verschiedenen Knoten verstrickt. Aber Hester wird keinen Frieden finden, bevor sie nicht meine Adern auseinandergenommen und sich in meine Eingeweide gewickelt hat.

»Du bist hart und glatt wie eine Marmorstatue«, beschwert sie sich, »du bist völlig versiegelt.«

Ich sage nichts. Ich liege nur da und betrachte still ihre Brüste, während ihre zitternden Finger über meinen Mund fahren.

»Du solltest eine Fotze haben«, flüstert sie, stürzt sich wie ein Wasserfall über mich und liebkost mich stürmisch. Ich halte sie mit festem Griff. Meine Handflächen, die ihre Hüften stützen, pressen gegen den flachen Knochen, der ihrem Rücken entsteigt; und ich streife sie an wie einen Ring.

Hester würde unsere Körper gern einem Raubvogel opfern, in dessen Bauch unsere Bestandteile sich endlich unauflöslich vermischen würden.

»Deine Augen sind grün wie Austern«, zischt sie hinter zusammengebissenen Zähnen. Und macht sich mit ihrer Zungenspitze daran, sie auszuhöhlen.

»Mehr kann hierbei nicht herauskommen«, sage ich ihr immer wieder. »Es ist gut, dass du bald abreist.« Aber Hester hört nicht zu.

»Wässre mich!«, keucht sie. Ihr Kopf rollt vom Bett und ich pinkle ihr ins Ohr.

Wir sitzen nach dem Duschen auf dem Boden, unter einem Badetuch zusammengekauert, und versuchen, uns vorzustellen, wie es in einem Monat mit uns aussehen wird.

»Ich werde in einem Iglu in der Arktis sitzen«, sage ich, »und Karten für die Marine zeichnen, mit dicken pelzgefütterten Handschuhen und Stiefeln, mit juckendem Rücken unter sechs Pullovern und Frostbeulen auf der Nase.«

»Ich werde in Virginia auf den Stufen der Veranda sitzen«, sagt Hester, »mit einem Korb voller Wäsche auf dem Schoß und mich fragen, was ich als Nächstes tun soll: die Hemden bügeln, das Baby baden, Eddie auf den Topf setzen, den Braten in den Ofen schieben oder die Katze füttern.«

Und wir lachen, bis Hester mir den Mund mit einem Kuss verschließt. »Wir sind albern«, murmelt sie unter Tränen und wiegt meinen Kopf in ihren Armen.

Hester reist am nächsten Tag ab. Ihre bevorstehende Abreise scheint unsere Stimmung nicht zu beeinträchtigen. Vielleicht können wir an nichts glauben, was über die Gegenwart hinausgeht. Und in der Gewissheit unseres Verhängnisses gehen wir ihm gefasst entgegen wie Schauspieler in einem Theaterstück, die genau wissen, bei welcher Zeile der Vorhang fällt.

Wir verbringen unseren letzten Abend auf dem Turm des Empire State Buildings. Hester presst ihren Körper gegen das Geländer, beugt sich vor und lehnt sich so weit wie möglich hinaus. Ich mache es ihr nach. Der Wind peitscht mir ihr Haar in die Augen, und während unsere Köpfe mitten in der Luft hängen, küssen wir uns.

# DIE GOLDKETTE

Rosalie war längst tot und begraben. Rosalie und ihr Kind ruhten mit der Erde. Und wie alle, die in die Erde gelegt wurden, stieg sie langsam in den Zweigen auf, legte den ganzen Weg des Wurms durch den Apfel zurück, bis hinein in den Apfelkern. Rosalie kroch in neun Schnecken und neunundvierzig Raupen davon; sie flog auf in einem Schwarm kleiner weißer Schmetterlinge, in dem sie sich verstreute. Rosalie wanderte mit dem Wind. In der dunklen Erde blieb nur noch ein kleiner glitzernder Haufen Gold zurück. Rosalie floss mit dem Bach dahin und wurde zum Wasserwirbel. Sie kreiselte in einem fort.

Ein Kind stand auf einem Feld am Waldrand und schwang einen Stock. Mit Freudenschreien peitschte es das hohe Gras. Stampfend und hüpfend schlug es auf den Erdboden ein und stach gegen den Himmel. Vor ihm stand der Wald wie eine schreckliche Braut, ganz still und weiß unter einem schlohweißen Schleier, der von Milliarden winziger blinder Würmer gesponnen wurde.

An Rosalies Hochzeitstag regnete es. Ihr Bräutigam war sehr schüchtern und zart wie ein Kind; er hatte sanfte, ältliche Augen. Sein Gesicht war glatt bis auf einen kleinen dunklen Bart am Kinn, und als Hochzeitsgeschenk bescherte er Rosalie eine lange Goldkette, die einst seiner verstorbenen Großmutter gehört hatte. Sylvanus Thrush wartete vor dem Bahnhof auf sie unter einem schwarzen Regenschirm und hielt ein Päckchen unterm Arm, das in braunes Packpapier gewickelt war. Rosalie rannte den ganzen Weg von zu Hause und sprang dabei über die großen Pfützen, damit ihre Strümpfe nicht nass gespritzt würden.

– Schnell, sagte er, zieh dein Kleid an, der Zug fährt in ein paar Minuten.

– Wo soll ich mich denn anziehen?, fragte Rosalie.

– In der Damentoilette, natürlich. Wo denn sonst?

Rosalie stand in der Damentoilette vor dem Spiegel und zupfte am Saum ihres Kleides. Der Rock war ein klein wenig zu kurz. Rosalie hatte etwas knorrige Knie, sie zeigte sie sehr ungern. Sie zerrte am Rocksaum, um ihn übers Knie zu ziehen, aber sobald sie den Stoff losließ, schnellte er wieder hoch, höher als zuvor. Rosalie betrachtete sich missmutig im Spiegel und verließ den Raum.

Nach der Trauung schlenderten sie durch die Menschenmenge auf dem Platz. Händler kamen und verkauften Spielzeug und Luftballons, Süßigkeiten, Blumen und Getränke. Ein Mann spielte seine Fiedel und hielt einen Affen an der Kette. Der hüpfte zu der Musik herum, schlug Räder und Purzelbäume, und die Leute begannen zu tanzen.

– O sieh nur, Sylvanus, rief Rosalie und griff nach seiner Hand, können wir nicht auch tanzen?

– Aber ja, Rosalie, wenn du willst, sagte Sylvanus, legte ihr seine zitternde Hand ins Kreuz und trat einmal nach links und einmal nach rechts.

Sylvanus drehte sie langsam herum, er hüpfte wie ein Spatz und grinste albern. Hin und wieder riss sich Rosalie los und wirbelte allein herum. Sie wirbelte sehr schnell, bis ihr schwindlig wurde und sie ihm in die Arme fiel. Alle tanzten jetzt, Kinder und Paare, sogar alte Leute, die an Krücken humpelten. Es war inzwischen recht dunkel geworden, die Straßenlaternen gingen an, und es begann wieder zu nieseln. Die Menge hatte sich zerstreut, und sie eilten durch enge, verlassene Gassen.

– Pass doch auf, wo du hintrittst!, sagte Silvanus andauernd.

Rosalie fühlte unter ihr etwas schwanken. Sie blickte hinunter und sah plötzlich das Schimmern von Wasser. Über ihr pulsierten die Sterne am nackten Himmel. Sie überquerten die Laufplanke eines Schiffes. Drinnen befand sich ein Speisesaal. Sie setzten sich und Sylvanus bestellte eine volle Mahlzeit. Rosalie aß alles auf, bis auf den letzten Krümel ihres Kuchens. Das Schiff schien sich nicht zu bewegen. Sie blickte durch das Bullauge und sah die Lichter am Ufer genauso nah wie zuvor. Sylvanus erhob sich.

– Komm jetzt, Rosalie, sagte er, sonst verpassen wir noch den letzten Bus nach Hause.

Rosalie stand auf, dann wurde sie auf einmal blass.

– O Sylvanus, flüsterte sie, kannst du mir deinen Mantel umlegen? Ich fürchte, ich habe mein Kleid hinten beschmutzt.

– Ja, tatsächlich, das hast du, lachte Sylvanus leise und legte ihr seinen Mantel um die Schultern.

Es war fast Mitternacht, als sie aus dem Bus stiegen. Sie mussten eine ganze Strecke laufen, bevor sie das Haus erreichten; entlang der Straße brannte in keinem einzigen Fenster Licht. Endlich waren sie zu Hause.

Rosalie stand mit gesenktem Kopf vor dem Bett.

– Es tut mir so leid, dass das in unserer Hochzeitsnacht passieren musste, sagte sie.

Sylvanus arbeitete die ganze Woche. Am nächsten Sonntagmorgen rannte Rosalie ihm entgegen, als sie seine Schritte auf der Treppe hörte. Sie schlang ihre Arme um seinen Hals, küsste und drückte ihn und zog ihn zur Tür herein.

– Lass mich ein wenig ausruhen, meine Liebe, sagte Sylvanus. Sobald er in den Sessel gesunken war, schlief er auch schon ein. Die Dämmerung brach herein, und Sylvanus saß noch immer zusammengesunken im Lehnstuhl und schnarchte leise. Zwischen seinen Lidern war nur das Weiß der Augen sichtbar. Rosalie trug die Suppe auf und setzte sie geräuschvoll auf den Tisch. Sylvanus wachte mit einem Schnauben auf, rieb sich die Augen und setzte sich zu ihr.

Nach dem Essen ging Rosalie in das andere Zimmer und zog ihr Nachthemd an. Nach einer Weile kam sie wieder hervor und stand barfuß mit aufgelöstem Haar in der Tür.

– Ich bin jetzt wieder in Ordnung, Sylvanus, sagte Rosalie.

– Das freut mich sehr, sagte Sylvanus. Er stand auf und sein kleiner Mund berührte die Spitze ihres Kinns. Dann gute Nacht jetzt, Rosalie, schlaf gut. Und er ging und legte sich voll angezogen auf das Sofa nieder.

Als Sylvanus am nächsten Morgen hereinkam, um sich von Rosalie zu verabschieden, saß sie aufrecht im Bett und spielte mit ihrer Goldkette. Sie ließ die Kettenglieder von einer Hand in die andere rieseln, als würde sie das Gold abwägen.

– Bis nächsten Sonntag, sagte er und warf ihr eine Kusshand zu.

– Hast du auch daran gedacht, mir etwas Geld dazulassen, in der Tasche meines weißen Kleides?, fragte sie, noch immer mit ihrer Kette spielend.

– Hast du denn das Monatsgeld, das ich dir letztes Mal daließ, schon ausgegeben?, fragte Sylvanus.

Rosalie spielte einfach weiter mit ihrer Kette.

– Für was nur, Rosalie? Für Getränke und Spiele und Eiscreme am Markttag?, fragte Sylvanus. Er lachte und legte ihr ein paar Silbermünzen in die Hand.

Rosalie beschloss, Sylvanus etwas Nettes zum Anziehen zu besorgen, das er zu Hause tragen konnte, anstatt des abgenutzten grauen Anzugs, den er zur Arbeit trug. Sie hing lange vor dem Stand der Altkleiderhändlerin herum. Sie kramte in einer Kiste mit bunten Federn. Sie besah sich jedes Kleid auf der Stange. Sie hatte nicht vor, etwas für sich selbst zu kaufen, sie wollte sich nur mal umschauen. Ein blasses, flammenfarbenes Kleid stach ihr ins Auge. Es war die Farbe, die Rosalie sich immer erträumt hatte, genau dieser Rotton!

– Wie viel kostet das?, fragte sie die Frau.

– Das kannst du nicht tragen, sagte diese und schüttelte den Kopf.

Rosalie entsann sich, dass sie ja gekommen war, um ein Geschenk für Sylvanus zu kaufen. Da stand eine große Kiste voll mit allem möglichen Trödel. Sie zog ein kleines rotes Jäckchen mit Goldknöpfen heraus sowie ein Paar blauseidene Hosen und einen Türkenhut mit schwarzen Fransen. Darin wird er ausschauen wie ein Prinz!, dachte sie.

– Wie viel?, fragte Rosalie.

Die Frau sah sie aus den Augenwinkeln an und schenkte ihr ein schiefes Lächeln. Es kostete fast nichts. Rosalie gab ihr einen Papierschein und steckte das Wechselgeld in ihre Tasche. Sie sparte jetzt für das rote Kleid. Auf dem Heimweg kaufte sie noch blaues Nähgarn, weil die Hose viele Löcher und Risse hatte.

Rosalie nähte die halbe Nacht. Sie stand früh auf und begann das Badewasser anzuheizen.

– Wie soll ich das jetzt am besten anstellen?, fragte sie sich. Ihm erst sein Geschenk geben und sein Bad danach? Oder soll ich ihn erst baden? Aber nach seinem Bad wird er schlafen wollen, und dann werde ich ihn nicht in seinen schönen neuen Kleidern sehen. Aber wenn ich sie ihm zuerst anziehe, wird er sich nicht wieder ausziehen wollen, und dann hab ich all das Wasser umsonst heiß gemacht. Er wird auf jeden Fall schlafen wollen. Auf alle Fälle, wie ich es auch anstelle, ich werde ihn zuerst ausziehen müssen.

Rosalie rannte die Treppe hinunter, um Sylvanus zu empfangen, und warf ihm die Arme um den Hals.

– Komm schnell, Sylvanus, drängte sie ihn, zog ihn die Treppe hinauf und ins Zimmer hinein. Ich hab was für dich! Als sie drinnen waren, riss sie ihm den Mantel vom Leib, griff nach seinem Fuß und begann an seinem Schuh zu zerren. Sylvanus hüpfte auf einem Fuß herum und protestierte lachend.

– Rosalie, du liebes, liebes Kind, ich bin es gewohnt, in meinen Kleidern zu schlafen – aber wenn du es wünschst –

Rosalie zerrte ihm die Jacke vom Leib, sie zog ihm die Schuhe und Strümpfe aus; als sie begann, ihm das Hemd aufzuknöpfen, hielt Sylvanus ihr die Hände fest.

– Was machst du denn, Rosalie!, stieß er hervor.

– Ich werde dich jetzt baden, Sylvanus, sagte sie. Das Wasser steht schon in der Wanne bereit –

– O nein, Rosalie, wo denkst du denn hin –

– Doch, doch, doch, bettelte sie, während sie ihm das Hemd aufknöpfte.

– Aber warum denn, Rosalie?, fragte er und hielt seine Hosen fest.

– Weil du mein Ehemann bist, sagte Rosalie und knöpfte ihm seine Hosenträger ab. Ich habe ein Recht darauf.

– Sylvanus ließ die Hände sinken und schaute zu Boden. Er sagte:

– Ganz wie du willst, Rosalie, das Recht hast du wohl. Nach einer weiteren Minute stand er in der Unterhose da, die ihm viele Größen zu groß war und ihm bis an die Knie hing. Rosalie holte tief Luft und machte sich daran, die Sicherheitsnadel aufzumachen, die seine Unterhose zusammenhielt. Aber Sylvanus ergriff ihre Hand.

– Ich kann nicht, ich kann es nicht, rief er, die Augen glasig vor Tränen, bitte tu das nicht, Rosalie.

Rosalie trat zurück. Sie spürte, wie ihr die Tränen die Kehle zuschnürten.

– Wenn du wirklich so schüchtern bist, sagte sie mit brechender Stimme, dann liebe ich dich wohl umso mehr. Dann ging sie und holte die Kleider, die sie gekauft hatte, und zeigte sie ihm.

– Bitte probier sie an, bettelte sie und hielt ihm die blauseidenen Beinkleider hin, damit er in sie hineinstieg. Sylvanus seufzte. Er sah die Hosen an, und er schien nicht sehr erfreut zu sein.

– Ach bitte, Sylvanus, bettelte Rosalie und streichelte sein Bein.

– Na schön, ich tue es, um dir zu gefallen, sagte Sylvanus verdrießlich. Aber ich komme mir darin lächerlich vor.

Rosalie kleidete ihn an. Hüpfend und vor Freude quietschend zog sie seine Füße durch die blaue Seidenhose, zog seine Arme durch die Ärmel der roten Jacke, knöpfte die goldenen Knöpfe zu und drückte ihm den Türkenhut mit den schwarzen Fransen auf den Kopf. Sie tanzte um ihn herum, klatschte in die Hände und lachte. Sie lachte so viel, dass sie sich die Rippen halten und sich niederhocken musste. Sylvanus stand da und blinzelte, er machte ein jämmerliches Gesicht. Rosalie nahm ihn in die Arme.

– O Sylvanus, was soll ich nur mit dir machen!, rief sie und drückte ihn so fest, dass er wie ein Frosch quakte.

– Darf ich das jetzt ausziehen?, fragte Sylvanus, als sie ihn losließ.

– Na gut, sagte Rosalie. Mach dich für dein Bad bereit. Du kannst dich im Badezimmer auskleiden, wenn du willst. Aber ich bestehe darauf, dir den Rücken zu waschen. Das nächste Mal kannst du mir den Rücken waschen.

– Du wirst mir wohl keine Ruhe lassen, bis ich es tue, sagte Sylvanus und ging.

Sylvanus saß in der Wanne und blickte mit rosarotem Gesicht auf seinen mageren Brustkorb hinunter. Das Wasser hatte sich zu einem trüben seifigen Grau verfärbt, sodass der unter Wasser liegende Teil seines Körpers verborgen war.

– Ich habe alles gewaschen, bis auf meinen Rücken, Rosalie, sagte Sylvanus.

Rosalie wusch ihm den Rücken. Sie nahm sich dafür viel Zeit, strich mit ihrer Hand liebkosend auf und ab. Dann wickelte sie ihn in ein Handtuch und half ihm aus der Wanne.

– Warum weinst du denn, meine Liebe?, fragte Sylvanus.

– Vor Glück, seufzte Rosalie und schlang ihren Arm um ihn. Komm, leg dich aufs Sofa, ich reibe dich trocken.

Und Rosalie rieb ihn auf und ab, sie hockte sich rittlings auf ihn, ihre Knie um seine schmächtige Taille gespreizt, sie hopste auf und ab und rieb ihn, während Sylvanus sich wand und strampelte und hilflos kicherte.

– O nein, Rosalie, bitte nicht kitzeln! Hör doch auf, mich zu quälen! Er heulte und schlug wild um sich und krallte sich an dem Handtuch fest, während Rosalies kleine Finger sich unter die Ränder schlichen und überallhin krochen. Sylvanus lag zusammengekrümmt da, das Kinn zwischen die Knie geklemmt. Rosalie rollte ihn herum, sie steckte ihm einen Finger in die Ohren, in die Augen, in seinen Mund, seine Nase, ihre Finger stocherten sein Rückgrat hinunter, aber als sie eine bestimmte Stelle erreicht hatten, krächzte Sylvanus – Nein, nein, Rosalie, schmutzig, schmutzig! –und stieß sie vom Sofa. Rosalie kniete sich hin, schnappte sich seinen Fuß und kitzelte ihn und schleckte ihm die Fußsohle.

– Aufhören!, schluchzte Sylvanus. Ich halte es nicht aus – du bringst mich um!

Rosalie lehnte sich auf die Fersen zurück und verschränkte grinsend die Arme. Sylvanus lag keuchend da, die Augen geschlossen, sein tränenüberströmtes Gesicht, eben noch hochrot, war plötzlich aschfahl geworden. Das Handtuch war heruntergerutscht. Rosalie betrachtete ihn nackt. Sie sah, wie sich die Haut über seine Rippen wölbte, wenn er nach Luft schnappte; sie sah, wie das Herz unter seiner Haut hüpfte wie bei einem neugeschlüpften Küken, und sie sah einen kleinen roten Daumen, der zwischen seinen Schenkeln in die Luft ragte.

– Deck mich zu, stöhnte Sylvanus mit schwacher Stimme. Rosalie nahm seine Hand, die über den Bettrand hing, und zog daran, als würde sie eine Glocke läuten.

Sylvanus öffnete die Augen, sein Gesicht war hager und abgespannt.

– Was ist denn, Rosalie?, stieß er mit Mühe hervor. Was willst du von mir?

– Nichts, sagte Rosalie und ließ seine Hand los. Nichts, Sylvanus. Und sie hockte sich neben ihn auf den Boden, umklammerte ihre Knie und wiegte sich langsam auf ihren Fersen hin und her.

Am nächsten Morgen, als Sylvanus zur Arbeit ging, geleitete ihn Rosalie bis zur Tür.

– Ich wünschte, du wärst nicht immer so lange fort, klagte sie. Wir haben noch nie mehr als einen Tag miteinander verbracht.

– Es ist so, Rosalie, erklärte er ihr. Ich muss fortgehen und die ganze Woche arbeiten, wenn ich den Sonntag mit dir verbringen will. Ich muss fortgehen und vierzehn Tage arbeiten, wenn ich auch den Samstag mit dir verbringen soll. Und ich muss fortgehen und einen Monat arbeiten, um eine ganze Woche mit dir verbringen zu können. Du hast also die Wahl.

Rosalie ließ den Kopf hängen.

– Ich glaube, ich hätte gern, dass du zwei Wochen arbeitest und zwei Tage am Stück bei mir bist.

– Ganz wie du willst, Rosalie, sagte Sylvanus und ging.

Rosalie hatte viel Zeit. Sie saß auf der Fensterbank und wickelte ihre Kette um ihren Mittelfinger. Sie versuchte zu singen, aber ihre Stimme war so schwach, dass sie mitten im Satz erstarb.

– Ich werde mir ein neues Kleid schneidern, dachte sie, stand auf und zerschnitt ein Laken. Sie verdarb es und weinte.

Rosalie hatte sehr, sehr langes Haar. Es reichte ihr bis ans Steißbein. Sie trug es zu einem einzigen Zopf geflochten, aber jetzt löste sie den Zopf und begann ihr Haar zu kämmen, Strähne für Strähne. Sie füllte die Wanne mit Wasser, kniete sich nieder, warf den Kopf hin und her und sah zu, wie ihr Haar auf dem Wasser schwamm und nach unten sank. Rosalie verbrachte eine lange Zeit damit, ihr Haar zu waschen. Dann saß sie nackt auf dem Bett und ließ es trocknen. Sie blickte hinunter auf ihren Busch; dieser war ebenso rötlich wie ihr Haar und stark gelockt. Die Schere, mit der sie das Laken zerschnitten hatte, lag noch offen auf ihrem Bett. Sie nahm sie und stutzte ihren Busch ganz kurz. Auf diese Weise verging der größte Teil des Tages.

Sylvanus verschlief den Samstag größtenteils. Und als er Rosalie umarmte, bevor sie zu Bett ging, stachen ihn die kurzen steifen Stoppeln durch den dünnen Stoff ihres Nachthemdes.

– Was hast du getan, Rosalie?, fragte er.

Rosalies Gesicht lief rot an.

– Ich war dabei, meine Haarspitzen zu schneiden, sagte sie, und dabei habe ich leider – Sylvanus, ich will ein Kind!

– Nein, das kommt überhaupt nicht infrage, sagte Sylvanus entschieden. Aber ich habe mir gedacht, wir könnten umziehen, in ein anderes Haus, das viel Sonne hat, damit du Topfpflanzen ziehen kannst.

Sonntagnacht kam Rosalie ins Zimmer, nachdem Sylvanus sich zum Schlafen aufs Sofa gelegt hatte; sie stand mitten in der Nacht auf und stellte sich an das Fußende.

– Sylvanus, rief sie leise.

– Was ist denn?, murmelte er im Halbschlaf. Rosalie streifte ihr Nachthemd ab.

– Sylvanus, rief sie, schau her –

Sylvanus blinzelte. Er sog scharf die Luft ein und schloss die Augen. Rosalie rief immer wieder seinen Namen mit leiser Stimme wie ein Vogel. Sie rief und rief, bis ihr die Stimme versagte.

Sylvanus setzte sich auf und hielt sich die Hände vor die Augen.

– Was willst du denn, Rosalie? Was ist es, das du von mir willst?

– Ich will, dass du mir ein Kind schenkst, sagte sie mit einer Singsang-Stimme. Sylvanus sank zurück.

– Verlange das nicht von mir, stöhnte er. Verlange alles von mir, nur das nicht.

– Gut, sagte Rosalie mit derselben Singsang-Stimme, dann möchte ich, dass du mir ein neues Kleid kaufst. Sie hob ihr Nachthemd vom Boden auf, knotete es zusammen und ging in ihr Bett zurück.

Am nächsten Morgen, als Sylvanus an der Tür stand und sich zum Gehen anschickte, sagte Rosalie zu ihm:

– Diesmal hätte ich lieber, dass du einen Monat arbeiten gehst und dann eine Woche bei mir bleibst.

– Ganz wie du willst, Rosalie, lächelte er.

– Und bevor du gehst, gibst du mir am besten auch das Geld für das Kleid, das du mir versprochen hast.

– Aber natürlich, Rosalie, sagte er und reichte ihr einen Geldschein.

Rosalie steckte das Geld unter den Bund ihres Ärmels und machte auf dem Absatz kehrt.

– Gibst du mir dafür nicht mal einen kleinen Kuss?, fragte Sylvanus mit einem törichten Lächeln.

– In einem Monat, vielleicht, sagte Rosalie und schlug ihm die Tür vor der Nase zu.

Am Samstagmorgen ging Rosalie auf den Markt. Sie ging geradewegs zu der Altkleiderhändlerin und nahm das flammenfarbene Kleid von der Stange.

– Wie viel kostet es?, fragte sie.

– Ich hab dir doch schon gesagt, dass es nicht deine Größe ist, sagte die Frau.

– Es ist für jemand anderen, log Rosalie, und ich möchte wissen, was es kostet.

Die Frau nannte die Summe und blickte dabei hinunter auf ihre Hände.

– Hier!, stieß Rosalie zwischen den Zähnen hervor und reichte ihr alles Geld, was sie hatte. Falten Sie es schön zusammen und legen Sie es mir in den Korb.

Rosalie drehte sich in ihrem neuen Kleid vor dem Spiegel. Es saß nur ein wenig zu locker an ihr.

– Das ist, damit ich da hineinwachse, sagte sie und ging auf einen Spaziergang hinaus.

Es war Sonntag, und es war niemand auf der Straße. Als sie heimkam, nahm sie ihr altes weißes Kleid aus dem Schrank und zerriss es zu Putzlumpen.

Samstagfrüh ging Rosalie in ihrem roten Kleid mit dem Korb am Arm aus dem Haus. Sie streckte beim Gehen das Kinn vor und schwang ihren Rock so, dass er raschelte und die Goldkette auf ihrem Bauch hüpfte. Buben saßen am Rinnstein und neckten sie, als sie vorbeiging. Männer standen vor den Ständen und drehten sich nach ihr um. Einige lachten, einige starrten sie einfach nur an; andere neckten sie wie die Buben.

– Wohin gehst du in dem roten Kleid, Rosalie?

– Sag uns, wo ist der Ball?

– Warum trägst du einen leeren Korb?

– Pass auf, dass du nicht über deine Kette stolperst!

Sie warfen ihr Nussschalen, zerquetschte Trauben und Blechmünzen in den Korb. Sie kamen ganz nah an sie heran, um ihren Rock zu betasten, und griffen nach ihrer Kette. Rosalie ging weiter, ließ ihren Rock rascheln und grinste. Als sie das Ende des Marktes erreicht hatte, lief sie hinaus aufs Feld.

Am Abend überquerte sie auf dem Heimweg wieder den Markt. Buben saßen am Rinnstein und neckten sie. Männer drehten sich nach ihr um. Einige lachten, einige starrten sie einfach nur an, und andere neckten sie wie die Buben.

– Was hast du in dem roten Kleid draußen auf den Feldern getrieben?

– Rosalie liebt sich selbst ganz allein in den Binsen!

– Das nächste Mal nimm mich mit!

– Hast du deinen Korb immer noch nicht voll? Beeil dich, der Markt schließt bald!

Rosalie legte sich im hohen Gras nieder und träumte. Sie träumte vom Regen. Der Regen prasselte auf sie nieder wie hunderttausend Lanzen, die sie mit langen silbernen Spitzen durchbohrten. Sie träumte vom Blitz und von hohen silbernen Grashalmen, die um sie herum aufragten. Sie träumte von dünnen, schräg fallenden Regenpeitschen, die ihr ins Gesicht schlugen, schnell, dunkel und silbern. Sie träumte vom Regen, der wie feines Silber vom Mond herabrieselte und sie bedeckte.

Es näherte sich jemand. Rosalie schloss fest die Augen und holte tief Luft. Ein Mann kam durch das hohe Gras. Er trat zwischen den Bäumen hervor, ein Mann, so hoch wie ein Baum, hoch und gerade wie ein Baumstamm von den Achseln bis zu den Fersen, kam durch das hohe Gras geschritten, das er mit seinen Schenkeln teilte. Rosalie schloss die Augen und holte tief Luft.

Als sie ihre Augen wieder öffnete, glitt die Sonne schon am Himmel hinunter.

Am nächsten Samstag ging Rosalie in ihrem roten Kleid über den Markt und hielt ihre Goldkette in der Faust. Und als sie an einer Gruppe junger Männer vorbeikam, ließ sie die Kette auf den Boden fallen und ging weiter.

Sie ging aufs Feld und legte sich ins Gras. Sie träumte von strömendem Regen, der solange fiel, bis der Bach voll war und zu einem Fluss anschwoll, der über die Felder rollte.

Es näherte sich jemand. Rosalie schloss fest die Augen und holte tief Luft. Ein Mann schritt durch das hohe Gras auf sie zu; Rosalie sah nicht hin. Er legte sich neben sie. Als sie ihre Hand ausstreckte, berührte sie seine nackte Haut. Er nahm ihre Hand, drehte sie um und legte ihr die Kette in die Handfläche. Rosalie hielt die Augen fest geschlossen und dachte: Wenn ich hinschaue, ist es Sünde; wenn ich aber die Augen geschlossen halte, ist es, als wäre es im Schlaf geschehen.

– Tu sie mir über den Kopf, flüsterte sie. Sie verschränkte ihre Hände hinter seinem Nacken, während er ihr die Kette umhängte, und zog ihn zu sich herab.

Sie schaukelten in ihrer Umarmung hin und her. Rosalie lachte. Ihr Gesicht lag an seine Brust gepresst, und als sie für einen Moment die Augen öffnete, war alles dunkel. Rosalie stöhnte auf, ihre Schenkel umklammerten seine Seiten und ihr Bauch wölbte sich nach oben. Sie lag mit zurückgeworfenem Kopf da, öffnete für einen Augenblick die Augen und sah nichts als den Himmel. Eine Biene summte ihr um den Kopf; sie ließ sich in ihrem Haar nieder und tapste auf ihrer Kopfhaut. Rosalie warf ihren Kopf hin und her. Die Biene verhedderte sich in ihrem Haar und stach sie ins Ohr. Rosalie schrie nicht auf. Sie holte tief Luft und saugte den Stachel der Biene mit der ganzen Weite des Himmels ein, bis sich das ganze All in ihr befand. Dann schrie Rosalie auf. Sie kreischte wie ein im Flug getroffener Vogel. Wie ein abgeschossener Vogel stürzte sie durch das Weltall herab und drehte sich dabei immer schneller, bis sie zu Boden fiel und still dalag. Lange Zeit lag Rosalie reglos und unwissend da. Dann spürte sie, wie der Mann sich um sie herum bewegte und sich langsam entfernte. Sie streckte blind ihre Hand aus und berührte sein Knie.

– Nimm die Kette, sagte sie, hob sie sich über den Kopf und hielt sie ihm hin. Nimm sie und komm heute in zwei Wochen wieder hierher zu mir.

Der Mann nahm ihr die Kette aus der Hand. Er küsste ihr die Augenlider.

– Nein, nein, flüsterte Rosalie, wenn ich hinschaue, ist es Sünde. Und sie rollte sich auf den Bauch, das Gesicht zum Erdboden gewandt, während er davonschritt.

Rosalie wartete, bis es dunkel geworden war und der Markt schloss. Dann stand sie auf und ging langsam nach Hause. Ihr Rock haftete an ihr und ihre Schenkel klebten aneinander, als sie durch die Felder stolperte.

Sylvanus kam langsam die Treppe herauf und blieb auf jeder fünften Stufe stehen, um zu verschnaufen. Rosalie wartete weder auf dem Treppenabsatz noch in der Tür auf ihn. Sylvanus ging hinein, aber sie war nicht im Zimmer.

– Rosalie, rief er und schaute in die Küche und ins Badezimmer, aber dort war sie nicht. Er rief nochmals ihren Namen, aber sie antwortete nicht. Sylvanus öffnete die Schlafzimmertür und sah Rosalie in einem roten Kleid auf dem Bett liegen, das Haar gelöst und die Arme um den Kopf geschlungen.

– Schläfst du, Rosalie?, fragte er und schlich auf Zehenspitzen näher heran. Rosalie lag mit weit geöffneten Augen da, starrte ins Leere und lächelte.

– Das ist ein sehr schönes Kleid, das du dir da gekauft hast, Rosalie, sagte er und setzte sich auf die Bettkante. Wirklich sehr schön. Sie sah ihn immer noch nicht an.

– Rosalie, du hast mir einen kleinen Kuss versprochen, wenn ich zurückkomme, sagte Sylvanus zaghaft.

– Na, dann komm und hol ihn dir, sagte sie.

Sylvanus beugte sich über sie, und als sein Bart ihr Kinn berührte, zog sie ihn an den Ohren zu sich herab und küsste ihn auf den Mund, sodass es schmerzte.

Sylvanus zuckte zusammen und fuhr zurück.

– Rosalie, du hast mich gebissen!, rief er. Schau, da ist Blut an meinem Mund.

Rosalie stieg aus dem Bett und ging vor dem Fenster auf und ab, ihr Rock raschelte. Sylvanus stand da und starrte sie an, ein Taschentuch an den Mund gepresst.

Was ist nur in dich gefahren, Rosalie?, fragte er matt.

Rosalie hob ihren Rock an und setzte sich auf die Fensterbank.

– Wenn du mir kein Kind schenkst, sagte sie grinsend, dann wird es jemand anderes tun!

– O nein! O nein, Rosalie!

– O ja! O ja!, rief sie und verbarg ihr Gesicht in ihren Händen, sodass Sylvanus nicht erkennen konnte, ob sie lachte oder weinte. Sylvanus beobachtete Rosalie, wie sie sich hin- und herwiegte. Er sah einen weißen Streifen Haut an ihrer Seite, wo die Naht ihres Kleides aufgeplatzt war, und er zitterte.

– Also gut, Rosalie, sagte er schwer atmend, ganz wie du willst. Du hast wohl ein Recht darauf, nehme ich an. Ich werde es tun, Rosalie –

Und er kam auf sie zu, die Augen feucht und den Mund zu einem törichten Lächeln verzogen.

Rosalie kam vom Fensterbrett herunter, kniff die Augen zusammen und streckte ihr Kinn vor.

– Du hast mich sieben Wochen warten lassen, stieß sie zwischen den Zähnen hervor, ich glaube, ich habe jetzt das Recht, dich sieben Tage warten zu lassen. Außerdem bin ich zu müde. Und sie legte sich auf das Bett.

Sylvanus ging hinaus und rollte sich in seinen Kleidern auf dem Sofa zusammen; aber er konnte nicht schlafen.

Diese ganze Woche kochte Sylvanus die Suppe, Rosalie blieb im Bett oder ging spazieren. Am Samstagmorgen bereitete er für Rosalie das Bad vor. Er wartete vor der Badezimmertür, bis sie sagte, er könne hereinkommen. Sylvanus starrte mit offenem Mund auf Rosalie, die nackt in der Wanne lag. Er öffnete den Mund, um »Oh« zu sagen, und sie schleuderte ihm den nassen Schwamm ins Gesicht.

Sylvanus ging hinaus auf den Flur. Er lief auf dem Treppenabsatz auf und ab, knackte mit den Fingerknöcheln und biss sich auf die Lippe. Als er hereinkam, saß Rosalie in ihrem roten Kleid auf dem Sofa und nähte die Spaltnaht zu. Sylvanus trat leise zu ihr. Er hockte sich auf den Boden.

– Ich möchte dir heute Abend ein kleines Geschenk machen, Rosalie –

– Was ist es denn?

– Ich kann es dir erst zeigen, wenn du im Bett bist.

– Ist es groß?

– Es ist nur etwa so groß wie mein Finger, aber wenn du gut damit umgehst, wächst es, bis es so groß ist wie eine Wassermelone, sagte Sylvanus und lachte.

– Und wo soll ich das aufbewahren?, fragte Rosalie düster.

– Unter deinem Herzen.

– Wird es nicht zu schwer sein?

– Wenn es zu schwer wird, rollt es dir auf den Schoß.

– Und dann schneide ich es auf und esse es?

– Nein, Rosalie, das habe ich nicht gemeint, stöhnte Sylvanus.

– Dann gib es lieber jemand anderem, sagte Rosalie, stolzierte zu Bett und schlug die Tür hinter sich zu.

Sylvanus schlich mitten in der Nacht auf Zehenspitzen ins Schlafzimmer, aber Rosalie war nicht im Bett. Sie saß in ihrem roten Kleid auf der Fensterbank und hielt sich den Kopf.

– Weine nicht, Rosalie, sagte Sylvanus. Leg dich hin und schließ die Augen. Ich werde dir heute Nacht ein Kind schenken.

Rosalie hob den Kopf, ihr Mund war zu einem höhnischen Grinsen verzogen. Sie stieg herunter und verschränkte die Arme.

– Ich werde mich nicht hinlegen oder die Augen schließen, sagte sie mit hoher Singsang-Stimme. Ich werde hier mit offenen Augen stehen und genau hinsehen. Und wenn du mir ein Kind schenken willst, musst du deine Hose runterziehen, dich auf alle Viere niederlassen, wie ein Hund bellen und versuchen, mich von hinten zu nehmen.

– Warum verlangst du das von mir, Rosalie?, wimmerte Sylvanus.

– So habe ich das bei Hunden gesehen, sagte sie, und ich wüsste nicht, wie es sonst gehen soll.

Sylvanus ließ seine Fingerknöchel knacken.

– Also gut, Rosalie, wenn du darauf bestehst. Seine Augen glitzerten, sein kleiner Mund war zu einem Grinsen verzogen. Er knöpfte seine Hosenträger ab und begann sich die Hose aufzuknöpfen; aber Rosalie rannte zur Tür.

– Nicht hier, draußen auf dem Feld! Draußen auf dem Feld!, rief sie und rannte hinaus und die Treppe hinunter, während Sylvanus hinter ihr her rannte und seine Hosen festhielt.

– Ich kann nicht so schnell rennen! Sylvanus schnappte nach Luft, aber Rosalie rannte weiter im Zickzack die dunkle Straße entlang. Sie huschte zwischen zwei Häusern hindurch auf die dahinter gelegenen Felder.

– Wo bist du, Rosalie? O Rosalie, hab doch Mitleid!, hörte sie Sylvanus in der Ferne schnaufen.

– Wer wird schon Mitleid mit mir haben!, lachte sie und rannte durch das Gras. Sie rannte, bis ihre Knie nachgaben und sie keuchend zu Boden fiel.

Sylvanus stolperte und verletzte sich beim Laufen übers Feld an der Hüfte. Er erkältete sich im nassen Gras.

– Ich kann mich nicht bewegen, Rosalie, stöhnte er mühsam und hustete.

Rosalie saß auf einem Stuhl und wickelte ein Knäuel weißer Wolle auf.

– Es tut mir so leid, Sylvanus, sagte sie mit sanfter Stimme, ohne den Blick zu heben. Aber ich fürchte, du wirst zur Arbeit gehen müssen, damit ich und mein Kind etwas zu essen haben.

Und Sylvanus quälte sich in seinen Mantel hinein und humpelte aus dem Haus, wobei er sich die Seite hielt.

Rosalie ging zu der Stelle, an der sie zwei Wochen zuvor ihre Kette fortgegeben hatte. Sie legte sich ins Gras und wartete.

Es näherte sich jemand. In der Ferne hörte sie jemanden pfeifen. Er kam pfeifend auf sie zu, während er das hohe Gras durchquerte. Rosalie rief ihm zu und schloss die Augen. Als sie spürte, dass er sich ihr näherte, streckte sie ihre Hand aus und berührte die Kette, die an seinem Hals baumelte, da er sich über sie beugte. Ihre Hand fuhr hoch, um sein Gesicht zu streicheln, aber er packte ihr Handgelenk, presste ihre Arme fest gegen den Boden und erdrückte sie mit seinem Gewicht. Rosalie fragte sich, warum er dieses Mal so anders war. Sie begann ihn anzuflehen, aber er legte ihr grob die raue Hand über den Mund. Als seine Raserei vorbei war, stand er auf und ging.

Nach kurzer Zeit kam er zurück. Rosalie weinte noch immer. Jetzt war er ganz zärtlich zu ihr. Er streichelte ihr Haar, pustete auf ihre tränenbefleckte Wange, kitzelte sie mit der Kette. Und als sie lachte, zog er sie sanft zu sich. Sie umarmten sich, und das Wunderbare war, dass, so groß sie sich ihn auch vorstellte, ihre beiden Körper genau zueinander passten, Mund an Mund, Lende an Lende, die Spitzen ihrer ausgestreckten Hände berührten sich. Rosalie schrie auf vor Glück wie beim allerersten Mal.

– Verlass mich nicht, bettelte sie, als sie spürte, wie er sich entfernte. Sie lag ganz schlaff im Gras und ihre Stimme war so schwach, dass sie befürchtete, er habe sie nicht gehört. Aber nach einer kleinen Weile war er wieder da. Sie streckte die Hände aus, um sie ihm um den Hals zu legen, ihr Finger verfing sich in der Kette. Aber dieses Mal ging er wieder wild mit ihr um. Er biss sie, zwickte sie und warf sie herum, bis Rosalie schrie. Als er seine Raserei ausgetobt hatte, stand er auf und ging.

Rosalie lag zitternd und weinend im Gras. Eine Minute später begehrte sie ihn aber schon wieder.

– Komm zurück, rief sie. Mach mit mir, was du willst! Sie hörte den Mann lachen, nicht weit entfernt.

– Komm, bettelte sie. Komm!

Er kam. Rosalie lag ganz still auf dem Rücken, die Arme über den Augen verschränkt; nur ihre Knie zitterten. Sie spürte die Spitze seines Schuhs an ihrem nackten Bein. Er zog ihren Rock hoch, warf ihn ihr über den Kopf, zwängte ihre Beine auseinander. Rosalie fügte sich, leise weinend, er hielt sie unter seinen Knien fest. Dann verdrehte er ihr den Arm, bis sie sich auf den Bauch rollte, und nahm sie von hinten. Rosalie heulte vor Schmerz. Er ritt sie, bis sie keine Kraft mehr hatte zum Schreien, und ließ sie wimmernd am Boden liegen.

– Gib mir meine Kette zurück!, schluchzte sie. Aber er war fort.

Sylvanus schreckte zusammen, als sie ihm sagte, sie habe die Kette verloren.

– Ich habe sie in der Nacht verloren, in der du mir das Kind geschenkt hast, log sie. Ich bin schon ein Dutzend Mal wieder dort gewesen, um sie zu suchen. Vielleicht hat sie jemand mitgenommen.

Sylvanus blickte zu Boden und rang schwach die Hände. Er war jetzt sehr dünn. Sein Bart war ganz ergraut, und er sprach kaum noch. Er arbeitete noch immer die ganze Woche. Wenn er am Sonntag heimkam, brachte Rosalie ihn ins Bett. Sie fütterte ihn, wusch ihn und pflegte ihn den ganzen Tag.

– Wenn ich ihn einen Monat lang zur Arbeit schicke, werde ich ihn wohl nie wiedersehen, dachte sie vage. Sie fühlte ihren Bauch. Aber er war noch immer sehr klein.

Nachts lag Rosalie wach und trauerte. Sie vermisste ihre Kette. Ihre Hände streichelten das Laken, sie streichelten den harten Eisenrahmen des Bettes. Sie streichelten alles, was sie berührten. Sie ging hinaus aufs Feld an den Platz, an dem sie sich mit ihrem launischen Liebhaber getroffen hatte. Sie wartete bis lange nach Sonnenuntergang, aber er kam nicht. Am nächsten Samstag und dem darauffolgenden ging sie wieder hin und wartete vergebens.

Rosalie trauerte, dass er ihr die Kette genommen hatte und nicht mehr kam, um sie zu sehen. Nacht für Nacht ging sie in ihrem Zimmer auf und ab; sie öffnete die Tür zur Treppe und lauschte, aber er kam nicht. Sie wollte ihre Kette wiederhaben.

– Er hat sie gestohlen! Er hat mir das Kostbarste genommen, was ich besaß! Sie fluchte und tobte die ganze Nacht hindurch. Dann wurde ihre Stimmung milder. Wenn sie sich hinlegte, dachte sie daran, wie die Kette auf seiner Haut lag, und das beruhigte sie, sodass sie einschlief.

Rosalies Bauch wuchs und ihre Brüste schwollen an. Sie musste die Nähte an ihrem Kleid auslassen. Sylvanus aber wurde immer dünner. Seine Beine verkümmerten, er musste an Krücken gehen. Sein Gesicht war auf die Größe eines Kindergesichts geschrumpft, und sein Bart war völlig weiß geworden. Als Rosalie im achten Monat schwanger war, war er so ausgezehrt, dass sie ihn ganz leicht auf dem Arm tragen konnte. Sie pflegte ihn geduldig, aber Sylvanus weinte und beschwerte sich nur.

– Du willst mich verhungern lassen, winselte er, wenn sie ihm seine Suppe brachte. Sonst würdest du mir nicht Dinge bringen, von denen du weißt, dass ich sie nicht essen kann.

– Willst du mich ersticken?, stöhnte er, wenn sie ihn zudeckte.

– Du bringst mich um, wimmerte er, wenn sie das Fenster öffnete, um sein Zimmer zu lüften.

– Ertränke mich doch und bring es hinter dich, röchelte er, wenn sie ihn badete, das ist es doch, was du vorhast.

An einem trüben Morgen im März brachten zwei Arbeiter Sylvanus schneebedeckt herein und legten ihn auf das Sofa.

–Wieso bringt ihr ihn denn zu mir?, fragte Rosalie. Geht doch und begrabt ihn.

– Verzeihung, Madam, sagte einer der Männer, aber er ist noch nicht ganz tot. Sehen Sie, wie sein linkes Augenlid zuckt?

Sylvanus Thrush lag noch eine Woche lang mit geschlossenen Augen auf dem Sofa. Nur sein linkes Augenlid zuckte ständig.

– Vielleicht steckt ein Floh darunter, der versucht, herauszukommen, dachte Rosalie und roch an ihm. Sie beugte sich ganz nahe an ihn heran. Sylvanus öffnete die Augen: Zwei mattgraue Kugeln rollten zwischen den zerknitterten Lidern hervor und lagen groß und vorwurfsvoll in seinem ausgemergelten Gesicht. Er sagte nichts.

Noch eine weitere Woche lag Sylvanus auf dem Sofa, den Blick starr auf die Wand gerichtet. Rosalie ging in dem kleinen Zimmer auf und ab und hielt sich ihre pralle Seite. Das Kind zappelte und strampelte in ihrem Bauch. Sie fragte sich, ob es durch die Haut durchbrechen würde, und drückte mit ihren Handflächen fest dagegen.

Rosalie beugte sich über Sylvanus, um zu sehen, ob er tot war. Sie blickte lange in seine glasigen, starrenden Augen. Dann sah sie, wie sich seine Lippen zu bewegen begannen. Sie gingen auseinander und schürzten sich um ein kleines Loch in der Mitte. Nach einer Weile kam ein Laut heraus.

– Warum?, fragte Sylvanus.

Rosalie blickte ihn teilnahmslos an.

– Warum? Warum?, sagte der Mund von Sylvanus Thrush. Und die Augäpfel in seinem verzehrten Gesicht schwollen an und traten hervor, so weit sie konnten, und sagten: Warum hast du mir das angetan?

Rosalie wandte sich ab. Der Mund von Sylvanus Thrush sagte immer noch: Warum? Warum? Warum? Er wollte einfach nicht aufhören. Rosalie hielt sich die Ohren zu, um die Stimme nicht hören zu müssen. Ein Schmerz schoss ihr durch den Rücken und Rosalie umklammerte ihre Mitte. Im Zimmer war es völlig still. Der Mund von Sylvanus war verstummt. Sie ging zum Sofa hinüber. Sylvanus Thrush lag auf dem Rücken, die Knie bis ans Kinn hochgezogen, steif wie ein toter junger Hund. Über seinen Augäpfeln lag ein grauer Film und sein Mund war starr um das kleine dunkle Loch in der Mitte gespitzt.

Dann nahm Rosalie eine lange Nadel und stach ihm in die Kehle, nur um sicherzugehen.

Sylvanus Thrush war tot.

– Ai!, schrie Rosalie auf. Ein Schmerz zuckte an ihren Seiten hinauf und an ihren Schenkeln hinab. Sie spürte, wie etwas in ihr platzte und zwischen ihren Beinen herunterrann.

– Ai! Ai! Ai!, heulte sie, hockte sich auf den Boden und umklammerte ihr Gesäß.

– Wo hast du denn das Kind her, Rosalie?, johlten die Buben, als sie über den Markt ging.

– Willst du es haben?, fragte Rosalie, ohne den Blick zu heben

– Gehört der Korb mit dazu?

– Kannst du noch eins machen mit einer solchen Nase?

– Mit solchen Ohren?

– Mit sechs Zehen?

Rosalie beschleunigte ihre Schritte.

– Was wirst du mit diesem Kind machen?

Rosalie zog dem Kind die Decke über das Gesicht, senkte den Kopf und bahnte sich einen Weg durch die Menge. Sie ging hinaus aufs Feld, sie ging den ganzen Weg bis zum

Waldrand. Dann stellte sie den Korb ab und legte sich hin. Die Morgensonne schien hell. Sie versteckte ihr Gesicht in ihrem Arm und versuchte zu schlafen.

– Hallo, Rosalie!, rief eine Männerstimme. Hast du deine Kette nicht vermisst?

Er trat auf sie zu. Sein Hemd war aufgeknöpft. Rosalie sah die goldenen Kettenglieder zwischen den dunklen Haaren schimmern, sie sah seine Zähne weiß und gerade in seinem Kiefer, aber sie rührte sich nicht.

Er hob die Kette über seinen Kopf und hielt sie ihr hin.

– Hier, sagte er, willst du sie nicht?

Rosalie stand regungslos da, mit gesenktem Kopf. Der Mann lachte und hängte ihr die Kette um den Hals. Rosalie ergriff seine Hand.

– Ich weiß nicht, wer du bist, sagte sie, aber du bist der Vater meines Kindes.

– Vielleicht bin ich das, vielleicht auch nicht, sagte er und blickte hinunter auf seine Schuhe.

– Du hattest meine Kette, sagte sie. Du warst es, der sie genommen hat. Du hast mir dieses Kind geschenkt.

– Vielleicht, vielleicht auch nicht! Der Mann lachte und stieß mit dem Daumen an die Kette. Diese Kette ist weit herumgekommen, weißt du! Es waren fünf Kerle, die es abwechselnd mit dir getrieben haben. Beim ersten Mal einer und beim zweiten Mal vier. Wie kann man da sicher sein?

Der Mann war fort. Rosalie kauerte im Gras und weinte.

– Na ja, wenigstens habe ich meine Kette zurückbekommen, lachte sie bei sich, und ein Kind.

Sie wachte benommen auf, die Sonne stand hoch über ihrem Kopf und warf einen langen Lichtstrahl durch die Blätter. Rosalie griff in den Korb nach einem Apfel und berührte stattdessen ein lebendes Kind.

– Ai!, rief sie und rollte sich herum mit dem Gesicht zum Boden. Sie hörte das Kind wimmern, ein langer gedämpfter Klagelaut. Rosalie kniete sich hin, das Gesicht mit Erde bedeckt, und beugte sich über den Korb. Die Decke war ihm über den Kopf gerutscht. Sie sah zu, wie seine Füße strampelten, und lauschte seinem Jammern. Als es ruhiger wurde, deckte sie seinen Kopf auf und sah, dass es ein Männergesicht hatte und das seltsame, traurige Lächeln eines alten Mannes. Es öffnete seinen Mund, und die Stimme von Sylvanus Thrush kam aus ihm heraus, seine alte, kränkelnde Stimme, die wimmerte: Warum? Da nahm Rosalie ihre goldene Kette ab und streifte sie dem Säugling über den Kopf. Sie wickelte sie zweimal, dreimal um den Hals, dann zog sie an der Kette und wickelte sie ihm ein viertes und ein fünftes Mal um, bis sie die ganze Länge der Kette aufgebraucht hatte. Sie hörte eine Stimme, die von überallher rief, bald nah, bald fern, eine Stimme, die leicht spöttelte:

– Was machst du da draußen auf dem Feld, Rosalie?

Rosalie ließ die Kette los.

– Nichts, sagte sie und lehnte sich auf ihre Fersen zurück.

Rosalie schaute in den Wald hinein, sie suchte nach einem Baum mit einem Männerkopf. Stattdessen aber sah sie das flache Gesicht eines Kindes, das sie spöttisch angrinste, groß wie der Vollmond in einer Sommernacht.

– Geschieht dir recht!, lachte es und sprang herum und ließ seine schimmernden durchsichtigen Gliedmaßen blicken – Mädel, Mädel, verrücktes Mädel!

Rosalie nahm die Kette vom Kopf des Säuglings, rannte hinter dem Kind her und schwang die Kette nach ihm. Sie schwang die Kette in der Luft und jagte ihm übers Feld hinterher, sie schwang sie nach seinem hämischen Gesicht in den Bäumen, während es lachend und spottend vor ihr her sprang.

– Schau sie nur an, wie sie rennt, das wilde Ding! Sie wird rennen und rennen und ihre verrückte Kette schwingen, bis sie an einem lebenden Ast hängen bleibt, dann wird sie hüpfen und versuchen, sie frei zu bekommen, bis sich ihr Kinn in der Schlaufe verfängt. Dann wird sie anfangen, sich zu drehen, sich im Kreis zu drehen, bis sie vom Boden abhebt und ihr Genick knackst!

Es sprang so schnell herum, dass sie nur erkennen konnte, dass es silbrig war, denn seine Gestalt veränderte sich ständig, wie es da herumhüpfte. Wenn es einen Satz in die Höhe machte, wurde es dünn und dünner, bis es die Länge eines erwachsenen Mannes hatte, aber wenn es auf den Boden prallte, flachte es ab zu einem runden, silbrigen Klumpen.

– Verrückte, verrückte Rosalie! Das höhnische Gejohle des Kindes klang wie Glockenläuten, so laut, dass man es in der Stadt hören musste.

Rosalie rannte ihm hinterher, sie rannte in den Wald hinein, schrie und kreischte und schwang ihre Goldkette, während sie lief.

Aber das Kind war gerissener als sie. Es duckte sich im Gras und ließ sie kopfüber in das dunkle, zugewachsene Dickicht des Waldes stürmen. Als es sich sicher war, dass sie außer Hörweite war, richtete es sich auf und lachte unbändig.

Ein Wind erhob sich von Osten her und rauschte über das Gras und durch die Bäume dahin. Der Wind schritt über das Feld und durch den Wald wie ein Mann und war verschwunden. Das Gras stand hoch, und das einzige Geräusch waren die leisen Laute der Lebewesen, die zwischen den Halmen nach Nahrung suchten. Das Kind lauschte dem Seufzen der wogenden Gräser und dem Ächzen der Äste, die sich bogen, und hier und da ein plötzlicher *Knacks*! – als würde ein toter Zweig brechen.

# SCHWAN

Hochoben in einem kreisrunden Zimmer lag sie stockstill in einem totenähnlichen Schlaf, während die Jahre vergingen: Griselda Sigismund, der Name, den ihr Vater angegeben hatte, als sie mit neunzehn Jahren in die Landesirrenanstalt eingewiesen worden war; Haar: schwarz, Augen: schwarz, Geschlecht: weiblich – »Jungfrau«, lautete der Eintrag in der Handschrift ihres Vaters; besondere Merkmale: ein braunes Muttermal an der Innenseite des linken Oberschenkels.

Im Alter von neunzehn Jahren kam sie mit ihrem Vater, Sigmund Sigismund, der damals Anstaltsleiter war. Es war nicht das erste Mal, dass man sie innerhalb der Anstaltsmauern sah. Einige Jahre zuvor war sie oft mit ihrem Vater zusammen gekommen, und die beiden spazierten Arm in Arm die Gartenwege der Anstaltsanlage entlang, das Mädchen schweigend, mit umherschweifenden schwarzen Augen, während ihr Vater in seiner tonlos schnarrenden Stimme auf sie einredete, auf den ein oder anderen Insassen deutete und ihr dessen Leiden erklärte.

Während Dr. Sigismund seine Patientenbesuche machte, wartete sie ihm Garten auf ihn. Da sie die Insassen nicht interessierten, konnte sie sich stundenlang damit vergnügen, im Gras nach Dingen zu suchen oder die Rezeptblöcke ihres Vaters zu beschreiben, die er bei ihr gelassen hatte.

»Die Menschheit ist verrückt, irre«, pflegte Dr. Sigismund immer zu seiner Tochter zu sagen, wenn er das Gebäude verließ. Sie lächelte dann weiter über einen kleinen weißen Wurm, der auf ihrem Finger balancierte. Nichts von alledem, was ihr Vater sagte, traf auf sie oder auf ihn zu.

Sigmund Sigismund war ein großer Mann mit einem imposanten Schädel, kahl bis auf eine dichte Haarkrause, die unter seinem Kragen hervorschaute. Sein Blick unter vorspringenden Brauen war misstrauisch und einschmeichelnd zugleich, und die dunkle Linie seines Mundes war in einem Winkel nach oben und im anderen nach unten gezogen. Seine Tochter ähnelte ihm. Sie war von ähnlich großer Statur, hatte seine langen Lippen und schweren Augenlider; aber sie war schlank um die Taille, ihr Haar fiel lockig über die Schultern, und sie hatte ihren eigenen Gesichtsausdruck. Niemand hatte Dr. Sigismund jemals Griseldas Mutter erwähnen hören. Er war allein mit seiner Tochter angekommen, als er zum Anstaltsleiter ernannt worden war. Ihr gegenüber hatte er zuweilen von seiner Ehe als seinem »einzigen Fehler« gesprochen.

»Und dennoch«, pflegte er hinzuzufügen, während er sie wohlgefällig betrachtete, »was hätte ich in dieser Welt, wenn dieser eine Fehler nicht gewesen wäre!«

Alle, die ihnen zusahen, wie sie Arm in Arm den Kiesweg des Anstaltsgartens auf und ab schlenderten, fragten sich, warum Dr. Sigismund seine Tochter mitgebracht hatte. Wollte er sie einfach nur an seiner Seite haben? Denn er sah sie immer sehr liebevoll an. War es eine ihrer kindlichen Launen? Es war bekannt, dass er ihre Wünsche nicht unerfüllt lassen konnte. Oder war es, wie einige der Insassen einander zuraunten, um unter ihnen ihren zukünftigen Ehemann auszuwählen? Einige Mitglieder des Kollegiums glaubten, er bereite sie darauf vor, seine Nachfolge anzutreten, da er keinen von ihnen für würdig befunden hatte, seine Arbeit weiterzuführen.

Nach einer Weile kam sie nicht mehr mit ihrem Vater, und einige Jahre lang kam der alte Mann allein. Seine Tochter habe geheiratet, erzählte er ihnen, einen Heiler, wie er einer war, und sie gingen davon aus, dass sie verzogen war, da es im Landkreis keinen anderen Heiler gab als Dr. Sigismund.

Eines Tages erschienen sie wieder zusammen, Vater und Tochter. Sie hatte sich verändert. Sie ging jetzt langsam, die Augen auf den Boden gerichtet oder glasig ins Leere starrend. Ihre Hände hingen reglos herab, während ihr Vater einen Arm auf ihre Schulter stützte. Sie ließ sich auf eine Bank sinken und hob nicht einmal die Augen, um die Insassen anzusehen, auf die ihr Vater sie hinwies. Auf die fragenden Blicke, die man ihm zuwarf, antwortete der Doktor: »Ehe annulliert.«

Dann schlug die Turmuhr vier Uhr – die Stunde, in der der Doktor normalerweise die Runde seiner Patienten machte, die ihre Zellen nicht verlassen durften –, aber diesmal wartete seine Tochter nicht im Garten auf ihn. Griselda erhob sich und begleitete ihren Vater in das Gebäude hinein. Gemeinsam betraten sie es und gingen von zwei Wärtern gefolgt den langen Flur entlang, dabei hielten sie vor jeder Zelle kurz an. Sie spähte durch die kleine runde Öffnung in jeder Tür, bis sie die letzte Zelle erreicht hatten, wo ein Mann mit ausgebreiteten Armen an der Wand stand, splitternackt, bis auf eine Kapuze über dem Kopf.

»Ihn«, sagte sie und starrte unverwandt durch das runde Loch.

»Nicht ihn«, flüsterte der Doktor, und beschwor sie mit gedämpfter Stimme.

»Ihn«, sagte sie noch einmal laut. »Sag ihnen, sie sollen die Tür aufsperren.«

Und der Doktor gab Anweisung, die Tür zu öffnen.

In diesem Augenblick waren die beiden Wärter überzeugt, dass Griselda Sigismund den Posten ihres Vaters übernehmen würde und dass dies ihre Jungfernfahrt sei. Denn außer Dr. Sigismund und dem Pfleger, der ihm die tägliche Spritze verabreichte, hatte noch nie jemand die Zelle dieses Mannes betreten. Der Doktor sah bekümmert und altersgebeugt aus, als er die Anweisung gab. Er streckte seine Hand aus, um den Arm seiner Tochter zu berühren – zu spät. Griselda betrat den Raum, ohne sich nach ihrem Vater umzusehen, und schloss die Tür hinter sich.

Dr. Sigismund wies die Wärter an, zu gehen, und blieb selbst vor der Tür stehen, den Kopf zur Seite gedreht, ein Auge an das Loch gepresst. Gegen Mitternacht schob er den Deckel über die Öffnung und zog sich in sein Büro im Anstaltsgebäude zurück. An seinem Schreibtisch unternahm er mehrere Versuche, etwas niederzuschreiben, aber seine Hand zitterte so stark, dass er nur ein zackiges Gekritzel hervorbrachte.

»Man muss sie ungestört lassen. Völlig ungestört«, lautete am nächsten Morgen seine Anweisung.

Jetzt war sich auch das Kollegium ganz sicher, dass Griselda Sigismund den Posten ihres Vaters übernehmen würde.

Drei Tage lang blieb das Mädchen mit dem Patienten allein. Am dritten Tag schickte der Doktor die Pfleger zu der Zelle, um nachzuschauen.

»Sie ist ein großes Mädel«, sagte er ihnen, »so stark wie ein Mann. Trotzdem ist sie ein Mädchen«, sagte er mit lauter werdender Stimme.

Das Protokoll in den Anstaltsakten schweigt sich darüber aus, was zwischen den beiden vorgefallen ist. Es gibt lediglich an, in welchem Zustand man sie vorfand: Der Mann war tot, mit einem festen Seidengurt erhängt, und das Mädchen lag bäuchlings vor ihm auf dem Boden. Der Bericht erwähnt noch seltsame Blutergüsse und Zahnabdrücke an seinem Körper und dass er Blut im Haar hatte, das weiß geworden war. Es hieß, der Mann sei ungefähr zur selben Zeit verstorben, da das Mädchen bewusstlos wurde. Mehr gibt der Bericht nicht bekannt.

Seinen Stift in der geballten Faust wie ein Messer haltend, wies Dr. Sigismund seine Tochter in die Anstalt ein, und einige Wochen später sich selbst.

»Weiß träumte sie ihn, dann silbern«, schrieb Griselda Sigismund, »und lief barfuß. Denn die Schuhe ihres Vaters wollte sie nicht anziehen. Auf gar keinen Fall. Sie waren die einzigen Menschen auf der Welt, der Zauberer und seine Tochter. Aber er versprach ihr einen Ehemann. Aus Dreck und Speichel und Erinnerungen an verstorbene Männer malte er unzüchtige Bilder an die Wand.«

Vor vielen Jahren schrieb sie in ihres Vaters Haus diese Dinge auf Papierfetzen, die sie von seinem Rezeptblock abgerissen hatte. Damals empfing Dr. Sigismund seine Patienten noch bei sich zu Hause, aber zwei Nachmittage in der Woche verbrachte er in der Anstalt und ließ seine Tochter daheim. Er kehrte erst spät am Abend heim und musste ab und zu stehen bleiben, um sein krankes Bein auszuruhen. Er näherte sich seinem dreistöckigen Haus, das einsam am Ende der Straße lag.

Wie gewöhnlich brannte im ganzen Haus Licht.

»Was macht dieses Mädel nur in allen zehn Zimmern?«, fragte sich der Doktor, auf seinen Stock gestützt.

Denn wenn er zu Hause war, verließ sie kaum je ihr Zimmer, oft nicht einmal ihr Federbett.

»Sie tanzt sicher im ganzen Haus herum«, gluckste er.

Bis er durch die Haustür getreten war, hatte sich seine Tochter bereits auf ihr Zimmer im Obergeschoss unter dem Dachgesims zurückgezogen. Wie üblich herrschte im Haus ein heilloses Durcheinander, kein Möbelstück stand an seinem Platz, die Teppiche waren an die Wand geschoben, alle Schubladen der Kommode aufgerissen. Überall hatte sie schmutzige Tassen, Melonen- und Nussschalen verstreut, Büschel von Unkraut lagen herum, daneben diverse Kleidungsstücke, seine wie auch ihre; die Uhren, die er in jedem Zimmer aufstellte, hatte sie entfernt und in einem Schrank versteckt und mit einem Kopfkissen verdeckt. Wie immer lagen unzählige Papierfetzen verstreut herum, im Treppenhaus schwebten einige noch in der Luft; Blätter, die sie aus seinen Rezeptblöcken herausgerissen hatte und auf die sie seltsame, unzusammenhängende, zuweilen anstößige und oft unleserliche Worte gekritzelt hatte.

»Schön hing er, und silbern«, las er laut und fragte sich, ob sie ihn meinte.

»Will keine Männerschuhe tragen«, las er und sagte: »Aber meinen Morgenmantel zieht sie an und lässt ihn auf dem Boden liegen.«

»Hat das Bett angezündet«, las er und lachte. »Sie ist noch immer in mich verliebt.«

»Sie sah ihren Vater in einem Sarg«, las er weiter, »die leeren Augen, das verfallene Gesicht. Sah, wie sie den Sargdeckel zunagelten. Schön erhob sie sich von ihrem Lager –« Er fuhr fort, die verstreuten Schnipsel aufzusammeln, warf einen kurzen Blick auf den ein oder anderen Satz, »Das tut sie nur, um mir eins auszuwischen«, brummte er und schleppte sich schwerfällig die Stiegen zu ihrem Zimmer hinauf. »So wie ihr Stottern und Erröten und die falschen Schwangerschaftssymptome, nur um mich zu ärgern. Sie will einen Mann. Das ist es, was sie will«, murmelte er und hämmerte gegen ihre Tür.

»Shhh!« Er vernahm ihre leise Stimme. »Ich bin beschäftigt.«

»Beschäftigt!«, keuchte er heiser und schnappte nach Luft. »Ich erwarte dich in meinem Zimmer. Muss mit dir sprechen. Etwas Wichtiges. Beeil dich.«

In seinem Sprechzimmer, in dem er auch schlief, hing an der Wand gegenüber von seinem Bett ein Porträt seiner Tochter, das einer seiner Patienten, Larssen, angefertigt hatte, als sie etwa zehn Jahre alt war. Er hatte ihn am heutigen Tag eingewiesen. Es zeigte sie in einem Reitkostüm mit einer Spielzeugpeitsche in der Hand, ihr langes schwarzes Haar ringelte sich wie zornige Schlangen über ihre Schultern und ihre beginnenden Brüste hinab. Der Künstler hatte ihr starkes Kinn, den schweren, sinnlichen Mund betont, die spöttischen und verächtlichen Augen und die stumpfe elfenbeinerne Blässe ihrer Haut hervorgehoben.

»Grausam«, sagte er, an ihr Bildnis gerichtet, »deine Augen sind lieblos und grausam.«

»Ich habe ihm von dir erzählt«, verkündete er Griselda, als sie eintrat. »Hab ihm alles erzählt.« Dr. Sigismund brach ab, schluckte, dann rief er aus: »Armer Larsson! Es war zu viel für ihn. Ich musste ihn heute Nachmittag einweisen. Ich fürchte, er wird dich nie heiraten können. So steht es um Larssen.«

»Larssen?«, fragte sie zerstreut.

»Der Elf-Uhr-Patient. Der Mann, der dein Porträt gemalt hat.« Er deutete auf das Bild.

»Es war ohnehin der Zwölf-Uhr-Patient, den ich im Sinn hatte«, sagte sie schulterzuckend.

»Ah, der mit dem bandagierten Kopf – das ist ein interessanter Fall«, begann er, aber seine Tochter hatte das Zimmer bereits verlassen.

»Grausam«, sagte er zu dem Porträt. »Ihre Augen sind lieblos und grausam.«

Oben in ihrem Zimmer unter dem Dachgesims schrieb Griselda Sigismund weiter:

»Der, von dem sie träumte und den sie heimlich liebte, den entriss er ihr. Ihr Vater, der alte Zauberer, verhexte ihn und sperrte ihn in eine Zelle. Er erlaubte ihr nicht einmal, ihn anzuschauen, es sei denn, sie zöge seine Schuhe an. Aber sie wollte keine Männerschuhe tragen. Auf gar keinen Fall.

›Du träumst‹, sagte er, als er sich neben sie legte, damit sie nicht aufschrie oder protestierte. Aber sobald er eingeschlafen war, stahl sie den Schlüssel, der in seinem Schuh steckte, und zündete das Bett an.

Sie sah zu, wie er verbrannte. Sah zu, wie der dichte gelbe Rauch sich von seinem Körper hinauf kräuselte, erst braun und dann schwarz wurde. Sah die letzte riesige Aschenflocke herabfallen und zerbröckeln. Schön erhob sie sich von ihrem Lager –«

Der Bericht in den Anstaltsakten enthält noch die verschiedenen Ansichten der Ärzte darüber, ob es in Anbetracht seines vorherigen und ihres jetzigen Zustands plausibler war anzunehmen, der Patient sei durch seine eigene Hand oder durch die ihre ums Leben gekommen. Dr. Sigismund gab seine Überzeugung zu Protokoll, der Mann sei bereits tot gewesen, als seine Tochter die Zelle betrat, was allerdings den Befunden der medizinischen Untersuchung widersprach. Der Bericht stellt weiterhin fest, dass alle Bemühungen, das Mädchen im Laufe der Jahre wiederzubeleben, gescheitert waren.

»Barfuß rannte sie die Wendeltreppe hinauf und schob den Schlüssel ins Schloss«, hatte sie vor Jahren geschrieben, als sie noch in ihres Vaters Haus lebte: »In der ersten Nacht lag sie auf seinem kalten Leib und besang ihn. In der zweiten Nacht sah sie ihm die ganze Nacht in seine silbernen Augen«, schrieb Griselda Sigismund mitten in der Nacht.

Ihr Vater rief nach ihr. Langsam kam sie aus ihrem Zimmer hervor und verstreute die Papierschnipsel, während sie die Treppe zu seinem Zimmer hinunterstieg.

»Ein falscher Schritt!«, stöhnte er. Er stand auf einem Fuß und umklammerte seine Wade. Schweigend machte sie sich daran, ihm den Stiefel aufzuschnüren, und lächelte dabei ihr geheimnisvolles Lächeln, das nicht ihm galt.

»Du brauchst einen großen Mann, Griselda, einen sehr großen Mann«, murmelte Dr. Sigismund, indem er seine zwölfjährige Tochter mit Unbehagen betrachtete. »Und mich kannst du nicht heiraten, das weißt du.«

Griselda fuhr fort, ihrem Vater mit einem selbstzufriedenen Lächeln den Stiefel aufzuschnüren. Ihr standen ja all seine Patienten zur Wahl.

»Also, wenn du da an den Ein-Uhr-Patienten denken solltest«, begann er und beide Mundwinkel senkten sich.

»Ich könnte auch mit einem kleinen Mann glücklich werden«, protestierte sie. »Ich meine, er würde mich erheitern«, fügte sie schnell hinzu, um ihren Vater nicht zu kränken, dessen großer Fuß auf ihrem Schoß lag.

»Aber du willst doch, dass er dir ein Kind schenkt, und das ist nicht so einfach«, sagte der Doktor und sah seine Tochter stirnrunzelnd an. Sie hatte sich erhoben und stand aufrecht mit leicht geneigtem Kopf vor ihrem Porträt an der Wand. Ihr Gesicht war blasser und ihre Züge waren weicher als die des Bildnisses. Das Kind auf dem Bild sah ihm direkt in die Augen, spöttisch und kokett, über die Schulter des Mädchens, dessen Augen ihn überhaupt nicht ansahen.

»Ich habe über dreißig Jahre mit allen möglichen Fällen zu tun gehabt«, fuhr er fort, »und es ist überhaupt nicht einfach!«, sagte er mit seinem kleinen Glucksen zu dem

Kind im Bild, denn das Mädchen hatte das Zimmer verlassen und war in ihren Dachstuhl zurückgekehrt, um weiter zu schreiben.

Den Unterlagen zufolge starb Dr. Sigismund knapp einen Monat, nachdem er sich selbst eingewiesen hatte. Jeden Tag, bis zu seinem Todestag, kam der Vater und saß bei seiner Tochter. Die langen Abende hindurch saß er bei ihr, über sie gebeugt, die Augen geschlossen, eine große Hand auf ihrer Stirn. Eine Woche vor seinem Tod führte er sich seltsam auf und streifte in seinem Anstaltsgewand nachts durch die Korridore. Er taumelte zwischen den beiden Wänden hin und her, als befände er sich auf einem schlingernden Schiff. Einige Kollegen waren der Meinung, man solle ihm den Schlüssel zum Zimmer seiner Tochter abnehmen. Doch bevor man eine Entscheidung getroffen hatte, fand man ihn eines Morgens über ihrem Bett zusammengesunken, von einem Schlaganfall gefällt.

Der Anstaltsbericht gibt weiterhin an, dass einige Monate, nachdem Griselda Sigismund in ihre Zelle gebracht wurde, ihr Bauch anzuschwellen begann. Neun Monate nach dem Datum ihrer Einweisung wurde sie von einem Kind entbunden. Aus dem Protokoll geht nicht hervor, in wessen Obhut das Kind gegeben wurde, zum Schutz des Kindes. Vater unbekannt, heißt es in der Akte.

»Drei Tage lang ertrug er ihre Liebkosungen, ihre Tränen, die über seinen erstarrten Blick flossen, und ihren Mund, der den seinen bewässerte«, hatte Griselda Sigismund vor vielen Jahren geschrieben, in ihrem Federbett in dem Haus am Ende der Straße.

»Drei Tage lang erlitt er ihren Gesang, der in seinem Schädel widerhallte, ihre Stimme mal leise, mal schrill, dann ein trostloses Heulen. Aber am dritten Tag erhob er sich, und ohne sie auch nur anzusehen, löste er die Schärpe von ihrer Taille, nahm die Schärpe, ohne jemals ihren Körper zu berühren oder ihre Hitze zu spüren, machte daraus eine Schlaufe und erhängte sich. Sie beobachtete, wie er schaukelte, und sah, wie sein Wahrzeichen sich aufrichtete, hart wie ein Vogelschnabel. Noch einmal schrie sie auf. Dann sammelte sie die Silbertropfen in ihrer Hand und vollführte einen wilden Tanz.«

Griselda Sigismund schrieb und warf die losen Blätter wirbelnd aus dem Fenster.

Von diesem Fenster aus hatte sie schon als kleines Kind den Patienten ihres Vaters zugeschaut, wenn sie auf die Haustür zukamen. Durch ein Handfernrohr hatte sie ihr Kommen und Gehen beobachtet, die Männer wie auch die Frauen. Sie hatte sowohl die Männer als auch die Frauen aufmerksam beobachtet und darauf geachtet, ob sie groß waren und einen üppigen Busen hatten.

Eines Tages verkündete ihr Vater, er werde nie wieder heiraten.

»Ich habe die ganze Welt abgesucht und keine Frau gefunden, die mir gewachsen wäre«, sagte Dr. Sigismund und betrachtete seine große Tochter mit Unbehagen.

Dann beobachtete Griselda nur noch die Männer. Manchmal stieß sie einen plötzlichen Vogelschrei aus oder ließ eine Handvoll Federn aus dem Fenster fallen, wenn einer sich näherte, damit er aufblickte und sie sein ganzes Gesicht sehen konnte.

So hatte sie, während sie heranwuchs, Jahr für Jahr die Patienten von ihrem Fenster aus beobachtet und festgestellt, dass sie allmählich immer weniger wurden. Einen nach dem anderen ließ ihr Vater einweisen. Ab ihrem fünfzehnten Lebensjahr kamen keine Patienten mehr ins Haus.

Dr. Sigismund verbrachte den ganzen Tag in der Anstalt und ließ seine Tochter allein zu Hause. Als er aber bemerkte, dass ihre Brüste reiften, und ihre Blässe ihm auffiel und er ihre vollen, halb geöffneten Lippen sah, begann er, sie zur Visite mitzunehmen.

Jahr für Jahr gingen Vater und Tochter den Weg hinauf und sahen sich um: er nach einer Mutter für sie, die keine hatte; sie nach einem Sohn für ihn, der sich einen wünschte. Sie gingen den Weg hinunter und sahen sich um: er nach einem Vater, der ihn ersetzen, und sie nach einer Tochter, die ihren Platz einnehmen sollte. Arm in Arm gingen sie, immer nur bemüht, einander gefällig zu sein. Doch jedes Mal, wenn der Vater aufmunternd auf etwas verwies, wandte sich die Tochter stirnrunzelnd ab; und jedes Mal, wenn die Augen der Tochter aufleuchteten und sie ihren Vater fragend ansah, machte er eine abschätzige Geste und verzog die Mundwinkel nach unten.

Als sie das Hauptgebäude passierten, hob der Doktor seinen Blick zu einem bestimmten Fenster und seufzte.

»Armer Larssen! Stell dir mal vor, du hättest ihn geheiratet!«

Griselda spaltete ein Blatt der Länge nach und lächelte ihr geheimnisvolles Lächeln.

So ging es jahrein, jahraus. Aber Griselda hörte auf, nach den Männern zu schauen. Wenn ihr Vater ihr seine Lieblingsfälle vor Augen führte, schnellten ihre Blicke zu den gefrorenen Ästen, dem treibenden Schnee, dem blassen Silber der Sonne am Dezemberhimmel.

»Nein«, sagte Dr. Sigismund streng zu seiner Tochter, »einen Baum kannst du nicht heiraten«, als sie an dem Abend sein Bett mit frischen Laken bezog.

»Nein, den Schnee kannst du nicht heiraten«, sagte ihr Vater streng zu ihr, als sie zum zweiten Mal an jenem Abend das Bett bezog.

»Nein, nein, Griselda«, sagte er, »du kannst weder die Sonne, den Mond, noch sonst irgendeinen Planeten heiraten.«

Es war das dritte Mal in jener Nacht, dass sie das Bett ihres Vaters frisch bespannte. Nach seinem Einlauf legte sich Dr. Sigismund blass und schwitzend auf das gemachte Bett. Sein hageres Gesicht ähnelte nun der lebensgroßen Bleistiftzeichnung einer alten Frau, seiner Mutter, die über seinem Bett hing. Daneben hing das Porträt eines bärtigen Mannes, der sich vorbeugte und mit dem Finger auf etwas zeigte. Der Mann mit dem schwarzen Bart und den stechenden Augen war nicht der leibliche Vater von Sigmund Sigismund, sondern sein Meister, der weltberühmte Hypnotiseur Hosea Garfinkel. Ein kleiner Schnappschuss von Sigismund, dem Älteren, mit Schädelkappe und Gebetstuch steckte in einer Ecke zwischen dem Glas und dem Rahmen des Bildnisses der Mutter.

Griselda war beeindruckt, wie sehr ihr Vater seiner Mutter ähnelte. Dennoch konnte sie sich ihren Vater nicht als Frau denken, selbst wenn sie ihm die Perücke ihrer Großmutter aufsetzte und sich deren Spitzenbluse auf seiner behaarten Brust vorstellte. Sie wollte gerade aufstehen, um das Bild ihres Großvaters aus der Nähe zu betrachten, da drückte die Hand ihres Vaters auf die ihre, die auf seinem Bauch lag, wo er sie platziert hatte.

»Wo gehst du hin?«, fragte er mit plötzlicher Heftigkeit. »Erzähl mir nicht, dass du zu Bett gehst. Ich weiß, dass du bis zum Morgengrauen aufbleibst und abscheuliche Sätze über mich schreibst. Ich habe Hunger. Geh und mach mir eine heiße Wurst mit Bohnen.«

Sie stand auf und unterdrückte ein Lächeln. Sigmund Sigismund sah ihr nach, wie sie zur Tür ging. Er war ein großer Mann, aber sein Hausmantel passte ihr.

»Warte«, rief er ihr nach und bat sie, näher heranzukommen.

»Ich bin alt«, sagte er, »und werde bald sterben. Erinnerst du dich an alles, was ich dir beigebracht habe?«, fragte er und zog sie auf das Bett hinunter.

Und noch einmal unterwies Sigmund Sigismund seine Tochter ausführlich. Sie saß neben ihm, ihre Hand in der seinen, und hörte ihm zu, wie er von der Keimzelle sprach, deren kurzlebige Träger er und sie waren. Von der Liebe und vom Tod. Von Mann und Frau und wie ihre Körper so geschaffen waren, dass sie zueinander passten.

»Du bist in mich verliebt«, sagte er. »Aber das wirst du überwinden. Vor Monatsende sollst du einen Ehemann haben.«

»Nein«, sagte sie, als sie das Zimmer verließ, »das werde ich nicht. Niemals.«

Sigmund Sigismund aß die Wurst und die schwarzen Bohnen auf, die ihm seine Tochter gebracht hatte. Dann erhob er sich aus dem Bett, ging zum Schrank und kam mit einer Flasche Pfirsichschnaps und zwei Gläsern zurück.

»Nein«, sagte sie. »Nicht für mich.«

»Nur heimlich, nicht wahr?«, kicherte er und prüfte den Füllstand der Schnapsflasche. »Dann geh schon, schreib scheußliches Zeug über mich. Ich trinke eben allein.«

»Warte«, rief er, als sie an der Tür stand, und bat sie, wieder näherzukommen.

Seine Hand fuhr hinunter und griff nach dem Saum seines Morgenmantels, den sie trug. Griselda wich zurück.

»Sei nicht albern«, sagte er gereizt. »Ich will dein Muttermal sehen. Das müssen wir entfernen lassen«, murmelte er, nachdem er es eingehend inspiziert hatte.

Dann schob er das Hosenbein seiner Pyjamahose hoch und zeigte ihr ein großes haariges Muttermal knapp über seinem Knie.

»Dies«, flüsterte er seiner Tochter vertraulich zu, »darf auf keinen Fall angerührt werden.«

»Warte«, rief er ihr hinterher, denn sie bewegte sich schon zur Tür. »Zieh meine Pantoffeln an. Es ist kalt.«

»Nein«, stammelte sie im Gehen, »das werde ich nicht tun. Niemals.«

Sigmund Sigismund trank die andere Hälfte des Pfirsichschnapses aus, stand mitten im Zimmer und betrachtete das Bild seines Meisters.

»Seltsam, wie der Alkohol auf mich so gar keine Wirkung hat«, bemerkte er an Hosea Garfinkel gewandt, dann gab er ein leises Grunzen von sich, als sein Hinterteil auf dem Boden aufschlug.

»Armer Garfinkel«, seufzte er. »Ich frage mich, ob er noch am Leben ist in dieser abscheulichen, rattenverseuchten Zelle in Rumänien? Katatoniker werden ja manchmal über hundert Jahre alt.«

Da hörte Sigmund Sigismund, wie jemand nieste. Er richtete seine Augen auf das Bildnis seiner Mutter. Sie hatte ein Männergesicht. Dann bemerkte er, dass sein Vater auf dem kleinen Schnappschuss ihm zuzwinkerte. Genau in diesem Augenblick schlug die Uhr vier, die Stunde, in der Dr. Sigismund sich erlaubte, sich dem hinzugeben, von dem er wohl wusste, dass es morbide, wahnhafte Zustände waren.

Sein Vater, in dem kleinen Schnappschuss, nieste noch einmal.

»Gesundheit!«, sagte er und nieste nochmals und wünschte sich selbst zum dritten Mal Gesundheit.

Dr. Sigismund sah ihm zu, wie er aus dem Bild herunterkletterte. Ganz vorsichtig, indem er seinen Krückstock wie einen Affenschwanz benutzte, landete er auf dem Messingknauf des Bettpfostens. Dann breitete er seinen Gebetsschal wie Fledermausflügel aus und ließ sich in den Schoß seines Sohnes gleiten.

»Was meinst du, Papa?«, fragte Dr. Sigismund seinen Vater, äußerst selbstzufrieden, dass er so realistisch halluzinierte. Er zeigte auf seine Tochter auf dem Bild an der gegenüberliegenden Wand. »Wie gefällt sie dir?«, fragte er.

Wieder breitete der kleine alte Mann seinen Gebetsschal aus, schlug mit den Armen, als wären sie Flügel, und schoss durch das Zimmer. Als er an das Bild des Kindes stieß, klammerte er sich daran fest. Mit ausgebreiteten Armen blieb er an der Leinwand kleben, bis Sigmund Sigismund die Augenlider zufielen und er einschlief.

»Schön hing er und silbern. Sie tanzte barfuß um ihn herum, seinen silbernen Samen auf der Zunge«, schrieb Griselda Sigismund, als ihr Vater ihren Namen zum dritten Mal rief.

Er stand auf dem Treppenabsatz und wartete auf sie. Er trug Hosea Garfinkels schwarzen Satinmantel mit einen Kragen aus Rabenfedern, den er nur zu den wichtigsten Anlässen anzog.

»Komm mit, Tochter, und lerne deinen Bräutigam kennen«, tönte er und führte sie in sein Schlafzimmer.

Griselda Sigismund sah sich im Zimmer um. Sie schaute vor und hinter sich; sie schaute nach rechts und sah ihr Kinderbildnis; sie schaute nach links und sah das riesige leere Bett ihres Vaters und die beiden Porträts darüber. Sie drehte sich noch einmal um; dann hörte sie jemanden niesen und sah einen kleinen Mann. Er war gerade auf seinen Füßen gelandet, als wäre er von der Wand gefallen. Er trug eine Schädelkappe und einen Anstaltskittel, darüber einen fransigen Gebetsschal, und er hatte fröhliche, schräg stehende Augen.

»Rabbi Isaak Wunder«, flüsterte Dr. Sigismund seiner Tochter zu, sein gerötetes Gesicht dicht neben ihrem. »Ein unheilbarer, aber vollkommen harmloser Fall.«

Das Männlein stand eine Weile da, blickte weise drein und strich sich über seinen dünnen weißen Bart. Dann zog er eine silberne Rassel aus der Tasche und schüttelte sie vergnügt, während er von einem Fuß auf den anderen sprang.

Dr. Sigismund sah, wie seine Tochter errötete und sich die Hand vor den Mund hielt, um ein leises Kichern zu unterdrücken. Dann sah er zu, wie Isaak Wunder Griselda in seine Arme nahm; in der Hocke zog er das große Mädchen zu sich auf den Schoß und küsste sie mit einem zwinkernden Seitenblick, der nach väterlicher Zustimmung heischte.

Sigmund Sigismund räusperte sich und verheiratete sie schnell. Als er sie segnete, hob auch Rabbi Wunder die Hände in einer segnenden Geste.

Danach lebten sie alle drei zusammen in dem großen Haus, und Isaak Wunder vergnügte sich mit Vater und Tochter. Sie ließen sich auf all seine Marotten ein. Sie kochte ihm alle koscheren Köstlichkeiten, und er besorgte ihm die Frauen, die er zu seinem Glück benötigte – fette Hottentottenweiber und kleine rothaarige Mädchen mit Hasenscharte.

Isaak Wunder verbrachte mit ihnen eine vergnügliche Zeit. Er beschwerte sich beim Vater über die Tochter und bei der Tochter über den Vater.

»Ein dummes altes Ungeheuer«, gestand er ihr.

»Verrückt, wie ihre arme Mutter«, räumte er ihm gegenüber ein. Und die beiden Männer bedauerten einander gegenseitig bei Wassergläsern voller Pfirsichschnaps

Fast drei Jahre lang lebten die drei zusammen, und der Vater bestach ihn fortwährend, aus Angst, er könnte seine Tochter verlassen, während die Tochter ihn weiterhin bei Laune hielt, aus Angst, wieder mit ihrem Vater allein gelassen zu werden.

Wenn Dr. Sigismund seine Tochter fragte: »Wo bleiben die Kinder?«, blickte Griselda zur Wand.

»Griselda«, rief er, als sie auf die Tür zuging, »liebst du deinen Mann?«

»Er erheitert mich«, sagte sie, ohne sich umzudrehen, und war weg.

Isaak Wunder hatte ein Talent für Mimikry. Er konnte sich augenblicklich in jeden Mann, jede Frau oder jedes Tier verwandeln, und nur sein kleiner zwinkernder Blick verriet Isaak Wunder. Er machte sich einen Spaß daraus, sich in eine Maus, einen Schmetterling, eine Hure, einen Inquisitor, in Dr. Sigismund und manchmal sogar in Griselda selbst zu verwandeln.

Aber wenn Griselda sagte: »Und jetzt verwandle dich in meinen Ehemann«, da nieste Isaak Wunder nur. Seine Nase zuckte, das Weiße seiner Augen zwischen den schräg stehenden Lidern färbte sich wässrig rosa, und er nieste immer heftiger und immer hemmungsloser, bis Griselda ihn am Bart zog und ihn anspuckte.

Isaak Wunder ging zu Sigmund Sigismund und beschwerte sich über seine Tochter.

»Sie ist verrückt!«, sagte er und warf die Arme hoch, wobei er dem Doktor mitfühlend zuzwinkerte. »Du hast selbst immer schon gesagt, dass sie verrückt ist. Lass sie doch einweisen. Ich bestehe darauf.«

»Eine schwerwiegende Entscheidung«, murmelte Dr. Sigismund.

»Tu es lieber zeitig«, sagte er und kreiste im Zimmer herum, »bevor sie davonläuft. Sie hat bereits angedroht –«

»Du verlangst von mir, eine sehr gravierende Entscheidung zu treffen«, stöhnte Sigmund Sigismund.

»Wir könnten sie ja immer noch täglich besuchen«, lächelte Isaak Wunder und goss ihnen zwei Becher Pfirsichschnaps ein.

»Laß mir noch einen Tag Bedenkzeit«, flüsterte Sigmund Sigismund und leerte den Becher in einem Zug.

Am Abend des folgenden Tages befand sich Dr. Sigismund auf dem Heimweg von der Anstalt.

»Ich kann sie noch nicht einweisen«, murmelte er vor sich hin, während er innehielt, um seinem schlimmen Fuß eine Pause zu gönnen. »Erst muss sie ein Kind bekommen. Eine kleine Enkeltochter«, gluckste er, »danach vielleicht «, grübelte er und setzte seinen Weg fort.

»Warum kann er ihr kein Kind schenken«, brummelte er, als er kurz vor seinem Haus noch einmal innehielt. »Vielleicht unter Hypnose? Oder ist es wegen der Schräglage ihrer Gebärmutter?« Er ging weiter.

Als Dr. Sigismund die Treppe zum Haus hinaufstieg, vernahm er lautes Stöhnen. Drinnen fand er seine Tochter auf seinem Bett ausgestreckt, im Begriff, eine Melone zu verspeisen.

»Isaak«, rief er, »wo ist Isaak? Was hast du mit ihm gemacht?«

»Oben«, nuschelte sie mit vollem Mund, »in den Geburtswehen.«

»Warum bist du dann nicht bei ihm?«, rief er und eilte davon, sich die Stiege zum Zimmer seiner Tochter hinaufschleppend.

Isaak Wunder lag auf Griseldas Federbett und starrte seinen Schwiegervater entrüstet an. Auf seinem Kopf hatten sich zwei große Beulen gebildet.

»Deine Schuld«, sagte er.

»Die Tumore werden verschwinden«, versprach Dr. Sigismund. »Bin ich denn umsonst ein Heiler?«, brüllte er.

Dann hob er eine Hand über Isaak Wunders Kopf und blickte ihm starr in die Augen, während er in monotoner Stimme auf ihn einredete, bis die Tumore sich zurückgebildet hatten. Doch nach kurzer Zeit begannen zwei weitere Klumpen unter seinen Achseln zu wachsen. Dr. Sigismunds Heilkunst ließ sie wieder schrumpfen, aber sie tauchten sofort wieder auf, diesmal an seiner empfindlichsten Stelle. Isaak Wunder wurde ohnmächtig, seine

Augenlider fielen ihm zu, und Dr. Sigismund beschloss zu operieren.

Er rief nach seiner Tochter: »Hilfe! Schnell! Bring ein paar Handtücher.« Griselda kam langsam die Treppe herauf.

»Du hast ihn umgebracht«, schluchzte er, als sie mit einem Handtuch in der Hand in der Tür erschien. »Tot«, sagte er. »Tot. Tot. Ganz und gar tot.«

Griselda schloss die Augen und atmete nicht, während ihr Vater die Fleischklumpen auf das Handtuch in ihren ausgestreckten Händen legte.

Und wieder waren Vater und Tochter allein in dem großen Haus.

»Wenn nur eines der Kinder überlebt hätte«, seufzte Dr. Sigismund und humpelte von Zimmer zu Zimmer, um seine vielen Uhren aufzuziehen.

Griselda lief auf dem schmalen Grasstreifen neben dem Haus auf und ab, den Blick auf den Boden gerichtet. Wenn sie eine Schnecke fand, zerrte sie sie aus ihrem Gehäuse. Dr. Sigismund sah ihr vom Fenster seines Arbeitszimmers aus zu, bemerkte ihre körperliche Reife und seufzte voll Unbehagen.

»Unmöglich«, brummte er. »Ein Ehemann. Sie muss einen Ehemann haben.«

Er bat sie inständig, noch einmal mit ihm in die Anstalt zu kommen, sie könne sich jeden Mann aussuchen, der ihr passte. Ja, jeden Mann. Sie beschrieb jetzt keine Papierschnipsel mehr, die sie aus dem Rezeptblock ihres Vaters herausriss, wie sie es vor vielen Jahren getan hatte. Sie suchte Dinge im Gras. Griselda Sigismund ging mit ihrem Vater in die Anstalt.

»... und fiel in Ohnmacht, sobald sie seinen Samen geschluckt hatte«, hatte Griselda Sigismund vor Jahren in ihrem Zimmer unter dem Dachgesims geschrieben.

»Von einem lautlosen Schuss gezündet flog sie in die Höhe, nichts als Licht und Geschwindigkeit, mit wachsender Entfernung steigerte sie sich ins Immense, bis sie an der Seitenwand des Himmels aufschlug. Dort blieb sie hängen und fiel nicht herab.

Hoch oben in einem verlassenen Turm lag sie in einem todesähnlichen Trancezustand«, schrieb Griselda Sigismund über die Tochter des Zauberers. »Und während sie schlief, wurzelte die Saat in ihrem Körper und erblühte zu einem Mann. Er berührte ihr Gesicht, doch sie erwachte nicht. Er küsste ihre Lippen, aber noch immer regte sie sich nicht. Er nannte sie ›Schwan‹, weil sie weiß und still über die Seen des Himmels dahinglitt. Und Schwan, die einmal die Tochter des Zauberers gewesen war, sah zu ihm auf und blickte ihm ins Gesicht, und sie entsann sich der silbernen Augen und erkannte ihn. Ihre Lippen öffneten sich, um zu sprechen, aber kein Laut kam aus ihrem Mund.

Gemeinsam brachen sie auf, ein Mann, der einen großen Schwan flussaufwärts ritt. In tiefer Nacht ritten sie gegen die schnelle Strömung der Gebirgsbäche hinauf, bis sie in den Quellwassern verschwanden.

Und seit jener Zeit sind alle Schwäne stumm.«

Griselda schrieb, erhob sich von ihrem Federbett und warf den letzten Zettel aus dem Fenster. Sie sah ihm nach, wie er einen Augenblick lang aufstieg und dann in der Frühlingsbrise davontrieb.

# DER LETZTE TANZ

Der Tod kam zu Mary Ann in der Gestalt eines Liebhabers. Er kam in der Nacht zu ihr und küsste sie im Schlaf. Nacht für Nacht kam er, bis Mary Ann zu ihm sagte: »Das nächste Mal möchte ich, dass du kommst, wenn ich wach bin. Ich möchte, dass du mich wirklich küsst und mich mitnimmst.«

Eines Tages, als Mary Ann das Haus verließ, um zur Schule zu gehen, wartete er am Gartentor auf sie, ganz blass und schön im Morgenlicht. Mary Ann rannte ihm in die Arme und hob ihm ihr Gesicht entgegen.

»Wenn ich dich jetzt küsse«, sagte er lächelnd, »wirst du sterben. Und wenn ich dich mitnehme, ist es für immer. Willst du immer noch mit mir gehen?«

Mary Ann überlegte. »Ich möchte deine Braut sein, Tod«, sagte sie nach einer Weile. »Aber ich bin noch zu klein. Wartest du auf mich, bis ich erwachsen bin?«

»Ich werde warten«, sagte der Tod, »aber du musst dich mir versprechen.«

Mary Ann gelobte sich dem Tod. Ihre Hochzeit sollte an ihrem vierzehnten Geburtstag stattfinden.

Als sie aber vierzehn Jahre alt geworden war, rang sie ihrem Bräutigam ab, noch ein paar Jahre auf sie zu warten.

»Ich bin ja kaum erst zur Frau geworden«, bat sie ihn, »schau doch, wie klein meine Brüste sind! Ich möchte erst tanzen lernen und für unsere Hochzeit aussehen wie eine richtige Dame!«

»Ganz wie du willst, Mary Ann«, sagte der Tod.

Mit siebzehn heiratete Mary Ann einen Theologie-Studenten.

»Er wird mich auf dich vorbereiten«, erklärte sie dem Tod. »Du musst Geduld haben, mein Lieber. Wir dürfen nichts überstürzen. Unsere Hochzeit ist eine gar zu wichtige Sache. In zehn Jahren werde ich ganz sicher bereit sein.«

Als aber der Tod zehn Jahre später zu ihr kam, war sie so mit ihrem Haushalt und ihren Kindern beschäftigt, dass er es nicht über sich brachte, sie zu stören. Er hielt sich in der Nähe des Hauses auf und wartete. Eines Tages traf er sie allein im Garten an.

»Ich kann nicht länger warten«, sagte er. »Ich muss dich jetzt haben oder nie. Ich liebe dich, und ich habe dir all diese Jahre die Treue gehalten. Aber jetzt habe ich das Gefühl, du spielst mit mir.«

»Nur noch ein bisschen länger«, bettelte Mary Ann, »schließlich werden wir für alle Ewigkeit zusammen sein, und mit meinem Ehemann ist es doch nur eine Sache von wenigen Jahren, weißt du.«

»Bist du also mit ihm glücklich?«

»Wie könnte ich mit ihm glücklich sein!«, sagte Mary Ann und streichelte ihm die Wange. »Wenn er mich küsst, schließe ich die Augen, aber danach wache ich immer wieder auf. Darum müssen wir es immer wieder tun, und das verdirbt natürlich alles. Du bist der Einzige, dessen Kuss mich für immer in den Schlaf versetzen wird. Du bist der Einzige, den ich liebe. Warte doch nur noch ein kleines Weilchen.«

»Warum denn, was hast du denn so Wichtiges zu tun?«

»Nichts Wichtiges«, antwortete Mary Ann lächelnd, »aber vor einigen Jahren haben wir einen Birnbaum gepflanzt, und in diesem Sommer wird er zum ersten Mal Früchte tragen. Ich bin gespannt, wie sie schmecken werden.«

»Aber du hast du doch schon einmal Birnen gegessen«, sagte der Tod.

»Aber nicht von diesem Baum«, entgegnete Mary Ann. »Ich muss eine Birne von diesem Baum kosten, bevor ich zu dir kommen kann.«

In jenem Frühjahr stritten sich Mary Ann und ihr Ehemann, und als die Birnen reif waren, hatten sie ihren Streit noch immer nicht beigelegt. Der Tod sah ihr zu, wie sie in eine Birne biss und das Gesicht verzog. Die Birne war körnig.

»Siehst du«, sagte der Tod, »das hättest du dir sparen können. Komm jetzt mit. Und erzähl mir nicht, dass du um deiner Kinder willen noch hierbleiben musst!«

»Das ist es nicht«, sagte Mary Ann, »aber sieh doch, ich hätte gern noch ein wenig Zeit, um die Dinge in Ordnung zu bringen. Wenn ich jetzt mit dir käme, könntest du ja denken, ich liefe einfach davon! Ich will aber, dass du sicher weißt, dass ich aus Liebe zu dir komme und dass es keinen anderen Grund gibt, als dass ich dich liebe. Gib mir nur noch ein Jahr!«

»Und dann wirst noch ein weiteres Jahr bleiben wollen, um deine Tochter zu ihrem ersten Tanz zu begleiten, und dann noch weitere fünf Jahre, um zu erleben, wie dein Sohn zum Mann wird. Dann wirst du dich fragen, wie du wohl aussiehst, wenn dein Haar ganz weiß ist, oder du erzählst mir, dass du unbedingt noch zum Mond fliegen musst, bevor du zu mir kommst. Immerzu diese unstillbare Neugier! So langsam glaube ich, du bist die Sorte Frau, die vergewaltigt werden will. Ich aber bin ein scheuer und sanfter Liebhaber.«

»Ich weiß«, sagte sie, »das ist es ja, was ich an dir liebe.«

»Ich werde mit dir keine weiteren Verabredungen mehr treffen, Mary Ann«, sagte er. »Wenn du mich willst, so rufe mich, und ich werde kommen. Warte aber nicht zu lang. Ich bin zart gebaut, und wenn du zu schwer wirst, werde ich dich nicht davontragen können. Für deine Jahre hast du erstaunlich wenig Gewicht zugelegt. Aber du bist zu gierig. Wenn du hierbleibst, bis du dich satt gesehen hast, wird es vielleicht zu spät sein.« Und damit verließ er sie.

Dieses Jahr brachte Mary Ann nichts Gutes und auch das folgende nicht. Sie hatte nur mit Sorgen zu kämpfen. Doch sie war fest entschlossen, ihre Angelegenheiten zu ordnen. »Außerdem kann ich mich dem Tod nicht zeigen, solange mein Gesicht so verquollen ist«, sagte sie bei sich selbst.

Es kam eine Zeit, da war Mary Ann derart in ihren Kummer verstrickt, dass sie sogar ihren Geliebten vergaß. Eines Nachts, als sie schlaflos dalag, fiel eine betäubte Motte auf ihr Kopfkissen. Ihre Flügel trugen die Zeichnung eines weißen Gesichts, das sie mit den allertraurigsten Augen anlächelte. Ihre zerbrechliche Schönheit berührte Mary Ann, und sie entsann sich des Todes und rief nach ihm.

Der Tod kam. Er war sehr dünn geworden, aber schöner denn je.

»Jetzt«, sagte Mary Ann, »nimm mich jetzt, in diesem Augenblick.«

»Aber du bist viel zu schwer«, sagte er. »Allein deine Tränen wiegen mehr, als ich tragen kann. Und mit all dem Kummer, den du im Herzen trägst, fürchte ich, dass ich dich nicht einmal hochheben könnte. Nein«, sagte er betrübt, »jetzt wirst du warten müssen, bis du an der Reihe bist und mein Bruder, der Scherge, kommt und dich holt.«

»Nein«, flehte Mary Ann, »ich will nur dich. Mein Leben hat mir nie viel bedeutet, das weißt du doch. Ich sehne mich nur nach deinem Kuss. Wie kann ich mich denn von all diesem Gewicht befreien?«

»Könntest du für einen einzigen Augenblick wahrhaft glücklich sein«, sagte der Tod, »würdest du wieder leicht werden. Doch du müsstest mich genau in jenem Moment rufen, bevor du wieder schwer geworden bist. Ich habe aber wenig Hoffnung für dich«, sagte er. »Vor allem sind deine Chancen auf Glück sehr gering, und auch wenn du dein Glück finden solltest, hättest du die Kraft, im selben Moment darauf zu verzichten?«

Mary Ann sah den Tod mit verwirrtem Blick an. Denn sie hatte wahres Glück nie gekannt und verstand nicht, wovon er sprach.

»Ich muss dich jetzt verlassen«, sagte der Tod, »sei vorsichtig, wenn du mich das nächste Mal rufst, denn wenn du so schwer bist wie jetzt, wird mein Bruder, der Scherge, statt meiner kommen, und bei ihm hilft kein Betteln, er ist ein grober, ungeschlachter Klotz, der nur sein Beil schwingt und es auf deinen Kopf niedersausen lässt.«

»Warte«, sagte Mary Ann, »die Bedingungen, die du mir stellst, kann ich unmöglich erfüllen. Nur du kannst mich wirklich glücklich machen.«

Da sagte der Tod: »Weil du gut geantwortet hast, will ich dir noch eine Chance geben. Am Sonntag in einer Woche wirst du auf den Mittsommer-Maskenball gehen. Ich werde in Verkleidung dort sein. Viele werden dich zum Tanzen auffordern, aber wenn du einen Tanz mit einem anderen als mir annimmst, werde ich dich nicht holen kommen, sondern meinen Bruder schicken, den Schergen, der mit dir verfährt, wann und wie es ihm beliebt.«

Mary Ann zog für den Ball ein weißes Kleid an. »Ich werde ihn bestimmt erkennen«, sagte sie zu sich selbst, »denn in seiner Gegenwart schlägt mein Herz immer auf eine bestimmte Weise.«

Einer nach dem anderen kamen die Herren und forderten Mary Ann zum Tanz auf. Sie waren alle kitschig kostümiert, einige sahen aus wie fantastische Fabelwesen, einige wie Prinzen, Piraten, Engel und Teufel, einige wie Clowns, und einer war sogar als Totengerippe verkleidet. Aber Mary Ann durchschaute ihre Maskeraden. Keiner von ihnen ließ ihr Herz auf diese bestimmte Weise schlagen, und so lehnte sie einen Tanz nach dem anderen ab. Es war bereits nach Mitternacht, viele der Paare waren schon gegangen und Mary Ann hatte noch immer nicht getanzt.

Da kündigten die Musikanten den letzten Tanz an. Mary Ann schaute sich im Ballsaal um. Hatte der Tod sie getäuscht? Da erblickte sie eine hagere Gestalt, die bei der Tür auf der anderen Seite des Ballsaals stand. Sie hatte ihn bisher nicht bemerkt, weil seine Kleidung so sehr der Livree der Lakaien und Kellner ähnelte, nur dass sie viel schäbiger war und schlechter saß. Im Gegensatz zu den Bediensteten trug er jedoch einen Sack über dem Kopf, wie die Kapuze eines Henkers, die um seinen Hals zugebunden war.

»Das muss er sein!«, dachte Mary Ann, und ihr Herz schlug langsam, sehr langsam, aber hart wie ein Hammer gegen ihren Brustkorb.

Sie ging auf ihn zu, die Augen auf den Boden geheftet. Sie sah nur seine großen, weit auseinanderstehenden Füße. Er trug Stiefel, aber das Leder war an einigen Stellen aufgeplatzt und entblößte einen verfärbten Zehennagel und schwielige Haut.

»Lass uns tanzen«, sagte sie.

»Ich weiß nicht, wie das geht«, sagte er mit gedämpfter Stimme.

Mary Ann blickte auf. Der Sack über seinem Kopf war bespritzt wie die Schürze eines Schlachters. Er schien sie aus zwei Mündern anzulächeln, wobei sie durch die Augenschlitze die Reihen winziger spitzer Zähne gerade noch erkennen konnte.

»Tanz mit mir, tanz doch mit mir!«, bettelte Mary Ann.

Er hob einen Arm und legte ihn langsam wie ein Roboter um ihre Taille. Er hob den anderen Arm und ließ seine Hand schwer auf ihre Schulter fallen. Er trug weiße Handschuhe, aber das Leder war teils aufgerissen, sodass eine Klaue und blonde Fellbüschel zu sehen waren.

»Tanz, tanz doch mit mir!«, bettelte sie, und er begann sie zu drehen, erst langsam, dann immer schneller. Die Lichter in den Kristalllüstern verdunkelten sich, dann leuchteten sie rot auf. Er schleuderte sie nach links und rechts, dann wirbelte er sie mit sich steigender Wut herum. Die Violinen spielten schneller und schneller immer denselben Ton. Seine Klaue zerriss ihr die Seite, und er schüttelte sie so lange, bis all ihre Erinnerungen herausfielen.

»Tod, sprich mit mir«, bettelte Mary Ann, »lass mich deinen Kuss spüren, damit ich weiß, dass du es bist.«

Sie wollte ihm die Kapuze herunterzerren und ihre Lippen auf die seinen pressen, aber sie wurde jetzt immer kleiner, oder er wurde immer größer, sodass sie mit ihrer ausgestreckten Hand nicht einmal mehr seine Schulter erreichen konnte. Er packte sie bei den Fersen und klatschte sie wie einen Fisch gegen die Wand. Trotzdem gab Mary Ann die Hoffnung nicht auf.

»Ich habe nie das wahre Glück gekannt«, dachte sie. Ihr ganzes Leben hatte sie auf den Todeskuss gewartet, und jetzt wollte sie es allzu gerne wissen.

Aber ihr Partner hatte ihr schon längst das Gesicht zerfetzt; sie hatte gar keinen Mund mehr. Es waren nur noch ein Haufen Knochen übrig und die Innereien, die der

Schlachter noch immer umherwirbelte. Und als der letzte Lebensfunke aus ihr heraus flog, grub er ein Loch in den Boden, stopfte sie hinein und scharrte mit der Kante seines Stiefels etwas Erde darüber.

## Inhalt

**Susan Taubes**, 1928 in Budapest geboren, emigrierte im Alter von elf Jahren mit ihrem Vater in die USA, wo sie mit einer Arbeit zu Simone Weil promoviert wurde. Taubes lehrte Religionsgeschichte an der Columbia University und spielte auf den Theaterbühnen New Yorks. Kurz nachdem ihr autobiografischer Roman *Nach Amerika und zurück im Sarg* herauskam, nahm sie sich 1969 das Leben. Heute gilt sie als einflussreiche Intellektuelle des 20. Jahrhunderts und ist Vorbild zahlreicher Schriftstellerinnen.

**Nadine Miller**, in New York geboren, aufgewachsen in Deutschland, übersetzt seit 1980 literarische und wissenschaftliche Texte aus dem Französischen und Englischen.

**Francesca Wade** schrieb u. a. für die *London Review of Books*, das *Times Literary Supplement* und die *New York Times*. Sie ist Herausgeberin der *White Review*. 2020 erschien mit *Square Haunting* ihr erstes Buch.

*Klage um Julia* erscheint als Buch der Friedenauer Presse. Gegründet wurde die Friedenauer Presse 1963 in der Wolff's Bücherei im Berliner Stadtteil Friedenau, dem sie ihren Namen verdankt. Der Verleger Andreas Wolff, Enkel des Petersburger Verlegers M. O. Wolff, veröffentlichte bis 1971 in loser Folge 36 Drucke. Von 1983 bis 2017 wurde der Verlag von Katharina Wagenbach-Wolff geführt, seit 2020 ist die Friedenauer Presse ein Imprint des Verlags Matthes & Seitz Berlin.

FRIEDENAUER PRESSE
Winterbuch

Erste Auflage Berlin 2025



info@friedenauer-presse.de



Gestaltet und gesetzt von ciconia ciconia, Berlin.
Die Herstellung besorgte Hermann Zanier, Berlin.
Gedruckt und gebunden von Pustet, Regensburg.

Printed in Germany.

ISBN 978-3-7518-8024-4

*www.friedenauer-presse.de*